U0354870

文史合璧

宋金元卷

金振华　陈桂声　主编

钱锡生　雷　雯　蔡　慧　编著

苏州大学出版社

图书在版编目(CIP)数据

文史合璧．宋金元卷／金振华，陈桂声主编；钱锡生，雷雯，蔡慧编著．—苏州：苏州大学出版社，2016.1
ISBN 978-7-5672-1288-6

Ⅰ．①文…　Ⅱ．①金…　②陈…　③钱…　④雷…　⑤蔡…　Ⅲ．①古典散文－散文集－中国－辽宋金元时代　Ⅳ．①I262

中国版本图书馆 CIP 数据核字(2015)第 293323 号

文 史 合 璧
宋金元卷
金振华　陈桂声　主编
钱锡生　雷　雯　蔡　慧　编著
责任编辑　朱绍昌

苏州大学出版社出版发行
（地址：苏州市十梓街 1 号　邮编：215006）
常州市武进第三印刷有限公司印装
（地址：常州市武进区湟里镇村前街　邮编：213154）

开本 787 mm×960 mm　1/16　印张 16.75　字数 295 千
2016 年 1 月第 1 版　2016 年 1 月第 1 次印刷
ISBN 978-7-5672-1288-6　定价：40.00 元

苏州大学版图书若有印装错误，本社负责调换
苏州大学出版社营销部　电话：0512－65225020
苏州大学出版社网址　http://www.sudapress.com

序

金振华　陈桂声

中国是有着悠久历史的伟大而文明的国家。在数千年的历史长河中，历代史学家和散文家留下了难以计数的史著和历史散文。从先秦至近代，中国有着完整的历史记载，一部二十四史，就足以证明中华民族绵延不绝的五千年文明史是何等的辉煌。

浩如烟海的历史典籍，是我们的先哲留给后人的宝贵文化遗产。中国人尊重历史，敬畏历史，须臾不敢忘记历史的经验和教训。因此，中国人从来就爱读史著，喜谈历史，这也是我们民族的优良传统。历史学家研究历史，主要是把历史典籍作为宝贵史料来阅读和剖析，从中寻绎历史的真相和发展轨迹。但是，更多的中国人却把史著当作文学作品来欣赏，在品味历史的同时，沉浸在文学的滋养之中。历史和文学完美地结合在一起，水乳交融，这是中国史著的一大特色。

中国的优秀史学家，不仅有着杰出的史德、史识和史才，是撰写信史的良史，同时还是颇具文学造诣的作家。而不少掉鞅文坛的大作家，往往也是秉笔直书的史家。这样，在他们的笔下，历史就不是枯涩乏味的陈年旧事流水账，而是波澜壮阔的鲜活画卷。《尚书》记载的“盘庚”，《左传》铺叙的“曹刿论战”、“晋公子重耳之亡”，《史记》描述的“完璧归赵”、“鸿门宴”，《汉书》歌颂的“苏武牧羊”等，无一不在忠实记录历史，运用文学艺术的手段，将史实描写得栩栩如生，既使人走进历史，洞察往事，又令人领略到文学的艺术魅力，一举两得，堪称文史珠联璧合，众美毕集，相得益彰。

写到这里，我们想起了一个发生在五代南唐的历史小故事。在欧阳修主持撰写的《新五代史·南唐世家》中有这样一段记载：

> 煜尝以熙载尽忠，能直言，欲用为相，而熙载后房妓妾数十人，多出外舍私侍宾客，煜以此难之，左授熙载右庶子，分司南都。熙

载尽斥诸妓,单车上道,煜喜留之,复其位。已而诸妓稍稍复还,煜曰:"吾无如之何矣!"是岁,熙载卒,煜叹曰:"吾终不得熙载为相也。"欲以平章事赠之,问前世有此比否,群臣对曰:"昔刘穆之赠开府仪同三司。"遂赠熙载平章事。

马令《南唐书》、陆游《南唐书》及《宋史》分别有《李煜传》、《韩熙载传》,记录此事详略不一。韩熙载是南唐大臣,许多人通过欣赏著名的《韩熙载夜游图》得知其人其事。其实,韩熙载是个有才干和有抱负的人,而李煜也不是一个只知填词听经、吟风弄月的昏君。李煜很想任用韩熙载为相,但因为韩熙载在生活上放纵不羁,有毁坏礼仪法度之嫌,故而迟迟不予重用,将其贬职。但韩熙载在外放南都赴任前,竟"尽斥诸妓,单车上道",颇有痛改前非、脱胎换骨而戮力王室的气概。这令皇上喜出望外,立马"复其位",并打算给予升迁。但是,韩熙载在官复原职后,渐渐故态复萌,使得李煜始料未及,"吾无如之何矣"、"吾终不得熙载为相也"二语,似乎令读者看到了李煜的极度失望之情。因此,直至韩熙载离世,李煜也未能授予他相位,只是追赠了一个"平章事"的虚衔而已。

这个描述当是史实,给我们展现了李煜和韩熙载生平思想的另一面,还原了历史人物的真实全貌。同时,我们在阅读和鉴赏这段文字时,又不能不感受到其中生动的文学性,无论是情节安排的波折、语言运用的生动,还是人物性格的多样变化和形象的鲜活传神,都令人赞叹不已。可见,历史的真实和文学的敷演,在中国古代史著中,结合得是如此的和谐完美。

中华民族走过了五千年的光辉历史,并将继续前行。在面向未来的时候,我们更要铭记历史,从历史中学习和汲取知识与营养,这有助于我们更好地继承优秀文化传统,在未来的征途上创造更加辉煌的文明。我们组织编写的这套"文史合璧"丛书,选择中国古代优秀历史著作和历史散文中富有文学色彩和艺术魅力的篇章,精心注释,加以精辟赏析,为读者品鉴和欣赏古代历史和文学提供了一个别样的选择。相信广大读者通过阅读,能更好地体味到"文史合璧"、"文史一家"的魅力和内涵,更加倾心和热爱祖国优秀的文学、史学文化。

2015 年 12 月于苏州

目录

苏　洵

曾　巩

司马光

王安石

程　颢

苏　轼

苏　辙

黄庭坚

秦　观

李格非

张　耒

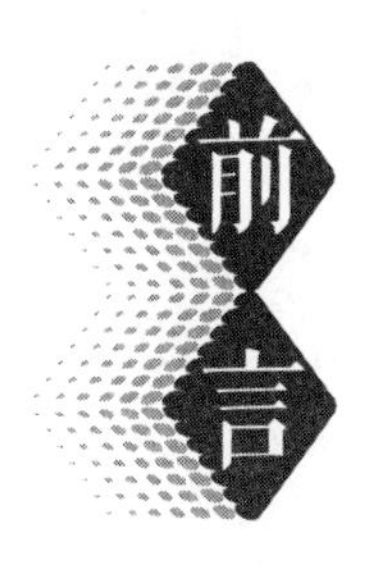

前言

本书为“文史合璧”丛书的“宋金元卷”，涵盖公元10—14世纪宋朝到元朝约四百年的历史。这一阶段的开端，北宋王朝虽然结束了五代以来的分裂局面，但面对强大的来自北方的辽和西北的西夏，始终未能建立起与汉唐版图相媲美的地理空间。到了南宋，其地理空间更是大为压缩，且先后笼罩在金、元虎视眈眈的阴影之下，直到最后被元朝灭亡。不过，宋人在文化上取得的成就却是举世公认的。陈寅恪认为：“华夏民族之文化，历数千年之演进，造极于赵宋之世。”宋朝的立国政策是重文轻武，其科举取士的制度更为完善和规范，取士数量大增。据王栐的《燕翼诒谋录》记载：“国初，进士尚仍唐旧制，每岁多不过二三十人。太平兴国二年，太宗皇帝以郡县阙官颇多，放进士几五百人，比旧二十倍。”以后也大致维持了这样的规模。宋代学校的兴盛程度也远超于唐代，受教育的人数比前代大大地增加了。印刷术在宋代的风行，使中国的书籍第一次以雕版的方式大量出现在世人面前。据《宋史·艺文志》统计，宋人集部的总量，为之前历代集部总和的三倍之多。“唐宋八大家”中，宋人占有其六。这些都是宋代文风鼎盛、学术繁荣的标志。这一时期，与宋朝并存的几个政权，北宋时的辽与西夏、南宋时的金与西夏，以及取而代之的元朝，虽然在军事上都很强悍，但文化上却都受到宋代的影响，金元的散文，基本也还是宋代散文的继承。

因此，本书篇目的选择以宋文为主，金元文为辅。全书选文共120篇，其中北宋部分为重中之重，占了三分之二的篇幅，“唐宋八大家”中宋人六家又占了全书一半的篇幅，这一方面是因为北宋时期是宋代散文最辉煌的时期，另一方面是因为这六大家的散文最有成就和影响力。南宋的文章和金元的文章则占三分之一的篇幅。南宋的散文有明确的现实针对性和政治功利性，充满强烈的民族忧患意识和爱国主义的热情。金元的文化相对落后，他们虽然中断了宋朝在中原地带的统治，但在宋朝故土建立起来的政权，要发展文化，也必须继承宋人的传统。故清人翁方纲在《石洲诗话》中说：“当日程学盛于南，苏学盛于北，如蔡松年、赵秉文之属，盖皆苏氏之支流余裔。”

本书既为“文史合璧”，在篇目选择上就有别于传统经典的美文和散文选本，因此，在如何选目上颇费踌躇，既要符合文史兼美的丛书要求，又必须是名人名篇。好在中国历来都是文史不分家，往往你中有我，我中有你。按照这样的要求，我们的选文主要围绕以下三个方面的内容展开：

一是史论文，这是对历史事件和历史人物进行评述的文章，如欧阳修、三苏父子等人都有大量的这类文章。欧阳修本人就是历史学家，著有《新唐书》和《新五代史》，他的史论文章，论从史出，褒贬鲜明，重人事、轻天命，如《朋党论》、《纵囚论》等。三苏父子虽无专门的史传著作，但留下了大量的史论和史评，其文章征引史实，议论精当，寓道德于事功，借历史事件和历史人物表达他们对时政的意见，如苏洵有《权书》、《衡论》、《管仲论》、《辨奸论》等，苏轼有《韩非论》、《留侯论》、《贾谊论》、《晁错论》等，苏辙有《论汉光武》、《论梁武帝》、《论唐太宗》、《论冯道》等。

二是史书序文，这是对所编史书的自序本义和评述阐发。古代史书有成书之后为之自序的传统，如司马迁的《太史公自序》。这种自序一方面表明其著书目的和编写体例，另一方面也表达作者的史学观和人生观，往往直抒胸臆，推心置腹，有思想、见真情、富文采。本书所选主要有欧阳修的《新唐书·艺文志序》、《新五代史·伶官传序》，徐梦莘的《三朝北盟会编序》，郑樵的《通志总序》，李心传的《建炎以来朝野杂记序》，胡三省的《新注资治通鉴序》，马端临的《文献通考序》，等等；还有各种进表，如司马光的《进通志表》、《进资治通鉴表》，李焘的《进续资治通鉴长编表》，等等。还有一些虽是书目序，但也表达了作者对历史文献的整理和认识，如曾巩的《新序目录序》、《列女传目录序》、《战国策目录序》等，叙述其书的始末梗概，肯定其历史价值，立论明确，文字简洁，以温雅平正见称。

三是人物传记，包括墓志铭、墓表、祭文和庙碑等，这是记述历史人物言行和精神风貌的文章。其中文学家笔下的人物传记往往不拘一格，具有较强烈的个性色彩，如欧阳修的《六一居士传》、苏轼的《方山子传》、陆游的《姚平仲小传》、郑思肖的《一是居士传》、虞集的《陈炤小传》等。这类文章有别于史传详于履历的写法，其叙事能抓住特点和细节加以展开，给人如临其境、如见其人的感觉。而墓志铭一类的文章则相对比较周详正规，曾巩在《寄欧阳舍人书》中写道：“夫铭志之著于世，义近于史，而亦有与史异者。”这类文章以叙述事实为主，态度严肃认真，记叙已故者突出的道德文章、功德事迹等，有的还略加议论；不少文章因是为亲友所写，往往情真意挚，悱恻动人，如欧阳修和王安石都写过数量不少的墓表和墓志铭。

本书的篇目排序以作者生年先后为序，同一作者的文章，按其文集目录的先后排序。文章的底本，有今人点校本的，即直接采用；无点校本的，采用《全宋文》和《全元文》的整理本。有的文章比较长，则做了相应的节选，以符合丛书的要求。

本书是我们师生合作完成的成果，由我选定全部篇目，并确定样稿。我的研究生雷雯和蔡慧分别承担了初稿的写作任务，蔡慧负责从柳开到王安石的部分，雷雯负责从程颢到揭傒斯的部分。雷雯、蔡慧两人均花了很多时间查找资料、揣摩文心、斟酌文字，初稿分批写成后，我们又进行了反复的讨论和修改。最后由我在此基础上对全书进行修改润色并定稿。由于时间匆忙，对文中的注释、赏析理解不周，错误之处一定不少，我们诚恳地欢迎广大读者朋友们批评和指正。

2015 年 9 月钱锡生识于独墅湖畔不器斋

柳　开

作者简介

柳开(947—1000),北宋文学家。字仲涂,因慕韩愈、柳宗元,故原名肩愈,字绍元,自号东郊野夫,又号补亡先生,大名(今河北大名东)人。开宝进士。历任右赞善大夫、殿中丞、监察御史、殿中侍御史。他反对北宋初的浮靡文风,提倡韩愈、柳宗元的古文,主张作文的目的是宣扬孔孟之道以教民,为宋代古文运动倡导者。作品文字质朴,然有枯涩之病。有《河东先生集》十五卷附行状一卷。

汉史扬雄传论

【题解】 扬雄(前53—18),字子云,西汉后期辞赋家、哲学家、语言学家,在《汉书》中有传。本文即据此而作,选自《全宋文》卷一二五。

【原文】

子云作《太玄》、《法言》①,本传②称非圣人而作经籍,犹吴、楚之君僭号③称王,盖天绝之。呜呼!且子云之著书也,非圣人耶?非圣人也,则不能言圣人之辞,明圣人之道。能言圣人之辞,能明圣人之道,则是圣人也。子云苟非圣人也,则又安能著书而作经籍乎?既能著书而作经籍,是子云圣人也。圣人岂异于子云乎?经籍岂异于《太玄》、《法言》乎?圣人之貌各相殊,圣人之辞不相同,惟其德与理类焉,在乎道而已矣。若非圣人而作经籍,则其所书也,不若于经籍矣。言无章,行无法,是曰经籍乎?人可诬曰经籍乎?比之吴、楚之君,吴、楚之君窃位而冒名,悖于道者也,天宜伐而绝之。子云务教而利时,顺于道者也,天岂罪其为是乎?天能绝吴、楚之君而僭窃,则天甚明矣。天既甚明,固能罪恶而福善,即吴、楚之君可罪,子云可福也。若反同吴、楚之君而罪子云,是天明于恶少,而不明于善也多矣。班孟坚④称诸儒之言曰是,盖当时耻不及雄而谤之者也,不可从而书矣。凡为史之任,在乎正其得失而后褒贬之。得失此不能正，况其褒贬乎？所谓孟坚有良史之才者，予于此不曰良史也。

【注释】 ①《太玄》、《法言》：均为扬雄著作，前者为拟《周易》之作，后者为模仿《论语》而作。 ② 本传：见于正史的人物传记。此处指《汉书·扬雄传》。 ③ 僭号：冒用帝王的称号。春秋时周天子为王，吴、楚仅为诸侯国而称王，是为僭越。 ④ 班孟坚：即班固（32—92），东汉辞赋家、史学家。字孟坚，扶风安陵（今陕西咸阳）人，《汉书》作者。

【赏析】 《汉书·扬雄传》中有“诸儒或讥以为雄非圣人而作经，犹春秋吴楚之君僭号称王，盖诛绝之罪也”的评论，柳开对此深不以为然，故而作本文以辩驳。扬雄仿《周易》和《论语》撰写《太玄》、《法言》，在柳开看来，其要旨在于发扬圣人之道，并非如吴楚之君僭号称王，因而天道并不能加罪于扬雄。而班固之所以在本传中引用并赞同当时诸儒的说法，是“耻不及雄而谤之”，由此而进一步怀疑班固作为史家的操守。柳开明确指出，良史即在于“正其得失而后褒贬之”，而班固对扬雄的不公正评价使得柳开认为他并非良史。本文反驳《汉书·扬雄传》对扬雄的贬低，但又不止步于此，而是据此提出史家的责任，认为史家唯有“正其得失而后褒贬之”，后人才能以史为鉴；否则，即是误人子弟，有违史家宗旨。

王禹偁

作者简介

王禹偁(954—1001),字元之,济州巨野(今属山东)人。太平兴国进士,官至翰林学士。为人耿介,为官八年,三起三落,卒于贬所。曾任右拾遗直史馆,预修《太宗实录》,因直书其事而被贬黄州。他是北宋初年政治改革和诗文革新运动的先驱,也是据实直书、不畏时忌的史家。在文学上提倡诗学杜甫、白居易,文学韩愈、柳宗元,提出"传道而明心"、"句易道,文易晓"的文学理论。著有《小畜集》三十卷、《小畜外集》二十卷等。

代伯益上夏启书

【题解】 本文选自《小畜集》卷一一,作于太宗雍熙三年(986),时禹偁在知长洲(今江苏苏州)任内。伯益,舜时东夷部落的首领,为嬴姓各族的祖先。相传伯益助禹治水有功,禹欲让位于益,益避居箕山之北。事见《尚书·舜典》、《孟子·万章上》。夏启,姒姓,禹之子。相传禹命伯益继位为王。禹死后,伯益推让,启遂继王位,在位九年。

【原文】

臣益言:臣与先帝[①]比肩事尧舜,在二十二人之数。先帝以老臣为贤,以天下授。老臣德薄力寡,不足当之,且知天意人事,尽归于吾君矣。今君身临大宝,手握神器,老臣得伸一言以为裨益哉。夫天下者非一人之天下,乃天下之天下也。理之得其道则民辅之,失其道则民去之。民既去,又孰与同其天下乎?故帝尧不授于子而授于大舜,大舜不传于家而传于先帝,盖恐失道而民去矣。是知亲一子则不能子兆人[②],成一家则不能家六合[③],圣人之用心也。如是,先帝得之虽勤,吾君继之勿忘其勤,臣恐失大宝而毁神器也。先帝力拯横流,为民粒食,得《九畴》[④],定九州岛,乘四载,距四海。栉风沐雨,奠山浚川,却昏垫之忧,平水土之患,以父殛[⑤]而是念,闻子哭而不名。然后六府[6]孔修，四隩[7]攸宅，兴播殖之利，定贡赋之差，亿兆熙熙，以成淳化。是以受禅而有天下，可谓艰难矣。及其在位也，卑宫室，恶衣食，见罪人而泣，闻昌言而拜。故能会诸侯于涂山[8]，执玉帛于万国[9]，可谓勤俭矣。今君得不思其艰难乎，念其勤俭乎？且创业者易，守文者难，始则苦于焦劳，终或流于逸乐。今君生居帝宫，坐即天位，勿谓家传之，勿谓己有之，宜惕惕而惧其失也[10]。矧乎天无所亲，亲于有德；人无所怀，怀乎有仁。苟不肖而毁先业，亦为臣羞。吾君以臣言为何哉？听用之则铭于案几可也，罪咎之则斥于荒裔可也，庶几老臣朽骨泉壤[11]，晃[12]先帝而无愧色矣。斯言非佞，君其念之。臣益顿首。

【注释】 ① 先帝：即夏启之父夏禹。 ② 兆人：即兆民，古称天子之民，后泛指众民，百姓。 ③ 六合：天下，人世间。 ④《九畴》：指传说中天帝赐给禹治理天下的九类大法，即《洛书》。后泛指治理天下的大法。 ⑤ 父殛：父，禹之父鲧。殛，诛杀。尧时，洪水为害，尧命鲧去治水，鲧用堵塞的办法，治水失败，被“殛之于羽山”。 ⑥ 六府：古以水、火、金、木、土、谷为“六府”。 ⑦ 四隩：四方的边远地区。《尚书·禹贡》：“九州攸同，四隩既宅。” ⑧ 涂山：古国名。相传为夏禹娶涂山女及会诸侯处。《尚书·益稷》：“予创若时，娶于涂山。”孔传：“涂山，国名。” ⑨ 万国：万邦；天下；各国。 ⑩ 宜惕惕而惧其失也：惕惕，惊恐不安、心绪不宁的情状。惧，恐惧，害怕。 ⑪ 泉壤：犹泉下、地下，指墓穴。 ⑫ 晃：照耀。

【赏析】 本文为代言体。王禹偁借伯益的语气上书夏启，实则以古喻今，劝谏君王。王禹偁的民本思想贯穿全文，他明确提出“天下者非一人之天下，乃天下之天下也”，“亲一子则不能子兆人，成一家则不能家六合”，只有明白这个道理百姓才会辅佐君王，这也正是尧舜禹禅让的原因所在，盖由于民心之所向。接下来，王禹偁以伯益的口吻回顾了当初夏禹创业之艰难，在位之勤俭，告诫夏启“创业者易，守文者难”，不能将天下视为己物，不能流于逸乐，最终使先祖基业毁于一旦。太宗朝时，北宋初立，天下初定，这篇代言之书正切合时世。王禹偁意在劝诫当朝统治者及后继者，莫忘立朝之艰难，莫抛勤俭之作风，当以仁德为政，当以民为本，方能守得天下。“夫文，传道而明心也。”这篇文章极好地传达了王禹偁的“道”，也就是他实际治理地方所遵循的为政方针。文章开头与结尾处言辞恳切，一个忧国忧民、谆谆劝导的老臣形象跃然纸上。中间论述其治国思想，语言浅近，明白晓畅，体现了王禹偁典型的“简雅古淡”文风，其拳拳之心令人动容。本文所传达的民本思想、勤俭

作风以及仁德观念，不仅对当时的统治者，对今天的官员来说，也仍有极高的参考价值。为政者当以此为戒，时刻警醒自身，端正作风，任人唯贤，为百姓造福。

朋 党 论

【题解】 本文选自《小畜集》卷一五。具体写作年月难以确定，大致写于端拱一年(988)至淳化二年(991)之间，时王禹偁任直史馆。

【原文】

愚读唐史，见元和、长庆①之后，至大和、开成②间，赞皇、奇章、李凉公③辈互为朋党。文宗④尝谓近臣曰："破河北贼⑤甚易，破此朋党⑥甚难。"言之不思，一至于此！夫朋党之来远矣，自尧舜时有之。八元、八凯⑦，君子之党也；四凶族⑧，小人之党也。惟尧以德充化臻，使不害政，故两存之。惟舜以彰善明恶，虑其乱教，故两辨之。由兹而下，君子常不胜于小人，是以理少而乱多也。夫君子直，小人谀，谀则顺旨，直则逆耳。人君恶逆而好顺，故小人道长，君子道消也。《书》曰："有言逆于汝心，必求诸道；有言逊于汝志，必求诸非道。"君天下者能践斯言而行之，则朋党辨矣，又何难于破贼哉？且奇章全德而不免窜逐，赞皇忌刻、逢吉倾巧而终至大位，又谁咎哉？又谁咎哉？

【注释】 ① 元和、长庆：元和，唐宪宗年号(806—820)；长庆，唐穆宗年号(821—824)。 ② 大和、开成：大和，唐文宗年号(827—835)；开成，唐文宗年号(836—840)。 ③ 赞皇、奇章、李凉公：赞皇，即李德裕(787—850)，字文饶，唐代赵郡赞皇(今属河北)人，与其父李吉甫均为晚唐名相，是牛、李党争中李党的领袖。奇章，即牛僧孺(780—849)，字思黯，安定鹑觚(今甘肃灵台)人，唐穆宗、唐文宗时宰相，牛、李党争中牛党的领袖。李凉公，即李逢吉(758—835)，字虚舟，陇西(今属甘肃)人，元和、长庆两朝为宰相。 ④ 文宗：唐文宗李昂(809—840)，唐朝的第十四代皇帝，826—840 年在位。 ⑤ 河北贼：河北三镇的逆贼。河北三镇，又称河朔三镇，是指唐朝末年藩镇割据时位于河朔地区的范阳、成德、魏博三个藩镇势力。 ⑥ 朋党：指牛、李党争，以牛僧孺为首领的牛党和以李德裕为首领的李党互相倾轧，从唐宪宗时期开始，到唐宣宗时期结束，闹了将近四十年。 ⑦ 八元、八凯：《左传》文公十八年："昔高阳氏有才子八个：苍舒、隤敳、梼戭、大临、尨降、庭坚、仲容、叔达，齐圣广渊，明允笃诚。天下之民，谓之八凯。高辛氏有才子八个：伯奋、仲堪、

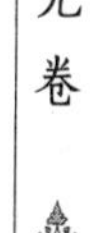

叔献、季仲、伯虎、仲熊、叔豹、季狸，忠肃共懿，宣慈惠和。天下之民，谓之八元。” ⑧四凶族：相传为尧舜时代四个恶名昭彰的部族首领，分别是三苗、驩兜、鲧和共工。《尚书·虞书·舜典》载舜“流共工于幽洲，放驩兜于崇山，窜三苗于三危，殛鲧于羽山”。

【赏析】 晚唐时期著名的“牛、李党争”使得本就衰败的唐朝愈加没落，以至于皇帝都感慨要破朋党比破叛贼更难。作者读这段历史而有感而发。王禹偁将朋党的历史追溯到尧舜时期，并将其朋党区分为君子之党和小人之党。当然，尧舜作为传奇明君，自然不会让朋党危害国政礼教。但自此之后，君子之党却常常败于小人之党，原因就在于“人君恶逆而好顺”。忠言逆耳，小人却善于阿谀奉承，从而讨得君主欢心，导致“小人道长，君子道消”的局面。倘若君主能像《尚书》中所说的那样，君子、小人之朋党自然就不难辨别了。此论一针见血，十分透辟。

王禹偁写作此文，并非简单的读史有感，而是有一定的政治预感的。王禹偁所处的时期虽然没有后来明显的新旧党争，但其不畏强权、事必直言的行事作风得罪了朝中相当一部分守旧势力，也因此而屡遭贬谪，或许北宋党争在当时已有征兆。而这篇《朋党论》中的君子、小人朋党之说也影响到后来北宋其他文学家创作朋党之论，最明显的即是欧阳修的《朋党论》。因此，本文很有开创意义。

范仲淹

作者简介

范仲淹(989—1052),北宋大臣、文学家。字希文,吴县(今江苏苏州)人。幼年刻苦自学,大中祥符进士,官至参知政事。联合富弼等实行"庆历新政",提出十项改革意见,推行不到半年即被罢去参知政事之职,贬为地方官,皇祐四年(1052)病逝于徐州,谥文正。著有《文正公集》二十卷、别集四卷、尺牍三卷以及奏议等并行于世。

严先生祠堂记

【题解】 本文选自《范仲淹全集》卷八。宋仁宗景祐元年(1034)正月,范仲淹出守睦州(今浙江建德),六月徙苏州。本文当作于此期间。严先生指严光,字子陵,生卒年不详,东汉初期会稽余姚(今浙江余姚)人。少年时与汉光武帝刘秀是同窗,刘秀起兵后,严光积极相助,但刘秀称帝后他却隐姓埋名。光武帝多次延请,严光拒不受,宁愿隐退于富春山。

【原文】

先生,汉光武[1]之故人也,相尚以道。及帝握赤符[2],乘六龙[3],得圣人之时,臣妾亿兆[4],天下孰加焉?惟先生以节高之。既而动星象[5],归江湖,得圣人之清,泥涂轩冕[6],天下孰加焉?惟光武以礼下之。在《蛊》之上九,众方有为,而独不事王侯,高尚其事,先生以之[7]。在《屯》之初九,阳德方亨,而能以贵下贱,大得民也,光武以之[8]。盖先生之心,出乎日月之上;光武之器,包乎天地之外。微[9]先生不能成光武之大,微光武岂能遂先生之高哉?而使贪夫廉,懦夫立,是有大功于名教[10]也。仲淹来守是邦[11],始构堂而奠焉,乃复[12]为其后者四家,以奉祠事。又从而歌曰:云山苍苍,江水泱泱[13]。先生之风,山高水长!

【注释】 ① 汉光武:刘秀(5—57),东汉王朝开国皇帝。 ② 赤符:"赤伏符"的简称。新莽末年方士所造符箓，谓刘秀上应天命，当继汉统为帝。后亦泛指帝王受命的符瑞。 ③ 六龙：即《周易》乾卦的六爻，因都是阳爻，古人比之为六龙。《周易·乾卦》："时乘六龙以御天。" ④ 臣妾亿兆：臣妾，古时对奴隶的称谓。男曰臣，女曰妾，后亦泛指统治者所役使的民众和藩属。亿兆，古时十万为亿，十亿为兆，亿兆即众多的意思。 ⑤ 动星象：古人认为皇帝和名人都是天上的星宿下凡，其一举一动都反映在天象上。据说有一次刘秀与严光同卧，严光把脚伸到刘秀的肚子上，天上便出现客星犯帝星的现象，第二天掌管天文历法的太史将之奏明刘秀，刘秀听后笑着说："这是因为我和老朋友严子陵同睡在一起的缘故。"事见《后汉书·严光传》。 ⑥ 泥涂轩冕：视官职地位如泥土。泥涂，将……视为泥涂。轩冕，车和帽，借指官职、地位。 ⑦ "在《蛊》之上九"五句：《蛊》为《周易》卦名，六十四卦之一。上九，《周易》中卦在第六位的阳爻叫上九。"不事王侯，高尚其事"是蛊卦的上九爻所表示的意思，意谓以不做官为高尚。以之，这样做。 ⑧ "在《屯》之初九"五句：《屯》也是《周易》卦名。初九，指《周易》中第一爻为阳爻者。"以贵下贱，大得民也"是屯卦的初九爻的象辞。古人认为屯卦的初九爻处在阴爻之前，表示能礼贤下人，是可以得民心而为君之象。阳德方亨，君临天下之象。亨，通。 ⑨ 微：如果没有。 ⑩ 名教：名誉与教化。 ⑪ 是邦：指睦州。 ⑫ 复：免除徭役。 ⑬ 泱泱：水深广的样子。

【赏析】 本文虽为一篇记，却没有进行叙述和描写，几乎通篇都是议论，仅在结尾处简单交代了写作缘由。范仲淹因为仰慕严光的高洁品行而为其建造祠堂并写了这篇记。文中将严先生与光武帝两相对应，以光武帝地位之尊，衬托严光清节之高；以严光心志之高，衬托光武帝器量之大。二人相得益彰，才能成为千古佳话。严光与光武帝，一贱一贵，一穷一达，而能君臣相得，而这种理想的君臣关系也产生了极大的社会影响，使得"贪夫廉，懦夫立"，社会风气大大改善。而范仲淹写作此记，并不是为了赞颂严光的高洁以及他与光武帝的友谊，而是希望借此劝勉时人奉行古道，使得士子、百姓重名惜誉，从而使得国家如光武帝时国势强盛而风气清正。范仲淹有经世之才，有"先天下之忧而忧，后天下之乐而乐"的伟大志向，有耿直不屈的人格，却因直谏而被贬睦州，在仰慕严先生的同时，未尝不是期望君主能同光武帝般知己信己，以礼下之，以器容之，只可惜他终生未能实现夙愿。

尹 洙

作者简介

尹洙(1001—1047),北宋文学家。字师鲁,河南府(今河南洛阳)人,世称河南先生。天圣进士,调平正县主簿,历迁太子中允。会范仲淹贬,尹洙奏“仲淹为臣之师友,仲淹被罪,臣不可苟免”,因出监唐州酒税。累官至起居舍人。坐贬崇信军节度副使,徙监均州酒税,卒。尹洙博学有识度,尤深于《春秋》,精于史学,曾参与编修欧阳修《新五代史》。著有《河南先生文集》二十七卷。

志古堂记

【题解】 本文选自《全宋文》卷五八七,写作时间不详。志古,即笃信古道;古道即古代之道,泛指古代的制度、学术、思想、风尚等。

【原文】

河南刘伯寿[①]宰新郑[②]之二年,构堂于县署。既成之,谓予曰:“我官事已则休于是,早夜以思。盖有欺焉,叹乎功名之不可期,文章之不世传。我思古人,力之而后已,遂名堂曰志古。”余嘉其有是志,从而为之辞曰:

夫古人行事之著[③]者,今而称之曰功名;古人立言之著者,今而称之曰文章。盖其用也,行事泽当时以利后世,世传焉,从而为功名;其处也,立言矫当时以法后世,世传焉,从而为文章。行事、立言不与功名、文章期,而卒与俱焉。后之人欲功名之著,忘其所以为功名;欲文章之传,忘其所以为文章。故虽得其欲,而戾[④]于道者有焉。如有志于古,当置所谓文章、功名,务求古之道可也。古之道奚远哉,得诸心而已。心无苟[⑤]焉,可以制事[⑥];心无蔽[⑦]焉,可以立言。惟无苟,然后能外成败而自信其守也;惟无蔽,然后穷见至隐而极乎理也。信其守者本乎纯,极于理者发乎明。纯与明,是乃志[⑧]古人之所志[⑨]也。志乎志,文章、功名从焉,而不有之也。

伯寿嘉予言，刻之于堂以自儆[10]。

【注释】 ① 刘伯寿：刘几（1008—1088），字伯寿，河南洛阳人，号玉华庵主。第进士，知邠州。神宗时知保州，治状为河北第一。 ② 新郑：治所在今河南新郑县。 ③ 著：明显，显著。 ④ 戾：违逆，违反。 ⑤ 苟：随便，马虎，不审慎。 ⑥ 制事：处理政治、军事等重大事件。 ⑦ 蔽：覆盖，遮挡。 ⑧ 志：向慕；有志于。 ⑨ 志：志向，志愿。 ⑩ 儆：告诫，警告。

【赏析】 从篇名可看出，这是尹洙为“志古堂”所作的“记”。文章一开始交代了写作背景，即刘几因感叹“功名之不可期，文章之不世传”而将其堂命名为“志古”，作者则抓住其中“功名”与“文章”这两个关键词来展开论述。功名、文章分别与行事、立言相对应，然而后人只追求功名、文章的成就，却往往忘了其何以而成为功名、文章，也因此而偏离了古人之道，是舍本而逐末。尹洙提出，如果真正有志于古道，就应当放下对功名、文章的欲望和追求，而一心投入于对古道的探寻，并且要做到心中“无苟”、“无蔽”。只有这样，才能坚守本心，穷见真理，从而使人达到“纯”与“明”；而“纯”与“明”正是志于古人之志向。本文虽然是记体文，但叙述极少，通篇几乎都是议论，围绕功名、文章两个方面层层开展论述，抽丝剥茧般揭示了究竟何为古道以及如何才能算是“志古”。文中批判了历史上与当时汲汲于功名利禄的现象，认为只要能笃信坚守古道，何愁功名、文章不可得。这番议论发人深省，告诫人们行事、立言不能因为成败得失而忘却本心、初心，走上歧途，最终迷失自我。后世之人也当时刻以此自警、自律。

欧阳修

作者简介

欧阳修(1007—1072),北宋文学家、史学家。字永叔,号醉翁,晚年号六一居士。吉州吉水(今江西永丰县)人。天圣进士,调西京留守推官。庆历元年(1041)召知谏院,改右正言,知制诰。时范仲淹、富弼相继罢去,欧阳修上疏极谏,出知滁州,徙扬州、颍州。还,为翰林学士,在翰林八年。嘉祐五年(1060)拜枢密副使,六年拜参知政事。熙宁元年(1068),与王安石不合,以太子少师致仕。修博极群书,以文章冠时,是诗文革新运动的领袖。史学成就卓著,与宋祁合修《新唐书》,自撰《新五代史》。著有《欧阳文忠公集》一百五十三卷。

朋　党　论

【题解】 本文作于庆历四年(1044)。庆历三年,吕夷简罢相,范仲淹任参知政事,与韩琦、富弼等同时执政,实行改革(即"庆历新政")。以吕夷简为代表的保守党则强烈反对,攻击范仲淹等人是擅权不忠的朋党。欧阳修正是在这样的背景下写作本文呈献给仁宗皇帝的,给予吕夷简等人以有力回击。本文选自《欧阳修全集》卷十七。

【原文】

臣闻朋党之说自古有之,惟幸人君辨其君子小人而已。

大凡君子与君子以同道为朋,小人与小人以同利为朋,此自然之理也。然臣谓小人无朋,惟君子则有之。其故何哉?小人所好者禄利也,所贪者财货也。当其同利之时,暂相党引以为朋者,伪也。及其见利而争先,或利尽而交疏,则反相贼害,虽其兄弟亲戚不能相保。故臣谓小人无朋,其暂为朋者,伪也。君子则不然,所守者道义,所行者忠信,所惜者名节。以之修身,则同道而相益;以之事国,则同心而共济,终始如一。此君子之朋也。故为人君者,但当退小人之伪朋,用君子之真朋,则天下治矣。

尧之时，小人共工、驩兜等四人[①]为一朋，君子八元、八恺[②]十六人为一朋。舜佐尧退四凶小人之朋，而进元、恺君子之朋，尧之天下大治。及舜自为天子，而皋、夔、稷、契[③]等二十二人并列于朝，更相称美，更相推让，凡二十二人为一朋，而舜皆用之，天下亦大治。《书》曰："纣有臣亿万，惟亿万心；周有臣三千，惟一心。"[④]纣之时，亿万人各异心，可谓不为朋矣，然纣以亡国。周武王之臣三千人为一大朋，而周用以兴。后汉献帝时，尽取天下名士囚禁之，目为党人。[⑤]及黄巾贼起[⑥]，汉室大乱，后方悔悟，尽解党人而释之，然已无救矣。唐之晚年，渐起朋党之论。及昭宗时，尽杀朝之名士，或投之黄河，曰："此辈清流，可投浊流。"[⑦]而唐遂亡矣。

夫前世之主，能使人人异心不为朋，莫如纣；能禁绝善人为朋，莫如汉献帝；能诛戮清流之朋，莫如唐昭宗之世。然皆乱亡其国。更相称美推让而不自疑，莫如舜之二十二臣，舜亦不疑而皆用之；然而后世不诮舜为二十二人朋党所欺，而称舜为聪明之圣者，以辨君子与小人也。周武之世，举其国之臣三千人共为一朋，自古为朋之多且大莫如周，然周用此以兴者，善人虽多而不厌也。

夫兴亡治乱之迹，为人君者可以鉴矣。

【注释】 ①"小人共工"句：相传为尧舜时代四个恶名昭彰的部族首领。参见王禹偁《朋党论》注⑧。 ② 八元、八恺：古代传说中的十六个才子。参见王禹偁《朋党论》注⑦。 ③ 皋、夔、稷、契：皋，皋陶，被舜帝任为掌管刑法的官。夔，舜时期的乐官。稷，掌管农事。契，为舜帝的司徒官，主管教化。 ④"《书》曰"五句：见《尚书·周书·泰誓上》。纣，中国商朝末代君主，子姓，名受，为周所灭。 ⑤"后汉献帝时"三句：东汉桓帝时宦官专权，士大夫李膺、陈蕃等联合太学生郭泰、贾彪等，猛烈抨击宦官集团。宦官诬告他们结为朋党，诽谤朝廷，李膺等二百余人遭捕，后虽释放，但终身不许做官。灵帝时，膺等复起用，与大将军窦武谋诛宦官。事败，膺等百余人被杀，并陆续处死、流徙、囚禁六七百人，史称党锢之祸。事见《后汉书·党锢列传》。本文误作汉献帝时之事。 ⑥ 黄巾贼起：东汉末年张角所领导的农民起义军，因头包黄巾而得名。 ⑦"及昭宗时"六句：此事发生于唐昭宣帝天祐三年(906)，本文误作昭宗。据《旧五代史·梁书·李振传》记载："天祐中，唐宰相柳璨希太祖(朱全忠)旨，谮杀大臣裴枢、陆扆等七人于滑州白马驿。时(李)振自以咸通、乾符中尝应进士举，累上不第，尤愤愤，乃谓太祖曰：'此辈自谓清流，宜投于黄河，永为浊流。'太祖笑而从之。"

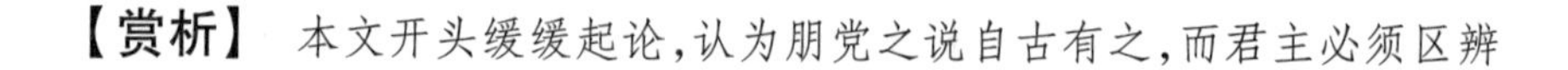

【赏析】 本文开头缓缓起论，认为朋党之说自古有之，而君主必须区辨

"以同道为朋"的君子与"以同利为朋"的小人,这是自然之理,很好理解。而接下来作者却笔锋一转,提出"小人无朋,惟君子则有之"的观点,出人意表。接着便论述这一观点,认为小人的朋是"伪朋",以利相结,利尽则散;反观君子,因为奉守道义、忠信、名节,所以同心共济、始终如一。因而得出结论,君王如果"退小人之伪朋,用君子之真朋,则天下治矣"。在第二段,作者以时间为序,引述正反两方面的史实来论证上述观点。正面之例,如舜辅佐尧驱逐小人之朋,任用八元、八恺君子之朋,尧之天下大治;舜之时,任用皋、夔、稷、契等二十二人之朋,天下大治。下面两例相互对比:纣王之时,臣民各怀异心,无一朋党,周武王之臣,三千人为一大朋,而纣王亡国,武王兴国。之后又是两个反例,汉献帝(应为汉灵帝)以"党人"的名义囚禁天下名士,唐昭宗(应为唐昭宣帝)杀尽朝廷忠臣名士,最终导致国家的灭亡。最后总结道:能否任用君子之朋,关系到国家的兴亡治乱。

欧阳修、范仲淹等人被政敌诬蔑为朋党,故而作者作此文以予辩驳。"党"在古代是贬义词,"朋党"一词意义偏重于党,因此,欧阳修论说自己与范仲淹等人是同道为朋,即孔子所说的"君子矜而不争,群而不党",指出吕夷简等人不过是以利益相聚的"伪朋"、"真党",说理论证透彻周详。史载宋仁宗阅读此文后,对朋党之说"终不之信也",可见欧阳修的写作目的达到了,给了吕夷简等人有力的回击,这篇《朋党论》也成为千古名篇。

《伶官传》序

【题解】 本文选自《新五代史》卷三十七。该书原名《五代史记》,相对宋初薛居正的《五代史》(后称《旧五代史》)而言,记载后梁、后唐、后晋、后汉、后周五代五十三年之事。景祐二年(1035)执笔起草,皇祐五年(1053)完稿。后进一步修改,熙宁十年(1077)刊刻行世。伶官,乐官,指宫廷中的乐工和表演杂剧的艺人。后唐庄宗李存勖爱好音律,宠用伶官,导致国家灭亡,故欧阳修作《伶官传》。本文为传前小序。

【原文】

呜呼[①]!盛衰之理,虽曰天命,岂非人事[②]哉!原庄宗之所以得天下[③],与其所以失之者,可以知之矣。世言晋王之将终也[④],以三矢赐庄宗而告之曰:"梁,吾仇也[⑤];燕王吾所立[⑥],契丹与吾约为兄弟[⑦],而皆背晋以归梁。此三者,吾遗恨[⑧]也。与尔三矢,尔其无忘乃父之志!"庄宗受而藏之于庙[⑨]。其后用兵,则遣从事以一少牢告

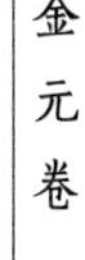

庙[10]，请其矢，盛以锦囊，负而前驱[11]，及凯旋而纳之[12]。方其系燕父子以组[13]，函梁君臣之首[14]，入于太庙还矢先王，而告以成功，其意气之盛，可谓壮哉！及仇雠[15]已灭，天下已定，一夫夜呼，乱者四应[16]，仓皇东出，未及见贼而士卒离散，君臣相顾，不知所归，至于誓天断发，泣下沾襟[17]，何其衰也！岂得之难而失之易欤？抑本其成败之迹[18]，而皆自于人欤？《书》曰："满招损，谦得益。"[19]忧劳可以兴国，逸豫可以亡身[20]，自然之理也。故方其盛也，举[21]天下之豪杰莫能与之争；及其衰也，数十伶人困之，而身死国灭[22]，为天下笑。夫祸患常积于忽微[23]，而智勇多困于所溺[24]，岂独伶人也哉！作《伶官传》。

【注释】 ① 呜呼：欧阳修所作《新五代史》叙论多以"呜呼"开头。 ②"虽曰天命"二句：古人以为国家盛衰由于天命，作者以为人事亦为主要因素。天命，天的意志。人事，人的行为。 ③ 原庄宗之所以得天下：原，推究。庄宗，后唐庄宗李存勖（885—926），本西域突厥族，世代为沙陀部酋长。祖父朱邪赤心归唐，赐名李国昌。父李克用因助唐镇压黄巢农民起义军，唐昭宗封其为晋王。李克用死，李存勖继位，于公元923年灭掉后梁，建立后唐政权。 ④ 世言晋王之将终也：世言，世人说。晋王，李克用，他占据太原一带，为古晋国之地，故封晋王。 ⑤ 梁，吾仇也：梁指后梁太祖朱温，原是黄巢起义军将领，后叛变降唐，赐名全忠，封为梁王。唐僖宗时，他企图谋杀李克用，李克用也屡次上表请求讨伐他。后来朱温篡夺唐政权，建立后梁。两人结仇很深。 ⑥ 燕王吾所立：燕王指刘守光之父刘仁恭。李克用曾向唐朝保荐刘仁恭为卢龙节度使，后来刘仁恭不听李克用调遣，发生武装冲突，打败李克用，依附于后梁。刘仁恭之子刘守光兵力渐强，被朱温封为燕王，公元911年又自称大燕皇帝。 ⑦ 契丹与吾约为兄弟：天祐二年（905）朱温将篡唐，李克用与契丹首领耶律阿保机结为兄弟，谋求共同举兵伐朱温。但阿保机背约，与朱温通好，约定共同举兵灭晋。 ⑧ 遗恨：到死还感到悔恨。 ⑨ 庙：宗庙。 ⑩"则遣从事"句：从事，原指地方州郡长官辖下地位较低的僚属，这里泛指一般的属官。少牢，旧时祭礼的牺牲，牛、羊、豕俱用叫太牢，只用羊、豕二牲叫少牢。告庙，古代天子或诸侯出巡或遇兵戎等重大事件而祭告祖庙。 ⑪ 负而前驱：负，背，这里指背着装有箭的锦囊。前驱，先头部队，先锋，这里用作动词。 ⑫ 及凯旋而纳之：凯旋，战争获胜，军队奏着得胜乐曲归来。亦泛指获胜归来。纳，收藏。 ⑬ 方其系燕父子以组：方，当。系，捆绑。燕父子，刘仁恭、刘守光父子。组，绳索。天祐十一年（914）刘仁恭、刘守光父子被俘，用绳子拴着献于李克用的太庙。 ⑭ 函梁君臣之首：公元922年，李存勖攻破后梁首都开封，朱友贞（朱温之子，即梁末帝）与皇甫麟等官员皆自杀，士兵获其首，以函装之。函，木匣，这里用作动词。 ⑮ 仇雠：仇人，仇敌。 ⑯"一夫夜呼"二句：一夫，指公元926年发动贝州（今河北南宫县）兵变的军士皇甫晖。这次兵变发生于夜间，故云"夜呼"。 ⑰"仓皇东出"六句：皇甫晖作乱后，李存勖派李嗣源（李存勖养子）前往征讨，不料李嗣源部下乘机拥护李嗣源做皇帝，并联合乱兵攻打后唐都城洛阳。李存勖仓促率军镇压，途中听说李嗣源已占据大梁

(今河南开封)。李存勖神色沮丧,下令回朝,一路上士兵叛变逃亡近一半。至石桥(洛阳城东),李存勖置酒痛哭,诸将百余人都割下头发向天发誓,表示忠于后唐,君臣相对大哭。⑱ 抑本其成败之迹:抑,或、或许。本,探究、推原。迹,事迹,这里引申为道理。⑲“《书》曰”三句:《书》指古文《尚书·大禹谟》,原文中“得”作“受”。意思是,自满就要遭到损失,谦虚便能得到益处。 ⑳ 逸豫可以亡身:逸豫,安乐。亡身,杀身,丧身。㉑ 举:全,所有。 ㉒ 数十伶人困之,而身死国灭:李存勖灭梁之后骄傲自满,纵情声色,宠信乐工宦官,因而当李嗣源反叛时得不到文武大臣的支持。公元926年,伶官跟随郭从谦(本为伶人,艺名“郭门高”)叛变,李存勖中流矢死,李嗣源即位(即唐明宗),他是李存勖养子,虽然国号未变,但后唐实际上灭亡了。 ㉓ 忽微:古代极小的度量单位名,忽是寸的十万分之一,微是寸的百万分之一。故忽微极言细微。 ㉔ 所溺:指所沉湎,无节制。

【赏析】 本文首句开门见山地提出文章核心,也是欧阳修所秉承的史学观点之一,即重人事而轻天命。接下来叙述后唐庄宗兴亡成败的一生,前期之盛与后期之衰形成鲜明对比,一扬一抑,印证了本文开头所说的成败在于人事的观点。最后由此引发议论,总结出“忧劳可以兴国,逸豫可以亡身”、“祸患常积于忽微,而智勇多困于所溺”的历史经验教训,以此来告诫统治者不要因循苟且,纵情享乐。文章将叙事与议论融为一体,抑扬顿挫,被沈德潜赞为“得《史记》神髓,《五代史》中第一篇文字”。

《宦者传》论

【题解】 本文是《新五代史》卷三十八《宦者传》评论中的一部分。宦者,即宦官。古代以阉割并失去男性功能后在宫中侍奉皇帝及其家族的人,称为宦官。史书上也称阉(奄)人、奄寺、阉宦、宦者、中官、内官、内臣、内侍、内监等。宦官本为内廷执役的奴仆,不能干预外政,但因与皇室接近而关系密切,故历史上常造成阉宦专权的局面。

【原文】

自古宦者乱人之国,其源深于女祸[①]。女,色而已;宦者之害,非一端[②]也。盖其用事也近而习[③],其为心也专而忍[④]。能以小善中人之意[⑤],小信固人之心[⑥],使人主必信而亲之。待其已信,然后惧以祸福而把持之[⑦]。虽有忠臣硕士[⑧]列于朝廷,而人主以为去[⑨]己疏远,不若起居饮食、前后左右之亲为可恃[⑩]也。故前后左右者日益亲,则忠臣硕士日益疏,而人主之势日益孤。势孤,则惧祸之心日益

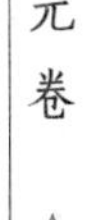

切，而把持者日益牢，安危出其喜怒，祸患伏于帷闼[11]，则向[12]之所谓可恃者，乃所以为患也。患已深而觉之，欲与疏远之臣图左右之亲近，缓之则养祸而益深，急之则挟人主以为质，虽有圣智[13]不能与谋，谋之而不可为，为之而不可成，至其甚[14]，则俱伤而两败。故其大者亡国，其次亡身，而使奸豪得借以为资[15]而起，至抉其种类[16]，尽杀以快天下之心而后已[17]。此前史所载宦者之祸常如此者，非一世也。夫为人主者，非欲养祸于内而疏忠臣硕士于外，盖其渐积而势使之然也。夫女色之惑，不幸而不悟，而祸斯及矣；使其一悟，捽而去之[18]可也。宦者之为祸，虽欲悔悟，而势有不得而去也，唐昭宗之事[19]是已。故曰"深于女祸者"，谓此也。可不戒哉！

【注释】 ① 女祸：旧称君主宠信女子或女主执政而使国事败坏为女祸。 ② 一端：指事情的一点或一个方面。 ③ 其用事也近而习：用事，执政，当权。近，亲近，亲密。习，熟悉，通晓。 ④ 专而忍：专，专断，擅自行事。忍，残忍。 ⑤ 以小善中人之意：小善，犹小技，小的长处。中，符合。人，指统治者，君主。 ⑥ 小信固人之心：小信，小事情上的诚信。固，稳固，安定。 ⑦ 惧以祸福而把持之：惧，恐吓，威胁。祸福，偏义词，取祸之义。把持，专揽，控制。 ⑧ 硕士：品节高尚、学问渊博之士。 ⑨ 去：距离。 ⑩ 恃：依赖；凭借。 ⑪ 帷闼：宫闱。帷，帐幕。闼，内门，小门。 ⑫ 向：从前，原先。 ⑬ 圣智：聪明睿智。 ⑭ 甚：厉害，严重。 ⑮ 奸豪得借以为资：奸豪，奸雄，指权诈欺世者。资，资本。 ⑯ 抉其种类：意为挖出全部宦官。抉，挑开，拨开。种类，犹种族。 ⑰ "尽杀以快"句：全部诛杀使天下人心感到满足或畅快。 ⑱ 捽而去之：捽，抓住头发，亦泛指抓、揪。去，去掉，除去。 ⑲ 唐昭宗之事：唐昭宗因为宦官专权为祸，天复元年(901)与宰相崔胤密谋诛杀宦官，崔胤写信请朱温发兵迎接昭宗，但事情被宦官所知，先挟持昭宗到凤翔。朱温围困其三年，城中食尽投降，朱温尽杀宦官，崔胤和昭宗也先后被朱温杀死。

【赏析】 作者在开篇就指出，宦官之害远大于女祸，接着便阐释宦者何以祸乱天下。他详细描述了宦官如何通过"小善"、"小信"逐步获得君主的信任，从而胁迫君主，把持朝政。由于君主担心臣子权势过大会危及自身统治，而宦官侍奉左右、照顾自己饮食起居，所以视宦官为亲信。殊不知宦官常常包藏祸心，巧言令色，谋取权势，一步步蚕食朝政大权，待到君主察觉时，往往为时已晚，宦官已成气候，甚至"安危出其喜怒"。而要想除去这些为祸宦官并非易事，过慢、过急都不可行。即使最终能诛灭他们，也需要付出很大代价，使国家元气大伤甚至就此灭亡。最后，欧阳修对比了女色之祸与宦官之祸，再次强调了宦官为祸之甚，要求统治者以此为戒。

欧阳修对宦官的分析不仅限于五代，而适用于历代，从汉末至五代，宦官为祸大都如此。而宦官专权的时期往往是封建社会中最黑暗的时期，无数忠臣志士被残害，国家大乱，民不聊生。欧阳修对宦官的警惕是很有道理的，对宦官的分析也的确精准，体现出他作为史家的独到之处。但欧阳修未能意识到宦官是封建专制的产物，封建制度一日不除，其祸乱就很可能出现。所幸宋代并未出现宦官专权的情况，但到明代宦官之祸重又上演，导致明朝几近灭亡，可见宦官之害。

资政殿学士户部侍郎文正
范公神道碑铭并序

【题解】 本文选自《欧阳修全集》卷二十一，作于至和元年（1054），而范仲淹卒于皇祐四年（1052）。之所以两年之后作此文，是由于欧阳修当时遭母丧，不便动笔，直到至和元年五月除去丧服后才撰写此文。资政殿学士，职名，景德二年（1005）始置，优待参知政事等执政官之离任者，并有侍从、备顾问之名义，正三品。户部侍郎，户部为六部之一，掌管全国土地、户籍、赋税、财政收支等事务，长官为户部尚书，户部侍郎位在尚书之下，从二品，宋前期无职事，为文臣迁转官阶，正四品下。文正，范仲淹的谥号。神道碑，旧时立于墓道前记载死者生平事迹的石碑，秦汉以来，死有功业、生有德政者皆可立碑。

【原文】

皇祐四年五月甲子，资政殿学士、尚书户部侍郎、汝南文正公薨于徐州[①]，以其年十有二月壬申，葬于河南尹樊里之万安山[②]下。公讳仲淹，字希文。五代之际，世家苏州，事吴越。太宗皇帝时，吴越献其地，公之皇考从钱俶朝京师[③]，后为武宁军掌书记[④]以卒。公生二岁而孤，母夫人贫无依，再适长山朱氏[⑤]。既长，知其世家，感泣去之南都[⑥]。入学舍，扫一室[⑦]，昼夜讲诵，其起居饮食，人所不堪，而公自刻益苦。居五年，大通六经之旨，为文章论说必本于仁义。祥符八年[⑧]，举进士，礼部选第一，遂中乙科[⑨]，为广德军司理参军[⑩]，始归迎其母以养。及公既贵，天子赠公曾祖苏州粮料判官讳梦龄为太保[⑪]，祖秘书监讳赞时为太傅[⑫]，考讳墉为太师[⑬]，妣谢氏为吴国

夫人[14]。

公少有大节，于富贵、贫贱、毁誉、欢戚[15]，不一动其心，而慨然[16]有志于天下，常自诵曰："士当先天下之忧而忧，后天下之乐而乐也。"其事上遇人，一以自信，不择利害为趋舍。其所有为，必尽其方，曰："为之自我者当如是，其成与否，有不在我者，虽圣贤不能必，吾岂苟[17]哉！"天圣[18]中，晏丞相[19]荐公文学，以大理寺丞为秘阁校理[20]。以言事忤章献太后旨[21]，通判河中府[22]。久之，上记其忠，召拜右司谏[23]。当太后临朝听政，时以至日大会前殿，上将率百官为寿。有司[24]已具，公上疏言天子无北面[25]，且开后世弱人主以强母后之渐[26]，其事遂已。又上书请还政天子，不报。及太后崩，言事者希旨[27]，多求太后时事，欲深治之。公独以谓太后受托先帝，保佑圣躬[28]，始终十年，未见过失，宜掩其小故以全大德。初，太后有遗命，立杨太妃代为太后。公谏曰："太后，母号也，自古无代立者。"由是罢其册命。

……[29]

乃以公为陕西经略安抚副使[30]，迁龙图阁直学士[31]。是时，新失大将，延州危[32]。公请自守鄜延扞贼[33]，乃知延州。元昊遣人遗书以求和[34]，公以谓无事请和，难信，且书有僭号[35]，不可以闻，乃自为书，告以逆顺成败之说，甚辩。坐擅复书[36]，夺一官，知耀州[37]。未逾月，徙知庆州[38]。既而四路置帅[39]，以公为环庆路经略安抚招讨使、兵马都部署[40]，累迁谏议大夫、枢密直学士[41]。

公为将，务持重，不急近功小利。于延州筑青涧城[42]，垦营田，复承平、永平废寨[43]，熟羌归业[44]者数万户。于庆州城大顺[45]以据要害，又城细腰、胡芦[46]，于是明珠、灭臧等大族，皆去贼为中国用[47]。自边制久隳[48]，至兵与将常不相识。公始分延州兵为六将，训练齐整，诸路皆用以为法。公之所在，贼不敢犯。人或疑公见敌应变为如何，至其城大顺也，一旦引兵出，诸将不知所向，军至柔远[49]，始号令告其地处，使往筑城。至于版筑[50]之用，大小毕具，而军中初不知。贼以骑三万来争，公戒诸将："战而贼走，追勿过河。"已而贼果走，追者不渡，而河外果有伏。贼失计，乃引[51]去。于是诸将皆服公为不可及。公待将吏，必使畏法而爱己。所得赐赉[52]，皆以上意分赐诸将，使自

为谢。诸蕃质子[53]，纵其出入，无一人逃者。蕃酋[54]来见，召之卧内[55]，屏[56]人撤卫，与语不疑。公居三岁，士勇边实，恩信大洽，乃决策谋取横山[57]，复灵武[58]，而元昊数遣使称臣请和，上亦召公归矣。

……[59]

庆历三年[60]春，召为枢密副使[61]，五让不许，乃就道[62]。既至数月，以为参知政事[63]，每进见，必以太平责[64]之。公叹曰："上之用我者至矣，然事有先后，而革弊于久安，非朝夕可也。"既而上再赐手诏[65]，趣使条天下事[66]，又开天章阁[67]，召见赐坐，授以纸笔，使疏于前。公惶恐避席[68]，始退而条列时所宜先者十数事上之。其诏天下兴学，取士先德行不专文辞，革磨勘[69]例迁以别能否，减任子[70]之数而除滥官，用农桑考课守宰[71]等事。方施行，而磨勘、任子之法，侥幸之人皆不便[72]，因相与腾口[73]，而嫉公者亦幸外有言，喜为之佐佑[74]。会边奏有警[75]，公即请行，乃以公为河东、陕西宣抚使[76]。至则上书愿复守边，即拜资政殿学士、知邠州，兼陕西四路安抚使[77]。其知政事，才一岁而罢，有司悉奏罢公前所施行，而复其故[78]。言者遂以危事中之[79]，赖上察其忠，不听。

是时，夏人已称臣，公因以疾请邓州[80]。守邓三岁，求知杭州，又徙青州[81]。公益病，又求知颍州[82]，肩舁至徐[83]，遂不起，享年六十有四。方公之病，上赐药存问。既薨，辍朝[84]一日，以其遗表[85]无所请，使就问其家所欲，赠以兵部尚书[86]，所以哀恤[87]之甚厚。

公为人外和内刚，乐善泛爱。丧其母时尚贫，终身非宾客食不重肉[88]，临财好施，意豁如也[89]。及退而视其私，妻子仅给衣食。其为政，所至民多立祠画像。其行己临事[90]，自山林处士、里闾田野[91]之人，外至夷狄[92]，莫不知其名字，而乐道其事者甚众。及其世次、官爵，志于墓、谱于家、藏于有司者，皆不论著，著其系天下国家之大者，亦公之志也欤！

【注释】 ① 汝南文正公薨于徐州：汝南，治所在今河南省汝南县西。徐州，北宋州名，治所在今江苏省徐州市。薨，死的别称，自周代始，人之死亡，有尊卑之分，以"薨"称诸侯之死。 ② 尹樊里之万安山：尹樊里，今伊川县。万安山，在偃师、伊川交界处，与嵩山遥遥相对，为洛阳东南要冲。 ③ 公之皇考从钱俶朝京师：皇考，对亡父的尊称。钱俶（929—988），五代十国时期吴越的最后一位国王，太平兴国三年（978）献所据两浙十三州

之地归宋。 ④ 武宁军掌书记：武宁军，治所在今江苏省徐州市。掌书记，全称为节度掌书记，为观察使或节度使的属官，与节度推官共掌本州节度使印、军事文书，处理本州事。⑤ 适长山朱氏：适，女子出嫁。长山，治所在今山东省淄博市西北。 ⑥ 去之南都：去，离开。之，往，至。南都，指北宋南京应天府，治所在今河南省商丘市。 ⑦ 扫一室：指志向远大。典出《后汉书·陈王列传》，陈蕃年十五，曾闲处一室，而庭院荒芜，其父之友薛勤对他说："你怎么不打扫打扫来接待宾客？"陈蕃回答说："大丈夫处世，当扫除天下，安事一室乎！"薛勤知道他有扫清天下之志，甚奇之。 ⑧ 祥符八年：指宋真宗大中祥符八年(1015)，范仲淹时年27岁。 ⑨"举进士"三句：进士，殿试考取的人。礼部选，科举考试中的礼部会试，考中者即为进士。乙科，古代考试科目的第二等级。 ⑩"为广德军"句：广德军，治所在今安徽省广德县。司理参军，全称为司理参军事，宋代州府幕职官名，掌管诉讼审讯之事。 ⑪"天子赠公曾祖"句：意为皇帝赠与范仲淹曾祖父、苏州粮料判官范梦龄太保的官职。太保，古三公之一，正一品，北宋前期为虚衔，系亲王、宰相、使相等加官，位次于太师、太傅。 ⑫"祖秘书监"句：意为赠与祖父、秘书监范赞时太傅的官职。秘书监，掌管国家经籍图书，北宋前期为文臣迁转官阶。太傅，三公之一，北宋前期无职事，为亲王、宰相、使相加官，正一品。 ⑬ 考讳墉为太师：意为赠与父亲范墉太师的官职。考，亡父。太师，古三公之最尊者，北宋前期为虚衔，系亲王、宰相、使相等加官，正一品，居于朝会班位之首。 ⑭"妣谢氏"句：妣，指亡母。吴国夫人，唐宋时期高级官员母、妻的封号。 ⑮ 毁誉、欢戚：毁誉，诋毁和赞誉。欢戚，欢乐与忧愁。 ⑯ 慨然：感情激昂貌。⑰ 苟：贪求。 ⑱ 天圣：宋仁宗年号(1023—1032)。 ⑲ 晏丞相：晏殊(991—1055)，字同叔，谥号元献。晏殊历任要职，善提拔后进，如范仲淹、欧阳修等皆出其门下。 ⑳"以大理寺丞"句：大理寺丞，宋前期无职事，为文臣迁转官阶，从六品上。秘阁校理，馆职名，咸平(999—1003)前管理供进皇帝阅读书籍，点检与抄写秘籍，封锁书库门，出纳公事等职务，咸平后为小州军、远小路分差遣带职。 ㉑ 以言事忤章献太后旨：天圣七年(1029)，章献太后将在冬至接受朝拜，天子将率百官贺寿，范仲淹极力上言阻止，并且上疏请太后还政于皇帝。事见《宋史·范仲淹传》。 ㉒ 通判河中府：通判，宋初始于诸州府设置，即共同处理政务之意，地位略次于州府长官，但握有联署州府公事和监察官吏的实权，号称监州。河中府，治所在今陕西省永济县西蒲州镇。 ㉓ 右司谏：谏官名，论朝政之得失、刑政之烦苛。 ㉕ 有司：指官吏。 ㉔ 北面：面向北。古礼，臣拜君，卑幼拜尊长，皆面向北行礼，因而居臣下、晚辈之位曰"北面"。 ㉖ 渐：开端，起始。 ㉗ 希旨：即希指，迎合在上者的意旨。此处指天子的意旨。 ㉘ 圣躬：犹圣体。臣下称皇帝的身体。亦代指皇帝。㉙ 此处省略之事有：范仲淹因直谏而被贬知睦州、苏州后又被召回；范仲淹知开封府；范仲淹与吕夷简交恶。 ㉚ 陕西经略安抚副使：陕西，路名，治所在今陕西省西安市。经略安抚副使，军职差遣名，不常置，文臣、武臣均有差充者，为经略安抚司副贰或统兵官。㉛ 龙图阁直学士：职名，始置于景德四年(1007)，在北宋前期虽无职守，但为侍从之臣，以备顾问，得之为荣。或带此职以判在京职事，或为在外守臣、任使之贴职。从三品。㉜"是时"三句：康定元年(1040)正月，西夏军攻破金明寨，围困延州。宋大将刘平、石元孙等增援，被困于三川口，兵败被俘。事见《续资治通鉴长编》卷一二六。延州，治所在今陕西省延安市。 ㉝ 守鄜延扞贼：鄜延，北宋路名，治所在延州。扞，抵御，抵抗。

㉞“元昊”句:元昊,指李元昊(1003—1048),西夏开国皇帝,党项族人,北魏鲜卑族拓跋氏之后,李姓为唐所赐,谥武烈皇帝,庙号景宗。遗书,寄信。 ㉟僭号:冒用帝王的称号。㊱坐擅复书:坐,因为,由于。擅,擅自,随意。复书,回复书信。 ㊲耀州:治所在今陕西省耀县。 ㊳庆州:治所在今甘肃省庆阳县。 ㊴四路置帅:庆历元年(1041)始分陕西为秦凤、泾原、环庆、鄜延四路,韩琦、王沿、范仲淹、庞籍分别任各路的马步军都部署、经略安抚缘边招讨使。 ㊵“以公为”句:经略安抚招讨使,全称经略安抚缘边招讨使,北宋仁宗朝为抵御西夏入侵,于康定元年(1040)始置。兵马都部署,五代时后唐初置,为战时指挥官,北宋初年是前线各路部署的总指挥,只在有重大战争或重要战区时任命或临时授予。 ㊶“累迁”句:谏议大夫,宋前期无职守,为文臣迁转官阶,正四品下。枢密直学士,职事官名、职名,宋初签署枢密院事,并备顾问、应对,朝会侍立,后多为侍从官外任守臣带职。正三品,班位在翰林学士之下,为诸阁直学士之冠。 ㊷青涧城:康定元年(1040)建成,即今陕西省清涧县。 ㊸寨:指四面环围的驻军处,兵营。 ㊹熟羌归业:熟羌,指服从朝廷管制、已经汉化的羌人。羌是我国古代民族名,主要分布地相当于今甘肃、青海、四川一带。归业,回复原来的正业,主要指农业。 ㊺大顺:即大顺城,在今甘肃省华池县东北。 ㊻细腰、胡芦:均为城寨名称,在甘肃省。 ㊼“于是”二句:明珠、灭臧,西北地区部族。去,离开。去贼,指脱离李元昊统治。 ㊽边制久隳:边制,边防制度。隳,毁坏,废弃。 ㊾柔远:即今甘肃省华池县。 ㊿版筑:筑土墙。用两版相夹,填泥其中,以杵捣实成墙。 ⑸引:收敛;退避。 ⑸赐赉:赏赐的东西。 ⑸诸蕃质子:指蕃邦各部落送到宋朝作为人质的贵族子弟。 ⑸酋:古称部落的首领。 ⑸卧内:卧室,内室。⑸屏:使退避。 ⑸横山:位于陕西省北部的横山县东南。北宋时以横山为界,西北部归西夏,南部为宋地延安府。 ⑸灵武:即灵州,西夏所领,在今宁夏回族自治区青铜峡市东七十里。 ⑸此处省略之事有:爱兵如子、受人尊敬;与吕夷简言和。 ⑹庆历三年:公元1043年。 ⑹枢密副使:枢密使为枢密院(中央官署)的长官,枢密副使则为其副职,地位相当于副宰相。 ⑹就道:上路,动身。 ⑹参知政事:唐朝设立,为唐宋时期最高政务长官之一,地位相当于副宰相。 ⑹责:责令,督促。 ⑹手诏:帝王亲手写的诏书。⑹“趣使条”句:趣使,促使,督促。条,列举。 ⑹天章阁:宋宫中藏书阁名。始建于宋真宗天禧四年(1020),翌年成。坐落于会庆殿西、龙图阁北。仁宗即位,专用以藏真宗御制文集、御书,置天章阁学士、直学士、待制等官。 ⑹惶恐避席:惶恐,表示谦恭的用语。避席,回避,避退。 ⑹磨勘:唐宋官员考绩升迁的制度。唐时文武官吏由州府和百司官长考核,分九等注入考状,期满根据考绩决定升降,并经吏部和各道观察使等复验,称“磨勘”。 ⑺任子:宋代入仕的途径之一,即高官可凭借自己的资历和级别,使其子弟不经科考而直接进入仕途。 ⑺农桑考课守宰:农桑,农耕与蚕桑。考课,按一定标准考核官吏优劣,分别等差,决定升降赏罚。守宰,指地方长官。 ⑺侥幸之人皆不便:侥幸,企求非分。不便,不利。 ⑺腾口:同“滕口”,张口放言。 ⑺佐佑:辅助,支持。 ⑺会边奏有警:会,恰巧,适逢。边奏,即边报。警,危急的情况或消息。 ⑺“乃以公为”句:河东,北宋路名,治所在今山西省太原市。宣抚使,军职名,北宋时或传诏抚绥边境、宣布威灵,或统兵征伐、安内攘外,事毕即还阙罢使。品位视所带官职而定,自一品至从三品,位在招讨使、安抚使、转运使之上。 ⑺“即拜”二句:资政殿学士,见题解。邠州,治所在今

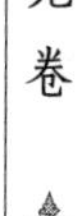

陕西省彬县。安抚使,差遣官、兼职名,宋初,由于遭灾害或边境用兵,特遣安抚使措置赈济或抚平边衅等,事毕即罢。宋真宗景德朝以后,安抚使始为一路帅臣,掌抚绥良民、察治盗贼。 ⑱ 复其故:恢复朝廷旧的政策。故,旧的事物。 ⑲ "言者"句:言者,指谏官。危事,危险的事情。中,中伤,陷害。 ⑳ 邓州:治所在今河南省邓州市。 ㉛ 青州:治所在今山东省青州市。 ㉜ 颍州:治所在今安徽省阜阳市。 ㉝ 肩舁至徐:肩舁,抬着轿子,谓乘坐轿子,指病重不能行。徐,徐州,治所在今江苏省徐州市。 ㉞ 辍朝:皇帝停止临朝听政。 ㉟ 遗表:古代大臣临终前所写的章表,于卒后上奏。 ㊱ 兵部尚书:宋前期无职事,为文臣迁转官阶,正三品。 ㊲ 哀恤:怜悯抚慰。 ㊳ 食不重肉:吃饭不用两道肉食,谓饮食节俭。 ㊴ 意豁如也:意,意志,愿望。豁如,开阔,旷达。 ㊵ 行己临事:行己,立身行事。临事,遇事或处事,这里特指治理政事。 ㊶ 山林处士、里闾田野:山林,指隐居之地。处士,本指有才德而隐居不仕的人,后亦泛指未做过官的士人。里闾,平民聚居之处,借指平民。田野,泛指农村,这里指农村之人。 ㊷ 夷狄:古称东方部族为夷,北方部族为狄。常用以泛称除华夏族以外的各族。

【赏析】 本文虽为碑铭,实则为一篇史传,以时间为顺序叙述范仲淹生平,简练精当,颇有史家风范。

第一段在简单介绍范仲淹的家世之后,从他两岁而孤、母亲改嫁说起,重点叙说了范仲淹如何刻苦读书,学有所成,最终高中进士,奉养其母、恩及先祖。可见范仲淹虽然幼年不幸,但穷且益坚,苦学成才,当为励志典范。

第二段转而叙述范仲淹的平生志向——"慨然有志于天下",并且"先天下之忧而忧,后天下之乐而乐",不为富贵、贫贱、毁誉、欢戚所动,"不择利害为趋舍"。这种志向、大节贯穿其一生,并在以后各个时期、各个事件中表现出来。首先就是"以言事忤章献太后旨"等事。范仲淹作为谏官,据理直谏,论时政缺失,因此遭贬,并为权臣小人所忌恨,却毫不妥协。

第三、四两段叙述范仲淹镇守边关、抵御西夏的经历,分别展现了范仲淹在防御、治理、作战、外交方面的才能。其在边境三年,"士勇边实",西夏不敢犯。可惜朝廷因为西夏求和而将范仲淹召回,未能收复失地。

第五段叙述"庆历新政"始末。仁宗为能改变北宋积弊,任范仲淹为参知政事,令他上疏改革之法,于是便有了"庆历新政"。范仲淹所建议的办学,磨勘、任子之法,农桑考课守宰等等,都是有利于革新国家弊端、增强国力的举措,但因为触犯了很多守旧官僚贵族的利益而招来很多反对,最终他只能自行引退守边,新政即告失败。

第六段讲述范仲淹变法失败后任地方官直至病故的经历,特别提到范仲淹生病时皇帝"赐药存问"、去世后"辍朝一日",可见仁宗对范仲淹的看重。"遗表无所请"则说明范仲淹的无私与清正,也正是如此,才更让仁宗哀恤。

最后一段是欧阳修对范仲淹的总体评价。首先总体评价其为人,"外和

内刚，乐善泛爱”。接下来两句讲他的生活作风极为简朴，为官清廉，以至于“妻子仅给衣食”，但又“临财好施”，说明范仲淹严于律己却宽以待人。再者，评价其为政，不讲实际成就，只说“所至民多立祠画像”，说明他极得民心。然后，说范仲淹名满天下，即使是山林隐士、平民百姓乃至边疆外族，无人不知，而且津津乐道。最后，作者指出自己所记录的是范仲淹“系天下国家之大者”，这与第二段中所说的范仲淹平生志向相呼应，至于世次、官爵等则无须赘述。

欧阳修以春秋笔法撰写范仲淹平生之事，笔端含情却并无溢美之词，叙述与评价都极为精要，字里行间透露出对范仲淹的无限仰慕与无限惋惜，将范仲淹的志向、才干、大节展现得淋漓尽致。范仲淹，在布衣为名士，在州县为能吏，在边境为名将，不愧为“天地间第一流人物”（朱熹语），其才、其志，莫不让后人景仰。

石曼卿墓表

【题解】 本文选自《欧阳修全集》卷二四。石曼卿，即石延年（994—1041），北宋文学家、书法家，字曼卿，一字安仁。官至太子中允、秘阁校理。卒于康定二年二月四日，是年十一月改元庆历，故本文撰于庆历元年（1041）。墓表，犹墓碑，因其竖于墓前或墓道内，表彰死者，故称。

【原文】

曼卿，讳延年，姓石氏，其上世为幽州人[①]。幽州入于契丹，其祖自成始以其族间走南归。天子嘉其来，将禄之，不可，乃家于宋州之宋城[②]。父讳补之，官至太常博士[③]。幽燕俗劲武，而曼卿少亦以其气自豪，读书不治章句，独慕古人奇节伟行非常之功，视世俗屑屑，无足动其意者[④]。自顾不合于时，乃一混以酒，然好剧饮，大醉，颓然自放，由是益与时不合[⑤]。而人之从其游者，皆知爱曼卿落落[⑥]可奇，而不知其才之有以用也。年四十八，康定二年二月四日，以太子中允[⑦]、秘阁校理卒于京师。

曼卿少举进士，不中。真宗推恩，三举进士，皆补奉职[⑧]。曼卿初不肯就，张文节公[⑨]素奇之，谓曰：“母老，乃择禄耶？”曼卿矍然起就之，迁殿直，久之，改太常寺太祝、知济州金乡县[⑩]，叹曰：“此亦可以为政也。”县有治声。通判乾宁军，丁母永安县君李氏忧，服除，通

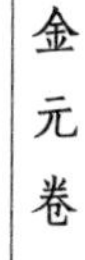

判永静军，皆有能名[11]。充馆阁校勘，累迁大理寺丞，通判海州，还为校理[12]。庄献明肃太后临朝[13]，曼卿上书，请还政天子。其后太后崩，范讽以言见幸，引尝言太后事者，遽得显官，欲引曼卿[14]。曼卿固止之，乃已。

自契丹通中国，德明尽有河南[15]，而臣属遂务休兵养息天下，然内外弛武三十馀年，曼卿上书言十事，不报。已而元昊反，西方用兵，始思其言。召见，稍用其说，籍河北、河东、陕西之民，得乡兵数十万。曼卿奉使籍兵河东，还，称旨，赐绯衣银鱼[16]。天子方思进其才，而且病矣。既而闻边将有欲以乡兵扞[17]贼者，笑曰："此得吾粗也。夫不教之兵，勇怯相杂，若怯者见敌而动，则勇者亦牵而溃矣。今或不暇教，不若募其敢行者，则人人皆胜兵也。"其视世事，蔑若不足为，及听其施设之方，虽精思深虑，不能过也[18]。

状貌伟然，喜酒自豪，若不可绳以法度[19]。退而质其平生，趣舍大节无一悖于理者[20]。遇人无贤愚，皆尽忻欢[21]。及闲而可否天下是非善恶，当其意者无几人[22]。其为文章，劲健称其意气[23]。有子济、滋。天子闻其丧，官其一子，使禄其家。既卒之三十七日，葬于太清之先茔[24]。其友欧阳修表于其墓曰：

> 呜呼曼卿！宁自混以为高，不少屈以合世，可谓自重之士矣。士之所负者愈大，则其自顾也愈重；自顾愈重，则其合愈难。然欲与共大事，立奇功，非得难合自重之士，不可为也。古之魁雄之人，未始不负高世之志，故宁或毁身污迹，卒困于无闻。或老且死，而幸一遇，犹克少施于世。若曼卿者，非徒与世难合，而不克所施，亦其不幸不得至乎中寿，其命也夫！其可哀也夫！

【注释】 ① 上世为幽州人：上世，先代，前辈。幽州，唐代州名，五代后晋时入于契丹，治所在今北京市西南。 ②"天子嘉其来"四句：嘉，嘉许，表彰。禄，给予俸禄。不可，不答应。家，安家落户，定居。宋州之宋城，北宋初期的州县名，后改为应天府，治所在今河南省商丘县南。 ③ 太常博士：全称太常寺博士。宋前期无职事，为文臣迁转官阶，从七品上。 ④"幽燕俗劲武"六句：劲武，刚健勇武。奇节，奇特的节操。伟行，不平常的行为。非常之功，不同寻常的功业。屑屑，琐屑，猥琐。 ⑤"自顾不合于时"六句：自顾，自念，自视。一混以酒，借酒混世。剧饮，豪饮，痛饮。颓然，颓放不羁貌。自放，自我放纵，摆脱礼法的约束。 ⑥ 落落：高超，卓越。 ⑦ 太子中允：北宋前期为文臣迁转官阶，无职事，正五品下。 ⑧“真宗推恩”三句：推恩，帝王对臣属推广封赠，以示恩典。奉职，即三班奉职，北宋武官官阶名。 ⑨张文节公：张知白（956—1028），字用晦，一字端甫，号清叟，谥文节。历事三朝，所过皆有惠政，虽显贵，清约如寒士。 ⑩“曼卿矍然起就之”五句：矍然，惊惧貌，惊视貌。殿直，左、右班殿直的通称，武阶名，正九品，皇帝的侍从官。太常寺太祝，官名，宋前期为文臣寄禄官，多用作门荫官，授予宰相、公卿子弟，从九品上。济州，治所在今山东省巨野县南。金乡，在济州东南九十里。 ⑪“通判乾宁军”五句：乾宁军，治所在今河北省青县，后改为清州。丁忧，旧制，父母死后，子女要守丧，三年内不做官，不婚娶，不赴宴，不应考。永安县，治所在今河南巩县西南。县君，古代妇人封号，宋庶子、少卿监、司业、郎中、京府少尹、赤县令等官之妻封“县君”。服除，守丧期满。永静军，治所在今河北省东光县。 ⑫“充馆阁校勘”四句：馆阁校勘，宋代官职之最低等，由京官充任，凡初入馆阁编校书籍，则谓馆阁校勘，位在校理之下。大理寺丞，北宋前期寄禄官名，掌管刑狱，从六品上。海州，治所在今江苏省连云港市西南海州镇。校理，即秘阁校理。 ⑬庄献明肃太后临朝：庄献明肃太后，即宋真宗刘皇后，“庄献明肃”为其谥号。临朝，临御朝廷（处理政事），特指太后摄政称制。 ⑭“范讽以言见幸”四句：范讽，字补之，齐州（今山东济南）人，为政济贫扶弱，事必躬亲，凡有不法者皆痛加治之。见幸，被宠爱。引，举荐。遽，遂，就。 ⑮“自契丹通中国”二句：指澶渊结盟罢兵后，契丹与宋维持和平局势。通，交往，往来友好。德明，西夏王，李元昊之父，宋封为西平王，占有西北地区黄河以南之地。 ⑯“称旨”二句：称旨，符合上意。绯衣，古代朝官的红色品服。银鱼，即银鱼符，银质的鱼符。授予五品以上官员佩带，用以表示品级身分。 ⑰扞：抵御，抵抗。 ⑱“其视世事”五句：蔑，细小，轻微。施设，安排，措置。 ⑲“状貌伟然”三句：伟然，卓异超群貌。绳，约束。 ⑳“退而质其平生”二句：评量，评断。趣舍，取舍。趣，通“取”。大节，指品德操守的主要方面（对小节而言）。悖，违逆，违背。 ㉑忻欢：忻，心喜。欢，使欢乐。 ㉒“及闲而可否”二句：可否，议论。当，符合。 ㉓劲健称其意气：劲健，风格刚劲雄健。称，相当，符合。意气，志向与气概。 ㉔太清之先茔：太清，乡名，属于亳州永城县（今属河南）。先茔，先人坟茔。

【赏析】 文章开头先介绍曼卿先世，由于受到幽燕地区劲武风气的影响，曼卿自小仰慕古人独特的节操功业，尚气自豪，读书也不拘泥于章句，表现了曼卿的独特追求与个性。也正是由于这样的个性，使他“不合于时”，于是“一混以酒”、“颓然自放”。曼卿的独特言行使得时人都乐于与他交游，却往往“不知其才之有以用也”。下面两段就具体叙述曼卿“其才之有以用”。第二段开头讲曼卿是为了奉养母亲才就职的，数任都在地方，皆有“治声”、“能名”，可见曼卿有治理地方之才。接下来则是奏请太后还政于天子之事，可见曼卿有谏官之才。第三段称述曼卿的军事之才。在西夏入侵之前，曼卿就上书言边事，可见其远见卓识；等到西夏入侵，他又以实际行动抗击敌人，直到这时皇帝才想要重用他。这段文字既充满了对曼卿的赞赏，同时也表达了对他不被看重的惋惜。第四段是欧阳修对曼卿的总体评价。“状貌伟然，喜酒自豪，若不可绳以法度"，与第一段的"以其气自豪"、"视世俗屑屑"相呼应，点明曼卿的为人个性，不失为当世豪杰。接下来又说他"趣舍大节无一悖于理"，则表明曼卿虽然为人与众不同，但并非恣意妄为，仍不失为一个儒者。

欧阳修还原了一个真实而立体的石曼卿：既是豪杰又是儒者，有非凡之才却不合于时，只能托酒自放。作者的惋惜之情溢于言表。

尹师鲁墓志铭

【题解】 本文选自《欧阳修全集》卷二十八，作于庆历八年(1048)。尹师鲁，即尹洙(1001—1047)，北宋文学家，字师鲁，河南(今河南洛阳)人，世称河南先生。会范仲淹贬，尹洙奏仲淹为臣之师友，仲淹被罪，臣不可苟免，因出监唐州酒税。累官至起居舍人。坐贬崇信军节度副使，徙监均州酒税，卒。尹洙博学有识度，尤深于春秋，精于史学，曾参与编修《新五代史》。著有《河南集》二十七卷。

【原文】

师鲁河南人，姓尹氏，讳洙。然天下之士识与不识皆称之曰师鲁，盖其名重[①]当世。而世之知师鲁者，或推其文学，或高其议论，或多其材能[②]。至其忠义之节，处穷达，临祸福，无愧于古君子，则天下之称师鲁者未必尽知之[③]。

师鲁为文章，简而有法。博学强记，通知古今，长于《春秋》。其与人言，是是非非，务穷尽道理乃已，不为苟止而妄随，而人亦罕能过也[④]。遇事无难易，而勇于敢为，其所以见称于世者，亦所以取嫉于人，故其卒穷以死[⑤]。师鲁少举进士及第，为绛州正平县主簿、河南府户曹参军、邵武军判官[⑥]。举书判拔萃，迁山南东道掌书记，知伊阳县[⑦]。王文康公荐其才，召试，充馆阁校勘，迁太子中允[⑧]。天章阁待制范公贬饶州，谏官、御史不肯言[⑨]。师鲁上书，言仲淹臣之师友，愿得俱贬。贬监郢州酒税，又徙唐州[⑩]。遭父丧，服除，复得太子中允，知河南县[⑪]。赵元昊反，陕西用兵，大将葛怀敏奏起为经略判官[⑫]。师鲁虽用怀敏辟，而尤为经略使韩公所深知[⑬]。其后诸将败于好水，韩公降知秦州，师鲁亦徙通判濠州[⑭]。久之，韩公奏，得通判秦州。迁知泾州，又知渭州兼泾原路经略部署[⑮]。坐城水洛与边臣异议，徙知晋州[⑯]。又知潞州[⑰]，为政有惠爱，潞州人至今思之。

累迁官至起居舍人、直龙图阁[18]。

师鲁当天下无事时独喜论兵，为《叙燕》、《息戍》二篇行于世。自西兵起，凡五六岁，未尝不在其间，故其论议益精密，而于西事尤习其详[19]。其为兵制之说，述战守胜败之要，尽当今之利害[20]。又欲训土兵代戍卒，以减边用，为御戎长久之策[21]，皆未及施为，而元昊臣，西兵解严，师鲁亦去而得罪矣[22]。然则天下之称师鲁者，于其材能，亦未必尽知之也。

初，师鲁在渭州，将吏有违其节度者，欲按军法斩之而不果[23]。其后吏至京师，上书讼师鲁以公使钱贷部将，贬崇信军节度副使，徙监均州酒税[24]。得疾，无医药，舁至南阳[25]求医。疾革，隐几而坐，顾稚子在前，无甚怜之色，与宾客言，终不及其私[26]。享年四十有六以卒。

师鲁娶张氏，某县君[27]。有兄源，字子渐，亦以文学知名，前一岁卒。师鲁凡十年间，三贬官，丧其父，又丧其兄。有子四人，连丧其三。女一适[28]人，亦卒。而其身终以贬死。一子三岁，四女未嫁，家无余资，客其丧[29]于南阳不能归。平生故人无远迩皆往赙之，然后妻子得以其柩归河南，以某年某月某日葬于先茔之次[30]。余与师鲁兄弟交，尝铭其父之墓矣，故不复次其世家焉。铭曰：藏之深，固之密。石可朽，铭不灭。

【注释】 ① 名重：名声显赫。 ② 多其材能：多，称赞，重视。材能，才智和能力。 ③“至其忠义”五句：忠义，忠贞义烈。穷达，困顿与显达。称，称道，称扬。④“其与人言”五句：是是非非，肯定正确的，否定错误的，指评定是非。苟止，勉强停止。妄，胡乱，随便。随，附和，依从。 ⑤“其所以见称”三句：见称，受人称誉。嫉，憎恶，痛恨。卒，最终。穷，困顿不得志。 ⑥“为绛州”句：绛州正平县，治所在今山西省新绛县。县主簿，职事官名，掌本县官物出纳、注销簿书，官品位由县之等级决定，由从九品下到从八品上不等。户曹参军，曹官名，掌管户籍、赋税、婚姻、田宅、仓库交纳等事，北宋前期为正七品下。邵武军，治所在今福建省邵武市。判官，于各州府沿置，选派京官充任称签书判官厅公事。 ⑦“举书判拔萃”三句：书判拔萃，是针对选人破格铨选而设置的，以经义和律法为考试内容的科目。山南东道，治所在今湖北省襄樊市。掌书记，全名节度掌书记，为节度州属官，与节度推官共掌本州节度使印，有关本州军事文书，与节度推官共签署、用印，协助长吏治本州事，从八品。伊阳县，在今河南省嵩县西南。 ⑧“王文康公”四句：王文康公，指王曙（？—1034），字晦叔，河南（今河南洛阳）人，谥文康。馆阁校勘，官名，掌管校勘典籍。太子中允，北宋前期为文臣迁转官阶，无职事，正五品下。 ⑨“天章

阁”二句：天章阁待制，侍从官，本为侍从、献纳之臣，无职守，为文臣差遣贴职，从四品。范公，指范仲淹，景祐三年(1036)因与宰相吕夷简发生冲突而被贬。饶州，治所在今江西省波阳县。谏官，掌谏诤的官员。御史，专门为监察性质的官职，负责监察朝廷、诸侯官吏的失职和不法行为。 ⑩“贬监”二句：郢州，治所在今湖北钟祥县。唐州，治所在今河南省唐河县。 ⑪“遭父丧”四句：服除，守丧期满。河南县，治所在今河南省洛阳市西郊。⑫“赵元昊反”三句：赵元昊，即李元昊(1003—1048)，西夏开国君主。因先世宋赐赵姓，故又称为赵元昊，雄毅大略，不甘臣服于宋，遂称帝，建国号夏，在三川口、好水川等战役中给予宋朝沉重的打击。宋不能克，乃封为夏国主。葛怀敏(？—1042)，北宋真定(治今河北正定)人，北宋名将葛霸之子，以父荫授职，使契丹，累官至泾原路马步军副总管，兼泾原、秦凤两路经略使，进安抚副使。庆历中，赵元昊进犯，葛怀敏率诸将与之战，遇害，谥忠隐。奏，上奏。起，举用，征聘。经略判官，差遣名，为高级幕僚。 ⑬“师鲁虽用怀敏辟”二句：辟，举荐。经略使，军职差遣名，以文臣充任，总制武帅，掌总护诸将，统制军旅，察治奸吏，以肃清一路，品位视差遣官所带本官职而定，宋初多以宰相、尚书右仆射(从一品)充任。韩公，指韩琦(1008—1075)，字稚圭，自号赣叟，谥忠献，北宋政治家、名将，与范仲淹共同防御西夏，名重一时，时称“韩范”。 ⑭“其后诸将败于好水”三句：庆历元年(1041)二月，元昊侵犯渭州，韩琦命大将任福据险设伏，截击敌人。福据为敌所诱，违令出击，大败于好水。四月，韩琦降为右司谏、知秦州(治所在今甘肃省天水市)。尹洙因擅自发兵增援，降通判濠州(治所在今安徽省凤阳县临淮关)。好水，即今好水河，源出宁夏隆德县北六盘山，西流至甘肃静宁县入苦水河。 ⑮“迁知泾州”二句：泾州，治所在今甘肃省泾川县北泾河北岸。渭州，治所在今甘肃省平凉市。泾原路，北宋康定二年(1041)置，经略安抚使治所在渭州。经略部署，官名，北宋初置，为一方军事统帅，掌军旅屯戍、攻防等事务。⑯“坐城水洛”二句：坐，因为，由于。城水洛，即水洛城，又名洛口城，即今甘肃省庄浪县。异议，持不同意见。晋州，治所在今山西省临汾市。 ⑰ 潞州：治所在今山西省长治市。⑱“累迁官”句：起居舍人，职官名，主修《起居注》(皇帝的言行录)，宋前期无职守，为文臣迁转官阶，从六品上。直龙图阁，职名，为职事官，非侍从官所带职名，与馆阁官轮宿于秘阁，正七品。 ⑲“自西兵起”五句：西兵起，指西夏与北宋的战争。习，熟悉，通晓。⑳“其为兵制”三句：兵制，关于军队建制及平时、战时指挥管理军队的制度。利害，指形势的便利与险要。 ㉑“又欲训土兵”三句：土兵，地方兵。戍卒，戍守边疆的士兵。边用，边防费用。戎，泛指我国西部的少数民族，这里指西夏。 ㉒“而元昊臣”三句：元昊臣，庆历四年(1044)五月，元昊称臣。解严，解除非常的戒备措施。去，离开。得罪，获罪。㉓“将吏有违其节度者”二句：节度，调度，指挥。不果，没有成为事实，终于没有实行。㉔“其后吏至京师”四句：公使钱，宋代官府用于宴请和馈送过往官员的费用。贷，施与，给予。崇信军，治所在今甘肃省崇信县。节度副使，散官名，从八品，通常用于安置贬谪之臣，一般不准签署州事，只给节度副使俸禄的一半。均州，治所在今湖北省丹江口市西北旧均县。 ㉕ 舁至南阳：舁，抬，扛。南阳，即河南省南阳市。 ㉖“疾革”六句：疾革，病情危急。隐几，靠着几案，伏在几案上。顾，回首，回视。稚子，幼子，小孩。怜，哀怜，怜悯。 ㉗ 县君：宋庶子、少卿监、司业、郎中、京府少尹、赤县令等官之妻封号。 ㉘ 适：女子出嫁。 ㉙ 客其丧：即客死，死于他乡异国。 ㉚“平生故人”三句：故人，旧交，老友。

远迩，远近。赙，赠送财物助人治丧。先茔，先人坟茔。次，近旁，旁边。

【赏析】 尹洙与欧阳修为挚友，故而这篇墓志中凝结了欧阳修对其遭遇、去世的悲痛之情。开头两段是对尹洙的总体描绘与评价。尹洙"名重当世"，其文学、议论、才能都为人称道，而欧阳修认为尹洙的"忠义之节，处穷达，临祸福"方面，天下人未必都了解，而"忠义之节"正是欧阳修着重强调的方面。第二段分别对尹洙的文学、议论、才能做简洁评述，认为正由于尹洙有此大才，从而被小人嫉恨，最后"穷以死"。

接下来几段便讲述尹洙生平，其中他的才能和忠义在几件事情中或明或隐地展现出来。尤其是在范仲淹遭贬官时，其他人都害怕被视为党羽而遭牵连，避之不及，唯有尹洙在这样的情势下敢于上书说范仲淹为自己的师友，"愿得俱贬"，其胆识与大义昭然可见。而当他被诬陷贬官、愤懑病重时，对家人和宾客却无一言涉及私事，忠义大节令人敬佩。至于其才能，欧阳修独独强调了军事方面。尹洙在重文轻武的世风下"独喜论兵"，西夏战事爆发后更是针对性地提出了精妙的议论，可惜未能得到施行。继而作者感叹："然则天下之称师鲁者，于其材能，亦未必尽知之也。"

这篇墓志写成后，有些人不了解欧阳修的意图并妄加非议；尹洙的家属也有些不满，认为对尹洙的评价不高。于是，欧阳修于皇祐元年(1049)写了《论尹师鲁墓志》，逐句解释自己的用心。如评价师鲁文章"简而有法"，在孔子六经中唯有《春秋》可以当之；"博学强记，通知今古"唯有孔孟可当之；等等。至于写作风格，与欧阳修素来的文风有明显区别，这是由于他在写作这篇墓志时有意模仿尹洙的写作风格，力求简古。用欧阳修的话来说，是"慕其如此，故师鲁之志用意特深而语简，盖为师鲁文简而意深。又思平生作文，惟师鲁一见，展卷疾读，五行俱下，便晓人深处，因谓死者有知必受此文，所以慰吾亡友尔"。将《论尹师鲁墓志》与本文对照来看，更能体会作者的良苦用心，对师鲁忠义才能的推重以及对其被诬陷而死的沉痛。

梅圣俞墓志铭

【题解】 本文选自《欧阳修全集》卷三十三，作于嘉祐六年(1061)，梅尧臣卒于是年正月。梅圣俞，即梅尧臣(1002—1060)，字圣俞，世称宛陵先生，北宋著名诗人。曾参与编撰《新唐书》，并为《孙子兵法》作注，有《宛陵先生集》六十卷。

【原文】

嘉祐五年，京师大疫[①]。四月乙亥，圣俞得疾，卧城东汴阳坊。明日，朝之贤士大夫往问疾者，驺呼属路不绝[②]。城东之人，市者废，行者不得往来[③]，咸惊顾相语曰："兹坊所居大人谁邪？何致客之多也！"居八日，癸未，圣俞卒。于是贤士大夫又走吊哭[④]如前日益多，而其尤亲且旧者，相与聚而谋其后事。自丞相以下，皆有以赙恤[⑤]其家。粤六月甲申，其孤增[⑥]载其柩南归。以明年正月丁丑葬于某所。

圣俞，字也，其名尧臣，姓梅氏，宣州宣城[⑦]人也。自其家世颇能诗，而从父询以仕显[⑧]。至圣俞，遂以诗闻。自武夫、贵戚、童儿、野叟，皆能道其名字，虽妄愚人不能知诗义者，直曰："此世所贵也，吾能得之。"用以自矜，故求者日踵门[⑨]，而圣俞诗遂行天下。其初喜为清丽闲肆平淡，久则涵演深远，间亦琢刻以出怪巧，然气完力馀，益老以劲[⑩]。其应于人者多，故辞非一体，至于他文章，皆可喜，非如唐诸子号诗人者，僻固而狭陋[⑪]也。圣俞为人仁厚乐易，未尝忤于物，至其穷愁感愤，有所骂讥笑谑，一发于诗，然用以为欢，而不怨怼，可谓君子者也[⑫]。

初在河南，王文康公[⑬]见其文，叹曰："二百年无此作矣。"其后大臣屡荐宜在馆阁，尝一召试，赐进士出身，余辄不报[⑭]。嘉祐元年，翰林学士赵概[⑮]等十馀人列言于朝曰："梅某经行修明，愿得留，与国子诸生讲论道德，作为雅颂，以歌咏圣化[⑯]。"乃得国子监直讲[⑰]。三年冬，祫于太庙，御史大夫韩绛言天子且亲祠，当更制乐章，以荐祖考[⑱]，惟梅某为宜，亦不报。

圣俞初以从父荫[⑲]，补太庙斋郎[⑳]，历桐城、河南、河阳三县主簿[㉑]，以德兴县令知建德县[㉒]，又知襄城县，监湖州盐税[㉓]，签署忠武、镇安两军节度判官[㉔]，监永济仓，国子监直讲，累官至尚书都官员外郎[㉕]。尝奏其所撰《唐载》二十六卷，多补正旧史阙谬[㉖]。乃命编修《唐书》[㉗]，书成，未奏而卒，享年五十有九。

曾祖讳远，祖讳邈，皆不仕。父讳让，太子中舍致仕，赠职方郎中[㉘]。母曰仙游县太君束氏，又曰清河县太君张氏[㉙]。初娶谢氏，封南阳县君[㉚]；再娶刁氏，封某县君。子男五人，曰增、曰墀、曰坰、曰龟儿，一早卒。女二人，长适太庙斋郎薛通，次尚幼。

圣俞学长于《毛氏诗》[31]，为《小传》二十卷，其文集四十卷，注《孙子》十三篇。余尝论其诗曰："世谓诗人少达而多穷，盖非诗能穷人，殆穷者而后工[32]也。"圣俞以为知言[33]。

【注释】 ① 大疫：谓瘟疫流行。 ②"朝之贤士大夫"二句：问疾，探问疾病。驺，骑马驾车的随从。呼，大声喊叫。属路，沿途，相续于路。 ③"市者废"二句：市者，城市中划定的贸易之所或商业区。废，停止，中止。行者，出行的人。 ④ 走吊哭：走，前往。吊哭，吊祭且哀哭之。吊，祭奠死者。 ⑤ 赙恤：抚恤助丧，亦指抚恤助丧的财物。赙，送给丧家的布帛、钱财等，用作动词则意为赠送财物助人治丧。恤，体恤，怜悯。 ⑥ 其孤增：孤，孤儿，指丧父的人。增，梅圣俞之子梅增。 ⑦ 宣州宣城：治所在今安徽省宣州市。 ⑧ 从父询：从父，父亲的兄弟，即伯父或叔父。询，即梅询（964—1041），字昌言，端拱二年（989）进士及第，《宋史》有传。 ⑨"用以自矜"二句：自矜，自负，自夸。踵门，登门，上门。 ⑩"其初"五句：谓梅圣俞最初喜欢写清新华美、悠闲自然而不事雕琢的诗，时间久了就意蕴深长，其间也修饰文辞以使诗歌奇巧，但其文风完备、能力丰足，年纪越大诗歌就越强健有力。 ⑪ 僻固而狭陋：僻固，偏执，固执。狭陋，浅薄，贫乏。 ⑫"圣俞为人"八句：谓梅圣俞为人仁爱宽厚、和乐平易，不曾与人不合，当他穷困愁苦、有所愤慨，或骂詈讥讽、嬉笑戏谑之时，便抒发在诗歌中，用这种方式来制造快乐，而从不怨恨不满，可称得上是君子。 ⑬ 王文康公：即王曙（963—1034），字晦叔，河南（今河南洛阳）人。淳化三年（992）进士，官至枢密使同中书门下平章事（位当宰相），谥文康。有文集四十卷、《两汉诏义》四十卷等著作。 ⑭"其后大臣"四句：馆阁，即三馆秘阁，昭文馆、史馆、集贤院和秘阁的总称，掌管禁中图书之府，编书、校书、读书。进士出身，即做官资格。不报，不批复，不答复。 ⑮ 翰林学士赵概：翰林学士，皇帝的亲近顾问兼秘书官，常值宿内廷，承命撰拟有关任免将相和册后立太子等事的文告，有"内相"之称，正三品。赵概（996—1083），字叔平，应天府虞城人，天圣五年（1027）举进士，官至枢密使、参知政事，谥康靖，《宋史》有传。 ⑯"梅某"五句：经行，经术和品行。修明，谨饬而清明。国子，即国子监，教育管理机关和最高学府。雅颂，指盛世之乐、庙堂之乐。圣化，帝王教化。 ⑰ 国子监直讲：学官名，掌教授诸经书，每二人共讲一经。由通经术、有德行的官员充任。 ⑱"三年冬"五句：祫，次，副贰。太庙，帝王的祖庙。御史大夫，负责监察百官，宋初为兼官，正三品。韩绛（1012—1088），字子华，开封雍丘（今河南杞县）人，庆历二年（1042）进士，官至同中书门下平章事（宰相），谥献肃，《宋史》有传。且，应当。亲祠，亲自祭祀。更制，改制。祖考，祖先。 ⑲ 父荫：谓因父辈之官爵而得官职。荫，庇荫。 ⑳ 太庙斋郎：荫补官名，非品官，隶属太常寺，为朝官子弟荫补起家之官。 ㉑"历桐城"句：桐城，治所在今安徽省桐城县。河南，治所在河南省洛阳市西郊涧水东岸。河阳，京西北路孟州州治所在县，在今河南省孟县南。 ㉒"以德兴县令"句：德兴，治所在今江西省德兴市。建德县，治所在今浙江省建德县东。 ㉓"又知襄城县"二句：襄城县，治所即今河南省襄城县。湖州，治所在今浙江湖州。监盐，监当官名，掌管榷盐（官府垄断食盐产销）课利（定额的赋税）。 ㉔"签署"句：忠武（军），治所在今河南省许昌市。镇安（军），治所在今河南省淮阳县。节度判官，幕职官名，为州府属官，协理郡事。 ㉕“监永济仓”三句：监永济仓，即监督永济仓库、管理粮食的官员。永济，治所在今山西省永济市。尚书都官员外郎，即尚书诸司员外郎，尚书省六部所属二十四司员外郎，正七品。 ㉖补正旧史阙谬：补正，补充，修正。旧史，指《旧唐书》。阙谬，缺漏和错误。 ㉗《唐书》：即《新唐书》。 ㉘“父讳让”三句：太子中舍，宋初为文臣迁转官阶，正五品上。致仕，因年老或衰病而正常退休。职方郎中，全称为尚书省兵部职方司郎中，北宋前期无职掌，为文臣迁转寄禄官阶，从五品上。职方司掌天下地图及城隍、镇戍、堡寨、烽候，及沿边少数民族内附等事。 ㉙“母曰”二句：仙游县，治所即今福建省仙游县。清河县，治所在今山东省临清市东北。 ㉚南阳县：治所在今河南省南阳市。 ㉛《毛氏诗》：即今本《诗经》。相传为汉初学者毛亨和毛苌所传，据称其学出于孔子弟子子夏。 ㉜工：巧，精。 ㉝知言：有见识的话。

【赏析】 文章采用倒叙手法，起首便写梅圣俞生病时朝中贤士大夫前往问疾的场景：络绎不绝，以至于“市者废，行者不得往来”，何其之盛也。问疾如此，则其去世后吊哭亦然，可想见梅圣俞当时之盛名。第二段开始介绍梅圣俞的基本情况，特别强调了他的诗歌才能，“以诗闻”，闻名到“自武夫、贵戚、童儿、野叟，皆能道其名字”的地步。欧阳修对梅圣俞诗歌的风格特点也有精当描述，从“清丽闲肆平淡”到最后的“益老以劲”，是一个随着人生阅历而逐渐发展升华的过程。梅圣俞不仅诗写得好，为人也“仁厚乐易”，“可谓君子”。

然而，与梅圣俞诗名之盛相对应的，却是他仕途上的失意不顺。虽然有王文康公、赵概、韩绛等高官名士的大力举荐，却屡屡不报，而梅圣俞也都只是做了一些地方小官。除了诗才，欧阳修在墓志中还提到了梅圣俞其他方面的才能，包括史学、经学和兵法。可惜，这样一个有才华的君子却无处施展其本领。

在墓志的最后，欧阳修总结道：“诗人少达而多穷，盖非诗能穷人，殆穷者而后工也。”他继承并发展了司马迁的“发愤著书”说和韩愈的“物不平则鸣”说，提出诗文创作“穷而后工”的理论。如梅圣俞这样的失意之人，其有所感激发愤而无所施行于世，便都寓于文辞，也如韩愈所说，“欢愉之辞难工，而穷苦之言易好”（《荆潭唱和诗序》）；倘若身居高位，便往往视诗词文章为末事，不暇或不能使之精妙。“穷而后工”不仅适用于梅圣俞，事实上在封建社会，绝妙的诗文往往都是在作者困顿苦闷的情况下写就的，也因此更有感染力、生命力。故而梅圣俞穷于仕途，却不穷于道，不穷于诗，更不穷于名。

丰乐亭记

【题解】 本文选自《欧阳修全集》卷三十九，作于庆历六年(1046)。欧阳修在庆历五年贬至滁州。滁州，治所在今安徽省滁州市。丰乐，岁丰熟，民安乐，亦谓富饶安乐。

【原文】

修既治滁之明年[1]夏，始饮滁水而甘，问诸滁人，得于州南百步之近。其上丰山耸然而特立；下则幽谷窈然[2]而深藏；中有清泉，滃然[3]而仰出。俯仰左右，顾而乐之。于是疏泉凿石，辟地以为亭，而与滁人往游其间。

滁于五代干戈[4]之际，用武之地也。昔太祖皇帝，尝以周师破李景兵十五万于清流山下，生擒其将皇甫晖、姚凤于滁东门之外，遂以平滁[5]。修尝考其山川，按其图记，升高以望清流之关，欲求晖、凤就擒之所，而故老[6]皆无在者。盖天下之平久矣。自唐失其政，海内分裂，豪杰并起而争，所在为敌国者，何可胜数！及宋受天命，圣人出而四海一。向之凭恃险阻[7]，铲削消磨，百年之间，漠然[8]徒见山高而水清。欲问其事，而遗老[9]尽矣。今滁介于江、淮之间，舟车商贾、四方宾客之所不至，民生不见外事，而安于畎亩[10]衣食，以乐生送死，而孰知上之功德，休养生息，涵煦[11]百年之深也？

修之来此，乐其地僻而事简，又爱其俗之安闲。既得斯泉于山谷之间，乃日与滁人仰而望山，俯而听泉，掇[12]幽芳而荫乔木，风霜冰雪，刻露清秀，四时之景无不可爱。又幸其民乐其岁物之丰成，而喜与予游也。因为本其山川，道其风俗之美，使民知所以安此丰年之乐者，幸生无事之时也。夫宣上恩德，以与民共乐，刺史[13]之事也，遂书以名其亭焉。庆历丙戌六月日，右正言、知制诰、知滁州军州事欧阳修记[14]。

【注释】 ① 明年：次年，第二年。 ② 窈然：深远貌，幽深貌。 ③ 滃然：水沸涌貌。 ④ 五代干戈：五代，指后梁、后唐、后晋、后汉、后周。干戈，干和戈是古代常用武器，引申为战争。 ⑤“昔太祖皇帝”五句：宋太祖赵匡胤最初在后周任职，显德三年

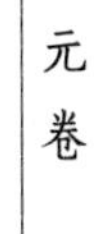

(956)奉周世宗之命征伐南唐。见《资治通鉴》卷二九二《后周》三。 ⑥ 故老:年高而见识多的人。 ⑦ 凭恃险阻:凭恃,依恃,依仗。险阻,险要阻塞之地。 ⑧ 漠然:茫然,无所知觉貌。 ⑨ 遗老:指前朝老人或旧臣。 ⑩ 畎亩:田地,田野。 ⑪ 涵煦:滋润养育。 ⑫ 掇:拾取。 ⑬ 刺史:官名,原为朝廷所派督察地方之官,后沿为地方官职名称。宋于州置知州,而无刺史职任,刺史之名仅为武臣升迁之阶。 ⑭ "右正言"句:右正言,宋前期为阶官名,偶为职事官,为文臣迁转官阶,八品。知制诰,差遣名,掌草拟诰命,与翰林学士对掌外制、内制。知滁州军州事,差遣官名,掌管本州军民之政,包括户口、赋税徭役、狱讼等事,还负责宣布条教、劝课农桑、赈灾等事务。"军"是宋代县以上的一个行政区域,一般设在冲要之地,一个军等于一个州或府,直辖于路。军的长官一般由中央派员,称"权知军州事",意谓暂时主持地方军队和民政事务,简称"知军"。

【赏析】 此文为丰乐亭作记,以"丰乐"二字作目,寓怀古之思,宣上之恩德。开头先通过简单的写景说明亭之由来。第二段写滁地为干戈用武之地,以上百年间的战乱兴亡,衬托如今滁地人民的安乐,并将此归功于上之功德。其间屡屡感叹"故老皆无在者"、"遗老尽矣",透露出欧阳修居安思危的忧患意识。最后一段叙述作者为滁人立亭,与滁人往来其间,安此丰年之乐,并以此命名该亭。作者写作本文的目的在于宣扬歌颂圣上朝廷的功德,虽为封建思想,但正如篇末所说,"宣上恩德,以与民共乐"是刺史的分内之事,我们不能以今天的观点加以苛责。况且欧阳修并非以溢美之词直接歌功颂德,而是通过今昔治乱的对比来婉转地称颂功德,并能将叙事、写景、议论有机结合,故而成为名篇。

岘山亭记

【题解】 本文选自《欧阳修全集》卷四十,作于熙宁三年(1070),时欧阳修在蔡州(今河南汝南)任上,应史修之请而作本文。史修,字中辉,熙宁元年(1068)以光禄卿守襄阳。岘山,又名岘首山,在湖北襄樊市南汉江西岸,东临汉水,为襄阳南面要塞。

【原文】

岘山临汉上,望之隐然,盖诸山之小者。而其名特著于荆州者,岂非以其人哉?其人谓谁?羊祜叔子①、杜预元凯②是已。方晋与吴以兵争,常倚荆州以为重,而二子相继于此,遂以平吴而成晋业,其功烈③已盖于当世矣。至于风流馀韵蔼然④被⑤于江汉之间者,至今人犹思之,而于思叔子也尤深。盖元凯以其功,而叔子以其仁,二

子所为虽不同，然皆足以垂于不朽。余颇疑其反自汲汲[6]于后世之名者何哉？

传言叔子尝登兹[7]山，慨然语其属[8]，以谓此山常在，而前世之士皆已湮灭于无闻，因自顾而悲伤，然独不知兹山待己而名著也。元凯铭功于二石，一置兹山之上，一投汉水之渊。是知陵谷有变，而不知石有时而磨灭也。岂皆自喜其名之甚而过为无穷之虑欤？将自待者厚[9]而所思者远欤？

山故有亭，世传以为叔子之所游止也。故其屡废而复兴者，由后世慕其名而思其人者多也。熙宁元年[10]，余友人史君中辉以光禄卿[11]来守襄阳。明年，因亭之旧，广而新之，既周以回廊之壮，又大其后轩，使与亭相称。君知名当世，所至有声，襄人安其政而乐从其游也，因以君之官，名其后轩为光禄堂，又欲纪其事于石，以与叔子、元凯之名并传于久远。君皆不能止也，乃来以记属[12]于余。

余谓君知慕叔子之风而袭[13]其遗迹，则其为人与其志之所存者可知矣。襄人爱君而安乐之如此，则君之为政于襄者又可知矣。此襄人之所欲书也。若其左右山川之胜势，与夫草木云烟之杳霭[14]，出没于空旷有无之间，而可以备诗人之登高，写《离骚》之极目者，宜其览者自得之。至于亭屡废兴，或自有记，或不必究其详者，皆不复道。熙宁三年十月二十有二日，六一居士欧阳修记。

【注释】 ① 羊祜叔子：羊祜(221—278)，字叔子，泰山平阳(今山东新泰)人。晋朝军事家、政治家和文学家。羊祜在襄阳时，尝登岘山，其卒后，有人为之立碑，杜预称之为坠泪碑。 ② 杜预元凯：杜预(222—285)，字元凯，京兆杜陵(今陕西西安东南)人，西晋时期政治家、军事家和学者，灭吴统一战争的统帅之一。 ③ 功烈：亦作“功列”，功勋业绩。 ④ 蔼然：盛貌。 ⑤ 被：覆盖，笼罩。 ⑥ 汲汲：心情急切貌，引申为急切追求。 ⑦ 兹：代词，此，这。 ⑧ 属：下属。 ⑨ 将自待者厚：或许过于重视自己。将，或许。自待，看待自己。 ⑩ 熙宁元年：公元1068年。熙宁为宋神宗年号(1068—1077)。 ⑪ 光禄卿：宋前期无职事，为文臣迁转官阶，从三品，隶属于光禄寺(掌管祠祭、朝会、宴享等场合的膳食)。 ⑫ 属：通“嘱”，嘱咐，嘱托。 ⑬ 袭：继承，沿袭。 ⑭ 杳霭：云雾飘缈貌。

【赏析】 本文应友人史中辉之邀而作，写得委婉含蓄，发人深思。作者并未在文中描写岘山亭处的自然景观与亭子的兴废经历，而重点发表议论。文章开头即指出，岘山并无特殊之处，之所以有名，全然在于羊祜、杜预这两位历史名人，由此引出“名”字，并以“名”字作为全篇的骨架。接下来追述了羊祜、杜预二人的事迹与功业，并在其中相对突出了羊祜，慨叹二人“汲汲于后世之名”，尤其对杜预“铭功于二石”语含讥讽，说他“自喜其名之甚而过为无穷之虑”，认为他“自待者厚”，不知“石有时而磨灭”。在论述完历史人物之后，将目光转入当下，写史中辉在襄阳之事。先写史中辉对岘山亭的改造扩建，再写襄阳人欲将史中辉之事记于石，故而请欧阳修作此记。联系上文中对羊、杜二人好名的否定来看，这段叙述也微含讽意。欧阳修认为立碑记功之举大可不必，但认为史中辉“知慕叔子之风而袭其遗迹，则其为人与其志之所存者可知”，也期望他能以羊、杜为榜样，在地方治理上有所成就。

欧阳修作此记，借古喻今，言外之意是规劝史中辉莫要好名，既应了朋友的请托，又含蓄地表达了自己的劝勉。

释秘演诗集序

【题解】 本文选自《欧阳修全集》卷四十三，作于庆历二年（1042）。秘演，法号文惠，山东人，与石延年、苏舜钦、尹洙、欧阳修交，有诗三四百篇，大多散佚，《宋史·艺文志》中有《僧秘演集》二卷。

【原文】

予少以进士游京师[①]，因得尽交当世之贤豪。然犹以谓国家臣一[②]四海，休兵革，养息天下，以无事者四十年，而智谋雄伟非常之士，无所用其能者，往往伏而不出，山林屠贩，必有老死而世莫见者，欲从而求之不可得。其后得吾亡友石曼卿。曼卿为人，廓然有大志，时人不能用其材，曼卿亦不屈以求合，无所放其意，则往往从布衣野老酣嬉淋漓，颠倒[③]而不厌。予疑所谓伏而不见者，庶几狎而得之[④]，故尝喜从曼卿游，欲因以阴[⑤]求天下奇士。

浮屠秘演者，与曼卿交最久，亦能遗外[⑥]世俗，以气节相高，二人欢然无所间。曼卿隐于酒，秘演隐于浮屠，皆奇男子也，然喜为歌诗以自娱。当其极饮大醉，歌吟笑呼，以适[⑦]天下之乐，何其壮也！一时贤士皆愿从其游，予亦时至其室。十年之间，秘演北渡河，东之济、郓[⑧]，无所合，困而归。曼卿已死，秘演亦老病。嗟夫！二人者，予乃见其盛衰，则余亦将老矣。

夫曼卿诗辞清绝，尤称秘演之作，以为雅健有诗人之意。秘演

状貌雄杰，其胸中浩然，既习于佛，无所用，独其诗可行于世，而懒不自惜。已老，胠其橐[9]，尚得三四百篇，皆可喜者。曼卿死，秘演漠然无所向，闻东南多山水，其巅崖崛峍[10]，江涛汹涌，甚可壮也，遂欲往游焉。足以知其老而志在也。于其将行，为叙其诗，因道其盛时以悲其衰。庆历二年十二月二十八日，庐陵欧阳修序。

【注释】 ① 予少以进士游京师：欧阳修在天圣四年（1026）举进士，时二十岁，始游京师。 ② 臣一：臣服而统一。 ③ 颠倒：反反复复；重复。 ④ 庶几狎而得之：庶几，或许，也许。狎，接近，亲近。 ⑤ 阴：暗暗地；偷偷地。 ⑥ 遗外：超脱，鄙弃。 ⑦ 适：去，往。 ⑧ 济、郓：济，即济州，治所在今山东省巨野县南。郓，即郓州，治所在今山东省东平县西北。 ⑨ 胠其橐：打开他的袋子。胠，打开。橐，盛物的袋子。 ⑩ 崛峍：山高峻的样子。

【赏析】 本文通篇以“奇”字作骨，以“盛”、“衰”二字为线，重点刻画秘演的才能、性情。开头以“求士”立意，从曼卿引出秘演，以曼卿作陪，宾主相形，并在其中插入自己，叙三人交往。欧阳修将秘演与曼卿并论，一个隐于酒，一个隐于浮屠，称赞他们都是“奇男子”，有大才却不能为世所用。欧阳修在刻画秘演时，使用的“壮”、“雄杰”、“志”等词语，都与佛教不相涉，并且说“习于佛，无所用”，含蓄地批评了佛教。继而引出秘演之诗，借曼卿之语予以称赞，并交代了为其作序的缘由，“道其盛时以悲其衰”。文章哀叹曼卿之死、秘演之衰，惜其不遇，更为世上“智谋雄伟非常之士”无法施展才能而慨叹，照应了开头的“求士”之意。为诗集作序，却从秘演的经历提升到人生的盛衰聚散的境界上，可谓迂回婉转。

苏氏文集序

【题解】 选自《欧阳修全集》卷四十三，本文作于皇祐三年（1051）。苏氏，指苏舜钦（1008—1048），北宋诗人，字子美，开封人。因支持范仲淹的庆历革新，为守旧派所恨，弹劾其在进奏院祭神时，用卖废纸之钱宴请宾客，被罢职，闲居苏州。复起为湖州长史，不久病故。

【原文】

予友苏子美之亡[1]后四年，始得其平生文章遗稿于太子太傅杜公[2]之家，而集录之以为十卷[3]。子美，杜氏婿也，遂以其集归之，而告于公曰："斯文，金玉也，弃掷埋没粪土，不能销蚀。其见遗[4]于一时，必有收而宝之于后世者。虽其埋没而未出，其精气光怪[5]已能常自发见，而物亦不能揜[6]也。故方其摈斥摧挫[7]、流离穷厄[8]之时，文章已自行于天下，虽其怨家仇人，及尝能出力而挤之死者[9]，至其文章，则不能少毁而揜蔽[10]之也。凡人之情，忽近而贵远[11]，子美屈于今世犹若此，其伸于后世宜如何也！公其可无恨。"

予尝考前世文章政理[12]之盛衰，而怪唐太宗致治几乎三王之盛[13]，而文章不能革五代之馀习[14]。后百有馀年，韩、李之徒[15]出，然后元和之文[16]始复于古。唐衰兵乱，又百馀年而圣宋兴，天下一定，晏然无事。又几百年，而古文始盛于今。自古治时少而乱时多，幸时治矣，文章或不能纯粹，或迟久而不相及，何其难之若是欤？岂非难得其人欤？苟一有其人，又幸而及出于治世，世其可不为之贵重而爱惜之欤？嗟吾子美，以一酒食之过，至废为民而流落以死。此其可以叹息流涕，而为当世仁人君子之职位宜与国家乐育贤材者惜也。

子美之齿[17]少于予，而予学古文反在其后。天圣[18]之间，予举进士于有司[19]，见时学者务以言语声偶擿裂[20]，号为时文，以相夸尚[21]。而子美独与其兄才翁[22]及穆参军伯长[23]，作为古歌诗杂文，时人颇共非笑之，而子美不顾也。其后天子患时文之弊，下诏书讽勉学者以近古[24]，由是其风渐息，而学者稍趋于古焉。独子美为于举世不为之时，其始终自守，不牵世俗趋舍，可谓特立之士也。

子美官至大理评事、集贤校理[25]而废，后为湖州长史[26]以卒，享年四十有一。其状貌奇伟，望之昂然，而即之温温[27]，久而愈可爱慕。其材虽高，而人亦不甚嫉忌，其击而去之者，意不在子美也[28]。赖天子聪明仁圣，凡当时所指名而排斥，二三大臣而下，欲以子美为根而累之者，皆蒙保全，今并列于荣宠[29]。虽与子美同时饮酒得罪之人，多一时之豪俊，亦被收采，进显于朝廷[30]。而子美独不幸死矣，岂非其命也？悲夫！庐陵欧阳修序。

【注释】 ① 苏子美之亡：苏舜钦卒于庆历八年（1048），享年四十一岁。 ② 太子太傅杜公：太子太傅，实际无职掌，宋前期用作文臣迁转官阶、宰执官致仕时所带官衔，从一品。杜公，指杜衍（978—1057），字世昌，越州山阴（今浙江绍兴）人，其长女嫁为苏舜

钦妻。 ③ 十卷:《郡斋读书志》、《直斋书录解题》、《通志·艺文略》、《文献通考·经籍考》等著录《苏子美集》均为十五卷,《四库全书总目》为十六卷。此处或为初编,或有漏缺。 ④ 见遗:被遗弃。 ⑤ 精气光怪:古人认为宝物集天地之灵气,其一旦出世,必将引发天地异象。精气,阴阳精灵之气。光怪,神奇怪异的现象。 ⑥ 揜:遮没,遮蔽,掩盖。⑦ 摈斥摧挫:摈斥,排斥,弃去。摧挫,挫折,损害。 ⑧ 流离穷厄:流离,流转离散。穷厄,困顿,不亨通。 ⑨ "虽其怨家仇人"二句:《宋史·苏舜钦传》:"舜钦娶宰相杜衍女,衍时与仲淹、富弼在政府,多引用一时闻人,欲更张庶事。御史中丞王拱辰等不便其所为。会进奏院祠神,舜钦与右班殿直刘巽辄用鬻故纸公钱召妓乐,间夕会宾客。拱辰廉得之,讽其属鱼周询等劾奏,因欲摇动衍。事下开封府劾治,于是舜钦与巽俱坐自盗除名,同时会者皆知名士,因缘得罪逐出四方者十余人。世以为过薄,而拱辰等方自喜曰:'吾一举网尽矣。'" ⑩ 揜蔽:阻塞,埋没。 ⑪ 忽近而贵远:近,历时短,距今不远。远,漫长,时间久。曹丕《典论·论文》:"凡人贵远贱近,向声背实。" ⑫ 政理:犹言政治。《三国志·蜀书·诸葛亮传》:"外结好孙权,内修政理。" ⑬ "唐太宗"句:《新唐书·太宗纪赞》:"盛哉,太宗之烈也!其除隋之乱,比迹汤、武;致治之美,庶几成、康。自古功德兼隆,由汉以来,未之有也。"致治,使国家在政治上安定清平。三王,指夏、商、周三代之君。 ⑭ "文章"句:指唐太宗文章承前代遗风。《新唐书·文艺传序》:"唐有天下三百年,文章无虑三变。高祖、太宗,大难始夷,沿江左余风,絺句绘章,揣合低卬,故王、杨为之伯。"五代,指梁、陈、齐、周、隋。 ⑮ 韩、李之徒:指韩愈、李翱。李翱(772—841),字习之,唐陇西成纪(今甘肃秦安东)人,唐朝文学家、哲学家,韩愈的学生。 ⑯ 元和之文:韩愈、柳宗元皆当元和之际,开展古文运动。元和是唐宪宗李纯的年号(806—820)。 ⑰ 齿:年龄。⑱ 天圣:宋仁宗年号(1023—1032)。 ⑲ 有司:即官吏。古代设官分职,各有专司,故称。⑳ 声偶擿裂:声偶,指诗文中字词音节的对偶。擿裂,割裂,指剽窃前人的文句。 ㉑ 夸尚:夸耀推崇。 ㉒ 才翁:即苏舜元(1006—1054),字才翁,苏舜钦之兄。为人精悍任气,歌诗豪健,尤善草书。 ㉓ 穆参军伯长:指穆修(979—1032),字伯长,郓州汶阳(今属山东汶上)人,大中祥符二年(1009)进士,官至颍州文学参军,世称"穆参军"。时学者从事声律,穆修独以古文称,为宋代理学先导,苏舜钦兄弟多从之游。有文集三卷。 ㉔ "其后天子"二句:天子,指宋仁宗,"讽勉学者以近古"的诏书下于庆历四年(1044)十一月。㉕ 大理评事、集贤校理:大理评事,隶属大理寺(掌管刑狱的官署),北宋前期为文臣迁转官阶,无职事,从八品下。集贤校理,馆职名、贴职名,在集贤院供职,京师差遣带职及外任贴职,负责校勘整理文献资料。 ㉖ 湖州长史:湖州,治所在今浙江省湖州市。长史,全称州长史,散官名,安置贬降官,给半俸,正九品。 ㉗ 望之昂然,而即之温温:昂然,高傲貌。即,接近,靠近。温温,柔和貌,谦和貌。《论语·子张篇》:"子夏曰:'君子有三变:望之俨然,即之也温,听其言也厉。'" ㉘ 意不在子美也:苏舜钦为范仲淹所举荐,因此保守派官僚诬陷苏舜钦的目的在于打击范仲淹等新政推行者。 ㉙ "二三大臣而下"四句:二三大臣,指当时的执政大臣杜衍、范仲淹、富弼等。他们没有受到苏案的直接牵累。荣宠,荣显宠幸。 ㉚ "虽与子美"四句:据《续资治通览长编》卷一五三,参加这一宴会与苏舜钦"并除名勒停"的有直龙图阁兼天章阁侍讲王洙,集贤校理刁约和江休复、王益柔等十多位名士,他们后来大都起复原官。

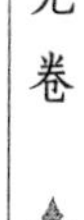

【赏析】 此文为苏子美文集作序，称赞其能文，而惋惜其不遇，将"能文"与"不遇"夹杂论说，无限唏嘘感叹。第一段称赞子美之文为"金玉"，认为其文虽然不能行于今日，则必能见知于后世，十分痛惜子美的流离穷厄，文章见遗于时。第二段"考前世文章政理之盛衰"，着重叙述自唐以来的古文复兴运动，探讨了国家治乱与文章盛衰的关系，说明自古文人难得，责备当世之人对子美不加爱惜，使其早亡。第三段叙子美的特立独行，褒扬他对古文运动的先驱作用以及不与时移、始终自守的品格。第四段叙子美的官职、为人、性格和命运，与他同时获罪之人都能重新被任用，只有子美已离世，叹息其不能遇时。文章以议论为主，又带有浓厚的抒情色彩，行文沉着痛快，为子美抒其愤懑，又期许其文在后世能大发光彩。中间叙述文章政理一段，追述唐宋古文运动的历史，指出文化作为上层建筑，其发展往往是落后于经济基础的发展的，因此在盛世治世未必会诞生好作家好作品，在一定程度上总结了文化发展规律，尤为精到。

六一居士传

【题解】 本文选自《欧阳修全集》卷四十四，作于熙宁三年(1070)，当时欧阳修在颍州(今属安徽阜阳)任太守。熙宁四年，欧阳修辞官归居颍州西湖之畔，直至去世。

【原文】

六一居士初谪滁山①，自号醉翁。既老而衰且病，将退休于颍水②之上，则又更号六一居士。

客有问曰："'六一'，何谓也？"居士曰："吾家藏书一万卷，集录三代以来金石遗文一千卷③，有琴一张，有棋一局，而常置酒一壶。"客曰："是为五一尔，奈何？"居士曰："以吾一翁，老于此五物之间，是岂不为'六一'乎？"客笑曰："子欲逃名者乎，而屡易其号，此庄生所诮畏影而走乎日中者也④。余将见子疾走大喘渴死，而名不得逃也。"居士曰："吾固知名之不可逃，然亦知夫不必逃也。吾为此名，聊以志吾之乐尔。"客曰："其乐如何？"居士曰："吾之乐可胜道哉！方其得意于五物也，太山⑤在前而不见，疾雷破柱而不惊。虽响九奏于洞庭之野⑥，阅大战于涿鹿之原⑦，未足喻其乐且适⑧也。然常患不得极吾乐于其间者，世事之为吾累者众也。其大者有二焉，轩裳

珪组[9]劳吾形于外，忧患思虑劳吾心于内，使吾形不病而已悴，心未老而先衰，尚何暇于五物哉？虽然，吾自乞其身[10]于朝者三年矣。一日天子恻然[11]哀之，赐其骸骨[12]，使得与此五物偕返于田庐，庶几[13]偿其夙愿焉。此吾之所以志也。”客复笑曰：“子知轩裳珪组之累其形，而不知五物之累其心乎？”居士曰：“不然。累于彼者已劳矣，又多忧；累于此者既佚矣，幸无患。吾其何择哉？”于是与客俱起，握手大笑曰：“置之，区区不足较也。”

已而叹曰：“夫士少而仕，老而休，盖有不待七十者矣。吾素慕之，宜去一也。吾尝用于时矣，而讫无称[14]焉，宜去二也。壮犹如此，今既老且病矣，乃以难强之筋骸[15]贪过分之荣禄，是将违其素志[16]而自食其言，宜去三也。吾负[17]三宜去，虽无五物，其去宜矣，复何道哉！”熙宁三年九月七日，六一居士自传。

【注释】 ① 滁山：即滁州，欧阳修在庆历五年（1045）贬至滁州。 ② 颍水：即颍河，源出河南登封县西南阳乾山，东南流至安徽颍上县东南入淮河。此处当是以颍水代指颍州。 ③ 金石遗文一千卷：金石，指古代镌刻文字、颂功纪事的钟鼎碑碣之类。欧阳修搜集金文、石刻编成《集古录》共一千卷，是中国现存最早的金石学著作。 ④ “此庄生”句：《庄子》中记载的一个小故事，说一个人害怕影子，以为影子在追赶自己，最终疾走绝力而死。诮，嘲笑，讥刺。 ⑤ 太山：即泰山。 ⑥ “响九奏”句：九奏，即“九韶”，虞舜时的音乐。洞庭，即洞庭湖，在湖南省北部、长江南岸，为我国第二大淡水湖。 ⑦ “阅大战”句：涿鹿，地名，故城在今河北省涿鹿县南。相传皇帝与蚩尤大战于涿鹿，最终杀死蚩尤。 ⑧ 喻其乐且适：喻，说明。适，快乐，满足。 ⑨ 轩裳珪组：轩裳，车与服装，代指官位爵禄。珪组，玉圭与印绶，引申指爵位、官职。 ⑩ 自乞其身：古代以作官为委身事君，故称请求辞职为乞身。其，指代自己。 ⑪ 恻然：哀怜貌，悲伤貌。 ⑫ 赐其骸骨：古代大臣请求致仕的婉词。 ⑬ 庶几：差不多，近似。 ⑭ 讫无称：讫，最终，一直。无称，无可称述或称赞的政绩。 ⑮ 筋骸：犹筋骨，引申指身体。 ⑯ 素志：平素的志愿。 ⑰ 负：承受，担负。

【赏析】 此文作于欧阳修去世前三年，他自号为“六一居士”而为自己作传，讲述自己晚年的爱好和志趣。虽为传记，却模仿汉赋的主客问答形式，别具一格。第一段交代背景之后，第二段在与客体的一问一答中，欧阳修首先回答了何为“六一”，接着辩解自己更改自号并非“逃名”，而是“志吾之乐”，指出自己平生为“轩裳珪组”、“忧患思虑”所累，无法在五物中充分得到快乐，因此决意引退。全文自述退休之志，行文跌宕，可以和陶渊明《五柳先生传》相媲美。

欧阳修虽然官至高位，名重当时，但被迫卷入政治斗争之中，屡遭政敌攻击，数次遭贬谪，同时又心怀天下，即所谓“轩裳珪组劳吾形于外，忧患思虑劳吾心于内”，因此早有激流勇退之意。而在作此传次年，欧阳修终于得以致仕隐居。由此可见欧阳修并非贪权好名之人，这篇自传即是他对自我内心的剖析，其志趣、气节令人仰慕。

苏洵

作者简介

苏洵(1009—1066),北宋文学家。字明允,眉州眉山(今四川眉山)人。应考进士不中,乃发愤读书。至和、嘉祐间,与子苏轼、苏辙至京师,欧阳修上其所著书,遂以文章得名。韩琦荐为秘书省校书郎,以霸州文安县主簿参与修《太常因革礼》。有政论文《审势》、《审敌》、《广士》、《田制》等,语言明畅,笔力雄健。著有《嘉祐集》二十卷。

六国论

【题解】 本文选自《嘉祐集》卷三,为苏洵论兵著作《权书》中的第八篇,写作时间不详。据曾枣庄先生考证,《权书》写作时间的上限为皇祐三年(1051)或四年(1052),下限为嘉祐元年(1056)。六国:战国末期先后被秦国吞并的韩、赵、魏、楚、燕、齐。

【原文】

六国破灭,非兵不利,战不善,弊在赂秦[①]。赂秦而力亏,破灭之道也。

或曰:"六国互丧,率赂秦耶[②]?"曰:"不赂者以赂者丧。盖失强援,不能独完。故曰:弊在赂秦也。"

秦以攻取之外,小则获邑,大则得城。较秦之所得,与战胜而得者其实百倍;诸侯之所亡,与战败而亡者,其实亦百倍。则秦之所大欲,诸侯之所大患,固不在战矣。思厥[③]先祖父暴霜露,斩荆棘,以有尺寸之地。子孙视之不甚惜,举以予人,如弃草芥,今日割五城,明日割十城,然后得一夕安寝。起视四境,而秦兵又至矣。然则诸侯之地有限,暴秦之欲无厌,奉之弥繁,侵之愈急,故不战而强弱胜负已判矣。至于颠覆,理固宜然。古人云:"以地事秦,犹抱薪救火,薪不尽,火不灭。"[④]此言得之。

齐人未尝赂秦,终继五国迁灭,何哉?与嬴[⑤]而不助五国也。五国既丧，齐亦不免矣。燕、赵之君，始有远略，能守其土，义不赂秦。是故燕虽小国而后亡，斯用兵之效也。至丹以荆卿为计，始速祸焉[⑥]。赵尝五战于秦，二败而三胜。后秦击赵者再，李牧连却之[⑦]。洎牧以谗诛，邯郸为郡[⑧]，惜其用武而不终也。且燕、赵处秦革灭殆尽之际，可谓智力孤危，战败而亡，诚不得已[⑨]。向使三国[⑩]各爱其地，齐人勿附于秦，刺客不行，良将犹在[⑪]，则胜负之数，存亡之理，当与秦相较，或未易量。

呜呼！以赂秦之地封天下之谋臣，以事秦之心礼天下之奇才，并力西向，则吾恐秦人食之不得下咽也[⑫]。悲夫，有如此之势，而为秦人积威之所劫[⑬]，日削月割，以趋于亡。为国者无使为积威之所劫哉！

夫六国与秦皆诸侯，其势弱于秦，而犹有可以不赂而胜之之势。苟以天下之大，下而从六国破亡之故事[⑭]，是又在六国下矣。

【注释】 ① 赂秦：贿赂秦国，指用割地等办法讨好秦国。 ②“六国互丧”二句：互丧，相继灭亡。率，一概，一律。 ③ 厥：代词，其，起指示作用。 ④“古人云”五句：据《战国策·魏策三》和《史记·魏世家》记载，孙臣和苏代都对魏王说过类似的话。 ⑤ 与嬴：与，亲附。嬴，秦国王室姓氏，作为秦国或秦王朝的代称。 ⑥“至丹以荆卿为计”二句：丹，即燕太子丹。荆卿，即荆轲。公元前227年，荆轲携燕国督亢地图和樊于期首级刺秦王，失败被杀。秦王大怒，发兵灭燕。速，招致。 ⑦ 李牧连却之：李牧（？—前229），赵末名将，公元前233年在宜安之战中重创秦军而被封武安君；公元232年再次击退秦军。却，击退。 ⑧“洎牧”二句：洎，等到。公元229年，赵王中了秦国的离间计，听信谗言，夺取李牧的兵权，不久后又把他杀害。三个月后，赵国灭亡，邯郸成了秦国的一个郡。 ⑨“且燕、赵”四句：革灭，消灭，灭亡。殆尽，几乎将尽。智力，才智与勇力。孤危，孤立危急。 ⑩ 三国：指楚、魏、韩三个邻近秦国的国家，它们在秦国的压力下多次割地贿赂秦国。向使，倘若，假如。 ⑪ 刺客不行，良将犹在：刺客指荆轲，良将指廉颇、李牧。 ⑫ 食之不得下咽：形容忧心忡忡，不思饮食。 ⑬“为秦人”句：意为被秦国人强大的威势胁迫。劫，威逼、胁迫。 ⑭ 故事：先例。

【赏析】 开篇破题，指明“六国破灭，非兵不利，战不善，弊在赂秦”，接下来则分别从“赂秦”和“不赂秦”两个方面进行解说。

“赂秦”，在苏洵看来是“抱薪救火”，只会一步步刺激秦国的贪欲，加速国家被蚕食侵吞。不赂秦的国家，虽然不割地求安，却也未能合理有效地抗击秦国：齐国亲附秦国，燕国派遣刺客，赵国诛杀良将。加上赂秦的国家灭亡后

使得它们势单力薄，无法与强秦抗衡，最终被消灭。接下来，苏洵又为六国做了一番谋划，假使六国“以赂秦之地封天下之谋臣，以事秦之心礼天下之奇才，并力西向”，则胜负未可知也。可惜，六国却“为秦人积威之所劫”，逐步走向灭亡。

最后，苏洵做了总结，即“为国者无使为积威之所劫”。这正是本文的要旨，目的在于借古讽今，为宋王朝敲响警钟。作者对宋朝的怯敌退让暗含讽刺，认为“是又在六国下”。的确，宋王朝在当时是中原的大一统国家，却对周边少数民族势力屡屡退让妥协，以割地或财物取得一时的安定，从而助长了敌人的气焰，增大了敌人的胃口，正如当初的六国对待秦国一样。苏洵对此十分忧心，作了十篇论兵之文，即《权书》，针对西夏、契丹问题提出自己的见解，而这些见解也是十分有见地的。疲软退让的对外政策是宋朝的一大弊病，北宋、南宋的灭亡在很大程度上即缘于此。可惜，苏洵以及尹洙、范仲淹等有识之士的建议并未被采纳，宋朝因循苟且，积重难返，只能渐渐走向衰亡。

管仲论

【题解】 本文选自《嘉祐集》卷九，写作时间不详。管仲（？—前645），名夷吾，齐国颍上（今安徽颍上）人。初辅佐公子纠，纠败，经鲍叔牙举荐而任齐桓公宰相，辅佐其成为春秋第一位霸主，被称为“管子”。其思想、言行反映在《管子》一书中。

【原文】

管仲相桓公，霸诸侯，攘戎狄[①]，终其身齐国富强，诸侯不叛。管仲死，竖刁、易牙、开方[②]用，桓公薨于乱[③]，五公子争立[④]，其祸蔓延，讫简公，齐无宁岁[⑤]。

夫功之成，非成于成之日，盖必有所由起；祸之作，不作于作之日，亦必有所由兆。则齐之治也，吾不曰管仲，而曰鲍叔[⑥]；及其乱也，吾不曰竖刁、易牙、开方，而曰管仲。何则？竖刁、易牙、开方三子，彼固乱人国者，顾其用之者，桓公也。夫有舜而后知放四凶，有仲尼而后知去少正卯[⑦]。彼桓公何人也？顾其使桓公得用三子者，管仲也。

仲之疾也，公问之相。当是时也，吾以仲且举天下之贤者以对。而其言乃不过曰竖刁、易牙、开方三子，非人情，不可近而已[⑧]。呜呼！仲以为桓公果能不用三子矣乎？仲与桓公处几年矣，亦知桓公之为人矣乎？桓公声不绝乎耳，色不绝乎目，而非三子者则无以遂其欲。彼其初之所以不用者，徒以有仲焉耳。一日无仲，则三子者，可以弹冠相庆[⑨]矣。仲以为将死之言，可以縶[⑩]桓公之手足邪？夫齐国不患有三子，而患无仲。有仲，则三子者，三匹夫[⑪]耳。不然，天下岂少三子之徒？虽桓公幸而听仲，诛此三人，而其馀者，仲能悉数[⑫]而去之邪？呜呼，仲可谓不知本者矣！因桓公之问，举天下之贤者以自代，则仲虽死，而齐国未为无仲也，夫何患？三子者不言可也。

五霸莫盛于桓、文[⑬]。文公之才不过桓公，其臣又皆不及仲，灵公之虐不如孝公之宽厚[⑭]。文公死，诸侯不敢叛晋。晋袭文公之余威，得为诸侯之盟主者百有馀年。何者？其君虽不肖，而尚有老成人焉[⑮]。桓公之薨也，一乱涂地。无惑也，彼独恃一管仲，而仲则死矣。夫天下未尝无贤者，盖有有臣而无君者矣。桓公在焉，而曰天下不复有管仲者，吾不信也。仲之书[⑯]有记其将死，论鲍叔、宾胥无之为人，且各疏其短，是其心以为是数子者皆不足以托国；而又逆知其将死，则其书诞谩不足信也[⑰]。

吾观史鳅以不能进蘧伯玉而退弥子瑕，故有身后之谏[⑱]。萧何且死，举曹参以自代[⑲]：大臣之用心，固宜如此也。夫国以一人兴，以一人亡，贤者不悲其身之死，而忧其国之衰。故必复有贤者而后可以死。彼管仲者，何以死哉！

【注释】 ①“管仲相桓公”三句：相，宰相，这里用作动词。攘，驱逐，排斥，抵御。戎狄，古民族名，西方曰戎，北方曰狄，后以泛指西北少数民族。齐桓公曾北伐山戎。②竖刁、易牙、开方：齐桓公的宠幸近臣。竖刁，亦作“竖刀”，为表忠心，自行阉割，有史记载的第一个宦官。易牙，又称狄牙、雍巫，传说曾烹其子为羹以献桓公。开方，春秋时卫国王子，为表忠心，追随桓公，在齐国十五年没有回家，父母去世也不回国奔丧。③桓公薨于乱：齐桓公病重时，被竖刁、易牙、开方等人软禁，国家内乱，冬天桓公饿死，尸体在床上六十七日，蛆出于户外，无人敢收葬。薨，称诸侯之死。④五公子争立：指齐桓公的五个儿子惠公元、孝公昭、昭公潘、懿公商人、公子雍争夺王位。⑤“其祸蔓延”三句：桓公死后，竖刁等人拥立公子无诡，太子昭逃亡宋国。宋襄公率诸侯军队送太子昭而伐齐，齐人杀了公子无诡，太子昭立，为齐孝公。孝公卒，公子潘凭借开方杀了孝公之子而自立，为齐昭公。昭公传位九代而到简公。在此期间，齐国不是有内乱，就是有外患。⑥鲍叔：即

鲍叔牙,姒姓,鲍氏,亦称"鲍叔"、"鲍子",颍上(今属安徽)人。早期管仲贫困,鲍叔牙时常接济他。后来管仲侍奉齐襄公的儿子公子纠,鲍叔牙侍奉公子纠的弟弟公子小白。齐国内乱,管仲随公子纠出奔鲁,鲍叔牙随公子小白出奔莒。小白返国继承君位之后,公子纠被杀,管仲被囚车运送回国。鲍叔牙推荐管仲当上了宰相,被时人誉为"管鲍之交"、"鲍子遗风"。 ⑦"夫有舜"二句:四凶,相传为尧舜时代四个凶恶的部族首领,被舜流放。少正卯,春秋时鲁国大夫,鲁定公十四年,孔子任鲁国大司寇,代理宰相,认为少正卯有五种恶劣品性,有惑众造反的能力,将他诛杀。少正,本为官名,西周始置,为六卿之长"正"的副职,后为复姓。 ⑧"仲之疾也"七句:管仲病重,桓公问群臣谁可为相。问到竖刁等三人时,管仲说,易牙杀子以适君,开方背亲以适君,竖刁自宫以适君,都不近人情,所以三人都不可以亲近。事见《史记·齐太公世家》。 ⑨弹冠相庆:语出《汉书·王吉传》:"吉与贡禹为友,世称'王阳在位,贡公弹冠',言其取舍同也。"本谓王吉(王阳)、贡禹友善,王吉做官,贡禹也准备出仕。后以"弹冠相庆"指互相庆贺。多用作贬义。 ⑩絷:束缚,拘束。 ⑪匹夫:指平常的人。 ⑫悉数:全部。 ⑬五霸莫盛于桓、文:五霸指春秋时期的五位霸主,有不同的说法:一为齐桓公、晋文公、宋襄公、楚庄公、秦缪公,二为齐桓公、晋文公、楚庄王、吴王阖闾、越王勾践,三为齐桓公、宋襄公、晋文公、秦穆公、吴王夫差。桓、文,指齐桓公和晋文公。 ⑭"灵公之虐"句:灵公,指晋灵公,为晋文公之孙,名夷皋,在位奢侈暴虐。孝公,即齐孝公,齐桓公之子,名昭,在大乱之后尚能宽厚待人。 ⑮"其君虽不肖"二句:意思是,晋文公死后,其子孙多不肖,但先后有赵盾、韩厥、赵武等为辅,故能维持其霸业。不肖,不成才,不正派。老成人,阅历丰富、练达持重的人。 ⑯仲之书:指《管子》,相传为管仲所著,实为后人采录管仲言行并采集他书内容汇集而成,原有八十六篇,今存七十六篇。 ⑰"论鲍叔"五句:宾胥无,春秋时齐国大夫,齐桓公的重臣。疏,陈说,列举。短,缺点。逆,预先,事先。诞谩,荒诞虚妄。 ⑱"吾观史鰌"二句:史鰌多次劝谏卫灵公任用蘧伯玉而斥退弥子瑕,灵公不从。史鰌临死前嘱咐其子说:"为人臣生不能进贤而退不肖,死不当治丧正堂,殡我于室足矣。"卫灵公知道后,于是进用蘧伯玉而斥退弥子瑕。史鰌,字子鱼,春秋时卫国贤大夫。蘧伯玉,名瑗,字伯玉,春秋时卫国贤大夫。弥子瑕,春秋时卫灵公的男宠。 ⑲萧何且死,举曹参以自代:《史记·萧相国世家》载,萧何病重,汉惠帝亲自前往探问,谁可代之为相,萧何说:"知臣莫如主。"惠帝说:"曹参何如?"萧何回答:"帝得之矣,臣死不恨矣!"

【赏析】 管仲是春秋时著名政治家,辅佐齐桓公建立赫赫功业,成为春秋五霸之首,历代无不称道其才能与功绩,并将他作为名相典范。至于他临终时告诫桓公勿用竖刁、易牙、开方三个小人,也被世人称赞有识人之明。但苏洵却不落前人窠臼,责备管仲不能举贤自代,从而导致齐国的衰亡。

苏洵先是总结道,无论功祸,事先必定有其起因征兆。他把齐国的兴盛归功于鲍叔,而将竖刁等小人被起用归咎于管仲。在苏洵看来,竖刁等人的确如管仲所说的"不近人情",但他们并不足为虑,不过是三个匹夫罢了,"齐国不患有三子,而患无仲"。更何况,管仲相齐桓公多年,不会不知道桓公的性情喜好,以桓公对声色的喜好,倘若没有了管仲的规劝抑制,竖刁等小人的得势是必然的。

接下来苏洵又以同为五霸的晋文公为例。晋文公无论从本人才略、大臣才能还是继承者素质来说,都不如桓公,但他去世后,晋国却能继续做了百余年的盟主,原因就在于它有一批"老成人"辅佐。相反,管仲去世后,齐国没有能继任的贤臣,故而"一乱涂地",桓公的霸业盛势也只是昙花一现。

苏洵又举了史鳅与萧何临终时"举天下之贤者以自代"作为正面例证,认为"大臣之用心,固宜如此也"。反观管仲临终时还论鲍叔、宾胥无的短处,便不免落于下乘。

苏洵此文立论新颖,管仲未能举贤自代,故而齐国"以一人兴,以一人亡"。天下如竖刁、易牙、开方这样的小人太多了,但只要朝中有一批贤臣坐镇,他们能造成的危害就很有限。举贤能、退小人,是贤臣应尽之责,管仲在举贤能方面未能尽职,因而被苏洵批判。

辨 奸 论

【题解】 本文选自《嘉祐集》卷九,作于嘉祐八年(1063)。奸,指王安石。苏洵与王安石在政治、学术上观点相左,导致不合。

【原文】

事有必至,理有固然,惟天下之静者乃能见微而知著[①]。月晕而风,础润而雨[②],人人知之。人事之推移,理势之相因,其疏阔而难知,变化而不可测者,孰与天地阴阳之事,而贤者有不知,其故何也[③]?好恶乱其中而利害夺其外也[④]。

昔者山巨源见王衍,曰:"误天下苍生者,必此人也。"[⑤]郭汾阳见卢杞,曰:"此人得志,吾子孙无遗类矣。"[⑥]自今而言之,其理固有可见者。以吾观之,王衍之为人,容貌言语固有以欺世而盗名者,然不忮不求,与物浮沉,使晋无惠帝,仅得中主,虽衍百千,何从而乱天下乎[⑦]?卢杞之奸,固足以败国,然而不学無文,容貌不足以动人,言语不足以眩世,非德宗之鄙暗,亦何从而用之[⑧]?由是言之,二公之料二子,亦容有未必然也。

今有人,口诵孔、老之言,身履夷、齐之行,收召好名之士、不得志之人,相与造作言语,私立名字,以为颜渊、孟轲复出,而阴贼险狠

与人异趣⑨。是王衍、卢杞合而为一人也，其祸岂可胜言哉？夫面垢不忘洗，衣垢不忘澣⑩，此人之至情也。今也不然，衣臣虏之衣，食犬彘之食，囚首丧面而谈《诗》、《书》，此岂其情也哉⑪？凡事之不近人情者，鲜不为大奸慝⑫，竖刁、易牙、开方⑬是也。以盖世之名而济其未形之患，虽有愿治之主、好贤之相，犹将举而用之，则其为天下患必然而无疑者，非特⑭二子之比也。

孙子曰："善用兵者无赫赫之功。"⑮使斯人而不用也，则吾言为过，而斯人有不遇之叹。孰知其祸之至于此哉？不然，天下将被其祸，而吾获知言之名⑯，悲夫！

【注释】 ①"惟天下之静者"句：天下之静者，指能不受外界干扰，始终保持内心虚静的人。见微而知著，看到事物的一些苗头，就能知道它的发展趋向。 ②月晕而风，础润而雨：月晕出现，将要刮风；础石湿润，就要下雨。比喻从某些征兆可以推知将会发生的事情。月晕，月亮周围的光圈，常被认为是天气变化起风的征兆，俗称风圈。础润，柱下石湿润，预示天将下雨。 ③"人事之推移"七句：意谓人事的变化发展，事理发展趋势的相承，其中幽渺难知、变化不可预测的方面，与天地自然现象相比，贤者也有所不知，是什么原因呢？理势，事理的发展趋势、情势。相因，相袭，相承。疏阔，宽阔，这里指幽渺难知。天地阴阳，指一切自然现象。 ④"好恶乱其中"四句：意谓好恶扰乱其内心而厉害干扰其外在。夺，乱，指干扰、影响。 ⑤"昔者山巨源见王衍"四句：据《晋书·山涛传》、《晋书·王衍传》记载，王衍童年时曾造访山涛，山涛嗟叹良久。王衍离开时，山涛目送之曰："何物老妪，生宁馨儿？然误天下苍生者，未必非此人也。"山巨源，即山涛(205—283)，字巨源，河内怀县(今河南武陟西)人，西晋时期名士、政治家，"竹林七贤"之一，以善于甄拔人才著称。王衍(256—311)，字夷甫，西晋大臣，琅邪临沂(今山东临沂北)人，官至尚书令、太尉，有盛才美貌，名倾当世。 ⑥"郭汾阳见卢杞"四句：据《新唐书·郭子仪列传》、《旧唐书·卢杞列传》记载，郭子仪生病时，百官造访探病，不屏退姬妾侍者，而卢杞至则屏退他们，家人问其故，郭子仪说："杞形陋而心险，左右见之必笑。若此人得权，即吾族无类矣。"郭汾阳，即郭子仪(697—781)，中唐名将，华州郑县(今陕西华县)人，平定安史之乱，晋为中书令，封汾阳郡王。卢杞(？—约785)，唐朝大臣，字子良，滑州灵昌(今河南滑县西南)人，阴险狡诈，忌能妒贤，搜刮财货，民间怨愤。 ⑦"然不忮不求"六句：不忮不求，不嫉妒，不贪求。与物浮沉，随波逐流，谓追随世俗。惠帝，即晋惠帝司马衷(259—307)，晋武帝司马炎第二子，西晋的第二代皇帝，公元290—307年在位，是历史上有名的愚钝皇帝。据《晋书·惠帝纪》："帝之为太子也，朝廷咸知不堪政事，武帝亦疑焉。尝悉召东宫官属，使以尚书事令太子决之，帝不能对。" ⑧"卢杞之奸"七句：意谓卢杞的奸佞固然足以败国，但如果不是德宗鄙陋昏庸，就不会起用他。眩世，迷惑世人。德宗，即唐德宗李适(742—805)，唐朝第九位皇帝，780—805在位。德宗之鄙暗，据《旧唐书·卢杞列传》："上曰：'众人论杞奸邪，朕何不知？'勉曰：'卢杞奸邪，天下人皆知；唯陛下不知，此所

以为奸邪也!'德宗默然良久。" ⑨“今有人”九句:此处不点名地批评王安石言行不一。阴贼,阴狠残忍。险狠,险恶狠毒。异趣,趋向不同。 ⑩“夫面垢”二句:垢,污秽。澣,同“浣”,洗涤。 ⑪“今也不然”五句:臣虏,臣仆,俘虏。犬彘,狗和猪,喻卑劣或卑劣之人。囚首丧面,头不梳如囚犯,脸不洗如居丧。据邵博《邵氏闻见录》记载:“魏公(韩琦)知扬州,王荆公初及第为签判,每读书至达旦,略假寐,日已高,急上府,多不及盥漱。” ⑫奸慝:奸诈邪恶之人。 ⑬竖刁、易牙、开方:齐桓公时三个奸臣,详见《管仲论》注②。 ⑭特:仅仅,只是。 ⑮“孙子曰”二句:语出《孙子·形篇》:“故善战者之胜也,无智名,无勇功。”即上兵伐谋之意。苏洵引用此话意谓善执政者当在奸未形成前消灭之。 ⑯“天下将被其祸”二句:被,蒙受,遭受。知言,谓善于辨析他人之言辞。

【赏析】 苏洵在文章开头认为事理有其必然性,只要冷静观察,就能“见微而知著”。但人对于“人事”却往往为“好恶”和“利害”所惑,即使贤者也很难判断其变化。然后引山涛见王衍和郭子仪见卢杞之事,说明山涛、郭子仪善于见微知著,但又认为他们的预言得到证实也有其偶然性,是晋惠帝和唐德宗的无才、鄙暗才使得王衍、卢杞得以成事。

接下来一段转而论述当下,不点名地论证“今有人”之“奸”:第一,指责其表里不一,“是王衍、卢杞合而为一人也”。第二,指责其不近人情,是竖刁、易牙、开方之徒。第三,认为其祸患未形之时便已名重当世,即使是“愿治之主、好贤之相”也会“举而用之”。相比之下,王、卢二人如果不是遇到“鄙暗”之主未必会得到重用,因此“某人”的祸害会远远超过二人。苏洵在结尾表示,希望自己的话不要应验,否则天下将遭其祸患。

全文围绕“误天下苍生者,必此人也”展开论述,并以王衍、卢杞为例,论证王安石是大奸,希望朝廷能见微知著,不要举而用之。

苏洵与王安石在政治和学术观点上有极大分歧,以至于到了苏洵对其攻讦的地步。本文论王安石为“奸”,虽然是为天下所虑,但亦不免过火。王安石为人和其变法历来毁誉参半,然而,从历史角度来看变法虽然有过失,但也有进步意义,不能一概否定。

张益州画像记

【题解】 本文选自《嘉祐集》卷十五,作于嘉祐元年(1056)。张益州,即张方平(1007—1091),字安道,号“乐全居士”,谥“文定”,应天府南京(今河南商丘)人。有《乐全集》四十卷。宋仁宗至和元年(1054),张方平知益州(治所在今四川成都),故称张益州。

【原文】

至和元年秋，蜀人传言有寇至，边军夜呼，野无居人，妖言流闻，京师震惊[①]。方命择帅，天子曰："毋养乱，毋助变。众言朋兴，朕志自定。外乱不作，变且中起。不可以文令，又不可以武竞，惟朕一二大吏，孰为能处兹文武之间，其命往抚朕师[②]？"乃推曰："张公方平其人。"天子曰："然。"公以亲辞，不可，遂行。冬十一月至蜀。至之日，归屯军，撤守备，使谓郡县："寇来在吾，无尔劳苦。"明年正月朔旦，蜀人相庆如他日，遂以无事[③]。

又明年正月，相告留公像于净众寺[④]，公不能禁。眉阳苏洵言于众曰："未乱，易治也；既乱，易治也；有乱之萌，无乱之形，是谓将乱。将乱难治，不可以有乱急，亦不可以无乱弛。是惟元年之秋，如器之欹[⑤]，未坠于地。惟尔张公，安坐于其旁，颜色不变，徐起而正之。既正，油然而退，无矜容，为天子牧小民不倦，惟尔张公。尔繄[⑥]以生，惟尔父母。且公尝为我言：'民无常性，惟上所待。人皆曰蜀人多变，于是待之以待盗贼之意，而绳之以绳盗贼之法，重足屏息之民，而以碪斧令[⑦]。于是民始忍以其父母妻子之所仰赖之身，而弃之于盗贼，故每每大乱。夫约之以礼，驱之以法，惟蜀人为易。至于急之而生变，虽齐、鲁亦然。吾以齐、鲁待蜀人，而蜀人亦自以齐、鲁之人待其身。若夫肆意于法律之外，以威劫其民[⑧]，吾不忍为也。'呜呼！爱蜀人之深，待蜀人之厚，自公而前，吾未始见也。"皆再拜稽首[⑨]曰："然。"苏洵又曰："公之恩在尔心，尔死在尔子孙，其功业在史官，无以像为也。且公意不欲，如何？"皆曰："公则何事于斯？虽然，于我心有不释焉。今夫平居闻一善，必问其人之姓名与乡里之所在，以至于其长短大小美恶之状，甚者或诘[⑩]其平生所嗜好，以想见其为人，而史官亦书之于其传。意使天下之人，思之于心，则存之于目；存之于目，故其思之于心也固。由此观之，像亦不为无助。"苏洵无以诘，遂为之记。

【注释】 ①"至和元年秋"六句：至和元年，公元1054年。这年秋天，蜀人传言有盗贼将至，事见《续资治通鉴长编》卷五十五："西南夷有邛部川首领者，妄言蛮贼侬智高在南诏，欲来寇蜀。良夫（守将）亟移兵屯边郡，益调额外弓手，发民筑城，日夜不得休息，民大惊扰。"居人，居民。妖言，妄言，胡说。流闻，辗转传闻。 ②"天子曰"十二句：养乱,姑息、纵容叛乱。助变,助长民变。朋兴,群起,蜂起。孰,谁,哪个。师,民众,徒众。③"冬十一月至蜀"十句:据《续资治通鉴长编》卷五十五,张方平至蜀后,"下令邛部川曰:'寇来吾自当之,妄言者斩。'悉归屯边兵,散遣弓手,罢筑城之役。会上元观灯,城门三夕不闭,人心稍定。已而得邛部川译人始为此谋者,斩之,枭首境上,而配流其余党于湖南,蜀人遂安"。屯军,驻扎的军队。守备,用于防御的设施、器物。正月朔旦,年初一早晨。他日,以往,昔日。无事,没有变故,多指没有战事、灾异等。 ④净众寺:在成都西门一带。《蜀中名胜记》卷二:"《高僧传》云:'僧无相,新罗国人,开元十六年至成都,募化檀越,造净众寺。'" ⑤攲:歪斜,倾斜。 ⑥繄(yī):是。 ⑦"重足屏息"二句:重足屏息,谓畏惧之甚。椹斧,同"砧斧",砧板与斧钺,古代杀人刑具。 ⑧以威劫其民:用权势胁迫百姓。威,权势,权力。劫,威逼,胁迫。 ⑨稽首:古时一种跪拜礼,叩头至地,是九拜中最恭敬者。 ⑩诘:追问,询问。

【赏析】 本文是苏洵为成都净众寺所立张方平之画像所写的小记。第一段简单交代了张方平入蜀的缘由、治绩,以及蜀地百姓自发为他立画像之事。

作为本文主体部分的第二段采取对话形式,论述了苏洵对张方平在蜀地之治理及立画像一事的看法。苏洵首先赞扬了张方平在将乱未乱的情况下能安抚民众,"为天子牧小民不倦",并且严正从容,气度非凡。并引述了张方平的话语,展现其治理思想。张方平反对对蜀地人民采取严刑峻法,认为那样只会逼迫人民为盗贼,造成动乱。相反,他"约之以礼,驱之以法",而不是"肆意于法律之外,以威劫其民",因此苏洵才感叹其"爱蜀人之深,待蜀人之厚"。接下来苏洵又说不必有画像,但亦不可以无像,几番转折,深化了对张方平的赞扬。

本文主旨在于称颂张方平在蜀之善政,并且表达了作者对于治理地方的政见。文中说,"未乱"、"既乱"都是"易治"的,前者按常规治理,后者采取非常措施。而最难办的是"将乱"而又"未乱"之时,"有乱之萌,无乱之形",能否采取有效的防护措施,十分考验官员的预见能力和把握尺度的能力,这一点张方平做到了皇帝所说的"毋养乱,毋助变",使蜀人"相庆如他日"。此外,作者还论述了官员应当如何对待百姓的问题:不能"待之以待盗贼之意,而绳之以绳盗贼之法",而"肆意于法律之外,以威劫其民",这样反而会激起民变。倘若官员爱护百姓,以齐、鲁的礼法对待百姓,那么百姓自然会拥护官员,并对官员的离任依依不舍。以上苏洵关于张方平治蜀所引发的议论在今天也很有参考价值。

曾巩

作者简介

曾巩(1019—1083),北宋文学家。字子固,建昌南丰(今江西南丰)人。嘉祐进士,为实录检讨官。在地方任职多年,颇有政绩。后调任史馆修撰,拜中书舍人。善散文,为文原本六经,斟酌于司马迁、韩愈,文中常对时政因循苟且表示不满。学者称南丰先生。后追谥文定。著有《元丰类稿》五十卷。

《新序》目录序

【题解】 曾巩本文选自《曾巩集》卷十一,从宋仁宗嘉祐五年(1060)至宋神宗熙宁元年(1068)在史馆编校典籍,本文及以后几篇目录序即在此期间写成。

《新序》是西汉学者刘向所编纂的一部以讽谏为目的的历史故事类编。原本三十卷,至北宋初仅存十卷,后经曾巩搜辑整理,仍厘为十卷。该书采集舜、禹时代至汉代的史事和传说,分类编纂,所记史事与《左传》、《战国策》、《史记》等颇有出入。

【原文】

刘向所集次《新序》三十篇[①],目录一篇,隋唐之世尚为全书,今可见者十篇而已。臣既考正其文字,因为其序论曰:

古之治天下者,一[②]道德,同风俗。盖九州[③]之广,万民之众,千岁之远,其教已明,其习已成之后,所守者一道,所传者一说而已。故《诗》、《书》之文,历世数十,作者非一,而其言未尝不相为终始,化之如此其至也。当是之时,异行者有诛,异言者有禁,防之又如此其备也[④]。故二帝三王[⑤]之际,及其中间尝更衰乱而余泽未熄[⑥]之时,百家众说未有能出于其间者也。及周之末世,先王之教化法度既废,馀泽既熄,世之治方术者,各得其一偏[⑦]。故人奋其私智,家尚其私学者,蜂起于中国,皆明其所长而昧其短,矜其所得而讳其失[⑧]。

天下之士各自为方[⑨]而不能相通，世之人不复知夫学之有统、道之有归也。先王之遗文虽在，皆绌而不讲，况至于秦为世之所大禁[⑩]哉！

汉兴，六艺皆得于断绝残脱之馀，世复无明先王之道以一之者[⑪]。诸儒苟见传记百家之言，皆悦而向之。故先王之道为众说之所蔽，暗而不明，郁[⑫]而不发。而怪奇可喜之论，各师异见，皆自名家者，诞漫[⑬]于中国。一切不异于周之末世，其弊至于今尚在也。自斯以来，天下学者知折衷于圣人，而能纯于道德之美者，扬雄氏[⑭]而止耳。如向之徒，皆不免乎为众说之所蔽，而不知有所折衷者也。孟子曰："待文王而兴者，凡民也。豪杰之士，虽无文王犹兴。"[⑮]汉之士岂特[⑯]无明先王之道以一之者哉？亦其出于是时者，豪杰之士少，故不能特起于流俗之中、绝学之后也[⑰]。

盖向之序此书，于今为最近古，虽不能无失，然远至舜禹，而次及于周秦以来，古人之嘉言善行，亦往往而在也，要在慎取之而已。故臣既惜其不可见者，而校其可见者特详焉，亦足以知臣之攻[⑱]其失者，岂好辨[⑲]哉？臣之所不得已[⑳]也。

【注释】 ① 刘向所集次《新序》三十篇：刘向（约前77—前6），字子政，原名更生，西汉经学家、目录学家、文学家，著有《别录》、《列女传》、《新序》、《说苑》等书。《汉书》有传。集次，编次，编辑。 ② 一：统一。 ③ 九州：古代分中国为九州，《尚书·禹贡》作冀、衮、青、徐、扬、荆、豫、梁、雍。 ④ "异行者有诛"三句：异行，异端或怪异的行为。异言，指不同或反对的意见。备，周遍，周至。 ⑤ 二帝三王：二帝，指尧、舜。三王，指夏、商、周三代之君。 ⑥ 馀泽未熄：馀泽，指遗留给后人的德泽。熄，消亡，停止。 ⑦ "世之治方术者"二句：治，攻读，研究。方术，学术，特定的一种学说或技艺，与道家所谓无所不包的"道术"相对。一偏，一个部分，片面。 ⑧ "故人奋其私智"五句：奋，逞，施展。私智，个人的智慧，常与公法相对，指偏私的识见。私学，私人创办的学校。蜂起，像群蜂飞舞，纷然并起。中国，上古时代，我国华夏族建国于黄河流域一带，以为居天下之中，故称中国，而把周围其他地区称为四方，后泛指中原地区。昧，蒙蔽，掩盖。矜，自夸，自恃。讳，隐讳，隐瞒。 ⑨ 方：方术，学说。 ⑩ 大禁：指秦始皇焚书坑儒。 ⑪ "汉兴"三句：六艺，指儒家的"六经"，即《礼》、《乐》、《书》、《诗》、《易》、《春秋》。断绝残脱，指记载经术的竹简破碎残缺。残脱，残缺脱漏。 ⑫ 郁：停滞，阻滞。 ⑬ 诞漫：遍布，蔓延。 ⑭ 扬雄氏：即扬雄（前53—18），字子云，西汉后期辞赋家、哲学家、语言学家，《汉书》有传。 ⑮ "孟子曰"五句：出自《孟子·尽心上》，意为有待于周文王而奋发的，是普通百姓，而才能出众之士即使没有周文王也能奋发。此句话目的在于激励人奋发向上有作为。文王，指周文王。兴，奋发。 ⑯ 特：空，徒然。 ⑰ "故不能"句：特起，特出，杰

出。流俗,指世间平庸的人。绝学,失传的学问。 ⑱ 攻:指责。 ⑲ 好辨:即“好辩”,谓喜欢与人辩论。语出《孟子·滕文公下》:“予岂好辩哉？予不得已也。” ⑳ 不得已:无可奈何,不能不如此。

【赏析】 本文纯用史家笔法,主体部分历叙古往今来世道王教之盛衰,将原委叙述得极为分明。

曾巩先追溯上古圣王时代,认为“古之治天下者,一道德,同风俗”,从而使百姓“所守者一道,所传者一说”,而那些有“异行”、“异言”之人则被诛杀、防备。所以,在那个时候,“百家众说未有能出于其间者”。但到了春秋战国时期,天下大乱,先王的教化法度都已消亡,“人奋其私智,家尚其私学”,从而出现了“百家争鸣”的局面,各家学说都“明其所长而昧其短,矜其所得而讳其失”,但所习得的只是古道的一个方面而已,“学之统”与“道之归”便失传了。

汉承秦之弊,许多经书典籍都散佚损毁,所以“诸儒苟见传记百家之言,皆悦而向之”。汉代的儒学吸收其他诸子的内容,“故先王之道为众说之所蔽”。这时的儒学经过了改造,已经不是原先纯粹的儒学了。在汉代诸儒中,曾巩唯独肯定了扬雄,认为他在“流俗之中、绝学之后”是唯一一个“知折衷于圣人,而能纯于道德之美”的人,而批评刘向等人“为众说之所蔽,而不知有所折衷”。曾巩对扬雄的称赞未免过当,不过“折衷于圣人,而能纯于道德之美”的确是儒者所当奉行的准则。

关于《新序》一书,曾巩在开头简单介绍了它的流传存佚情况,在末尾又说其内容驳杂,故其“要在慎取之而已”。

曾巩在本文中流露出对诸子百家的贬斥态度,提倡纯正的儒学,认为刘向并非“醇儒”(学识精粹纯正的儒者),对其书也应当有所取正,不能全然相信。

《战国策》目录序

【题解】 本文选自《曾巩集》卷十一,《战国策》是一部国别体史书,记述了战国时期纵横家的政治主张和策略,由刘向整理、校订、汇集而成,并定名为《战国策》。到宋时已有散佚,由曾巩校勘补正后,成为今本《战国策》。本文就是曾巩校补后所写的目录序。

【原文】

刘向所定《战国策》三十三篇,《崇文总目》[1]称十一篇者阙,臣访之士大夫家，始尽得其书，正其误谬而疑其不可考者[2]，然后《战国策》三十三篇复完。叙曰：

向叙此书，言“周之先，明教化，修法度，所以大治。及其后，谋诈用，而仁义之路塞，所以大乱[3]”。其说既美矣。卒以谓“此书战国之谋士度[4]时君之所能行，不得不然”，则可谓惑于流俗，而不笃于自信者也[5]。

夫孔孟之时，去周之初已数百岁，其旧法已亡，旧俗已熄久矣[6]。二子乃独明先王之道，以谓不可改者，岂将强天下之主以后世之所不可为哉[7]？亦将因其所遇之时、所遭之变而为当世之法，使不失乎先王之意而已。二帝三王[8]之治，其变固殊，其法固异，而其为国家天下之意，本末先后，未尝不同也。二子之道，如是而已。盖法者所以适变也，不必尽同；道者所以立本[9]也，不可不一，此理之不易者也。故二子者守此，岂好为异论哉？能勿苟[10]而已矣，可谓不惑乎流俗而笃于自信者也。

战国之游士则不然，不知道之可信，而乐于说之易合[11]，其设心注意[12]，偷为一切之计而已[13]。故论诈之便而讳其败，言战之善而蔽其患[14]。其相率[15]而为之者，莫不有利焉，而不胜其害也；有得焉，而不胜其失也。卒至苏秦、商鞅、孙膑、吴起、李斯之徒以亡其身[16]，而诸侯及秦用之者亦灭其国。其为世之大祸明矣，而俗犹莫之寤[17]也。惟先王之道，因时适变，为法不同，而考之无疵，用之无弊，故古之圣贤，未有以此而易彼也[18]。

或曰：“邪说之害正也，宜放而绝之，则此书之不泯其可乎？”[19]对曰：君子之禁邪说也，固将明其说于天下，使当世之人皆知其说之不可从，然后以禁，则齐[20]；使后世之人皆知其说之不可为，然后以戒，则明。岂必灭其籍哉？放而绝之，莫善于是。是以孟子之书，有为神农之言者[21]，有为墨子之言者[22]，皆著而非之[23]。至于此书之作，则上继春秋，下至楚汉之起，二百四五十年之间[24]，载其行事，固不可得而废也。

此书有高诱[25]注者二十一篇，或曰三十二篇，《崇文总目》存者八篇，今存者十篇云。

【注释】 ①《崇文总目》:见《战国策目录序》注②。 ②“正其误谬”句:误谬,谬误,差错。疑,通“凝”,存止。 ③“向叙此书”九句:向叙此书,指刘向所作《战国策书录》。以下七句为概括其文意。教化,政教风化。法度,法令制度。大治,政治修明,局势安定。谋诈,阴谋诡计。用,施行,实行。大乱,秩序严重破坏。 ④ 度:揣摩,揣度。⑤“则可谓惑于流俗”二句:流俗,社会上流行的风俗习惯,多含贬义。笃,纯一,专一。自信,相信自己。 ⑥“夫孔孟之时”四句:去,距离。熄,消亡,停止。《孟子·离娄下》:“王者之迹熄而诗亡。” ⑦“二子”三句:二子,指孔子、孟子。先王之道,指尧、舜、禹、汤、文、武的治道。强,强迫,勉强。 ⑧ 二帝三王:二帝,指尧、舜。三王,指夏、商、周三代之君。⑨ 立本:确立根基;建立根本。 ⑩ 苟:随便,马虎,不审慎。 ⑪ 乐于说之易合:为其说法容易迎合国君而高兴。 ⑫ 设心注意:即居心用意。设心,用心,居心。注意,重视,关注。 ⑬ 偷为一切之计而已:偷,苟且,怠惰。一切之计,即一时之计,权宜之计。⑭“故论诈之便而讳其败”句:所以论说欺骗的好处而隐瞒其危害,谈论战争的好处而遮蔽其祸患。 ⑮ 相率:相继,一个接一个。 ⑯“卒至苏秦”句:苏秦(前337—前284),字季子,战国时洛阳人,纵横家,曾说服六国合纵攻秦,后被齐大夫使人刺杀。商鞅(约前395—前338),战国时卫国人,相秦孝公,在秦国变法,孝公死,秦贵族诬其造反,被车裂。孙膑,生卒年不详,战国时齐人,军事家,因受庞涓迫害而遭受膑刑。吴起,战国时卫人,军事家、改革家,相楚悼王,实行变法,悼王死,被杀。李斯(约前280—前208),楚国上蔡人,辅佐秦王嬴政兼并六国,统一天下,官至丞相,始皇死后,与赵高合谋矫诏立胡亥为二世,后为赵高所害,腰斩而死。 ⑰ 寤:醒悟;觉醒。 ⑱“惟先王之道”七句:因,顺,顺应。疵,过失,缺点。弊,弊病,害处。 ⑲“或曰”四句:或,有人,有些人。邪说,荒谬有害的言论。正,通“政”,政治、政事。放,舍弃,废置。绝,杜绝。泯,消灭,消失,消除。⑳ 齐:指思想或行动一致;同心协力。 ㉑ 孟子之书,有为神农之言者:神农,传说中的太古帝王名,始教民为耒耜,务农业,故称神农氏。《孟子·滕文公上》:“有为神农之言者许行。”许行,战国时楚国人,主张君臣并耕、自食其力,农家的代表人物。 ㉒ 有为墨子之言者:墨子(前468—前376),名翟,战国时宋国人,倡导兼爱之说,创立墨家学派,有《墨子》一书传世。 ㉓ 著而非之:著,记载。非,责备,反对。 ㉔“则上继春秋”三句:春秋末至楚汉之起约略二百四五十年。春秋,时代名。相传孔子据鲁史修订《春秋》一书,所记起于鲁隐公元年(前722),止于鲁哀公十四年(前481),凡二百四十二年,后世因此称这个时代为春秋。楚汉之起,公元前206年,秦亡后,项羽自立为西楚霸王,封刘邦为汉王,双方自此争夺天下五年,后项羽兵败自刎,史称楚汉之争。 ㉕ 高诱:东汉涿郡(今河北涿县)人,曾注《春秋》及《孟子章句》(今佚)、《孝经》(今佚)、《战国策》(今残)及《淮南子》(今与许慎注相杂)、《吕氏春秋》等。

【赏析】 曾巩使《战国策》三十三篇复完,并为其作序,主要评论了刘向原序之得失。作者肯定了刘向“周之先,明教化,修法度,所以大治。及其后,谋诈用,而仁义之路塞,所以大乱”这段叙述,但驳斥了“战国之谋士度时君之所能行,不得不然”的说法,认为这是刘向“惑于流俗,而不笃于自信”的结果。接下来便从孔孟入手,阐述自己的观点。

春秋之时,“旧法已亡,旧俗已熄久矣”,孔孟二人“独明先王之道”,并“因其所遇之时、所遭之变而为当世之法”,所以“不失乎先王之意”,而“先王之意”即道之所在。接着曾巩便将“道”与“法”相比较,认为法可变,道不可变。因此,曾巩称赞孔孟二人能“不惑乎流俗而笃于自信”。

下一段直接表明曾巩对战国游士的态度。他批评他们“不知道之可信,而乐于说之易合”,认为他们急功近利,“论诈之便而讳其败,言战之善而蔽其患”,虽然有一定的贡献,但“不胜其失”。曾巩以苏秦、商鞅、孙膑、吴起、李斯为例,说明纵横之说使他们亡身,“为世之大祸”。而先王之道则“因时适变,为法不同”,“考之无疵,用之无弊”,两相对比,高下立见,所以圣贤应遵从先王之道而非纵横之道。

虽然对战国纵横之说持否定态度,但曾巩也反对直接禁毁其书,而是主张“放而绝之”,即“明其说于天下”,从而“使当世之人皆知其说之不可从”,“使后世之人皆知其说之不可为”,这样才能使天下人明道并齐心协力。

在本文中,曾巩借对刘向旧序的批判,阐发了孔孟守常以适变的观点,反映了他对当时统治者因循苟且的不满,主张在“先王之道”不变的基础上进行适度的改革。

墨 池 记

【题解】 本文选自《曾巩集》卷十七,作于庆历八年(1048),是曾巩在临川(今江西抚州)时应州学教授王盛的请托而作的。墨池,用毛笔练习写字后洗涤笔砚的水池。

【原文】

临川之城东,有地隐然[①]而高,以临于溪,曰新城。新城之上,有池洼然而方以长,曰王羲之之墨池者[②]。荀伯子《临川记》[③]云也。羲之尝慕张芝[④],临池学书,池水尽黑,此为其故迹,岂信然邪[⑤]?方羲之之不可强以仕[⑥],而尝极东方,出沧海,以娱其意于山水之间。岂其徜徉肆恣,而又尝自休于此邪[⑦]?羲之之书晚乃善,则其所能,盖亦以精力自致者,非天成也。然后世未有能及者,岂其学不如彼邪?则学固岂可以少哉!况欲深造道德者邪?

墨池之上,今为州学舍[⑧]。教授王君盛恐其不章也[⑨],书“晋王

右军墨池"之六字于楹间以揭之[10]，又告于巩曰："愿有记。"推王君之心，岂爱人之善，虽一能不以废[11]，而因以及乎其迹邪？其亦欲推其事以勉学者邪？夫人之有一能，而使后人尚之如此，况仁人庄士之遗风余思[12]，被于来世者何如哉。庆历八年九月十二日，曾巩记。

【注释】 ① 隐然：突起的样子。 ②"有池洼然"二句：洼然，凹陷的样子。方以长，成长方形的样子。王羲之(303—361)，字逸少，原籍琅邪临沂(今属山东)，后迁居山阴(今浙江绍兴)，官至右军将军、会稽内史，世称王右军，东晋时期书法家，有"书圣"之称。 ③ 荀伯子《临川记》：荀伯子(378—438)，南朝宋颍川颍阴(今河南许昌)人，荀彧的后代，著有《临川记》六卷。 ④ 张芝(？—192年)：字伯英，敦煌酒泉(今甘肃酒泉)人。东汉书法家，善草书，人称"草圣"。 ⑤ 岂信然邪：信然，确实如此。邪，语气助词，表疑问。 ⑥ 不可强以仕：王羲之少有美誉，朝廷屡次召他做官，他都推辞不就。 ⑦"岂其徜徉肆恣"二句：徜徉，安闲自得貌。肆恣，放纵而不受约束。自休，谓自得其闲逸。⑧ 州学舍：指抚州州学的校舍。 ⑨"教授王君"句：教授，学官名。宋代除宗学、律学、医学、武学等置教授传授学业外，各路的州、县学均置教授，掌管功课考试等事，纠正违犯学规者，庆历四年(1044)初置。章，通"彰"，彰显，明显。 ⑩ 于楹间以揭之：楹，厅堂的前柱。揭，标明。 ⑪ 虽一能不以废：即使仅有一种本事，也不使之埋没。废，沉没，埋没。⑫"况仁人庄士"句：况，何况。仁人，有德行的人。庄士，端正之士，正人君子。遗风余思，前代遗留下来的风尚情思。

【赏析】 本文虽为墨池作记，但正面描绘墨池的文字并不多，仅仅是交代了它的所在之处。接着以王羲之"临池学书，池水尽黑"的传说发表议论，认为王羲之的书法并非"天成"，而是"以精力自致"，因此到了晚年才达到最高境界。"墨池之上，今为州学舍"是文章的转折，从传说转到现实，写州学教授王君题字的用心，在于"爱人之善，虽一能不以废，而因以及乎其迹"，劝勉州学学子，并追慕"仁人庄士之遗风余思"。全文以小见大，主旨在于"学"、"能"、"德"三字，从墨池的传说引出道德、学业必须有赖于后天努力学习的议论，表达了对州学的厚望以及对学子的劝勉，但并非空洞的说教。文章短小精悍，主旨表达清晰。

宜黄县学记

【题解】 本文选自《曾巩集》卷十七。宜黄县，治所在今山西省宜黄县东。宋仁宗皇祐元年(1049)，县令李详建县学(县立的官学)，曾巩应邀写了这篇学记。李详，万安(今海南万宁县)人，皇祐元年为抚州宜黄令，倡立县学。

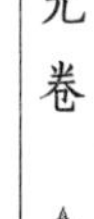

【原文】

古之人，自家至于天子之国[①]皆有学，自幼至于长，未尝去于学之中。学有《诗》《书》六艺[②]、弦歌洗爵[③]、俯仰之容[④]、升降之节[⑤]，以习其心体、耳目、手足之举措[⑥]。又有祭祀、乡射、养老之礼[⑦]，以习其恭让；进材、论狱，出兵授捷之法，以习其从事[⑧]。师友以解其惑，劝惩以勉其进，戒其不率[⑨]，其所为具如此。而其大要，则务使人人学其性，不独防其邪僻放肆[⑩]也。虽有刚柔缓急之异，皆可以进之中[⑪]，而无过不及。使其识之明，气之充于其心，则用之于进退语默之际，而无不得其宜[⑫]；临之以祸福死生之故，而无足动其意者[⑬]。为天下之士，为所以养其身之备如此，则又使知天地事物之变，古今治乱之理，至于损益废置、先后终始之要，无所不知。其在堂户之上，而四海九州之业、万世之策皆得，及出而履天下之任，列百官之中，则随所施为，无不可者。何则？其素所学问然也[⑭]。

盖凡人之起居、饮食、动作之小事，至于修身为国家天下之大体[⑮]，皆自学出，而无斯须去于教也。其动于视听四支者，必使其洽于内[⑯]；其谨于初者，必使其要于终[⑰]。驯之以自然，而待之以积久[⑱]。噫！何其至[⑲]也。故其俗之成，则刑罚措[⑳]；其材之成，则三公百官[㉑]得其士；其为法之永，则中材可以守[㉒]；其入人之深，则虽更衰世而不乱[㉓]。为教之极至此，鼓舞天下，而人不知其从之，岂用力[㉔]也哉？

及三代衰，圣人之制作尽坏[㉕]。千馀年之间，学有存者，亦非古法。人之体性之举动，唯其所自肆，而临政治人之方，固不素讲[㉖]。士有聪明朴茂之质，而无教养之渐[㉗]，则其材之不成，固然。盖以不学未成之材，而为天下之吏，又承衰敝之后，而治不教之民。呜呼！仁政之所以不行，盗贼刑罚之所以积，其不以此[㉘]也欤！

宋兴几[㉙]百年矣。庆历三年，天子图当世之务，而以学为先，于是天下之学乃得立[㉚]。而方此之时，抚州之宜黄犹不能有学[㉛]。士之学者，皆相率而寓于州，以群聚讲习。其明年，天下之学复废，士亦皆散去，而《春秋》释奠之事以著于令，则常以庙祀孔氏，庙不复理[㉜]。

皇祐元年，会[㉝]令李君详至，始议立学。而县之士某某与其徒皆

自以谓得发愤于此,莫不相励而趋为之。故其材不赋而羡,匠不发而多[34]。其成也,积屋之区若干,而门序正位,讲艺之堂、栖士之舍皆足[35]。积器之数若干,而祀饮寝食之用皆具。其像,孔氏而下,从祭之士皆备[36]。其书经史百氏、翰林子墨之文章无外求者[37]。其相基会作之本末[38],总为日若干而已,何其周且速也!

当四方学废之初,有司[39]之议,固以谓学者人情之所不乐。及观此学之作,在其废学数年之后,唯其令之一唱,而四境之内响应而图之,如恐不及[40]。则夫言人之情不乐于学者,其果然也欤?

宜黄之学者,固多良士。而李君之为令,威行爱立,讼清事举,其政又良也[41]。夫及良令之时,而顺其慕学发愤之俗,作为宫室教肄之所,以至图书器用之须[42],莫不皆有,以养其良材之士。虽古之去今远矣,然圣人之典籍皆在,其言可考,其法可求,使其相与学而明之,礼乐节文之详,固有所不得为者。若夫正心修身,为国家天下之大务,则在其进之而已。使一人之行修移之于一家,一家之行修移之于乡邻族党[43],则一县之风俗成,人材出矣。教化之行,道德之归,非远[44]人也,可不勉欤!县之士来请曰:“愿有记。”其记之,十二月某日也。

【注释】 ① 天子之国:指国都。 ②《诗》《书》六艺:《诗》,《诗经》。《书》,《尚书》。六艺,古代教育学生的六种科目,即礼、乐、射、御、书、数。 ③ 弦歌洗爵:弦歌,依琴瑟而咏歌,指礼乐教化。洗爵,洗一洗酒器再斟酒献客,为古时一种礼仪。爵,古代一种盛酒礼器,容量为一升。 ④ 俯仰之容:俯仰,一上一下。容,威仪,法度,规范。 ⑤ 升降之节:升降,一进一退。节,法度,法则。 ⑥“以习其心体”句:习,教习,训练。心体,指精神与肉体。耳目,耳朵和眼睛。举措,举动,行为。 ⑦ 祭祀、乡射、养老之礼:古时常在学中举行的三种礼仪。祭祀,指祭神和祀祖。乡射,古代射箭饮酒的礼仪,是州长在春秋季节于州学校以礼会民习射。养老,古代对年高德劭的老者按时饷以酒食而敬礼之的礼节。 ⑧“进材”二句:进材,推荐人才。论狱,判决狱讼之事。授捷,出征而返,以所割敌人的左耳祭告于先圣先师。从事,行事,办事。 ⑨ 戒其不率:戒,告戒。不率,不服从,不遵循。率,遵循,顺服。 ⑩ 邪僻放肆:邪僻,乖谬不正。放肆,放纵,不加约束。 ⑪ 中:不偏不倚,无过无不及,得乎其中。 ⑫“使其识之明”五句:进退,出仕和退隐。语默,谓说话或沉默。得其宜,得其所宜,适当。 ⑬“临之以祸福死生之故”二句:临,面临。故,变故。无足,不够,配不上。 ⑭“其在堂户之上”九句:意谓他们坐在家中,足不出户,但全国的事务、万世的谋略都能获得,等到他们出仕履行天下的责任,位列百官之中,则随意行事,没有不可以的。为什么呢?他们平素所学习和询问的就是这样的。在堂户之上,意为坐在家中,足不出户。四海九州,指全中国。学问,学习和询问(知识、技能等)。⑮ 大体:有关大局的道理。 ⑯“其动于视听”二句:四支,四肢。洽,协调。 ⑰“其谨于初者”二句:谨,谨慎。要,约束,禁止。 ⑱“驯之以自然”二句:驯,循序渐进。自然,不勉强,不拘束,不呆板。积久,谓经历很长时间。 ⑲ 至:周备,周到。 ⑳ 措:弃置,搁置。 ㉑ 三公百官:三公,古代中央三种最高官衔的合称。唐宋沿东汉之制,以太尉、司徒、司空为三公,但已非实职。百官,古指公卿以下的众官,后泛指各级官吏。 ㉒“其为法之永”二句:为法,成为法则。永,长。中材,中等才能,亦指中等才能的人。守,治理,管理。 ㉓“其入人之深”二句:入人,谓打动人,为人所感受、理解。更,经过,经历。衰世,衰乱的时代。 ㉔ 用力:使用力气;花费精力。 ㉕“及三代衰”二句:三代,指夏、商、周。制作,指礼乐等方面的典章制度。 ㉖“人之体性之举动”四句:体性,禀性,天性。自肆,放纵任意。临政,亲理政务。治人,统治他人。素,平时。讲,讲求。 ㉗“士有聪明朴茂之质”二句:聪明,智力强,天资高。朴茂,质朴厚重。质,素质,禀性。渐,熏染,习染。㉘ 以此:因此。 ㉙ 几:将近,几乎。 ㉚“庆历三年”四句:庆历三年,即 1043 年。但《续资治通鉴长编》卷一百四十七记载天下兴学为庆历四年三月乙亥,此处疑有误。㉛ 宜黄犹不能有学:政令规定学生二百人以上允许设置县学,但宜黄为小县,学生人数不到二百,故不能有学,只能到州学听讲。 ㉜“而《春秋》释奠之事”三句:释奠,古代在学校设置酒食以奠祭先圣先师的一种典礼。著于令,书面写定的规章制度。理,整治,修理。㉝ 会:适逢。 ㉞“故其材不赋而羡”二句:材,物,材料。赋,征收。羡,有余,剩余。发,征发,征调。 ㉟“积屋之区若干”四句:积,累计。区,区域,这里指面积。序,堂的东、西墙。正位,确定位置。讲艺,讲论六艺。 ㊱“其像”三句:宋初增修先圣及亚圣十哲塑像,七十二贤及先儒二十一人皆画像于东西廊的墙壁。 ㊲“其书经史百氏”句:百氏,诸子百家。翰林子墨之文章,指诗赋而言。翰林子墨,泛指文人墨客。 ㊳ 相基会作之本末:相基,勘察地基。会作,聚集工匠建造。本末,始末,原委。 ㊴ 有司:主管官吏。㊵“唯其令之一唱”三句:唱,同“倡”,倡导,发起。图,谋划,图谋。不及,赶不上,来不及。㊶“而李君之为令”四句:威行,指道德行为,以礼义导天下,天下伏而归之,故为威行之道。讼,狱讼。清,清明,公正。举,兴办。 ㊷“作为宫室教肄之所”二句:宫室,房屋的通称。教肄,教学,教授。肄,学习。器用,器皿用具。须,须要,需要。 ㊸ 乡邻族党:乡邻,同乡,邻居。族党,聚居的同族亲属。党,古代一种地方基层组织,五家为邻,五邻为里,五百家为党。 ㊹ 远:远离。

【赏析】 本文为宜黄县学作记,旨在倡导兴学,认为兴学可以兴国。先叙古人之建学,次叙后代之学,再叙宜黄县之立学,末叙劝勉学子之进学,夹叙夹议。尤其是前两个部分,按照历史顺序,从正反两方面阐述兴学的重要性。

第一段以“学”字为核心,论述“学”的必要性与重要性。本段核心在于“使人人学其性”及“皆可以进之中”两句。开头一部分介绍了古代之学的教学内容,是极为丰富的,不仅有《诗》《书》六艺,还有各种礼节以及各方面才

能，但其“大要”则是在于使每个人都能发展自己的性情，全面自由地成长成才。做到了这一点，就“皆可以进之中”，无论是进退、祸福都无法动摇其心；对“天地事物之变，古今治乱之理”、“损益废置、先后终始之要”无所不知，因此无论是在朝还是在野，都能有所成就。而这，正是“学”的功效。

然而，无教亦无以成学，因此第二段由“学”字生发出“教”字，而“教”的关键在于“驯之以自然，而待之以积久”，不能操之过急。从而使得“俗成”、“材成”，即使世道衰乱也不会受到影响，并且能鼓舞天下。

“及三代衰”一段揭示出废学之流弊——即使“聪明朴茂之质”，若“无教养之渐”，也无法成材。这也是“仁政之所以不行，盗贼刑罚之所以积”的原因。这就从反面阐发了兴学的必要性，与前两段一正一反，借古讽今，论证了学之兴废关乎政治之盛衰的观点。

接下来转入当代，讲述宋代天子重学立学，而宜黄县犹不能有学，为下面李君兴学埋下伏笔。

接着便叙述宜黄县兴学始末。宜黄县从无学到有学，不过若干日，“何其周且速”，这是由于立学得到了各界人士的积极响应，“其材不赋而羡，匠不发而多”，可见兴学不仅关系国家兴衰，同时也是顺应民心的善举。县令李详在立学过程中做了很大贡献，作者也对其进行了褒扬，但并不过奖，且以期望之辞劝勉李君与学子将学推广开来。由个人之正心修身推及家庭，由家推及乡邻族党，“则一县之风俗成，人材出矣”。这也正是推行教化、弘扬道德的目的。

本文力倡兴学，阐发“学”与“教”的意义，并且崇仰古道（“学有存者，亦非古法”）。作者所倡导的教学并非应试教育，而是周代集授业、育材、励世、化俗为一体的全面教育，很值得借鉴。

徐孺子祠堂记

【题解】 本文选自《曾巩集》卷十九。徐孺子，即徐稚（97—168），字孺子，东汉豫章郡（今江西省南昌市）人，为当时名士。为人恭简义让，隐居不仕，耕稼自食，时称“南州高士”。《后汉书》有传。宋神宗熙宁九年（1076），曾巩知洪州（治所在今江西省南昌市），而洪州为徐稚故乡，曾巩对他十分仰慕，到任后第二年即熙宁十年（1077），就在洪州建造了徐孺子祠堂，并撰写了这篇记。

【原文】

汉元兴以后,政出宦者,小人挟其威福,相煽为恶[①];中材顾望,不知所为[②]。汉既失其操柄,纪纲大坏[③]。然在位公卿大夫,多豪杰特起之士,相与发愤同心,直道正言,分别是非白黑,不少屈其意,至于不容[④];而织罗钩党之狱起,其执弥坚,而其行弥励,志虽不就而忠有馀[⑤]。故及其既歿,而汉亦以亡。当是之时,天下闻其风、慕其义者,人人感慨奋激,至于解印绶[⑥],弃家族,骨肉相勉,趋死而不避。百余年间,擅强大、觊非望者相属,皆逡巡而不敢发[⑦]。汉能以亡为存,盖其力也。

孺子于时,豫章太守陈蕃、太尉黄琼辟,皆不就[⑧];举有道,拜太原太守,安车备礼,召皆不至[⑨]。盖忘己以为人,与独善于隐约,其操虽殊,其志于仁一也[⑩]。在位士大夫,抗其节于乱世,不以死生动其心,异于怀禄之臣远矣。然而不屑去者,义在于济物故也[⑪]。孺子尝谓郭林宗[⑫]曰:"大木将颠,非一绳所维,何为栖栖不皇宁处[⑬]?"此其意亦非自足于丘壑,遗世而不顾者也[⑭]。孔子称颜回:"用之则行,舍之则藏,惟我与尔有是夫。"[⑮]孟子亦称孔子:"可以进则进,可以止则止,乃所愿则学孔子。"[⑯]而《易》于君子小人消长进退[⑰],择所宜处,未尝不惟其时则见,其不可而止,此孺子之所以未能以此而易彼也。

孺子姓徐名稚,孺子其字也,豫章南昌人。按《图记》[⑱]:"章水北径南昌城,西历白社[⑲],其西有孺子墓;又北历南塘,其东为东湖,湖南小洲上有孺子宅,号孺子台。吴嘉禾中,太守徐熙于孺子墓隧种松,太守谢景于墓侧立碑[⑳]。晋永安中,太守夏侯嵩于碑旁立思贤亭,世世修治[㉑]。至拓跋魏时,谓之聘君亭[㉒]。"今亭尚存,而湖南小洲,世不知其尝为孺子宅,又尝为台也。予为太守之明年,始即其处,结茅为堂,图孺子像,祠以中牢,率州之宾属拜焉[㉓]。汉至今且千岁,富贵堙灭[㉔]者不可称数。孺子不出闾巷,独称思至今。则世之欲以智力取胜者,非惑欤?孺子墓失其地,而台幸可考而知。祠之,所以示邦人以尚德,故并采其出处之意为记焉。

【注释】 ①"汉元兴以后"四句:东汉和帝永元七年(105)四月,改年号为元兴元年。同年十二月,和帝死。邓太后临朝听政,任用宦官,朝政大权从此落入宦官手中。

挟，依恃，倚仗。煽，鼓动，煽惑。 ②“中材顾望”二句：顾望，指顾虑，畏忌。不知所为，不知道该怎么办，犹言无计可施。 ③“汉既失其操柄”二句：操柄，权柄，即权力。纪纲，法度。 ④“然在位公卿大夫”七句：意为然而在官位的公卿大夫，多是有才华的杰出之人，共同激于义愤，同心同德，坚持正道直言，分辨是非黑白，不曾稍为屈从宦官之意，至于不容于朝廷。在位，居官位，做官。特起，特出，杰出。发愤，激起愤慨，激于义愤。直道，犹正道，指确当的道理、准则。 ⑤“而织罗钩党之狱”四句：意为党锢之祸兴起，他们的操守更加坚定，他们的行为更加努力，志向虽然没有达成但忠心有余。织罗钩党之狱，指东汉党锢之祸。织罗，罗织，谓虚构罪名，陷害无辜。钩党，谓相牵引为同党。执，操守。励，努力。 ⑥解印绶：即丢弃官职。印绶，印信和系印信的丝带，古人印信上系有丝带，佩带在身，借指官爵。 ⑦“擅强大”三句：意为独揽强权、觊觎非分企图的人相接连，都犹豫迟疑而不敢发动。擅，独揽，专。觊，希望，企图。非望，非分的希望。相属，相接连，相继。逡巡，迟疑，犹豫。 ⑧“孺子于时”三句：陈蕃（？—168），字仲举，汝南平舆（今属河南）人，东汉桓帝时为豫章太守，后任太尉，与李膺等人反对宦官专权，汉灵帝立，为太傅，劝外戚窦武诛宦官，事泄被杀。黄琼（86—164），字世英，江夏安陆（今属湖北）人，汉桓帝时，因反对外戚梁冀专权，奏劾贪污，为人景仰，初任议郎，后迁尚书令，官至太尉、司空。辟，征召。 ⑨“举有道”二句：举有道，汉安帝建光元年（121），令郡国守相举有道之士各一人，后遂为例。太原，郡名，治晋阳（今山西省太原市）。安车，古代一马所驾之小车，古车立乘，此为坐乘，故称安车，用以优待老人贤人。 ⑩“盖忘己以为人”四句：谓舍己为人与隐居而洁身自好，其操守虽有不同，但二者都有志于仁义却是相同的。独善，在困厄不得志时注重自身修养，保持节操。隐约，困厄，俭约。操，操守。 ⑪“在位士大夫”四句：谓在官位的士大夫，在乱世之中坚守节操，不因为生死而动摇决心，与留恋爵禄的大臣远远不同，然而不屑于离开官位的原因，在于救助别人。抗其节，坚守节操。抗，正直，高尚。怀禄，留恋爵禄。济物，犹济人，救助别人。 ⑫郭林宗：即郭泰（128—169），太原介休（今属山西省）人。曾为太学生首领，与李膺等友善。党锢之祸起，遂闭门授徒，不为危言。不久故去。 ⑬“大木将颠”三句：谓大树即将倾覆，不是靠一条绳索能维持的，为什么忙碌不安而没有时间安居呢？颠，倾覆，灭亡。维，系，拴缚。栖栖，忙碌不安貌。不皇，来不及，没有时间。皇，同“惶”。宁处，犹言安处，安居。 ⑭“此其意”二句：自足，自觉满意，不侈求。丘壑，山陵和溪谷，谓隐逸。遗世，超脱尘世，避世隐居。不顾，不理会。 ⑮“孔子称颜回”四句：语出《论语·述而》。行，指出仕。藏，指退隐。 ⑯“孟子亦称孔子”四句：语出《孟子·公孙丑上》。进，指仕进。止，指退隐。 ⑰“而《易》”句：《易》，即《周易》。消长，增减，盛衰。进退，前进与后退，指出仕和退隐。 ⑱《图记》：指《水经注》，北魏时郦道元所著，是一部较为完整的以记载河道水系为主的综合性地理著作。 ⑲“章水”二句：章水，又名章江，赣江的源头之一。白社，地名，在南昌城南。 ⑳“吴嘉禾中”三句：嘉禾，三国吴帝孙权的年号（232—238）。徐熙，三国吴长沙人，曾任豫章太守。墓隧，墓道。谢景，三国吴宛人，字叔发，曾任豫章太守，后官至太尉。 ㉑“晋永安中”三句：永安，晋惠帝年号，仅一年，为公元304年。夏侯嵩，晋时梁郡人。修治，修理整治。 ㉒“至拓跋魏时”二句：拓跋魏，即北魏（398—534），拓跋为北魏皇族之姓，故称。聘君，指不应朝廷以礼征聘的隐士。 ㉓“予为太守之明年”六句：中牢，即少牢，指猪、羊二牲。

宾属,即僚属,属官,属吏。 ㉔ 堙灭:埋没,泯灭。

【赏析】 本文首先叙述了徐稚所处的时代背景,即东汉末年的天下大势。当时“政出宦者,小人挟其威福,相煽为恶”,“汉既失其操柄,纪纲大坏”,在这样危急存亡的关头,如徐稚这样的“豪杰特起之士”敢于“直道正言”,甚至当宦官兴起党锢之祸、大肆捕杀之时,他们“趋死而不避”,如此气节使无数人“感慨奋激”。“汉能以亡为存”,苟延残喘,应当归功于徐稚之辈。

其次则是将徐稚与党人相比较。他不愿做官而选择隐逸,作者认为他虽然选择的生活方式不同,但所奉行的志向品节与其他贤士是一样的,即“独善于隐约,其操虽殊,其志于仁一也”。徐稚的隐居不仕并不意味着“遗世而不顾”,曾巩引用孔子、孟子的话语称赞徐稚“用之则行,舍之则藏”、“可以进则进,可以止则止”的处世哲学。而孔、孟原话所称赞的颜回、孔子都是贤能的典范,亦可见作者对徐稚的崇敬之情。

最后叙述历代人之思贤、敬贤,以及作者立祠堂之事。曾巩认为徐稚在当时并非大富大贵之人,千百年来人们却不断地纪念他,正在于他的品行节操,从而引出了自己立祠堂的目的,即“示邦人以尚德”。

本文追叙徐稚之事迹,缅怀其为人,褒扬他在浊世之中坚守节操的品行以及进退的智慧,而旨在“尚德”。

司马光

作者简介

司马光(1019—1086),字君实,北宋大臣、史学家,陕州夏县(今山西夏县)人。宝元进士。神宗时为御史中丞,因议王安石新法,不合,去居洛阳十五年,绝口不论时事。哲宗初,起为门下侍郎,拜尚书左仆射,悉去新法之为民害者。在相位八月,卒。赠太师温国公,谥文正。因居涑水乡,世称涑水先生。其生平杰作为《资治通鉴》二百九十四卷。著有《温国文正司马公文集》八十卷。

谏院题名记

【题解】 本文选自《全宋文》卷一二二三。司马光于嘉祐六年(1061)迁起居舍人同知谏院,这是他于嘉祐八年(1063)为谏院题名刻石写的一篇题记。谏院,谏官官署。宋初由门下省析置,以分隶门下、中书的左右谏议大夫、司谏、正言为谏官。

【原文】

古者谏[①]无官,自公卿大夫[②]至于工商无不得谏者。汉兴以来,始置官[③]。夫以天下之政,四海之众,得失利病[④],萃[⑤]于一官,使言之,其为任亦重矣。居是官者,当志其大,舍其细,先其急,后其缓,专利国家而不为身谋。彼汲汲[⑥]于名者,犹汲汲于利也。其间相去何远哉?天禧初,真宗诏置谏官六员,责其职事[⑦]。庆历中,钱君始书其名于版[⑧]。光恐久而漫灭[⑨],嘉祐八年刻于石。后之人将历指其名而议之曰:某也忠,某也诈,某也直,某也曲[⑩]。呜呼,可不惧哉!

【注释】 ① 谏:谏诤,规劝,后专指臣子讽劝君王。 ② 公卿大夫:泛指大臣官员。公卿,三公九卿的简称,泛指高官。大夫,古职官名,周代在国君之下有卿、大夫、士三等,各等中又分上、中、下三级,后因以大夫为任官职者之称。 ③ 汉兴以来,始置官:汉代始设谏议大夫,专掌指陈朝政阙失之职。 ④ 利病:利弊,利害。 ⑤ 萃:聚集,汇集。 ⑥ 汲汲:心情急切貌,引申为急切追求。 ⑦ “天禧初”三句:天禧,宋真宗年号(1017—

1021)。天禧元年二月,“置谏官、御史各六员,每月一员奏事,有急务,听非时入对”。(《宋史·真宗纪三》) ⑧“庆历中”二句:庆历,宋仁宗年号(1041—1048)。钱君,疑为钱明逸。钱明逸(1015—1071),字子飞,杭州临安人,庆历四年(1044)为右正言,谏院供职,庆历六年擢知谏院。版,供雕刻使用的木板。 ⑨ 漫灭:磨灭,模糊难辨。 ⑩ 曲:邪,邪僻。

【赏析】 在这篇题记中,司马光着重强调了谏官的重大责任,即“以天下之政,四海之众,得失利病,萃于一官,使言之”。正因为有如此重任,所以,谏官才应当具有极好的品德,能做到“志其大,舍其细,先其急,后其缓”,“专利国家而不为身谋”,而不能汲汲于名利。为了阐扬谏官的意义与责任,司马光才将其名刻于谏院,与诸谏官共勉。全文简洁,观点鲜明。

进《通志》表

【题解】 本文选自《司马光集》卷十七,作于英宗治平三年(1066)。《通志》,以《史记》为主,编成《周纪》五卷,《秦纪》三卷,共八卷,从烈王二十三年(前403),韩、赵、魏三家分封起,到秦二世三年(前207),秦朝灭亡为止。《通志》也是《资治通鉴》中汉代之前部分的初稿。

【原文】

臣光言:臣闻治乱之原①,古今同体,载在方册②,不可不思。

臣光诚惶诚恐,顿首,顿首③。臣少好史学,病其烦冗④,常欲删取其要,为编年⑤一书,力薄道悠,久而未就。今兹伏遇皇帝陛下⑥,丕承基绪⑦,留意艺文⑧,开延儒臣⑨,讲求古训⑩。臣有先所述《通志》八卷,起周威烈王二十三年⑪,尽秦二世三年⑫。《史记》之外,参以他书,于七国兴亡之迹,大略可见。文理迂疏⑬,无足观采⑭,不敢自匿⑮,谨缮写随表上进⑯。

干冒宸严⑰,臣无任战汗屏营之至⑱。臣光诚惶诚恐,顿首,顿首,谨言⑲。

【注释】 ① 原:本原,根本。 ② 方册:简牍,典籍。 ③ 臣光诚惶诚恐,顿首,顿首:诚惶诚恐,封建时代奏章中的套话,表示惶恐不安。顿首,书简表奏用语,表示致敬。 ④ 病其烦冗:病,不满。烦冗,谓文章烦琐冗长。 ⑤ 编年:指编年体,中国传统史书的一种体裁,特点是按时间顺序编排史实,以年月为经,以事实为纬,容易看出同时期各事件之

间的联系。 ⑥ 今兹伏遇皇帝陛下:兹,年。伏,敬词,古时臣对君奏言多用之。皇帝陛下,指宋英宗。 ⑦ 丕承基绪:丕承,很好地继承,旧谓帝王承天受命,常曰“丕承”。基绪,基业。 ⑧ 艺文:六艺群书之概称。 ⑨ 开延儒臣:开延,开启贤路,延揽人才。儒臣,泛指读书人出身的或有学问的大臣。 ⑩ 古训:古代流传下来的典籍或可以作为准绳的话。 ⑪ 周威烈王二十三年:即公元前403年。周威烈王(?—前402),姬姓,名午,前425—前402年在位。是年,封晋国大夫韩虔、赵籍、魏斯为韩景侯、赵烈侯、魏文侯,此即“三家分晋”,也就是春秋和战国的分界线。 ⑫ 秦二世三年:即公元前207年。秦二世(前230—前207),嬴姓,名胡亥,前210—前207年在位,秦始皇第十八子。是年,赵高杀二世,刘邦破秦兵于蓝田。 ⑬ 文理迂疏:文理,文辞义理,文章条理。迂疏,迂远疏阔。 ⑭ 观采:观察采择,观赏采取。 ⑮ 匿:隐藏,隐瞒。 ⑯ 谨缮写随表上进:谨,恭敬。缮写,誊写,编录。上进,进呈君上。 ⑰ 干冒宸严:干冒,触犯,冒犯。宸严,帝王的威严,亦喻指君王。宸,北极星所居,即紫微垣,借指帝王之所居,又引申为王位或帝王的代称。 ⑱ 臣无任战汗屏营之至:无任,敬词,犹不胜,旧时多用于表状、章奏或笺启、书信中。战汗,恐惧出汗。屏营,惶恐,彷徨。 ⑲ 谨言:恭敬上言。

【赏析】 司马光作此表以进献《通志》。在表中,司马讲述了自己的写作意图及该书的基本情况。司马光“少好史学”,但历代以来史书繁多、冗长,虽然人人皆知读史书可知“治乱之原”,但由于时间、精力所限,往往很难通读这些史书,于是便萌生了写作编年史书的想法。在英宗的支持下,司马光参考了多部史书,以个人之力完成了《通志》,并将之进献给皇帝。本文恭敬委婉,用简洁的文字将《通志》做了介绍,体现了修史者的拳拳心意。

进《资治通鉴》表

【题解】 本文选自《司马光集》卷十七,作于宋神宗元丰七年(1084)。英宗时,司马光进献《通志》,英宗大为赞赏,命其接续《通志》往下编修,并设立书局,由司马光自择官属作为助手,直到元丰七年才修成,历时15年。神宗皇帝以其书“有鉴于往事,以资于治道”,赐名《资治通鉴》,并亲为写序。

【原文】

臣光言:先奉敕①编集历代君臣事迹,又奉圣旨赐名《资治通鉴》,今已了毕者。

伏念臣性识愚鲁②,学术荒疏③,凡百事为,皆出人下,独于前史④,粗尝尽心,自幼至老,嗜之不厌。每患迁、固⑤以来,文字繁多,自布衣之士,读之不遍,况于人主,日有万机,何暇周览!臣常不自撰[6],欲删削冗长,举撮机要[7],专取关国家盛衰,系生民休戚[8],善可为法,恶可为戒者,为编年一书,使先后有伦[9],精粗不杂,私家力薄,无由可成。

伏遇英宗皇帝[10],资睿智之性,敷文明之治[11],思历览古事,用恢张大猷[12],爰诏下臣,俾[13]之编集。臣夙昔所愿,一朝获伸,踊跃奉承[14],惟惧不称。先帝仍命自选辟[15]官属,于崇文院[16]置局,许借龙图、天章阁、三馆秘阁[17]书籍,赐以御府笔墨缯帛及御前钱以供果饵[18],以内臣为承受,眷遇之荣,近臣莫及[19]。不幸书未进御,先帝违弃群臣[20]。陛下绍膺大统,钦承先志[21],宠以冠序,锡之嘉名[22],每开经筵,常令进读[23]。臣虽顽愚,荷两朝知待如此其厚,陨身丧元,未足报塞,苟智力所及,岂敢有遗[14]!会差知永兴军,以衰疾不任治剧,乞就冗官[25]。陛下俯从所欲,曲赐容养[26],差判西京留司御史台及提举西京嵩山崇福宫[27],前后六任,仍听以书局自随,给之禄秩,不责职业[28]。臣既无他事,得以研精极虑[29],穷竭所有,日力不足,继之以夜。遍阅旧史,旁采小说,简牍盈积,浩如烟海,抉擿幽隐,校计毫厘[30]。上起战国,下终五代[31],凡一千三百六十二年,修成二百九十四卷;又略举事目,年经国纬[32],以备检寻,为《目录》三十卷;又参考群书,评其同异,俾归一涂,为《考异》三十卷:合三百五十四卷。自治平开局,迨[33]今始成,岁月淹久[34],其间抵牾[35],不敢自保,罪负之重,固无所逃。臣光诚惶诚惧,顿首,顿首[36]。

重念臣违离阙庭[37],十有五年,虽身处于外,区区之心,朝夕寤寐[38],何尝不在陛下之左右!顾以驽蹇,无施而可,是以专事铅椠,用酬大恩,庶竭涓尘,少裨海岳[39]。臣今骸骨癯瘁,目视昏近,齿牙无几,神识衰耗,目前所为,旋踵遗忘,臣之精力,尽于此书[40]。伏望陛下宽其妄作之诛,察其愿忠之意,以清闲之宴,时赐省览,鉴前世之兴衰,考当今之得失,嘉善矜恶[41],取是舍非,足以懋稽古之盛德,跻无前之至治[42],俾四海群生,咸蒙其福,则臣虽委骨九泉,志愿永毕矣[43]。

谨奉表陈进以闻[44]。臣光诚惶诚惧,顿首,顿首,谨言。

【注释】 ① 奉敕:奉皇帝的命令。 ② 伏念臣性识愚鲁:伏念,念及,想到。敬词,旧时致书于尊者多用之。性识,天分,悟性。愚鲁,愚蠢粗鲁。 ③ 荒疏:指学业、技术因不常习用而致生疏。 ④ 前史：从前的史籍。 ⑤ 迁、固：指司马迁和班固，《史记》和《汉书》的作者。 ⑥ 不自揆：即不自量，不能正确地估计自己的力量。揆，度量，揣度。⑦ 举撮机要：举撮，择取。机要，精义，要旨。 ⑧ 休戚：喜乐和忧虑。亦泛指有利的和不利的遭遇。 ⑨ 有伦：有序。 ⑩ 英宗皇帝：赵曙（1032—1067），北宋第五代皇帝，公元1063—1067年在位。 ⑪ 资睿智之性，敷文明之治：资，具有，具备。敷，施予，施行。文明，文治教化。 ⑫ 用恢张大猷：用，施行，实行。恢张，张扬，扩展。大猷，谓治国大道。⑬ 俾：使。 ⑭ 踊跃奉承：踊跃，欢欣鼓舞貌。奉承，接受，接到，多用于对尊长或上级，含表敬之意。 ⑮ 选辟：选拔征召。 ⑯ 崇文院：官署名。又称三馆，是昭文馆、史馆、集贤院的总名。 ⑰ 龙图、天章阁、三馆秘阁：龙图，即龙图阁，宋代阁名，在会庆殿西偏，北连禁中，阁东曰资政殿，西曰述古殿，阁上奉太宗御书、御制文集及典籍、图画、宝瑞之物，及宗正寺所进属籍、世谱。天章阁，宋宫中藏书阁名，始建于宋真宗天禧四年（1020），翌年成，坐落于庆殿西、龙图阁北，仁宗即位，专用以藏真宗御制文集、御书。三馆，即崇文院。秘阁，主藏禁中图书秘记的官署。 ⑱ 果饵：糖果饼饵等食品。 ⑲ “以内臣为承受”三句：内臣，指宦官。承受，承担，禁受。眷遇，殊遇，优待。荣，盛多，丰富。近臣，指君主左右亲近之臣。 ⑳ 不幸书未进御，先帝违弃群臣：进御，犹进呈。违弃，离弃，丢弃。㉑ 陛下绍膺大统，钦承先志：意为陛下继承帝业，恭敬地继承先人遗志。绍，承继。膺，承当，担当。大统，帝业，帝位。钦承，恭敬地继承或承受。先志，先人的遗志。 ㉒ 宠以冠序，锡之嘉名：指宋神宗为司马光所献之书写序并赐名。冠序，在书前加序言。锡，赐予恩宠或财物。嘉名，好名字，好名称。 ㉓ 每开经筵，常令进读：经筵，汉唐以来帝王为讲论经史而特设的御前讲席，宋代始称经筵，置讲官，以翰林学士或其他官员充任或兼任，宋代以每年二月至端午节、八月至冬至节为讲期，逢单日入侍，轮流讲读。进读，在皇帝前朗读。 ㉔ “臣虽顽愚”六句：谓臣虽然顽劣愚钝，承蒙两朝皇帝知遇如此之厚，即使亡身丧命也不足以报答，只要才智与勇力所能达到，岂敢有保留。荷，承受，承蒙，这里特指承受恩德。知待，犹知遇，谓重视优待。陨身，亡身，死亡。丧元，掉头颅，亦泛指献出生命。报塞，犹报答，报效。 ㉕ “会差知永兴军”三句：永兴军，治所在今湖北省阳新县。不任，不能胜任。治剧，谓处理繁重难办的事务。冗官，指有班位而无固定职事的散官，后亦泛指闲散的官吏。 ㉖ “陛下俯从所欲”二句：俯从，敬语，听从。曲赐，敬词，称尊长的赐予、关照等，犹言承蒙赐予。容养，犹蓄养。 ㉗ “差判西京”句：西京留司御史台，全称西京留守司御史台，官署名，初为执政官休老养病之所，除了国忌例行拜表行香公事之外，实际无所事事。熙宁二年（1069）以后，留台增员，用以安排不拥护新法而退下去的监司以上官员，司马光就判台十七年。西京，即河南府，治所在今河南省洛阳市。提举，掌管。崇福宫，又名万岁观、太乙观，在河南登封县东北嵩山万岁峰下。 ㉘ “仍听以书局自随”三句：听，任凭，随。书局，官府编书的机构，亦以称其官吏。自随，跟随在自己身边，随身携带。禄秩，俸禄。职业，职分应作之事。 ㉙ 研精极虑：谓尽心尽力，竭尽思虑。研精，尽心，专心。极虑，竭尽思虑。 ㉚ “简牍盈积”四句：简牍，指文书，书籍，书简。盈积，充塞，堆满。浩如烟海，形容文献、资料等极其丰富。抉擿，抉择，择取。幽隐，隐晦，隐蔽，这里指隐藏在典籍中的信息。校计，犹计较。毫厘，比喻极微细。 ㉛ 上起战国，下终五代：战国，自周威烈王二十三年（前403）韩、魏、赵三家分晋列为诸侯起，至秦始皇统一六国

(前221)止,因当时诸侯大国连年战争,故称。五代,指后梁、后唐、后晋、后汉、后周这五个朝代。 ㉜ 略举事目,年经国纬:事目,摘要,事情的概况。年经国纬,指以年为经,以国为纬的编写史书的方法。 ㉝ 迨:等到。 ㉞ 淹久:长久。 ㉟ 抵牾:抵触,矛盾。 ㊱ 顿首:书简表奏用语,表示致敬。 ㊲ 重念臣违离阙庭:重念,犹再思。违离,离别,分离。阙庭,朝廷。 ㊳ 寤寐:醒与睡,常用以指日夜,引申指日夜思念、渴望。 ㊴"顾以驽蹇"六句:谓自己能力低劣,在任何地方都不得当,因此专心从事写作,用来报答陛下的大恩,差不多竭尽细水与微尘,略微增加了深度。顾,发语词。驽蹇,劣马,谓能力低劣。铅椠,古人书写文字的工具,这里指写作,校勘。庶,将近,差不多。涓尘,细水与微尘,喻微小的事物。裨,增加,增补。海岳,海之深、山之高,形容极为高深。 ㊵"臣今骸骨癯瘁"八句:谓我如今身体憔悴枯槁,视力衰退,牙齿没有几颗,精神意识衰弱亏损,刚刚做的事情马上就忘记了,我的精力耗尽在这部书中。骸骨,指身体。癯瘁,憔悴,枯槁。目视昏近,形容视力衰退。神识,神志,精神意识。目前,眼睛面前,跟前。旋踵,掉转脚跟,形容时间短促。 ㊶ 嘉善矜恶:嘉,嘉许,表彰。矜,慎重。 ㊷"足以"二句:懋,勤勉,努力。稽,考核,查考。盛德,品德高尚,高尚的品德。跻,升登,达到。无前,前所未有。至治,指安定昌盛、教化大行的政治局面或时世。 ㊸"俾四海群生"四句:群生,指百姓。蒙,敬词,承蒙。九泉,犹黄泉,指人死后的葬处。志愿,志向和愿望。 ㊹ 谨奉表陈进以闻:谨,恭敬。奉表,上表。陈进,呈献。

【赏析】 作者在文中首先表明了自己修纂《资治通鉴》的夙愿和意图。自司马迁、班固以来的史书"文字繁多",即使是平民百姓也很难通读一遍,更何况是日理万机的皇帝,因此司马迁便想要写作一部可供治国安邦的编年通史,"专取关国家兴衰,系生民休戚,善可为法,恶可为戒者"。但是,以个人之力难以完成这个重任,司马光也只是修完了从战国到秦灭亡这一时段的编年史。

其次,叙述了《资治通鉴》的成书经过。由于赏识司马光的修史之志,英宗皇帝为他在崇文院设立书局,让司马光自己选拔助手,还把国家藏书全部敞开,由官廷提供一切文具、开销,并让宦官做服务工作。这在修史历史上可说是最高规格的待遇,"眷遇之荣,近臣莫及",无怪乎司马光无限感激。英宗去世后,神宗继位,命司马光继续修书,还为其书赐名,并让他在经筵上进读。后来司马光外任,进读才终止。由于皇帝的知遇之恩,司马光更加"研精极虑,穷竭所有,日力不足,继之以夜",并参考了浩如烟海的材料,最终形成了《资治通鉴》这一巨著。文中还介绍了《资治通鉴》的起终年代、内容、卷数等情况。

再次,表达了作者的期望,希望神宗皇帝能体察自己著述的用意,"鉴前世之兴衰,考当今之得失,嘉善矜恶,取得舍非",从而"稽古之盛德,跻无前之至治"。如能那样,自己便能瞑目了。

本文语言庄重整饬，措辞委婉得体，叙述自己著书的目的以及经过，可见《资治通鉴》的编纂历时之久、工程之大，所以司马光才说“臣之精力，尽于此书”。正是由于《资治通鉴》有着极大的价值，所以英宗、神宗两任皇帝才不遗余力地支持司马光，达到了以史为鉴、成就善政的目的。对于这种支持，司马光自然是铭感五内，在字里行间表现出对皇帝的知遇感激之情以及对朝廷的忠诚之意，寓情于辞，十分感人。

张骞通西域

【题解】 本文选自《资治通鉴》卷二十。张骞（约前164—前114），字子文，汉中郡城固（今陕西省城固县）人。曾两度出使西域，第一次是于建元三年（前138）出陇西（今甘肃一带），目的在于联合大月氏抗击匈奴，不料中途被匈奴所俘，并押送至匈奴王庭，在匈奴十余年，后逃脱。本文所述为张骞于公元前119年第二次出使西域之事。西域，汉以来对玉门关、阳关以西地区的总称。狭义专指葱岭以东地区，广义则凡通过狭义西域所能到达的地区，包括亚洲中、西部，印度半岛，欧洲东部和非洲北部。

【原文】

元鼎[①]二年（丙寅）

浑邪王[②]既降汉，汉兵击逐匈奴于幕北[③]，自盐泽[④]以东，空无匈奴，西域道可通。于是张骞建言：“乌孙王昆莫本为匈奴臣[⑤]，后兵稍强，不肯复朝事[⑥]匈奴，匈奴攻不胜而远之。今单于新困于汉，而故浑邪地空无人，蛮夷俗恋故地，又贪汉财物，今诚以此时厚币赂乌孙，招以益东，居故浑邪之地，与汉结昆弟[⑦]，其势宜听，听则是断匈奴右臂[⑧]也。既连乌孙，自其西大夏之属皆可招来而为外臣[⑨]。”天子以为然，拜骞为中郎将[⑩]，将三百人，马各二匹，牛羊以万数，赍金币帛直[⑪]数千巨万；多持节副使[⑫]，道可便遣之他旁国[⑬]。

骞既至乌孙，昆莫见骞，礼节甚倨[⑭]。骞谕指[⑮]曰：“乌孙能东居故地，则汉遣公主为夫人，结为兄弟，共距[⑯]匈奴，匈奴不足破也。”乌孙自以远汉，未知其大小，素服属[⑰]匈奴日久，且又近之，其大臣皆畏匈奴，不欲移徙。骞留久之，不能得其要领[⑱]，因分遣副使使大宛、康居、大月氏、大夏、安息、身毒、于阗及诸旁国[⑲]。乌孙发译道[⑳]送骞还，使数十人，马数十匹，随骞报谢[㉑]，因[㉒]令窥汉大小。是岁，骞还,到,拜为大行[23]。后岁馀,骞所遣使通大夏之属者,皆颇与其人俱来,于是西域始通于汉矣。

西域凡三十六国[24],南北有大山[25],中央有河[26],东西六千余里,南北千余里,东则接汉玉门、阳关[27],西则限以葱岭[28]。河有两源,一出葱岭,一出于阗[29],合流东注盐泽。盐泽去玉门、阳关三百余里。自玉门、阳关出西域有两道:从鄯善傍南山北,循河西行,至莎车,为南道[30];南道西逾葱岭,则出大月氏、安息[31]。自车师前王廷随北山循河西行至疏勒,为北道[32];北道西逾葱岭,则出大宛、康居、奄蔡[33]焉,故皆役属[34]匈奴。匈奴西边日逐王置僮仆都尉[35],使领西域,常居焉耆、危须、尉黎[36]间,赋税诸国,取富给焉。

乌孙王既不肯东还,汉乃于浑邪王故地置酒泉郡[37],稍发徙民[38]以充实之;后又分置武威郡[39],以绝匈奴与羌[40]通之道。

【注释】 ① 元鼎:汉武帝的第五个年号(前116—前111)。 ② 浑邪王:浑邪是汉代匈奴的一支,汉武帝元狩二年(前121)霍去病破陇西,俘虏浑邪王子及相国,匈奴单于欲杀浑邪王,浑邪王和休屠王等遂降汉,共四万余人,号十万。封浑邪王万户,为漯阴侯。陇西、北地、朔方、云中、代五郡设五属国纳其部众。汉从此遂占有河间地。 ③ 击逐匈奴于幕北:匈奴,我国古代北方民族之一,战国时游牧于燕、赵、秦以北地区,其族随世异名,因地殊号。幕北,即漠北,古代泛指蒙古大沙漠以北地区。幕,通“漠”。 ④ 盐泽:又名蒲昌海、泑泽、牢兰海、辅日海、临海,即今新疆罗布泊。 ⑤ “乌孙王昆莫”句:乌孙,一作乌珠国,本西域国,国都在赤谷城(今新疆阿克苏河上源吉尔吉斯境内伊什提克一带)。乌孙的首领称为昆莫,犹匈奴之单于。公元前2世纪初,乌孙与月氏均在今甘肃境内敦煌祁连间游牧,北邻匈奴,乌孙王难兜靡被月氏攻杀,其子猎骄靡刚诞生,由匈奴冒顿单于收养成人,后得以复兴故国。 ⑥ 朝事:臣服。 ⑦ 昆弟:兄弟。 ⑧ 听则是断匈奴右臂:听,听从,接受。断匈奴右臂,意为汉朝控制河西走廊,就能把匈奴右边(西边)的一只臂膀斩断。 ⑨ “自其西”句:大夏,中亚古地名和国名,位于古希腊人所说的巴克特里亚地区,主要疆域在阿姆河以南、兴都库什山以北,西边与安息接壤。外臣,犹藩臣,拱卫王室之臣。 ⑩ 中郎将:西汉有五官、左、右中郎将,职掌禁卫,是仅次于将军的官号。 ⑪ 赍金币帛直:赍,携带。金币,古代泛指金属货币。帛,是古代丝织物的通称,曾在中国古代长期作为实物货币使用。 ⑫ 持节副使:持节,古代使臣奉命出行,必执符节以为凭证。副使,派往外国的正使或公使的副手。 ⑬ “道可便”句:意为沿道有便可通使他国的,便派遣持节副使前往。 ⑭ 倨:傲慢不逊。 ⑮ 谕指:晓谕帝旨。指,通“旨”。 ⑯ 距:通“拒”,对垒,对抗。 ⑰ 服属:顺从归属。 ⑱ 要领:腰和脖子,比喻重要的部位或区域。 ⑲ “因分遣副使”句:大宛,国名,国都在贵山城(今乌兹别克塔什干东南卡散赛),西汉神爵二年(前60)后属西域都护府。康居,西域城国,约在今中亚巴尔喀什湖与咸海之间,当

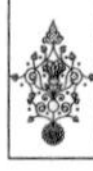

时是西域大国。大月氏，亦作月支，原居住在今甘肃河西走廊的祁连山以北敦煌一带，后西迁，开始居住在妫水（今阿姆河）以北，又推进到妫水以南，建都蓝氏城。西汉末年以后，大月氏人建立的贵霜王朝又向南发展，建都干陀罗，成为西域强大的国家。安息，即帕提亚王国，西亚古国，位于伊朗高原。身毒，古代对印度的称呼。于阗，又作于寘，国都在西城（一作西山城，在今新疆和田县境），西汉神爵二年（前160）后属西域都护府。 ⑳ 译道：翻译和导送，亦指负责翻译和导送的人。道，通“导”。 ㉑ 报谢：报答，答谢。㉒ 因：趁机。 ㉓ 大行：九卿之一，职掌外交及处理国内少数民族事务。 ㉔ 西域凡三十六国：此西域不仅指今新疆地区，同时也包括中亚地区；但这里介绍的地形，却是指新疆地区而言的。 ㉕ 南北有大山：南面的大山指阿尔金山山脉，北边的大山指天山山脉。㉖ 中央有河：指塔里木河。 ㉗ 玉门、阳关：即玉门关和阳关。玉门，西汉置，在今甘肃敦煌市西北一百五十里。阳关，西汉置，在今甘肃敦煌市西南一百三十里。 ㉘ 葱岭：即今帕米尔高原与喀拉昆仑山脉的总称，历代为中国通往西方的交通要道。《西河旧事》：“葱岭，其山高大，上悉生葱，故以名焉。” ㉙ “河有两源”三句：此指塔里木河上流而言。喀拉昆仑山、帕米尔、阿赖山脉、天山山脉之水，总汇于塔里木河，所以说“一出葱岭”。古代和阗河横截塔里木盆地，北流合于塔里木河，所以说“一出于阗”。 ㉚ “从鄯善傍南山北”四句：鄯善，国名，国都在伊循城（今新疆若羌县东米兰）。傍南山北，沿阿尔金山北麓，循车尔成河西行。莎车，一作渠沙国，本西域城国，国都在莎车城（今新疆莎车县），西汉神爵二年后属西域都护府。 ㉛ “南道西逾葱岭”三句：南道自莎车越帕米尔往阿富汗、伊朗等地。 ㉜ “自车师前”二句：车师前，即车师前国，本西域国，都城在交河城（今新疆吐鲁番市西北雅尔湖村附近），西汉神爵二年后属西域都护府。王廷，谓朝廷。疏勒，又作沙勒国、竭叉国、竭石国、佉沙国，本西域城国，国都在疏勒城（今新疆喀什市），西汉神爵二年后属西域都护府。 ㉝ 奄蔡：又作阖苏国，本西域城国，在今中亚咸海至里海一带。㉞ 役属：谓使隶属于己而役使之。 ㉟ “匈奴西边”句：日逐王，匈奴贵族封号，分左、右，名为二十四长之一，位次于左右贤王、左右谷蠡王，与左右温禺鞮王及左右渐将王，号为“六角”。此十王均单于子弟，除左贤王常为太子外，余九王也有次第为单于的资格。又日逐亦作为官号，位于王侯之下。僮仆都尉，匈奴官名，西汉时匈奴日逐王置，以领西域各国，向其征收赋税，以“僮仆”为官名，盖视西域各国为匈奴之僮仆。汉宣帝神爵二年，日逐王先贤掸率众降汉，僮仆都尉遂罢。 ㊱ 焉耆、危须、尉黎：焉耆，又作乌耆国、乌缠国、阿耆尼国，本西域城国，国都在员渠城（今新疆焉耆回族自治县西南四十里）。危须，本西域城国，国都在危须城（今新疆焉耆回族自治县东北乌什塔拉附近）。尉黎，又作尉犁，本西域城国，国都在尉黎城（今新疆焉耆回族自治县西南紫泥泉）。 ㊲ 酒泉郡：治所在今甘肃省酒泉市。 ㊳ 徙民：迁移之民。 ㊴ 武威郡：治所在今甘肃省武威市。 ㊵ 羌：指羌族，我国古代民族名。主要分布地相当于今甘肃、青海、四川一带。

【赏析】 张骞第二次出使西域，旨在联合乌孙，断匈奴右臂，但乌孙并不了解汉朝，且素来畏惧匈奴，不肯迁徙。张骞只能分派副使前往西域各国，而这些国家之后都陆续派遣使者访问汉朝，“于是西域始通于汉矣”。接着，文中又介绍了西域诸国的地理位置以及汉朝设立的郡邑，使读者对西域有基本了解。

纵观张骞两次出使西域，其最初均出于军事战略考虑，目的在于联合西域势力共同抗击匈奴。然而，张骞的两次出使都未能完成任务，并未实现最初目的。不过，张骞的出使一方面得以考察西域诸国的基本情况，搜集各国经济、政治、军事情报，作为汉朝制定对西域政策的基础；另一方面，这次出使使得西域诸国派遣使者来到汉王朝访问参观，加强了各方相互间的了解，尤其是促进了彼此贸易的往来，形成了历史上著名的"丝绸之路"。"丝绸之路"的开通不仅促进了双方经济的发展，更促进了东西方文化的交流，西域的文化，尤其是音乐、舞蹈文化对汉文化产生了很大的影响。因此，张骞第一个打通西域道路，功在当代，利在千秋。

党锢之祸

【题解】 本文选自《资治通鉴》卷五十六。党锢之祸指东汉桓帝、灵帝时，士大夫、贵族等对宦官乱政的现象不满，与宦官发生斗争的事件。事件因宦官以"党人"罪名禁锢士人终身而得名。前后共发生过两次。党锢之祸以宦官诛杀士大夫一党几尽而结束，当时的言论以及日后的史学家多同情士大夫一党，并认为党锢之祸伤汉朝根本，为黄巾之乱和汉朝的最终灭亡埋下伏笔。

【原文】

汉孝灵皇帝[①]建宁二年(己酉)

宦官疾恶膺[②]等，每下诏书，辄申党人之禁。侯览怨张俭尤甚[③]，览乡人朱并素佞邪[④]，为俭所弃[⑤]，承览意指[⑥]，上书告俭与同乡二十四人别相署号[⑦]，共为部党[⑧]，图危社稷[⑨]，而俭为之魁[⑩]。诏刊章[⑪]捕俭等。冬，十月，大长秋曹节因此讽有司奏[⑫]："诸钩党者故司空虞放及李膺、杜密、朱寓、荀翌、翟超、刘儒、范滂等[⑬]，请下州郡考治[⑭]。"是时上年十四，问节等曰："何以为钩党？"对曰："钩党者，即党人也。"上曰："党人何用为恶而欲诛之邪？"对曰："皆相举群辈，欲为不轨[⑮]。"上曰："不轨欲如何？"对曰："欲图社稷。"上乃可[⑯]其奏。

或谓李膺曰："可去矣。"对曰："事不辞难[⑰]，罪不逃刑，臣之节

也。吾年已六十，死生有命，去将安之！”乃诣诏狱，考死[18]。门生故吏，并被禁锢[19]。侍御史蜀郡景毅子顾为膺门徒[20]，未有录牒[21]，不及于谴。毅慨然曰：“本谓膺贤，遣子师之，岂可以漏脱名籍[22]，苟安而已！”遂自表免归[23]。

汝南督邮[24]吴导受诏捕范滂，至征羌[25]，抱诏书闭传舍[26]，伏床[27]而泣，一县不知所为。滂闻之曰：“必为我也。”即自诣狱。县令郭揖大惊，出，解印绶[28]，引与俱亡，曰：“天下大矣，子何为在此！”滂曰：“滂死则祸塞，何敢以罪累君。又令老母流离乎！”其母就与之诀，滂白母曰：“仲博孝敬，足以供养。滂从龙舒君归黄泉，存亡各得其所。惟大人割不可忍之恩，勿增感戚[29]！”仲博者，滂弟也；龙舒君者，滂父龙舒侯相显也。母曰：“汝今得与李、杜齐名，死亦何恨！既有令名，复求寿考[30]，可兼得乎！”滂跪受教，再拜而辞[31]。顾其子曰：“吾欲使汝为恶，恶不可为；使汝为善，则我不为恶。[32]”行路闻[33]之，莫不流涕。

凡党人死者百馀人，妻子皆徙边[34]，天下豪杰及儒学有行义[35]者，宦官一切指为党人。有怨隙者，因相陷害，睚眦之忿[36]，滥入党中。州郡承旨，或有未尝交关，亦离祸毒[37]，其死、徙、废、禁[38]者又六七百人。

郭泰闻党人已死，私为之恸[39]，曰：“《诗》云：‘人之云亡，邦国殄瘁。’汉室灭矣，但未知‘瞻乌爰止，于谁之屋’耳[40]！”泰虽好臧否人伦，而不为危言核论[41]，故能处浊世而怨祸不及焉。

【注释】 ① 孝灵皇帝：即汉灵帝刘宏（156—189）。汉桓帝刘志去世后，刘宏被窦氏外戚家族挑选为皇位继承人，时年十二岁。刘宏登基后，改元建宁（168—172），其执政期间，大部分时间施行党锢及宦官政治，且设置西园，巧立名目，搜刮钱财，甚至卖官鬻爵，以用于自己享乐。 ② 膺：指李膺（110—169），字符礼，颍川襄城人（今属河南许昌），东汉学者、政治家，党锢之祸受害者，建宁二年（169）窦武与太傅陈蕃谋诛宦官，任李膺为长乐少府，宦官事先迫使灵帝逮捕窦武，窦武与王甫军激战，兵败自杀，宦官进一步逮捕“党人”，李膺及杜密等百余人被下狱处死。 ③ 侯览怨张俭尤甚：侯览（？—172），东汉宦官，山阳防东（今山东单县东北）人，延熹年间赐爵为关内侯，因诛梁冀有功，进封高乡侯，后迁为长乐太仆。任官期间，专横跋扈，贪婪放纵，大肆抢掠官民财物。为报复私仇，诬陷张俭、李膺、杜密等为党人，造成了历史上有名的党锢之祸。熹平元年（172），侯览被举奏专权骄奢，印绶亦被缴收，随后自杀身亡。张俭（115—198），字元节，山阳高平（今新疆山东邹城)人,东汉时期名士,江夏八俊之一。汉桓帝时任山阳东部督邮,宦官侯览家属仗势在当地作恶,张俭上书弹劾侯览及其家属,触怒侯览。党锢之祸起,侯览诬张俭与同郡二十四人共为部党。朝廷下令通缉,张俭被迫流亡,直到党锢解禁才回到了家乡。 ④ 佞邪:奸邪。 ⑤ 弃:厌弃,唾弃,嫌弃。 ⑥ 承览意指:谓奉承侯览的意旨。承,顺从,奉承。意指,即意旨,谓意之所在。 ⑦ 署号:签署别号。署,签名,签署。号,别号,名、字以外的称谓。 ⑧ 部党:朋党;徒党。 ⑨ 社稷:古代帝王、诸侯所祭的土神和谷神,用为国家的代称。 ⑩ 魁:首领,领头人。 ⑪ 刊章:删去告发人姓名的捕人文书。 ⑫“大长秋曹节”句:大长秋,官名,汉置,为皇后近侍,多由宦官充任,其职掌为宣达皇后旨意,管理宫中事宜。曹节(? —181),字汉丰,南阳新野(今河南新野)人,东汉时大宦官,兴起第二次党锢之祸,奸虐弄权,扇动内外,人忤其意者,非死即黜,累迁小黄门、中常侍、尚书令,封长安乡侯。讽,用委婉的语言暗示、劝告或讥刺、指责。有司,官吏,古代设官分职,各有专司,故称。 ⑬“诸钩党者”句:钩党,谓相牵引为同党。故,去世。司空,官名,汉改御史大夫为大司空,三公之一,后去大字为司空。虞放,生卒年不详,字子仲,陈留东昏(今新疆兰考北)人,桓帝时任尚书,议诛大将军梁冀,封都亭侯,后任司空,疾恶宦官,遂被陷害,以党争被腰斩。杜密(? —169),字周甫,郑州登封人,桓帝时因"党锢之祸"被免官,与李膺齐名,时称李杜,为东汉"八俊"之一。汉灵帝时,陈蕃辅政,复为太仆,"党锢之祸"再起,自杀。朱寓,东汉大臣,沛县人,曾为庐江太守、司隶校尉,与李膺、王畅等为"八俊"。荀翌,与李膺、杜密等为"八俊",官至沛国国相、越巂太守,窦武辅政,任为从事中郎,翦除宦官,共定计谋。公元170年,第二次党锢之祸爆发,和李膺等人一起被杀。翟超,不详。刘儒,生卒年不详,字叔林,东郡阳平人,因窦武谋诛宦官事泄密而被下狱,后自杀。范滂(137—169),字孟博,汝南征羌(今河南漯河市召陵区)人,少厉清节,举孝廉。见时政腐败,弃官而去,桓帝延熹九年(166),以党事下狱,释归时士大夫往迎者车数千辆。灵帝初再兴党锢之狱,诏捕滂,自投案,死狱中。 ⑭ 下州郡考治:州郡,州和郡的合称。考治,拷问。 ⑮ 皆相举群辈,欲为不轨:群辈,朋辈,同类。不轨,指叛乱。 ⑯ 可:表示同意,许可。 ⑰ 辞难:推辞困难、危险。 ⑱ 乃诣诏狱,考死:诣,前往,到。诏狱,关押钦犯的牢狱。考死,拷问致死。 ⑲ 禁锢:谓禁止做官或参与政治活动。 ⑳“侍御史”句:侍御史,御史的一种,简称侍御,秦朝初置,汉代沿用,隶属于御史大夫之下,可弹劾非法。蜀郡,治所在今四川成都。景毅,字文坚,东汉后期梓潼人。顾,景顾,景毅子。 ㉑ 录牒:名册。当时党人聚徒教授,多者数以千计,各记录其姓名于谱牒。 ㉒ 漏脱名籍:漏脱,脱逃,逃亡。名籍,记名入册。 ㉓ 自表免归:自表,自上奏章,自己上表呈请。免归,犹免遣,即免除职务并遣送回乡。 ㉔ 汝南督邮:汝南,治所在今河南汝南县西。督邮,官名,汉置,郡的重要属吏,代表太守督察县乡,宣达教令,兼司狱讼捕亡。 ㉕ 征羌:治所在今河南郾城县东南。 ㉖ 传舍:驿舍,古时供行人休息住宿的处所。 ㉗ 伏床:伏,面向下、背朝上俯卧着。床,古代坐具。 ㉘ 印绶:印信和系印信的丝带,借指官爵。 ㉙“仲博孝敬”六句:仲博,范滂弟弟的字。龙舒君,范滂之父范显,官至龙舒侯相。惟,愿,希望。大人,对老者、长者的敬称,这里称呼其母。戚,忧愁,悲伤。 ㉚“汝今得”句:李、杜,指李膺、杜密。恨,遗憾。令名,美好的声誉。寿考,年高,长寿。 ㉛ 滂跪受教,再拜而辞:受教,接受教诲。再拜,拜了又拜,表示恭敬,古代的一种礼节。 ㉜“吾欲使汝为恶”句:

意谓我要叫你做坏事吧,可是坏事毕竟是不该做的;我要叫你做好事吧,可是我一生没有做坏事,却落得这步田地。 ㉝行路:路人。 ㉞徙边:将犯人流放边境服劳役。 ㉟行义:品行和道义。 ㊱睚眦之忿:睚眦,瞋目怒视,瞪眼看人,借指微小的怨恨。忿,愤怒,怨恨。 ㊲未尝交关,亦离祸毒:交关,串通,勾结。离,通"罹",遭受。 ㊳徙、废、禁:徙,贬谪,流放。废,黜免,放逐。禁,监禁,拘禁。 ㊴"郭泰"二句:郭泰(128—169),东汉末学者,泰或作太,字林宗,太原介休(今属山西)人。与李膺等交游,名重洛阳,太学生推为领袖。第一次党锢事起,被士子誉为"八顾"之一,言能以德行导人。官府召辟,皆不就。虽褒贬人物,不危言核论,故不在禁锢之列。后闭门教授,弟子千人。恸,极其悲痛。 ㊵"《诗》云"六句:"人之云亡,邦国殄瘁" 出自《诗经·大雅·瞻卬》,意为贤人死亡了,国事危殆。旧时用来怀念那些身系国家安危的贤人。邦国,国家。殄瘁,困穷,困苦。"瞻乌爰止,于谁之屋"出自《诗经·小雅·正月》。瞻乌,毛传:"富人之屋,乌所集也。"郑玄笺:"视乌集于富人之室,以言今民亦当求明君而归之。"后以比喻乱世无所归依之民。爰,代词,哪里,何处。止,栖息。 ㊶"泰虽好"二句:臧否人伦,即褒贬人才。臧否,品评,褒贬。危言核论,即直言确论。核论,犹确论,高论。

【赏析】 东汉后期的两次党锢之祸是东汉政治矛盾长期积累后的一次总爆发,宦官集团借助皇权,罗织罪名,铲除异己,给士大夫集团以沉重打击。本文所载第二次党锢之祸,是宦官由于私人恩怨而蓄意构陷士大夫引起的,并逐渐扩大事态和影响,使一大批人受到牵连。

当时的皇帝汉灵帝年仅十四岁,他问身边的宦官为何要诛杀党人,曹节等宦官回答说党人相聚"欲图社稷",于是灵帝就允许宦官采取迫害行动。从这段对话可以看出,灵帝虽然年幼,日后也是一个贪婪而昏庸的国君,但他具有皇权独尊的意识,并且对可能危及自己统治的人毫不留情地进行打击。可见桓帝、灵帝并非如大家所认为的,只是宦官手中的傀儡,他们基本上还是可以运作皇权的,因此党锢之祸不仅仅是宦官对士大夫的迫害,也是皇帝为维护皇权而与士大夫产生的冲突。

党人敢于直言,不畏强权,视死如归,在两次迫害中涌现出了一大批具有节气傲骨的士大夫,如本文中的范滂。范滂对灾祸的到来表现得极为镇定,而与母亲诀别的场景也十分感人。范滂之母也表现出非一般的见识。这段历史对后代影响很深。苏轼少时,母亲程氏教其读《后汉书·范滂传》。苏轼问,如果他成了范滂,那母亲将如何?程氏回答说:"你如果像范滂一样,我难道不能像范滂的母亲一样吗?"可见范滂与范母在后世是被视作榜样和典范的。

而范滂临去时对儿子说的一段话也很值得玩味,流露出党人内心因义行而受害的痛苦与迷惘,体会到道德理想与残酷现实之间的巨大落差。黄宗羲在《明儒学案》中也说道:"恶能害心,善亦能害心。"党人意气用事,以声名相

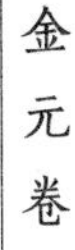

较，在清谈批判宦官的时候，不仅忽视了宦官与皇权的密切关系，不自觉地触犯了皇帝的尊严，同时，他们的相聚为党也确实形成了一股很大的政治势力，引起皇帝的警觉和防范，于是借宦官来打击他们的势力。

东汉后期，皇帝对外戚、宦官和官僚士大夫都重用，同时又防范他们，形成了以皇权为核心的三大政治集团鼎立的相互制衡的政治体系。每当某个政治集团势力过大而危及皇权，皇帝都会用另外的集团来打击之。如两次党锢之祸利用宦官来打击外戚和士大夫，之后当宦官势力膨胀的时候，灵帝就诛杀了侯览及其党羽。从中也可以发掘出中国封建时期统治集团内部斗争的特点和本质，从党锢之祸到唐代的牛李党争，到北宋的新旧党争，再到明代的魏忠贤党祸，实际上都是由于权力分配而产生的斗争，而皇帝也通过各党的矛盾来平衡朝堂，维护皇权的独尊性。可以说新旧党争贯穿于北宋前后，虽然没有像党锢之祸那样发生直接的流血事件，但也牵连甚广，有众多官员被贬官、流放，影响不亚于党锢之祸。

贞观之治

【题解】 本文选自《资治通鉴》卷一百九十二。贞观为唐太宗的年号(627—649)，前后23年多。唐太宗在位期间政治清明，故史称“贞观之治”，是唐朝的第一个治世，为后来的开元之治奠定了基础。

【原文】

武德九年[①]

丙午，上与群臣论止盗。或请重法以禁之，上哂之曰：“民之所以为盗者，由赋繁役重，官吏贪求，饥寒切身[②]，故不暇顾廉耻耳。朕当去奢省费，轻徭薄赋，选用廉吏，使民衣食有馀，则自不为盗，安用重法邪！”自是数年之后，海内升平，路不拾遗，外户不闭，商旅野宿焉[③]。

上又尝谓侍臣曰：“君依于国，国依于民。刻[④]民以奉君，犹割肉以充腹，腹饱而身毙，君富而国亡。故人君之患，不自外来，常由身出。夫欲盛则费广，费广则赋重，赋重则民愁，民愁则国危，国危则君丧矣。朕常以此思之，故不敢纵欲也。”

贞观元年(丁亥)

或告右丞魏徵[⑤]私其亲戚，上使御史大夫温彦博按之，无状[⑥]。

彦博言于上曰:“徵不存形迹[7],远避嫌疑,心虽无私,亦有可责。”上令彦博让[8]徵,且曰:“自今宜存形迹。”他日,徵入见,言于上曰:“臣闻君臣同体,宜相与尽诚;若上下[9]俱存形迹,则国之兴丧,尚未可知,臣不敢奉诏。”上瞿然[10]曰:“吾已悔之。”徵再拜曰:“臣幸得奉事陛下,愿使臣为良臣,勿为忠臣。”上曰:“忠良有以异乎?”对曰:“稷、契、皋陶[11],君臣协心,俱享尊荣,所谓良臣。龙逢、比干,面折廷争[12],身诛国亡,所谓忠臣。”上悦,赐绢五百匹。

上神采英毅,群臣进见者,皆失举措[13];上知之,每见人奏事,必假以辞色,冀闻规谏[14]。尝谓公卿曰:“人欲自见其形,必资明镜;君欲自知其过,必待忠臣。苟其君愎谏自贤,其臣阿谀顺旨[15],君既失国,臣岂能独全!如虞世基等谄事炀帝以保富贵[16],炀帝既弑,世基等亦诛。公辈宜用此为戒,事有得失,毋惜尽言[17]。”

或上言秦府旧兵,宜尽除武职,追入宿卫[18]。上谓之曰:“朕以天下为家,惟贤是与,岂旧兵之外,皆无可信者乎!汝之此意,非所以广朕德于天下也。”

上谓公卿曰:“昔禹凿山治水,而民无谤讟[19]者,与人同利故也。秦始皇营宫室而人怨叛者,病人以利己故也[20]。夫靡丽珍奇[21],固人之所欲,若纵之不已,则危亡立至。朕欲营一殿,材用已具[22],鉴秦而止。王公已下,宜体朕此意。”由是二十年间,风俗素朴,衣无锦绣,公私富给[23]。

上谓黄门侍郎王珪[24]曰:“国家本置中书、门下[25],以相检察,中书诏敕[26]或有差失,则门下当行驳正[27]。人心所见,互有不同,苟论难往来,务求至当,舍己从人,亦复何伤[28]!比来或护己之短,遂成怨隙,或苟避私怨,知非不正,顺一人颜情,为兆民之深患[29],此乃亡国之政也。炀帝之世,内外庶官[30],务相顺从。当是之时,皆自谓有智,祸不及身。及天下大乱,家国两亡,虽其间万一有得免者,亦为时论所贬,终古不磨[31]。卿曹各当徇公忘私,勿雷同也[32]!”

【注释】 ① 武德九年:武德为唐高祖李渊年号(618—626),武德九年九月四日,李渊退位称太上皇,禅位于李世民,李世民登基,是为唐太宗,次年改元贞观。此段中的“上”为唐太宗。 ②“由赋繁役重”三句:赋,田地税,泛指赋税。役,服兵役,戍守边疆。切身,迫身。谓身为外界所迫。 ③“海内升平”四句:升平,太平。路不拾遗,谓东西掉

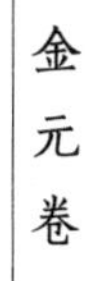

在路上,人们不会捡起据为己有,形容社会风尚好。外户不闭,夜间不用关闭门户睡觉,形容政治清明,盗贼绝迹。商旅野宿,行商在野外过夜。 ④ 刻:伤害。 ⑤ 右丞魏徵:右丞,全称为尚书右丞佐仆射,掌管钱谷等事,正四品。魏徵(580—643),字玄成,曾任谏议大夫、左光禄大夫,封郑国公,谥文贞。以直谏敢言著称,是史上最负盛名的谏臣。 ⑥“上使御史大夫”二句:御史大夫,官名,专掌监察执法。温彦博(573—637),字大临,为官清廉,为一代名相。按,查办,举劾。无状,没有事实,没有根据。 ⑦ 不存形迹:言人坦然真率,没有忌讳隐蔽。形迹,指人所表露的动作感情。 ⑧ 让:责备,责问。 ⑨ 上下:指位分的高低,犹言君臣、尊卑、长幼。这里特指君臣。 ⑩ 瞿然:惊骇貌。 ⑪ 稷、契、皋陶:稷、契,尧舜时代的贤臣。皋陶,传说虞舜时的司法官。 ⑫“龙逢、比干”二句:龙逢:即关龙逢,夏之贤人,因谏而被桀所杀,后用为忠臣之代称。比干,商纣王的叔父,官少师,因屡次劝谏纣王,被剖心而死。面折廷争,谓在朝廷上犯颜直谏,据理力争。 ⑬“上神采英毅”三句:神采,指人面部的神气和光采。英毅,英明果断。举措,举动,行为。 ⑭ 必假以辞色,冀闻规谏:假以辞色,即故意表示温和可亲之意。冀,希望,盼望。规谏,谓以正言劝诫谏诤。 ⑮ 其君愎谏自贤,其臣阿谀顺旨:愎谏,坚持己见,不听规劝。自贤,自以为有德行、多才能。阿谀,迎合谄媚。顺旨,亦作“顺指”,谓曲意逢迎。 ⑯“如虞世基”句:虞世基(? —618),字懋世,会稽余姚(今属浙江)人,虞世南之兄,谄媚隋炀帝,生活豪奢。大业十四年(618)宇文化及弑杀炀帝,虞世基等也被诛杀。炀帝,指隋炀帝杨广(569—618),华阴人(今陕西华阴),隋朝第二代皇帝,在位期间因滥用民力,导致隋朝的灭亡,公元618年在江都被部下缢杀。谄事,逢迎侍奉。 ⑰ 毋惜尽言:毋,莫,不可。惜,怕。尽言,犹直言,谓畅所欲言,毫无保留。 ⑱“或上言秦府旧兵”三句:秦府,秦王之府第。唐太宗未为帝时,曾封为秦王。武职,军职。追,招引,征召。宿卫,在宫禁中值宿,担任警卫。 ⑲ 谤讟:怨恨毁谤。 ⑳“秦始皇营宫室”二句:营,建造,制作。怨叛,背叛,因怨恨而背叛。病,祸害,侵犯。 ㉑ 靡丽珍奇:靡丽,奢华,奢靡。珍奇,珍贵奇异的物品。 ㉒ 材用已具:材用,指材料。具,完备,齐全。 ㉓ 衣无锦绣,公私富给:锦绣,花纹色彩精美鲜艳的丝织品。公私,公家和私人。富给,富裕丰足。 ㉔ 黄门侍郎王珪:黄门侍郎,又称黄门郎,是皇帝近侍之臣,可传达诏令,隋唐时隶属门下省,成为门下省的副官。王珪(571—639),字叔玠,太原祁县(今山西祁县东南)人,唐初有名的诤臣之一,卒赠吏部尚书。 ㉕ 中书、门下:即中书省和门下省。古代官署名。在唐代,中书省、门下省和尚书省同为中央行政机关,由中书省决策,通过门下省审核,经皇帝御批,然后交尚书省执行。 ㉖ 诏敕:诏书。 ㉗ 驳正:批驳纠正。 ㉘“苟论难往来”四句:谓相互辩论诘难,务必追求最恰当,放弃自己的看法而服从大家的公论,又有什么损伤?论难,辩论诘难。 ㉙“比来或护己之短”六句:谓从前有的人保护自己的短处,于是生成嫌隙,有的人避开私人恩怨,知道其不正确而不加以驳正,顺从一人的情面,成为百姓的大祸患。比来,从前,原来。知非不正,意为知道其不正确而不加以驳正。颜情,犹情面。兆民,古称天子之民,后泛指众民,百姓。 ㉚ 庶官:百官,多指一般官员。 ㉛“虽其间”三句:谓即使在其中有人能够逃脱,也会被当时的舆论贬斥,久远也不会磨灭。万一,万分之一,指可能性极小的意外情况。终古,久远。不磨,不可磨灭。 ㉜“卿曹”二句:谓你们各自应当为国家利益而献身而不关心自己的得失,不要随声附和。卿曹,犹言君等,你们。徇,通“殉”。雷

同,指随声附和,不敢发表自己的意见。

【赏析】 本文中唐太宗与臣子之间的对话体现出了唐太宗君臣的治国思想与措施,概括而言,主要有以下几个方面:

一是对君民关系的认知。唐太宗认识到,"君依于国,国依于民",因此他反对用重法来禁盗,而是"去奢省费,轻徭薄赋,选用廉吏,使民衣食有馀,则自不为盗"。唐太宗曾多次对大臣提及君民相依,基于此,在位期间采取了一系列便民利民的措施,得到了百姓的拥护与支持。

二是任用贤才和虚心纳谏。唐太宗把大臣看作是自己的一面镜子:"人欲自见其形,必资明镜;君欲自知其过,必待忠臣。"他以隋炀帝君臣亡国为戒,一方面警醒自己不要"愎谏自贤",面对大臣时都"假以辞色,冀闻规谏";另一方面多次告诫大臣不要"阿谀顺旨"以保富贵,也不要"护己之短,遂成怨隙,或苟避私怨,知非不正,顺一人颜情",而要"徇公忘私",不能雷同。贞观朝最著名的谏臣是魏徵,本文中选取了魏徵被举报私其亲戚一事。魏徵先是说"君臣同体,宜相与尽诚",因此在君臣之前应当"不存形迹",毫无矫饰,接着又举例说明良臣与忠臣的区别,表明自己愿为良臣。太宗因此大悦,加以赏赐。

三是克制私欲,戒奢从简。唐太宗从君民相依这一点论述纵欲之害,并将大禹凿山治水与秦始皇营宫室相比较,指出国君为一己私利而劳民伤财会激起百姓的怨叛,最后使国家灭亡。所以,唐太宗停止宫殿的建造,并期望王公大臣也能克制享受欲望。君臣上下都如此,使得贞观年间"风俗素朴,衣无锦绣,公私富给",社会风气大大改善。

四是实施分权制度。唐太宗继承了隋朝建立的三省六部制并加以完善,他对王珪所说的"国家本置中书、门下,以相检察,中书诏敕或有差失,则门下当行驳正",说明了三省的职权划分,即中书省发布命令,门下省审查命令,尚书省执行命令,这种政治运作方式有点类似于现代民主国家的"三权分立"制。值得注意的是,即使是唐太宗本人拟定的诏书,也必须由门下省签署后才能生效,这就防止了皇帝由于个人喜怒而下达不慎重的命令、方针。

由上可知,唐太宗君臣借鉴隋亡的教训,以民为本,任贤纳谏,戒奢从简,并完善制度,使得国家安定,经济恢复,吏治清明,奠定了唐代两百多年的基业,促进了唐王朝各方面的繁荣。对后世来说,贞观之治成为古代中国无数君臣所追慕的治世,是可以效法的样板和典范,影响深远。

安禄山之乱

【题解】 本文选自《资治通鉴》卷二百十七。安禄山(703—757),营州(今辽宁朝阳)人,本姓康,名阿荦山(一作轧荦山),其父可能是康姓胡人,母亲阿史德氏为突厥族女巫,后来嫁给突厥将军安波注的哥哥安延偃,安禄山也就冒姓安氏。他三十岁前混迹在边疆地区从商,三十岁步入军旅,不到四年官至平卢将军。天宝元年(741),时四十岁的安禄山任平卢军节度使,至天宝十载时,已身兼三镇节度使,同时兼领平卢、河北转运使,管内度支、营田、采访处置使。天宝十四年以清君侧为由发动叛乱并后称帝,两年后被其子安庆绪谋杀。

【原文】

天宝十四载[①](乙未)

安禄山专制三道,阴蓄异志,殆将十年,以上待之厚,欲俟上晏驾然后作乱[②]。会杨国忠与禄山不相悦,屡言禄山且反[③],上不听;国忠数以事激之,欲其速反以取信于上。禄山由是决意遽[④]反,独与孔目官、太仆丞严庄[⑤],掌书记、屯田员外郎高尚[⑥],将军阿史那承庆[⑦]密谋,自馀将佐[⑧]皆莫之知,但怪其自八月以来,屡飨[⑨]士卒,秣马厉兵[⑩]而已。会有奏事官[⑪]自京师还,禄山诈为敕书[⑫],悉召诸将示之,曰:"有密旨,令禄山将兵入朝讨杨国忠,诸君宜即从军。"众愕然相顾,莫敢异言。十一月,甲子,禄山发所部兵及同罗、奚、契丹、室韦[⑬]凡十五万众,号二十万,反于范阳。命范阳节度副使贾循守范阳,平卢节度副使吕知诲守平卢,别将高秀岩守大同[⑭];诸将皆引兵夜发。

诘朝,禄山出蓟城南大阅誓众,以讨杨国忠为名,牓军中曰:"有异议扇动军人者,斩及三族!"[⑮]于是引兵而南。禄山乘铁舆,步骑精锐,烟尘千里,鼓噪震地[⑯]。时海内久承平,百姓累世不识兵革,猝闻范阳兵起,远近震骇[⑰]。河北皆禄山统内,所过州县,望风瓦解,守令或开门出迎,或弃城窜匿,或为所擒戮[⑱],无敢拒之者。禄山先遣将军何千年、高邈将奚骑二十,声言献射生手,乘驿诣太原[⑲]。乙丑,北京副留守杨光翙出迎,因劫之以去[⑳]。太原具言其状。东受降

城[21]亦奏禄山反。上犹以为恶禄山者诈为之,未之信也。

庚午,上闻禄山定反,乃召宰相谋之。杨国忠扬扬有得色,曰:“今反者独禄山耳,将士皆不欲也。不过旬日,必传首诣行在[22]。”上以为然,大臣相顾失色。上遣特进毕思琛诣东京,金吾将军程千里诣河东,各简募数万人,随便团结以拒之[23]。辛未,安西节度使封常清[24]入朝,上问以讨贼方略,常清大言曰:“今太平积久,故人望风惮贼。然事有逆顺,势有奇变,臣请走马诣东京,开府库,募骁勇,挑马棰渡河,计日取逆胡之首献阙下![25]”上悦。壬申,以常清为范阳、平卢节度使。常清即日乘驿诣东京募兵,旬日,得六万人;乃断河阳桥,为守御之备[26]。

十二月……禄山声势益张,以其将田承嗣、安忠志、张孝忠[27]为前锋。封常清所募兵皆白徒,未更训练,屯武牢以拒贼[28];贼以铁骑蹂之,官军大败。常清收馀众,战于葵园,又败;战上东门内,又败[29]。丁酉,禄山陷东京,贼鼓噪自四门入,纵兵杀掠。常清战于都亭驿,又败;退守宣仁门,又败;乃自苑西坏墙西走[30]。

【注释】 ① 天宝十四载:天宝是唐玄宗李隆基的年号(742—756),共计十五年。天宝三载正月朔改“年”为“载”。 ②“安禄山”五句:三道,指平卢、范阳、河东三个方镇。平卢,治所在营州(今辽宁省朝阳市)。范阳,治所在幽州(今北京市城区西南)。河东,治所在蒲州(今山西永济县蒲州镇)。殆,接近。俟,等待,等到。晏驾,车驾晚出,古代称帝王死亡的讳辞。 ③“会杨国忠”二句:杨国忠(?—756),本名杨钊,唐朝蒲州永乐(今山西芮城)人。由杨玉环推荐而任官,李林甫死后继任宰相,身兼四十余职,专权误国,好大喜功,穷兵黩武。与安禄山有矛盾。相悦,彼此和睦、亲爱。且,将要。 ④ 遽:赶快,疾速。 ⑤ 孔目官、太仆丞严庄:孔目官,官名,掌管文书簿籍财务等事。太仆丞,官名,为太仆次官,辅佐太仆掌管皇家车马及官营畜牧业。从六品上。严庄,安禄山的军师,安禄山称帝后拜为丞相,独揽大权。在唐军光复长安、洛阳后,向唐军投降,被任为司农卿。
⑥“掌书记”句:掌书记,开元元年(713),节度使始置掌书记,为节度使属官。屯田员外郎,官名,为工部屯田司次官,从六品上。高尚(?—759),唐叛臣,幽州雍奴人,由安禄山提拔,与其共同谋划叛乱。安禄山攻陷东京后,授中书侍郎,赦书制敕多出其手。后为史思明所诛。 ⑦ 阿史那承庆:安庆绪(安禄山次子)的宰相。唐军光复长安、洛阳后,安庆绪兵败邺郡,令阿史那承庆和亲王安守忠前去范阳征调史思明军队。二人被史思明拘禁,后被杀。 ⑧ 将佐:将领及佐吏。 ⑨ 飨:以隆重的礼仪宴请宾客,泛指宴请。 ⑩ 秣马厉兵:喂饱战马,磨快兵器。谓做好作战准备。 ⑪ 奏事官:地方上派遣入朝奏事的官员。
⑫ 诈为敕书:诈,作假,假装。敕书,皇帝慰谕公卿、诫约朝臣的文书。 ⑬ 同罗、奚、契

丹、室韦:同罗,古代北方部落,唐太宗时以其地置龟林都督府,天宝二年(743)部分内附,南迁至漠南,不久复返回漠北。奚,又作“库莫奚”,古代东北民族,初臣属于突厥,唐贞观二十二年(648)附唐,后附辽,逐渐与契丹人融合。契丹,古代东北民族,为鲜卑的一支,分布于西拉木伦河和老哈河一带,唐贞观年间附唐,唐以其地置龟林都督府,唐天祐四年(907),耶律阿保机成为部落联盟首领,以后建立了契丹国(后改为辽)。室韦,又称“失韦”,古代东北民族,源出东胡,曾服属于突厥,唐武德、贞观后归附唐朝,契丹兴起后,部分并入辽,成为其属国。 ⑭“命范阳节度副使”三句:节度副使,官名,唐代以亲王遥领节度使之职,以副大使知节度事,主持一方军政事,另置副使一人,位在行军司马之下,判官之上,而异姓领节度使者,由节度副使主政。贾循,京兆华原(陕西西安南)人,颇有谋略,安禄山反叛,委为范阳节度留后,镇守幽州(今北京城西南),欲归唐,事泄,被副留守向润客所杀。别将,武官名。唐诸卫折冲都尉府属官。大同,唐方镇之一,治所在云州(今山西省大同市)。吕知诲、高秀岩,均不详。 ⑮“诘朝”六句:诘朝,即诘旦,清晨。蓟城,即蓟州,治所在渔阳县(今天津市蓟县)。大阅,大规模地检阅军队。誓众,誓师,告戒众人。牓,张挂榜文或张贴告示。三族,谓父族、母族、妻族。 ⑯“禄山乘铁舆”四句:舆,车。步骑,步兵和骑兵。烟尘千里,军队行进产生的烟尘弥漫千里,此为夸大之言,意在说明安禄山军队行进所产生的动静。鼓噪,古代指出战时擂鼓呐喊。 ⑰“百姓累世不识兵革”三句:兵革,兵器和甲胄的总称,泛指武器军备,引申为战争。猝,突然,忽然。震骇,惊惧。⑱“河北皆禄山统内”六句:河北,道名,唐贞观元年置,开元二十一年(733)置河北道采访处置使,治所在魏州(今河北大名县东北)。望风,听到风声,见到动静、气势。瓦解,瓦片碎裂,比喻崩溃或分裂、分离。窜匿,逃窜隐藏。擒戮,活捉处死。 ⑲“声言献射生手”二句:射生手,指善骑射的武士。乘,驾御。驿,驿马,驿站供应的马,供传递公文者及来往官员使用。太原,治所在今山西太原市西南东城角。 ⑳“北京副留守”二句:北京,指太原府,在今山西太原市西南东城角,唐发祥于此,因谓之北京。留守,官名,皇帝出巡,以重臣留在朝廷或陪都处理政务,称留守。唐代设有东都留守、京师留守及北都留守,合称三留守。杨光翙,不详。因,趁机。 ㉑东受降城:唐代在今内蒙古自治区黄河东北岸托克托县南设置东受降城。 ㉒“不过旬日”二句:旬日,十天,亦指较短的时日。首,头,指安禄山首级。行在,即行在所,指天子所在的地方。 ㉓“上遣特进毕思琛”四句:特进,对官员的特殊优待,用以优礼退免大臣,隋唐时为正二品散官。毕思琛,不详。金吾将军,唐置,分左、右,掌管昼夜巡警执法,纠察不法。程千里,唐京兆万年(在今陕西西安)人。累官至安西副都护。天宝末,兼北庭都护,擢右金吾卫大将军。安史之乱起,拜为节度副使。后被杀。简募,谓简选招募兵员。随便,随其所宜。团结,组织,集结,联合。拒,抵御。㉔安西节度使封常清:节度使,官名,唐代始置,掌管一地区的军民二政,可专权诛杀,辖区内各州刺史(太守)皆为其属下,并兼任所在州刺史或太守。安西节度使即安西四镇的节度使。封常清(?—755),蒲州猗氏人(今山西猗氏县南二十里),唐朝名将,曾两次入朝为官。安史之乱时,败于安禄山,退守潼关,为边令诚所构陷,被杀。 ㉕“臣请走马”五句:走马,骑马疾走、驰逐,比喻匆促、快速。东京,指洛阳,即今河南省洛阳市。府库,指国家贮藏财物、兵甲的处所。挑马棰渡河,谓扬起马鞭渡过黄河。计日,形容短暂,为时不远。阙下,宫阙之下,借指帝王所居的宫廷。 ㉖乃断河阳桥,为守御之备:河阳桥,西晋杜预

于黄河富平津建造，在今河南孟县西南、孟津县东北黄河上。守御，防守，防御。 ㉗田承嗣、安忠志、张孝忠：田承嗣（704—778），唐藩将，平州卢龙（今河北卢龙）人。安史之乱中，为叛军前锋，两陷洛阳。代宗时降，授郑州刺史，升魏博节度使，曾两度叛乱，为河北三镇中最跋扈者。安忠志，不详。张孝忠（？—791），唐代节度使，初任幽州军偏将，安史之乱时为前锋，后降唐，赐名孝忠，任易州（今河北易县）刺史，迁太子宾客兼御史中丞，封范阳郡王。及朱温、王武俊叛唐，派军护驾，收复长安。 ㉘"封常清"三句：白徒，未经训练的兵卒，临时征集的壮丁。武牢，即虎牢关，在今河南荥阳县西北泗水镇西。 ㉙"贼以铁骑蹂之"七句：铁骑，披挂铁甲的战马，借指精锐的骑兵。蹂，侵袭。葵园，治所在今河南巩县西北。上东门，即洛阳上春门，是洛阳城东面三门中北边的一个门。 ㉚"常清战于都亭驿"五句：都亭驿，在河南洛阳市城区东部。宣仁门，即洛阳城内东城东门，在今河南洛阳市城区西部。苑西，禁苑门之西。坏墙，拆毁城墙。走，逃跑，逃奔。

【赏析】 天宝十四载爆发的安史之乱是唐朝由盛而衰的转折点，其发生有着多方面的原因，如唐玄宗怠于朝政，但最直接的原因则是藩将与宰相的相权之争，特别是藩将安禄山与宰相杨国忠的斗争。杨国忠依靠裙带关系为相，其人品和政治才能都极为低劣，素为安禄山所蔑视，二人由是有嫌隙。杨国忠于是屡屡说安禄山有反志，挑拨其君臣关系，甚至还捕杀安禄山的亲信以激怒安禄山，逼迫其造反。

安禄山被玄宗委派镇守东北边境，对契丹、奚等少数民族恩威并施，保卫了内地的安全并安抚了契丹、奚，这方面的贡献不应抹杀。而安禄山之所以被玄宗看重，除了本身的军事才能及善于逢迎之外，首先是他作为胡人受到汉文化影响有限，不会囿于仁义之说而能对玄宗的边境政策忠实执行；其次，是安禄山与宰相李林甫、杨国忠都积怨颇深，与其他边境的蕃将哥舒翰、安思顺等人也矛盾重重，对太子李亨也不甚恭敬，这样的局面有利于玄宗将他们互相牵制，平衡各种力量。玄宗晚年虽然沉迷于音乐舞蹈而懈怠朝政，但对朝中局势始终是洞察的，也在考虑对策。天宝十三载，玄宗打算调安禄山入朝为相，使他解除兵权，缓和局势，但杨国忠以"禄山不识文字"为由反对，安禄山"恨不得宰相，颇怏怏"（《安禄山事迹》）。

因此，安禄山起兵时是以讨伐杨国忠为名义的，"清君侧"是他的最初目的。而他也并非盲目造反，而是有策略的。他一反常规，在隆冬时节起兵，使地方和中央都措手不及。同时，他还有一个很好的机遇，就是当时诸镇节度使中的几名主将恰好都不在任上：原任安西都护高仙芝已于天宝十载回长安任右羽林大将军；河西陇右节度使哥舒翰于这年二月入朝，道得风疾，病废在家；安西北庭节度使封常清于这年冬入朝，十一月十六日辛未刚刚到京。所以这些将领对安禄山的威慑不复存在，方镇也无法有力组织兵力抵御安禄山

大军。

然而，当安禄山造反的消息传来时，玄宗是不相信的，认为是那些与安禄山有嫌隙的人制造的假消息。等到安禄山造反之事被确认，大臣大都极为忧惧，唯有杨国忠“扬扬有得色”，一番话语也体现出他政治能力的低下。因此，安禄山作为这场战乱的始作俑者而成为千古罪人，但杨国忠也应当承担同等罪责。

本文选段中主要记载了封常清与安禄山军队的作战。封常清也是叱咤一时的边塞主将，但他对形势估计有误，犯了轻敌之过。封常清所率领的只是临时招募的六万军队，不仅在数量上远少于安禄山的十五万，而且在质量上也无法与安禄山身经百战的精锐之师相比，加上骄傲轻敌，屡战屡败也就并不奇怪了。

安史之乱持续了八年，战火给国家经济和百姓生活造成了极大破坏，虽然最后被平息镇压了，但曾经辉煌强盛的唐王朝也由此衰落，从如日中天慢慢走向夕阳残照。中央政府的权威不再，地方藩镇割据混战，到晚唐时皇帝甚至沦为傀儡。这场浩劫也沉重打击了文人士大夫，使得中唐以后的文人心态与文学创作都有了很大转变，盛唐气象从此烟消云散。

王安石

作者简介

王安石(1021—1086),字介甫,晚号半山,抚州临川(今江西抚州)人。少好读书,又工书画。每属文,动笔如飞,初若不经意,既成,皆服其精妙。友人曾巩荐以示欧阳修,修为之延誉。擢进士上第,签书淮南判官。熙宁二年(1069)除参知政事,推行新法,招致很多反对,曾三为宰相,先后封舒国公、荆国公。卒谥文,追封舒王。安石为文简练雄洁,拗折峭深,有《临川集》一百卷。

本朝百年无事札子

【题解】 本文选自《临川先生文集》卷四十一,作于宋神宗熙宁元年(1068)。本朝,宋朝。百年,指从宋太祖建隆元年(960)至神宗熙宁元年(1068),共108年。札子古代官方公文中的上呈文书,用于向皇帝或长官进言议事。本文即是。也有札子是古代官方公文中的下行文书,用于发指示或委职派差。

【原文】

臣前蒙陛下问及本朝所以享国百年、天下无事之故。臣以浅陋,误承[①]圣问,迫于日晷[②],不敢久留,语不及悉[③],遂辞而退。窃惟念圣问及此,天下之福,而臣遂无一言之献,非近臣[④]所以事君之义,故敢昧冒[⑤]而粗有所陈。

伏惟太祖躬上智独见之明[⑥],而周知人物之情伪,指挥付托必尽其材,变置施设必当其务[⑦]。故能驾驭将帅,训齐士卒,外以扞夷狄,内以平中国[⑧]。于是除苛赋,止虐刑,废强横之藩镇,诛贪残之官吏,躬以简俭为天下先[⑨]。其于出政发令之间,一以安利元元[⑩]为事。太宗承之以聪武,真宗守之以谦仁,以至仁宗、英宗,无有逸德[⑪]。此所以享国百年而天下无事也。

仁宗在位,历年最久[⑫],臣于时实备从官,施为本末[⑬],臣所亲见。尝试为陛下陈其一二，而陛下详择其可，亦足以申鉴于方今[14]。伏惟仁宗之为君也，仰畏天，俯畏人，宽仁恭俭，出于自然，而忠恕诚悫，终始如一[15]。未尝妄兴一役，未尝妄杀一人，断狱务在生之，而特恶吏之残扰[16]。宁屈己弃财于夷狄，而终不忍加兵[17]。刑平而公，赏重而信。纳用谏官、御史，公听并观[18]，而不蔽于偏至之谗。因任众人耳目，拔举疏远，而随之以相坐之法[19]。盖监司之吏，以至州县，无敢暴虐残酷，擅有调发，以伤百姓[20]。自夏人[21]顺服，蛮夷遂无大变，边人父子夫妇，得免于兵死，而中国之人安逸蕃息[22]，以至今日者，未尝妄兴一役，未尝妄杀一人，断狱务在生之，而特恶吏之残扰，宁屈己弃财于夷狄，而不忍加兵之效也。大臣贵戚、左右近习[23]莫敢强横犯法，其自重慎[24]，或甚于闾巷之人，此刑平而公之效也。募天下骁雄横猾[25]以为兵，几至百万，非有良将以御之，而谋变者辄败。聚天下财物，虽有文籍，委之府史，非有能吏以钩考，而断盗者辄发[26]。凶年饥岁，流者填道，死者相枕，而寇攘者辄得[27]。此赏重而信之效也。大臣贵戚、左右近习莫能大擅威福，广私货赂，一有奸慝[28]，随辄上闻。贪邪横猾，虽间或见用，未尝得久。此纳用谏官、御史，公听并观，而不蔽于偏至之谗之效也。自县令京官以至监司台阁，升擢[29]之任，虽不皆得人，然一时之所谓才士，亦罕蔽塞而不见收举[30]者，此因任众人之耳目，拔举疏远，而随之以相坐之法之效也。升遐之日，天下号恸，如丧考妣[31]，此宽仁恭俭，出于自然，忠恕诚悫，终始如一之效也。

然本朝累世因循末俗[32]之弊，而无亲友群臣之议，人君朝夕与处，不过宦官女子，出而视事[33]，又不过有司之细故[34]，未尝如古大有为之君，与学士大夫讨论先王之法，以措之天下也。一切因任自然之理势，而精神之运有所不加，名实之间有所不察[35]。君子非不见贵，然小人亦得厕其间，正论非不见容，然邪说亦有时而用[36]。以诗赋记诵求天下之士，而无学校养成[37]之法；以科名资历叙朝廷之位，而无官司课试之方[38]。监司无检察[39]之人，守将非选择之吏。转徙之亟，既难于考绩，而游谈之众[40]，因得以乱真。交私养望者多得显官，独立营职者或见排沮[41]。故上下偷惰取容[42]而已，虽有能者在职，亦无以异于庸人。农民坏于繇役[43]，而未尝特见救恤，又不为之

设官，以修其水土之利。兵士杂于疲老，而未尝申敕训练，又不为之择将，而久其疆场之权[44]。宿卫则聚卒伍无赖之人，而未有以变五代姑息羁縻之俗[45]。宗室则无教训选举之实，而未有以合先王亲疏隆杀之宜[46]。其于理财，大抵无法，故虽俭约而民不富，虽忧勤而国不强[47]。赖非夷狄昌炽之时，又无尧汤水旱之变[48]，故天下无事，过于百年。虽曰人事，亦天助也。盖累圣[49]相继，仰畏天，俯畏人，宽仁恭俭，忠恕诚悫，此其所以获天助也。

伏惟陛下躬上圣之质，承无穷之绪[50]，知天助之不可常恃，知人事之不可怠终[51]，则大有为[52]之时，正在今日。臣不敢辄废将明[53]之义，而苟逃讳忌之诛[54]。伏惟陛下幸赦而留神[55]，则天下之福也。取进止[56]。

【注释】 ① 误承：误受之意。自谦之辞。 ② 日晷：本义是指日影，是使用太阳的位置来测量时间的一种设备，主要由一根投射太阳阴影的指标、承受指标投影的投影面（即晷面）和晷面上的刻度线组成。这里代指时间。 ③ 悉：详尽。 ④ 近臣：指君主左右亲近之臣。王安石时任翰林学士，是侍从官。 ⑤ 昧冒：即冒昧；冒犯。自谦之辞。 ⑥ 伏惟太祖躬上智独见之明：伏惟，下对上的敬词，多用于奏疏或信函，谓念及、想到。太祖，宋太祖赵匡胤。躬，本身具有。上智，上等智慧。独见，独到的发现，独特的见解，谓能见人所不能见者。 ⑦ “而周知”三句：周知，遍知。情伪，真假，真诚与虚伪。付托，将人或事委托给别人。变置，改立，另行设立。施设，实施，实行。 ⑧ “训齐士卒”三句：训齐，训练整治。扞，抵御，抵抗。夷狄，古称东方部族为夷，北方部族为狄，常用以泛称除华夏族以外的各族。这里指北宋时期在北方和西方的契丹、西夏两个少数民族政权。下文“蛮夷”用法相同。中国，泛指中原地区。 ⑨ “于是除苛赋”五句：谓宋太祖废苛捐杂税，慎刑罚，回收节度使的兵权，严加诛杀贪污残暴的官吏，自己节俭以表率天下。废强横之藩镇，宋太祖有鉴于唐代节度使势大反叛，“杯酒释兵权”，使节度使仅为授予勋戚功臣的荣衔。躬，亲自，亲身。 ⑩ 安利元元：安利，赡养。元元，百姓，庶民。 ⑪ 逸德：犹失德。逸，过也。 ⑫ “仁宗在位”二句：宋仁宗为宋真宗第六子，乾兴元年（1022）二月继位，年十三，太后刘氏主政十一年。太后死，始亲政，嘉祐八年（1063）卒。在位四十二年，是北宋在位时间最长的一个皇帝。 ⑬ “臣于时”二句：实备从官，王安石曾在仁宗朝任知制诰（掌管起草诰命），作为皇帝的侍从官。施为，作为，这里指政事。本末，始末，原委。 ⑭ 申鉴于方今：申鉴，引为借鉴。方今，当今，现时。 ⑮ “伏惟仁宗”七句：谓仁宗皇帝仰畏天，俯畏人，宽厚仁慈，恭谨俭约，出于自然，并且忠恕真诚，始终如一。仰畏天，俯畏人，语出《论语·季氏》：“君子有三畏：畏天命，畏大人，畏圣人之言。”忠恕，儒家的一种道德规范。忠，谓尽心为人；恕，谓推己及人。诚悫，诚朴，真诚。 ⑯ “断狱务在生之”二句：谓仁宗审理和判决案件致力于使罪犯活下去，而特别厌恨官吏对百姓的残害、扰攘。生，

使活,使生存。残扰,官吏对百姓的残害、扰攘。 ⑰“宁屈己弃财”二句:此为粉饰之词。仁宗时,对契丹、西夏屈己求和,每年献币纳绢,国势不振。 ⑱“纳用谏官”二句:谏官,掌谏诤的官员。御史,负责纠察弹劾的官员。公听并观,谓公正地听取不同意见和一视同仁地看待人与事。 ⑲“因任众人”三句:耳目,犹视听,见闻,引申为审察和了解。疏远,不亲近的人,这里指与皇帝及高官显贵关系不密切但有真才实干的人。相坐,谓一人有罪,连坐他人。这里指被推荐之人如有失职,推荐之人便要受罚。 ⑳“盖监司之吏”五句:监司,负有监察之责的官吏。州县,指地方官员。调发,征调,征发。 ㉑ 夏人:我国古代少数民族党项族拓跋氏于公元1038年建立大夏王国,宋人名之为西夏。 ㉒ 蕃息:滋生;繁衍。 ㉓ 左右近习:左右,近臣,侍从。近习,君主宠爱的亲信。 ㉔ 重慎:即慎重。 ㉕ 骁雄横猾:骁雄,勇猛雄武之士。横猾,强横刁猾的人。 ㉖“虽有文籍”四句:文籍,文簿账册。府史,古时管理财货文书出纳的小吏。钩考,探求考核,按籍考校。断盗,从中盗窃,贪污中饱。发,被揭发。 ㉗ 寇攘者辄得:寇攘,劫掠,侵扰。得,被抓获。 ㉘ 奸慝:奸邪不正之事。 ㉙ 升擢:提拔晋升。 ㉚ 收举:荐举任用。 ㉛“升遐之日”三句:升遐,帝王去世的婉辞。号恸,号哭哀痛。如丧考妣,像死了父母一样,形容极度悲伤和着急。考妣,指死去的父母。 ㉜ 因循末俗:因循,沿袭,承袭,继承。末俗,谓末世的习俗,低下的习俗。 ㉝ 视事:就职治事。多指政事言。 ㉞ 细故:细小而不值得计较的事。 ㉟“而精神之运”二句:精神之运,指主观的作为。名实,名称与实质、实际。不察,不察知,不了解。 ㊱“君子非不见贵”四句:贵,重视。厕,通“侧”,边沿,旁边,这里是参与之意。邪说,荒谬有害的言论。 ㊲ 养成:教育。 ㊳“以科名资历”二句:科名,科举功名。资历,资格和经历。叙,排列次序,这里指按规定的等级次第授官职。官司,普通官吏,百官。课试,考核官吏的政绩。 ㊴ 检察:检举稽查,考察。 ㊵“转徙之亟”三句:转徙,辗转迁移,这里特指官职调动。亟,屡次,一再。考绩,按一定标准考核官吏的成绩。游谈,言谈浮夸不实。 ㊶“交私养望”二句:交私,暗中勾结。养望,培养虚名。独立,超凡拔俗,与众不同。营职,履行职责,从事本职工作。排沮,排斥,抑制。 ㊷ 偷惰取容:偷惰,苟且怠惰。取容,讨好别人以求自己安身。 ㊸ 繇役:徭役。古代封建统治者强制农民承担的一定数量的无偿劳动。 ㊹“兵士杂于疲老”四句:疲老,困倦劳顿。申敕,整饬,整顿。久其疆埸之权,指让武将长期执掌军权。疆埸,边界,边境。 ㊺“宿卫则聚卒伍无赖”二句:宿卫,皇帝的警卫人员,禁军。卒伍,古人军队编制,五人为伍,百人为卒,故指士兵,此处特指兵痞。无赖,没有才干,不中用。五代,后梁、后唐、后晋、后汉、后周五个朝代(907—960)。姑息,无原则的宽容。羁縻,笼络,怀柔。 ㊻“宗室则无教训选举”二句:宗室,特指与君主同宗族之人,犹言皇族。教训,教导训戒。选举,古代指选拔举用贤能,自隋以后,分为二途:举士属礼部,包括考试与学校;举官属吏部,掌管铨选与考绩。隆杀,犹尊卑、厚薄、高下。 ㊼“其于理财”四句:理财,治理财物。忧勤,多指帝王或朝廷为国事而忧虑勤劳。 ㊽“赖非夷狄昌炽之时”二句:赖,幸而,幸亏。昌炽,猖獗,猖狂。尧汤水旱,尧时有九年的水患,商汤时有五年的旱灾。 ㊾ 累圣:历代君主。 ㊿“伏惟陛下”二句:躬,具备。上圣,犹至圣,指德智超群的人。质,资质。绪,前人未竟之功业。 51 怠终:有始无终。 52 大有为:大有作为。语出《孟子·公孙丑下》:“故将大有为之君,必有所不召之臣。” 53 将明:谓人臣奉行王命,明辨国事。语出《诗经·大雅·烝民》:“肃肃

王命，仲山父将之；邦国若否，仲山父明之。”将，实行。明，辨明。 ⑭ 苟逃讳忌之诛：苟逃，苟且逃避。讳忌之诛，指因触犯皇帝忌讳而受到惩罚。 ⑮ 幸赦而留神：幸，恩幸。赦，宽免罪过。留神，注意，当心。 ⑯ 取进止：古代奏疏末所用的套语。犹言听候旨意，以决行止。

【赏析】 王安石进呈这份札子的缘由在第一段中交代了出来，接下来两段则是正面回答宋神宗“祖宗守天下，能百年无大变，粗致太平，以何道也”的问题，总结宋朝开国以来的治国经验。

第二段主要论述宋太祖的治国之道，由于其为开国之君，故笔墨不少，论及其对内对外的举措。至于真宗、英宗，由于在位时间短，就一笔带过。第三段则专论仁宗之治，一是由于仁宗在位最久，二是由于其距离神宗之近。王安石从六个方面详加论述仁宗朝的治国方略及其成效，条理分明。从这段论述可以看出王安石对仁宗朝的政治是有充分了解的，并且也加以肯定。

但王安石上书的目的并不在于褒扬仁宗治绩，因此在第四段中又明确指出“本朝累世因循末俗之弊”所在，涉及科举、法制、吏治、教育、军事、农业、财政等方面，将太平表面之下所隐藏的弊病毫不留情、条理分明地揭露出来。这些弊端是从开国之初就存在的，而仁宗由于在位最久，故“因循末俗之弊”在其任内也体现得最为明显。

那么宋朝既然有如此之多的弊端，又为何能太平百年呢？王安石认为，“天下无事，过于百年，虽曰人事，亦天助也”。倘若处于“夷狄昌炽之时”，并有“尧汤水旱之变”，那么宋朝未必能太平无事。

最后一段，王安石提出自己的殷切希望，愿神宗能“知天助之不可常恃，知人事之不可怠终”，而能“大有为”。

本文欲抑先扬，在回顾了宋朝建国百年以来的历史状况之后，着重剖析了“累世因循末俗之弊”，敏锐地指出了承平的外表之下所蛰伏的种种危机，深刻阐明了改革变法的必要性和紧迫性。这篇札子将史论与政论完美结合，立论高远，条理清晰，论辩深刻，是王安石政论文的代表作。

读孟尝君传

【题解】 选自《临川先生文集》卷七十一，本文写作时间不详，有说作于淮南节度判官任上（1042—1045），有说作于在京直集贤院、为三司度支判官知制诰期间（1059—1063）。孟尝君，即田文，战国时齐国贵族，因封于薛（今山东滕县东南），又称薛公，号孟尝君，《史记》有《孟尝君列传》。孟尝君好养士，诸侯宾客及亡命有罪之徒，多归附之，数达三千之众。与魏国的信陵

君、赵国的平原君、楚国的春申君合称为“战国四公子”。本文即是王安石对《史记·孟尝君列传》的读后感。

【原文】

世皆称孟尝君能得士①，士以故归之，而卒赖其力以脱于虎豹之秦②。嗟乎！孟尝君特鸡鸣狗盗之雄耳③，岂足以言得士？不然，擅齐之强④，得一士焉，宜可以南面而制秦⑤，尚何取鸡鸣狗盗之力哉！夫鸡鸣狗盗之出其门，此士之所以不至也。

【注释】 ① 得士：谓使士人投奔、归附。亦谓得士人的心。 ②“士以故归之”二句：卒，最终。赖，依靠。脱，逃脱。虎豹，喻指残暴之人。 ③“特鸡鸣狗盗”句：特，仅仅，只是。鸡鸣狗盗，指学雄鸡啼叫、装狗进行偷窃之人。雄，指强有力者，杰出者。④ 擅齐之强：擅，拥有。齐之强，齐国为战国七雄中的强国，故云。 ⑤ 南面而制秦：南面，古代以坐北朝南为尊位，故帝王诸侯见群臣，或卿大夫见僚属，皆面向南而坐，因用以指居帝王或诸侯、卿大夫之位。制，制裁，制服。

【赏析】 本文仅九十字，可析为四节，却有四层波折。第一节列出世人的论断，即“孟尝君能得士”，接下来三节则是将其观点一一击破：“嗟乎”一节破“能得士”，“不然”一节破“卒赖其力以脱于虎豹之秦”，“夫鸡鸣狗盗”一节破“士以故归之”。王安石旨在否定“孟尝君能得士”的说法，在他看来，真正的“士”应当具有济世治国的雄才大略，而非“鸡鸣狗盗”这样的小技。文章极短小精悍，逻辑严密，气势惊人，是王安石最为有名的一篇短文。清人沈德潜评论道：“语语转，笔笔紧，千秋绝调。”清桐城文人刘大櫆也评论说其“寥寥数言，而文势如悬崖断堑，于此见介甫笔力”。

答司马谏议书

【题解】 本文选自《临川先生文集》卷七十三，作于熙宁三年(1070)。司马谏议，即司马光，字君实，时任右谏议大夫(负责向皇帝提意见的官员)。熙宁二年(1069)，神宗任王安石为参知政事，实施变法，司马光强烈反对。在熙宁三年的二月到三月，司马光写了《与王介甫书》、《与王介甫第二书》、《与王介甫第三书》。本文即是对第二书的回信。

【原文】

某启[①]:昨日蒙教[②],窃以为与君实游处相好之日久[③],而议事每不合,所操之术[④]多异故也。虽欲强聒[⑤],终必不蒙见察,故略上报,不复一一自辨。重念蒙君实视遇厚,于反复不宜卤莽,故今具道所以[⑥],冀君实或见恕也。

盖儒者所争,尤在于名实[⑦]。名实已明,而天下之理得矣。今君实所以见教者,以为侵官、生事、征利、拒谏,以致天下怨谤也[⑧]。某则以谓受命于人主[⑨],议法度而修之于朝廷。以授之于有司,不为侵官;举先王之政,以兴利除弊,不为生事;为天下理财,不为征利;辟邪说,难壬人[⑩],不为拒谏。至于怨诽之多,则固前知其如此也。

人习于苟且非一日,士大夫多以不恤国事、同俗自媚于众为善[⑪]。上乃欲变此,而某不量敌之众寡,欲出力助上以抗之,则众何为而不汹汹然[⑫]?盘庚之迁[⑬],胥怨[⑭]者民也,非特朝廷士大夫而已。盘庚不为怨者故改其度[⑮],度义而后动,是而不见可悔故也。如君实责我以在位久,未能助上大有为,以膏泽斯民[⑯],则某知罪矣。如曰今日当一切不事事[⑰],守前所为而已,则非某之所敢知。无由会晤,不任区区向往之至[⑱]。

【注释】 ① 某启:见上文注①。 ② 蒙教:承蒙指教,这里指收到来信。 ③“窃以为”句:窃,私下,私自,自谦之词。游处,交游,来往。相好,彼此友善,相互交好。嘉祐年间(1056—1063),王安石与司马光、吕公著、韩维合称“嘉祐四友”,二人并无后来的互相仇视。 ④ 所操之术:谓所坚持的思想、观点以及治理国家的办法措施等。 ⑤ 强聒:唠叨不休。 ⑥“重念”三句:重念,犹再思。视遇厚,即看重。视遇,看待。反复,来回,往返,这里指书信往来。卤莽,粗疏,鲁莽。卤,通“鲁”。具道,详述。所以,原委。 ⑦ 名实:名称与实质、实际。 ⑧“今君实”三句:见教,指教我。侵官,超越权限而侵犯其他官员的职权。生事,制造事端,发生事变,惹事。这里指变法尽改前朝旧法。征利,取利,指青苗法、均输法等争夺百姓利益。拒谏,拒绝规劝。怨谤,怨恨非议。 ⑨ 受命于人主:受命,特指受君主之命。人主,君主。 ⑩“辟邪说”二句:谓除去邪说,责难奸人。辟,除去,消除。难,责难,诘问。壬人,奸人,佞人,指巧言谄媚、不行正道的人。 ⑪“人习于苟且”二句:苟且,得过且过,不求进取。恤,顾及,顾念。同俗,随顺世俗。自媚,自动去谄媚、巴结他人。 ⑫ 汹汹然:形容声音喧闹。 ⑬ 盘庚之迁:盘庚是商朝中期的一个君主,商汤十世孙。据《史记·殷本纪》记载,盘庚时,都城在黄河以北的奄(今山东曲阜),常有水灾。盘庚欲渡河,复居成汤故都殷,五迁而无定处。民皆怨之,盘庚坚持迁都,三次发表讲话,说服了他们,完成了迁都计划。见《尚书·盘庚》。 ⑭ 胥怨:相怨,多指百姓对上的怨恨。胥,相也。 ⑮ 度:考虑,思虑。 ⑯ 膏泽斯民:膏泽,滋润作物的雨水,比喻恩惠。斯民,指老百姓。 ⑰ 事事:治事,做事。 ⑱“不任区区”句:不任,犹不胜,表示程度极深。区区,引申为真情挚意。

【赏析】 书信开头说明回信原委,指明自己与司马光“所操之术多异”,所以没有共同语言,议事常有分歧,因此就没有必要对司马光的责备一一加以辩驳,也不指望司马光会接受自己的意见。

书信主体部分首先提出辨别名与实,接着言简意赅地回击司马光关于变法是“侵官、生事、征利、拒谏”的指责。进而论述自己变法的动因,指出“人习于苟且非一日,士大夫多以不恤国事、同俗自媚于众为善”的情况,批判士大夫不恤国事、因循苟且,认为这种保守腐朽的风气对国家造成了极大危害。“上乃欲变此,而某不量敌之众寡,欲出力助上以抗之”,说明变法也是皇帝的意愿,而自己并不畏惧天下的反对。接着以盘庚迁都为例,说明变法难免会有人反对,却是利国利民的举措,表现出王安石“天变不足畏,祖宗不足法,人言不足恤”的决心和大无畏精神。

这封书信可看作是王安石对保守派攻击的回应,旗帜鲜明,既表达了王安石的变法思想与坚定决心,又体现了王安石敢作敢为的倔强精神。语言简洁犀利而又委婉得体。

广西转运使屯田员外郎苏君墓志铭

【题解】 本文选自《临川先生文集》卷九十二,作于嘉祐二年(1057)。转运使,差遣名,总管一路,包括吏治、军事、经济等方面,由历任知州有政绩、通晓钱谷的文臣充任。屯田员外郎,全称屯田司员外郎,宋前期无职事,为文臣京官叙录官阶,从六品上。屯田,封建王朝组织劳动者在官地上进行开垦耕作的农业生产组织形式。有军屯与民屯之分,以军屯为主。苏君,即苏安世,字梦得,生卒年不详,历任户部判官、监泰州盐税、广南西路转运使、尚书屯田员外郎等。

【原文】

庆历五年[①],河北都转运使、龙图阁直学士、信都欧阳修以言事切直[②],为权贵人所怒,因其孤甥女子有狱,诬以奸利事[③]。天子使三司户部判官、太常博士、武功苏君与中贵人杂治[④]。当是时,权贵人连内外诸怨恶修者,为恶言,欲倾修,锐甚[⑤]。天下汹汹,必修不

能自脱[6]。苏君卒白[7]上曰："修无罪，言者诬之耳。"于是权贵人大怒，诬君以不直[8]，绌使为殿中丞、泰州监税[9]。然天子遂寤，言者不得意，而修等皆无恙[10]。苏君以此名闻天下。

嗟乎！以忠为不忠，而诛不当于有罪，人主之大戒。然古之陷此者相随属[11]，以有左右[12]之谗，而无如苏君之救，是以卒至于败亡而不寤。然则苏君一动，其功于天下，岂小也哉！苏君既出逐，权贵人更用事[13]，凡五年之间再赦而君六徙，东西南北，水陆奔走辄万里[14]。其心恬然[15]，无有怨悔。遇事强果，未尝少屈[16]。盖孔子所谓刚者，殆[17]苏君乎！

苏君之仁与智，又有足称[18]者。尝通判陕府[19]，当葛怀敏之败[20]，边告急，枢密使[21]使取道路戍还之卒，再戍仪、渭[22]。于是延州[23]还者千人，至陕，闻再戍，大恐，即讙聚谋为变[24]。吏白闭城，城中无一人敢出。君徐以一骑出卒间，谕慰止之，而以便宜还使者[25]。戍卒喜曰："微[26]苏君，吾不得生。"陕人亦曰："微苏君，吾其掠死矣[27]！"有令刺[28]陕西之民以为兵，敢亡者死。既而亡者得[29]，有司治之以死。君辄纵去，而言上曰："令民以死者，为事不集[30]也。事集矣，亡者犹不赦，恐其众相率而为盗。惟朝廷幸哀怜愚民，使得自反。"天子以君言为然，而三十州之亡者皆不死。

其后知坊州[31]，州税赋之无归者，里正代为之输[32]，岁弊大家数十[33]。君悉钩治[34]，使归其主。坊[35]人不忧为里正，自苏君始也。

苏君讳安世，字梦得。其先武功人，后徙蜀[36]。蜀亡，归家于京师，今开封人也。曾大考讳进之，率府副率[37]。大考讳继，殿直[38]。考讳咸熙，赠都官郎中[39]。君以进士起家三十二年，其卒年五十九。为广西转运使，而官止于尚书屯田员外郎者，以君十五年不求磨勘[40]也。君娶南阳郭氏，又娶清河张氏，为清河县君[41]。子台文，永州推官[42]；样文，太庙斋郎[43]；炳文，试将作监主簿[44]；彦文，未仕。女子五人，适进士会稽江崧、单州鱼台县尉江山赵扬[45]，三人尚幼。君既卒之三年，嘉祐二年十月庚午，其子葬君扬州之江都东兴宁乡马坊村。

【注释】 ① 庆历五年：即公元1045年，庆历为宋仁宗年号。 ②"河北都转运使"句：都转运使，差遣名，两省五品官以上任转运使者带"都"字。龙图阁直学士，职名，始置于景德四年(1007)，在北宋前期虽无职守，但为侍从之臣，以备顾问，得之为荣，从三品。

信都，地名，欧阳修曾社封信都县开国伯。言事，古代专指向君王进谏或议论政事。切直，恳切率直。 ③“为权贵人所怒”三句：欧阳修因直言而得罪权贵，庆历五年，由杨日严罗织罪名，谏官钱明逸据以弹劾欧阳修，说他与其甥女张氏（实为欧阳修妹夫的前妻所生，与欧阳修无血缘关系）关系不清，并图谋张氏财产。欧阳修极力为自己辩白，虽然最终未被定罪，但名声受损，被贬为滁州太守。有狱，有讼案。张氏嫁给了欧阳修的堂侄，后与家中仆人私通。事情败露后，此案在开封府审理。在公堂上，张氏供出和欧阳修有私情。奸利，指非法谋取的利益。 ④“天子使三司”句：三司户部判官，差遣官名，签署本部诸事及文书。太常博士，全称太常寺博士，宋前期无职事，为文臣迁转官阶，从七品上。武功，县名，治所在今陕西省武功县。中贵人，帝王所宠幸的近臣。杂治，会审。 ⑤“当是时”五句：连，联合，连络。内外，指朝廷和地方。为，制造。倾，倾轧，排斥。锐，指旺盛的气势。 ⑥“天下汹汹”二句：汹汹，水腾涌貌，形容声势盛大或凶猛的样子。必，意动用法，认为……必定。自脱，犹自免，自行解脱。 ⑦ 卒白：卒，最后，最终。白，禀报，陈述。 ⑧ 不直：不正，不公。 ⑨“绌使为殿中丞”句：绌，通“黜”，贬退，排斥，废除。殿中丞，北宋前期为文臣寄禄官阶，无职事，从五品上。泰州，治所在今江苏省泰州市。监税，监当官名，掌管征收商税。 ⑩“然天子遂寤”三句：遂，最终，终于。寤，醒悟，觉醒。无恙，无事。 ⑪“古之”句：陷，坠入，陷入。随属，接连，连续。 ⑫ 左右：近臣，侍从。 ⑬ 更用事：更，更替，轮换。用事，执政，当权。 ⑭“凡五年之间”三句：谓在五年之间有两次赦免而苏安世六次被贬谪，东南西北，每每在水路、陆路上奔走上万里路。再，两次。徙，贬谪，流放。 ⑮ 恬然：安然，不在意貌。 ⑯ 遇事强果，未尝少屈：强果，坚强果敢。少，略微，稍微。屈，屈服，折节。 ⑰ 殆：大概，差不多。 ⑱ 足称：值得称道。 ⑲ 通判陕府：差遣官名，为府之副贰，以京官充任。陕府，即陕州，治所在今河南陕县。 ⑳ 葛怀敏之败：葛怀敏（？—1042），真定（治今河北正定）人，北宋名将葛霸之子。庆历二年（1042），元昊侵犯戎军，葛怀敏奉命迎敌，大败。 ㉑ 枢密使：职事官名，为枢密院长官，佐皇帝，执兵政，凡有边防军旅之常务，与中书分班禀奏。 ㉒ 仪、渭：仪，即仪州，治所在今甘肃华亭县。渭，即渭州，治所在今湖南永顺县西南。 ㉓ 延州：治所在今陕西省延安市。 ㉔ 讙聚谋为变：讙，喧哗。变，事变。 ㉕“君徐以一骑出卒间”句：徐，缓慢。谕慰，劝说安慰。便宜，谓斟酌事宜，不拘陈规，自行决断处理。还，使返回。 ㉖ 微：如果没有。 ㉗ 吾其掠死矣：其，大概。掠，掳掠，夺取。 ⑱ 刺：征募兵卒的代称。宋制，凡兵卒常刺字为记，故称。 ㉙ 得：抓获。 ㉚ 集：成就；完成。 ㉛ 坊州：治所在今陕西省黄陵县西南故邑。 ㉜ 里正代为之输：里正，职役名，其职责为催督课赋，以乡户差充，两年或一年一换。县官追催公事，多责之里正，动辄杖挞。输，交出，献纳。 ㉝ 岁弊，大家数十：意为每年使几十个大户人家败落。弊，败落，败坏。 ㉞ 钩治：查核处治。钩，检查。 ㉟ 坊：城市居民聚居地的名称，与街市里巷相类似。 ㊱ 蜀：这里指五代时的蜀国，分别是由王建所建立的前蜀(907—925)和孟知祥所建立的后蜀(934—965)。此处所说的蜀大约是指前蜀。 ㊲ 曾大考讳进之，率府副率：曾大考，曾祖父。率府副率，太子东宫导引仪仗、武卫官名，名义上为东宫仗卫，主导引，实际无职事，仅备太子僚属或朝会列班。率府，古官署名，太子属官，掌东宫兵仗、仪卫及门禁、徼巡、斥候等事。 ㊳ 大考讳继，殿直：大考，祖父。殿直，左、右班殿直的通称，武阶名，左右两班小使臣寄禄官，正九品。 ㊴ 考讳

咸熙，赠都官郎中：考，指亡父。都官郎中，全称都官司（尚书省刑部四司之一）郎中，北宋前期无职事，为文臣迁转寄禄官阶，从五品上。 ㊵ 磨勘：唐宋官员考绩升迁的制度。文武官吏由州府和百司官长考核，分九等注入考状，期满根据考绩决定升降，并经吏部和各道观察使等复验，称“磨勘”。 ㊶“君娶南阳郭氏”三句：南阳，治所在今河南省南阳市。清河，治所在今山东省临清市东北。县君，古代妇人封号。 ㊷ 永州推官：永州，治所在今湖南省永州市。推官，为州、府属官，掌收发符，协理长吏治理本州、府公事。 ㊸ 太庙斋郎：祠祭行事官名、荫补官名，非品官，隶属太常寺。 ㊹ 试将作监主簿：试，任用。将作监主簿，阶官名，宋初无职事，为文臣寄禄官阶，从七品下。将作监，掌管建筑之事的官署。㊺“适进士”句：适，女子出嫁。会稽，治所在今浙江省绍兴市。单州鱼台，治所在今山东省鱼台县西。县尉，职事官名，掌管部辖弓手、士兵巡警，捕盗押解送县狱，维持一县治安，品位由县之等级而定，由从八品上到从九品下不等。

【赏析】 文章开篇即叙述苏安世仗义执言一事，由于他的不畏强权，使得欧阳修死里逃生，自己也因言获罪而被贬，却也得以名扬天下。下一段是王安石就此事所发的议论，他指出君主之大戒在于“以忠为不忠，而诛不当于有罪”，正如欧阳修被权贵以及朝廷内外怨恨他的人一起诬陷，幸而有苏安世，他的功劳对于天下来说是极大的。但“权贵人更用事”，于是报复苏安世，使得“五年之间再赦而君六徙，东西南北，水陆奔走辄万里”，境遇很糟糕，但苏安世却“其心恬然，无有怨悔，遇事强果，未尝少屈”，故王安石对他有极高的赞誉，认为他就是孔子所说的“刚者”。

以下又称述苏安世的仁与智。其通判陕府时，在士卒相聚谋反、白天闭城的严峻时刻，“君徐以一骑出卒间，谕慰止之”，使得一场大祸在萌发时便消弭于无形，可谓有智慧。而他为逃兵陈情，使“三十州之亡者皆不死”，又可见其仁德。在知坊州时，苏安世能革除积弊，使“坊人不忧为里正”，亦见苏安世之才能。最后一段则是墓志铭的常规写法，交代苏安世的家世、妻儿、安葬情况。

在这篇墓志铭中，王安石从多方面展现了苏安世的德、才、智、勇，尤其赞誉他不以个人安危荣辱为意、刚直不屈的节操。但苏安世为官三十二年，官止于屯田员外郎，王安石认为这是他“十五年不求磨勘”的缘故，实则暗含了对宋朝不合理官制的不满，即“交私养望者多得显官，独立营职者或见排沮”，且“以科名资历叙朝廷之位，而无官司课试之方”。（《本朝百年无事札子》）因此，王安石在变法中也着力改革官员选拔、考核之法，力图使苏安世这样的人才能各得其所，不至于被排挤打压、困顿而死。

程　颢

作者简介

程颢(1032—1085),字伯淳,世居中山,后从开封徙河南。举进士,调鄠县主簿。熙宁元年(1068),因吕公著荐为太子中允。神宗素知其名,屡次召见。他前后进说,务以诚意感悟。后与王安石新法不合,出签书镇宁军判官。命知扶沟县,罢归。哲宗立,召为宗正丞,未行而卒。嘉定十三年(1220)赐谥纯公。程颢资性过人,尤善涵养。著有《明道集》四卷。

论王霸札子

【题解】 本文选自《河南程氏文集》卷一,作于熙宁元年(1068),时程颢因吕公著之荐任太子中允。次年二月,宋神宗正式任命王安石为参知政事,负责变法事宜。王安石设制置三司条例司,行新法,程颢被任命为条例司属官,监察农田、水利、赋役等。王霸,指王业与霸业,语出《孟子·滕文公下》:"大则以王,小则以霸。"

【原文】

臣伏谓:得天理之正,极人伦之至者,尧、舜之道也;用其私心,依仁义之偏者,霸者之事也。王道如砥[①],本乎人情,出乎礼义,若履大路而行,无复回曲。霸者崎岖反侧[②]于曲径之中,而卒不可与入尧、舜之道。故诚心而王则王矣,假之而霸则霸矣。二者其道不同,在审其初[③]而已。《易》所谓"差若毫厘,缪以千里"者[④],其初不可不审也。故治天下者,必先立其志。正志先立,则邪说不能移,异端不能惑,故力进于道而莫之御也。苟以霸者之心而求王道之成,是衒石以为玉[⑤]也。故仲尼之徒无道桓、文之事[⑥],而曾西耻比管仲者[⑦],义所不由也,况下于霸者哉?

陛下躬尧、舜之资,处尧、舜之位,必以尧、舜之心自任,然后为能充其道。汉、唐之君,有可称者,论其人则非先王之学,考其时则

皆驳杂[⑧]之政，乃以一曲之见，幸致小康。其创法垂统[⑨]，非可继于后世者，皆不足为也。然欲行仁政而不素讲其具，使其道大明而后行，则或出或入，终莫有所至也。

夫事有大小，有先后。察其小，忽其大，先其所后，后其所先，皆不可以适治。且志不可慢，时不可失。惟陛下稽[⑩]先圣之言，察人事之理，知尧、舜之道备于己，反身而诚之，推之以及四海，择同心一德之臣，与之共成天下之务。《书》所谓"尹躬暨汤，咸有一德"，又曰"一哉王心"[⑪]，言致一而后可以有为也。古者三公[⑫]不必备，惟其人，诚以谓不得其人而居之，则不若阙之之愈也。盖小人之事，君子所不能同；岂圣贤之事，而庸人可参之哉？欲为圣贤之事，而使庸人参之，则其命乱矣。既任君子之谋，而又入小人之议，则聪明不专而志意惑矣。今将救千古深锢[⑬]之弊，为生民长久之计，非夫极听览之明，尽正邪之辨，致一而不二，其能胜之乎？

或谓：人君举动，不可不慎，易于更张[⑭]，则为害大矣。臣独以为不然。所谓更张者，顾理所当耳。其动皆稽古[⑮]质义而行，则为慎莫大焉，岂若因循苟简[⑯]，卒致败乱者哉？自古以来，何尝有师圣人之言，法先王之治，将大有为而返成祸患者乎？愿陛下夺天锡[⑰]之勇智，体乾刚[⑱]而独断，霈然[⑲]不疑，则万世幸甚！

【注释】 ① 砥：本指质地很细的磨刀石，后引申为平直、平坦。 ② 反侧：翻来覆去。 ③ 审其初：审查其初衷。 ④"《易》所谓"二句：据《礼记·经解》载，"《易》曰：'君子慎始，差若毫厘，缪以千里。'"意谓开始稍微有一点差错，结果会造成很大的错误。但《易经》中并无此句。 ⑤ 衒石以为玉：拿玉吸引人，卖出的却是石头。比喻说的和做的不相符合。语出扬雄《法言·问道》："炫玉而贾石者，其狙诈乎？"衒，亦作"炫"。 ⑥"故仲尼之徒"句：语出《孟子·梁惠王上》，齐宣王想效法齐桓、晋文而称霸，以此问孟子，孟子对曰："仲尼之徒无道桓、文之事者，是以后世无传焉，臣未之闻也。"劝说宣王放弃霸道，施行王道，阐述其仁政主张。 ⑦ 曾西耻比管仲：曾西，字子西，孔子学生曾参之子。《孟子·公孙丑上》中公孙丑问孟子能否恢复管仲、晏子之功，孟子以曾西耻与管仲相比为例，表示他对管仲的鄙视。 ⑧ 驳杂：混杂不纯。 ⑨ 垂统：把基业留传下去。多指皇位的承袭。语出《孟子·梁惠王下》："君子创业垂统，为可继也。" ⑩ 稽：体察，核实。 ⑪"《书》所谓"三句：语出《尚书·商书》，据传是伊尹对太甲所说，主张修德。所谓"一德"，就是专心专意恪守圣王之道。 ⑫ 三公：古官名，其说法各异，《尚书·周官》以太师、太傅、太保为三公。 ⑬ 深锢：病根深固，比喻积习难改。 ⑭ 更张：改施弓弦，重新张设，比喻变更或改革。 ⑮ 稽古：考察古代的事迹，总结经验教训，从而对现实有益，为今所用。 ⑯ 苟简:草率,简陋。《庄子·外篇·天运》:“食于苟简之田,立于不贷之圃。” ⑰ 锡:同“赐”,意为赋予、赏赐。 ⑱ 乾刚:指天道刚健,后引申为君王的权威。《易经·杂卦》:“乾刚坤柔。” ⑲ 霈然:盛大的样子。霈,大雨,喻指帝王恩泽。

【赏析】 本文借讨论王霸之道阐述程颢的政治主张。与王安石相似,程颢也以尧、舜、禹三代作为王道的典范,主张革新变法。但王安石所施行的变法重点在于理财,增加北宋朝廷的财政收入,而程颢则强调用人,在措施上与王安石不同。

本文开头就指出王与霸的区别,提倡尧舜时“得天理之正,极人伦之至”的王道,以为只有王道才是大道,符合人情与礼义;霸道则如崎岖小路,旁门左道,不足取。作者认为王道与霸道的区别在于施政的初衷是否诚心,并在此基础上提出了“治天下者必先立其志”的观点,举孔子之徒不论桓文、曾西耻比管仲两个历史事例加以佐证。齐桓公与晋文公虽称霸一方,但于周礼不合,与王道相悖;管仲虽为贤相,却一力辅佐齐桓公谋取霸业,与王道南辕北辙。此二事都遭到了作者的批评。接下来作者集中笔墨论述施行王道的方式在于用人。小人之事,君子不能苟同;圣贤之事,庸人不可参与。作者劝诫宋神宗辨正邪、除小人,任用君子贤臣,成尧舜之道。最后,作者提出改弦更张的重要性,鼓励神宗“稽古质行”,学习前代圣人的言论和做法,以“师圣人”为名,行“大有为”之事。虽然作者提出的“法先王之治”有复古之嫌,但主张革新的思想确实符合当时北宋的现实情况。

关于王霸之道,早在孟子时就已有论述。《孟子·梁惠王下》中,孟子与齐宣王谈文王王政曰:“耕者九一,仕者世禄,关市讥而不征,泽梁无禁,罪人不孥。老而无妻曰鳏,老而无夫曰寡,老而无子曰独,幼而无父曰孤。此四者,天下之穷民而无告者。文王发政施仁,必先斯四者。”主张轻赋税,广恩荫,不禁市贩,不止渔牧,照顾鳏寡孤独之人,将王道与仁政联系起来,着眼于百姓生计。而程颢提出行王道贵在“择同心一德之臣,与之共成天下之务”,亦不失为睿智之言。

苏 轼

作者简介

苏轼(1036—1101),字子瞻,眉州眉山(今四川眉山市)人,苏洵之子。嘉祐二年(1057)试礼部,欧阳修擢置第二。熙宁中因反对王安石新政而外任杭州、湖州等地。后以乌台诗案下狱,贬为黄州团练副使。苏轼筑室于东坡,自号东坡居士。元祐中累官翰林学士兼侍读,寻以龙图阁学士知杭州,后召为翰林承旨,历端明殿翰林、侍读两学士。绍圣中坐党籍贬惠州,再贬儋州。后赦还,卒于常州,谥文忠。苏轼为人洒落出尘,既善文,尤善诗,善词,善书画。著作颇丰,有《东坡集》四十卷、《后集》二十卷、《奏议》十五卷等。

省试刑赏忠厚之至论

【题解】 本文选自《苏轼文集》卷二,是宋仁宗嘉祐二年(1057)二十岁的苏轼参加礼部考试所作,紧扣试题《尚书·大禹谟》中"罪疑惟轻,功疑惟重"两句和孔安国所注"刑疑附轻,赏疑从重,忠厚之至"展开全文。

【原文】

尧、舜、禹、汤、文、武、成、康之际[①],何其爱民之深,忧民之切,而待天下以君子长者之道也。有一善,从而赏之,又从而咏歌嗟叹之,所以乐其始而勉其终。有一不善,从而罚之,又从而哀矜惩创[②]之,所以弃其旧而开其新。故其吁俞[③]之声,欢休惨戚,见于虞、夏、商、周之书[④]。成、康既没,穆王立,而周道始衰,然犹命其臣吕侯,而告之以祥刑[⑤]。其言忧而不伤,威而不怒,慈爱而能断,恻然有哀怜无辜之心,故孔子犹有取[⑥]焉。

《传》曰:"赏疑从与,所以广恩也。罚疑从去,所以慎刑也。"[⑦]当尧之时,皋陶为士,将杀人,皋陶曰"杀之三",尧曰"宥之三"[⑧],故天下畏皋陶执法之坚,而乐尧用刑之宽。四岳曰"鲧可用"[⑨],尧曰"不可,鲧方命圮族"[⑩],既而曰"试之"。何尧之不听皋陶之杀人,而从四岳之用鲧也？然则圣人之意，盖亦可见矣。

《书》曰："罪疑惟轻，功疑惟重。与其杀不辜，宁失不经。"[11]呜呼，尽之矣。可以赏，可以无赏，赏之过乎仁。可以罚，可以无罚，罚之过乎义。过乎仁，不失为君子；过乎义，则流而入于忍人。故仁可过也，义不可过也。古者赏不以爵禄，刑不以刀锯。赏以爵禄，是赏之道，行于爵禄之所加，而不行于爵禄之所不加也。刑之以刀锯，是刑之威，施于刀锯之所及，而不施于刀锯之所不及也。先王知天下之善不胜赏，而爵禄不足以劝也；知天下之恶不胜刑，而刀锯不足以裁也。是故疑则举而归之于仁，以君子长者之道待天下，使天下相率而归于君子长者之道，故曰忠厚之至也。

《诗》曰："君子如祉，乱庶遄已。君子如怒，乱庶遄沮[12]。"夫君子之已乱，岂有异术哉？时其喜怒，而无失乎仁而已矣。《春秋》之义，立法贵严，而责人贵宽。因其褒贬之义以制赏罚，亦忠厚之至也。

【注释】 ①"尧、舜"句：唐尧、虞舜、夏禹、商汤、周文王、周武王、周成王、周康王，均为古代贤明之君。 ②哀矜惩创：矜，怜悯，同情。惩创，警示，惩戒。 ③吁（xū）俞：吁，叹词，《尚书·尧典》："吁！嚚讼，可乎？"俞，语气词，表示同意。 ④虞、夏、商、周之书：《尚书》按照朝代分为虞书、夏书、商书和周书四部分。 ⑤"然犹命"二句：吕侯，周朝大臣，辅佐周穆王。周穆王命他作刑书以布告天下，号称《吕刑》。祥刑，谨慎斟酌用刑。《尚书·吕刑》："有邦有土，告尔祥刑。"孔传："告汝以善用刑之道。" ⑥孔子犹有取：相传孔子删定《尚书》，收有《吕刑》，故曰"有取"。 ⑦"赏疑从与"四句：语出《尚书》，意在提倡广施奖赏而慎用刑罚。 ⑧"当尧之时"五句：皋陶（yáo），有虞氏，字庭坚，舜命作士，明五刑，弼五教。根据龚颐正《芥隐笔记》载，苏轼此文中尧与皋陶之事未注明出处，欧阳修事后询问，苏轼答曰"想当然耳"。实际上此事出于《礼记·文王世子》，乃周公之事。 ⑨"四岳"句：四岳，尧时管理部落事务的官员。鲧（gǔn），唐氏，禹之父，为崇伯。尧使之治水。 ⑩方命圮族：方命，违抗命令。圮（pǐ），毁坏。 ⑪"罪疑惟轻"四句：语出《尚书·大禹谟》。失，失职。不经，不遵守既定规则。 ⑫"君子如祉"四句：语出《诗经·小雅·巧言》，讽刺周王听信谗言而致祸患。祉，喜。庶，也许可以，差不多，表示希望或揣测。遄（chuán），快，迅速。已，停止。沮，阻止，终止。

【赏析】 本文是苏轼应礼部之试之作，切合了"罪疑惟轻，功疑惟重"的文题，并且观照现实，提倡重赏而宽刑，将自己主张仁义的政治思想暗含其中。

开篇列举尧、舜等先王贤君爱民、忧民的事迹，提出以“君子长者之道”待天下，而“君子长者之道”的落脚点就在于善用刑罚：褒奖善行使之发扬光大，惩创不善以求改正。作者用吕侯用祥刑、尧与皋陶之事，针对赏与不赏、罚与不罚的问题，对比“赏之过乎仁”和“罚之过乎义”，将刑赏之事与儒家仁义大道紧密结合，提出了“仁可过也，义不可过”的结论。接下来提出了施行刑赏的方案，认为爵禄不足以尽赏天下之善，刀锯也不可能制裁所有的恶，因此只有将赏罚归之于仁义，才能实现“君子长者之道”，最终归于“忠厚之至”。这就呼应了开头，再次点出了文题。最后，作者引用《诗经》、《春秋》，强调了以仁为本的刑罚之道，使论证结构更加完整。

仁义之道是形而上的宏观纲领，而刑赏之事是形而下的具体措施。本文由刑赏之题生发开来，运用历史典故逐层深入，上升到儒家提倡仁义的治国大计层面，立意高远。苏轼以此文得欧阳修、梅尧臣赏识，成为当年礼部考试第二名。

韩 非 论

【题解】 本文选自《苏轼文集》卷四，是北宋嘉祐五年（1060）苏轼应制科试前所上之文。韩非（约前280—前233），战国末期韩国公子，与李斯俱事荀卿，主张不务德而务法，刑过不避大夫，赏善不遗匹夫。学说兼采商鞅、申不害，主张法、术、势兼用，提倡中央集权和君主专政。

【原文】

圣人之所为恶夫异端尽力而排之者，非异端之能乱天下，而天下之乱所由出[①]也。昔周之衰，有老聃、庄周、列御寇之徒[②]，更为虚无淡泊之言，而治其猖狂浮游之说，纷纭颠倒，而卒归于无有。由其道者，荡然莫得其当，是以忘乎富贵之乐，而齐乎死生之分。此不得志于天下，高世远举之人，所以放心而无忧。虽非圣人之道，而其用意，固亦无恶于天下。自老聃之死百馀年，有商鞅[③]、韩非著书，言治天下无若刑名之贤。及秦用之，终于胜、广之乱[④]，教化不足，而法有余，秦以不祀[⑤]，而天下被其毒。后世之学者，知申[⑥]、韩之罪，而不知老聃、庄周之使然。

何者？仁义之道，起于夫妇、父子、兄弟相爱之间；而礼法刑政之原，出于君臣上下相忌之际。相爱则有所不忍，相忌则有所不敢。

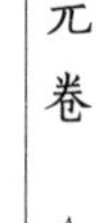

夫不敢与不忍之心合，而后圣人之道得存乎其中。今老聃、庄周论君臣、父子之间，泛泛乎若萍浮于江湖而适相值[⑦]也。夫是以父不足爱，而君不足忌。不忌其君，不爱其父，则仁不足以怀，义不足以劝[⑧]，礼乐不足以化[⑨]。此四者皆不足用，而欲置天下于无有。夫无有，岂诚足以治天下哉！商鞅、韩非求为其说而不得，得其所以轻天下而齐万物之术，是以敢为残忍而无疑。

今夫不忍杀人而不足以为仁，而仁亦不足以治民；则是杀人不足以为不仁，而不仁亦不足以乱天下。如此，则举天下唯吾之所为，刀锯斧钺，何施而不可。昔者，夫子未尝一日敢易其言。虽天下之小物，亦莫不有所畏。今其视天下眇然[⑩]若不足为者，此其所以轻杀人欤！

太史迁曰："申子卑卑，施于名实。韩子引绳墨，切事情，明是非，其极惨核少恩，皆原于道德之意。"[⑪]尝读而思之，事固有不相谋而相感者，庄、老之后，其祸为申、韩。由三代之衰至于今，凡所以乱圣人之道者，其弊固已多矣，而未知其所终，奈何其不为之所也。

【注释】 ① 所由出：因此而起，来源于此。 ② 老聃、庄周、列御寇之徒：老聃即老子，道家代表人物，著有《道德经》。庄周，战国时楚国蒙人，尝为蒙漆园吏，与老子并称为道家之祖。列御寇，春秋时郑国人，道家学派的先驱者，人称列子，主张贵虚，有《列子》八卷（有说此书为后人伪托其名而作）。 ③ 商鞅：前395—前338，战国时卫国人，少好刑名之学，后入秦见孝公，为左庶长，变法废井田，开阡陌，改赋税之法，行十年而道不拾遗。封之于商十五邑，号为商君，著有《商子》，亦称《商君书》。 ④ 胜、广之乱：陈胜、吴广起义，推翻了秦朝的统治，也宣告了重刑的法家在实践中的失败。 ⑤ 不祀：比喻亡国。⑥ 申：即申不害（前385—前337），战国时韩国人，相昭侯十五年，国治兵强，无人侵韩，其学本于黄老而主刑名，亦号"申子"，为法家之祖。 ⑦ 相值：即相遇、相逢。江淹《知己赋》："始于北府相值，倾盖无已。" ⑧ 劝：鼓励，奖励。 ⑨ 化：教化。 ⑩ 眇然：微小，弱小，不值一提。 ⑪ "申子卑卑"七句：语出《史记·老子韩非列传》。司马迁认为，申不害、韩非以法度为规范，严酷苛刻，都始于"道德之意"。卑卑，自我勉励之意。绳墨，木工打直线的工具，比喻规矩和法度。

【赏析】 本文以韩非发论，追溯法家源头，抨击了老、庄"无为"思想和申不害、韩非的法学主张，提倡刑罚适度、宽以爱民，尊重父子君臣间忠爱忌惮之纲常，提倡积小而成仁的儒家之道。

文章一开头即论史实，将天下之乱归因于老庄。老子与庄子是道家代表

人物，主张清静无为；申不害与韩非则提倡法家，主刑名、尚法度。《史记》将老、庄与申、韩合为一传，司马迁以为四人相同之处在于“皆原于道德之意”。苏轼借题发挥，提出老庄思想让人忘乎富贵、齐乎生死、淡泊名利，却破坏了父母兄弟之间的仁爱之情，消弭了君臣之间的忌惮之意，使儒家的礼乐、教化都失去了扎根的土壤，破坏了仁义大道。归根结底，这种“轻天下”的思想使人与人之间趋于冷漠，打破了人们对残忍酷刑的畏惧，让商鞅、韩非严刑峻法的主张趁虚而入，造成了不可挽回的后果。在此基础上，苏轼提出不可不畏“天下之小物”。如果因为细微之事不足以称为“仁”而肆意妄为，或者因为微不足道的“不仁”不足以祸害天下而失去忌惮，那么苛政酷刑甚至更加残忍的事也就将接踵而至。不断放弃底线，局面将难以挽回，这正是以小见大的写法。

本文从申、韩之病说起，通过抨击道家思想来尊崇仁义之道。而苏轼另有《荀卿论》一文，从李斯之祸引出其师荀子坚持“性恶论”之谬，从灾祸的结果追溯源头，与本文有异曲同工之妙。

留　侯　论

【题解】 本文选自《苏轼文集》卷四，是北宋嘉祐五年（1060）苏轼应制科试前所上之文。留侯张良（前250—前186），先祖为韩国大夫。秦灭韩后，张良倾其家产，请刺客于博浪沙刺杀秦王未果。传说后来得到圯上一老人赐《太公兵法》，遂辅佐刘邦灭项羽、定天下，成就帝业。卒，谥文成。

【原文】

古之所谓豪杰之士者，必有过人之节。人情有所不能忍者，匹夫见辱，拔剑而起，挺身而斗，此不足为勇也。天下有大勇者，卒然临之而不惊，无故加之而不怒，此其所挟持者甚大，而其志甚远也。

夫子房受书于圯上之老人也[1]，其事甚怪，然亦安知其非秦之世有隐君子者出而试之？观其所以微见其意者，皆圣贤相与警戒之义。而世不察，以为鬼物[2]，亦已过矣。且其意不在书。

当韩之亡[3]，秦之方盛也，以刀锯鼎镬[4]待天下之士，其平居无罪夷灭者，不可胜数，虽有贲、育[5]，无所复施。夫持法太急者，其锋不可犯，而其末可乘。子房不忍忿忿之心，以匹夫之力，而逞于一击之间。当此之时，子房之不死者，其间不能容发[6]，盖亦已危矣。千金之子,不死于盗贼。何者?其身之可爱,而盗贼之不足以死也。子房以盖世之才,不为伊尹、太公之谋⑦,而特出于荆轲、聂政之计⑧,以侥幸于不死。此固圯上之老人所为深惜者也。是故倨傲鲜腆而深折之⑨。彼其能有所忍也,然后可以就大事。故曰:孺子可教也。

楚庄王伐郑,郑伯肉袒牵羊以逆⑩。庄王曰:"其君能下人⑪,必能信用其民⑫矣。"遂舍之。勾践之困于会稽而归,臣妾于吴⑬者,三年而不倦。且夫有报人之志,而不能下人者,是匹夫之刚也。夫老人者,以为子房才有馀,而忧其度量之不足,故深折其少年刚锐之气,使之忍小忿而就大谋。何则?非有生平之素⑭,卒然相遇于草野之间,而命以仆妾之役,油然而不怪者,此固秦皇之所不能惊,而项籍之所不能怒也。

观夫高祖之所以胜,而项籍之所以败者,在能忍与不能忍之间而已矣。项籍唯不能忍,是以百战百胜而轻用其锋。高祖忍之,养其全锋而待其弊,此子房教之也。当淮阴破齐而欲自王⑮,高祖发怒,见于词色。由此观之,犹有刚强不忍之气,非子房其谁全之。

太史公疑子房以为魁梧奇伟,而其状貌乃如妇人女子,不称其志气。呜呼,此其所以为子房欤!

【注释】 ①"夫子房"句:据《史记·留侯世家》载,张良曾于下邳圯上忍受一老人几番刁难,终得老人授《太公兵法》(应是《素书》)。 ②以为鬼物:王充《论衡·自然》中认为,圯上老人授书一事是"天佐汉诛秦",而让神石为鬼书赠送给张良。 ③韩之亡:秦国于公元前230年灭韩。张良先祖为韩人,故韩灭后张良散尽家财而刺杀秦王。 ④刀锯鼎镬:刀、锯都是古代刑具,也指割刑和刖刑;鼎、镬是古炊具,也指烹刑。此处泛指各种酷刑。 ⑤贲、育:孟贲和夏育,都是有名的勇士。《史记·范雎蔡泽列传》:"成荆、孟贲、王庆忌、夏育之勇焉而死。" ⑥其间不能容发:本义为距离极近,中间不能放进一根头发。此处比喻与灾祸相距极近,形势危急到了极点。 ⑦伊尹、太公之谋:辅佐君主取得天下的谋略。伊尹,一名挚,耕于莘野,相汤伐桀救民,被后人尊为贤相。太公即姜尚,周东海人,四岳之裔,号为太公望,武王尊为"师尚父",佐武王灭纣,后封于齐。 ⑧荆轲、聂政之计:指张良刺杀秦始皇之举。荆轲(?—前227),战国时自齐徙卫,卫人称为"庆卿",好读书击剑。与高渐离善,共饮于燕市。受燕太子丹之托入刺秦王而未果,为秦王所杀。聂政(?—前397),战国时韩国轵人,为严仲子刺杀相国韩傀。 ⑨鲜腆而深折之:指老人无礼地折辱张良。鲜腆,指无礼,对地位低的人无谦爱之意。折,挫辱,折磨。 ⑩肉袒:脱去上衣,露出身体,以表示投降。《左传·宣公十二年》:"郑伯肉袒牵羊以逆,

曰:‘孤不天,不能事君,使君怀怒以及敝邑,孤之罪也。敢不唯命是听。’……王曰:‘其君能下人,必能信用其民矣,庸可几乎?’退三十里而许之平。” ⑪ 下人:委屈自己以尊重他人,礼下于人。 ⑫ 信用其民:取得臣民的信任。 ⑬ 臣妾于吴:越王勾践被吴王夫差灭国,夫妻都随夫差至吴国,伺候吴王。《史记·越王勾践世家》:“勾践请为臣,妻为妾。”极尽折辱,后回国,十年蓄势复仇,终于灭吴国,杀夫差,得以雪耻。 ⑭ 非有生平之素:意为素昧平生,没有任何交情。 ⑮ 淮阴破齐而欲自王:据《史记·淮阴侯列传》载,韩信出兵克齐,向刘邦请封齐“假王”(即代齐王)。时刘邦正困于荥阳,急等韩信领兵来救,得信怒骂曰:“吾困于此,旦暮望若来佐我,乃欲自立为王!”张良急忙劝刘邦不要得罪韩信,刘邦遂改口道:“大丈夫定诸侯,即为真王耳,何以假焉?”派张良立刻赴齐,封王请援。

【赏析】 本文选取留侯张良发论,没有集中笔力写子房运筹帷幄于千里之外的智谋,而以圯上老人授书之事为核心,不论其事之真伪,旨在提出张良“过人之节”唯在于忍的观点,视角独特。张良原也不能忍,为报秦灭韩之仇,请大力士行刺秦王未果,差点丧命,这是逞一时匹夫之勇,并不可取。张良之才不囿于此,所以圯上老人以倨傲之姿故意折辱张良,考验其度量。此时,张良并无忿忿之色,老人这才放心地授之以书,帮助他成就大业。接着,作者举出了郑襄公肉袒牵羊以保全国家、勾践自请受辱而复国报仇的历史典故,进一步强调“忍小忿而就大谋”的重要性,更以“固秦皇之所不能惊”收束张良之事,以“项籍之所不能怒”打开张良身后楚汉之争的时代背景,过渡自然巧妙,引出楚汉之争刘项胜负关键在于“能忍与不能忍”的历史教训。最后论述韩信封齐之事,高祖犹有不能忍之时,而张良又能教高祖忍,进一步强化了“能忍”之效。

韩信能忍胯下之辱,太史公能受宫刑之屈,能成大事者往往能忍常人不能忍之事。读史是观照内心的一种方式,作者论述张良之能忍,或许也有反省自身、自我劝勉之意。

贾　谊　论

【题解】 本文选自《苏轼文集》卷四,为北宋嘉祐五年(1060)苏轼应制科试前所上之文。贾谊(前200—前168),洛阳人。年十八,以能诵诗属文称于郡中,二十余岁即被召为博士,颇有才名。向汉文帝提出改正朔、易服色、制法度、定官名、兴礼乐、列侯就国等主张,遭到周勃、灌婴等人的反对,出为长沙王太傅。后文帝召于宣室内,问鬼神之事至夜半。拜梁怀王太傅。梁王坠马而死后,贾谊也抑郁而终。

【原文】

非才之难，所以自用者实难。惜乎贾生王者之佐，而不能自用其才也。夫君子之所取者远，则必有所待。所就者大，则必有所忍。古之贤人，皆有可致之才，而卒不能行其万一[①]者，未必皆其时君之罪，或者其自取也。

愚观贾生之论，如其所言，虽三代何以远过。得君如汉文[②]，犹且以不用死。然则是天下无尧舜，终不可以有所为耶？仲尼圣人，历试于天下，苟非大无道之国，皆欲勉强扶持，庶几[③]一日得行其道。将之荆，先之以子夏，申之以冉有[④]。君子之欲得其君，如此其勤也。孟子去齐，三宿而后出昼，犹曰“王其庶几召我”[⑤]。君子之不忍弃其君，如此其厚也。公孙丑问曰：“夫子何为不豫？”孟子曰：“方今天下，舍我其谁哉，而吾何为不豫？”[⑥]君子之爱其身，如此其至也。夫如此而不用，然后知天下果不足与有为，而可以无憾矣。若贾生者，非汉文之不用生，生之不能用汉文也。

夫绛侯亲握天子玺，而授之文帝，灌婴连兵数十万，以决刘、吕之雌雄[⑦]。又皆高帝之旧将。此其君臣相得之分，岂特父子骨肉手足哉？贾生洛阳之少年，欲使其一朝之间，尽弃其旧而谋其新，亦已难矣。为贾生者，上得其君，下得其大臣，如绛、灌之属，优游浸渍[⑧]而深交之，使天子不疑，大臣不忌，然后举天下而唯吾之所欲为，不过十年，可以得志。安有立谈之间，而遽[⑨]为人痛哭哉？观其过湘，为赋以吊屈原，纡郁愤闷，趯然有远举之志[⑩]。其后卒以自伤哭泣，至于夭绝。是亦不善处穷者也。夫谋之一不见用，安知终不复用也。不知默默以待其变，而自残至此。呜呼，贾生志大而量小，才有余而识不足也。

古之人有高世之才，必有遗俗之累[⑪]。是故非聪明睿哲不惑之主，则不能全其用。古今称苻坚得王猛[⑫]于草茅之中，一朝尽斥去其旧臣，而与之谋。彼其匹夫略有天下之半[⑬]，其以此哉。

愚深悲生之志，故备论之。亦使人君得如贾生之臣，则知其有狷介之操[⑭]，一不见用，则忧伤病沮，不能复振；而为贾生者，亦慎其所发哉。

【注释】 ① 万一：万分之一。 ② 汉文：即汉文帝刘恒（前202—前157），高祖中子，封为代王。吕后死，周勃、陈平等杀诸吕，迎立为帝，在位期间励精图治，兴修水利，节俭宽刑，使汉朝逐步强盛安定。 ③ 庶几：差不多，几乎。 ④ "将之荆"三句：语出《礼记·檀弓上》："昔者，夫子失鲁司寇，将之荆，盖先之以子夏，又申之以冉有，以斯知不欲速贫也。"孔子罢鲁国司寇一职后，赴楚，积极创造能够实现其政治主张的机会。先之，事先声明有入仕之意。申之，反复阐述，一遍又一遍地重申。 ⑤ "孟子去齐"三句：孟子向齐王讲授王道，而齐王不行，于是孟子请辞，欲令齐王追悔，在齐地昼（今山东临淄）停留三日才离开。《孟子·公孙丑下》载孟子云："王庶几改之，王如改诸，则必反予。夫出昼而王不予追也，予然后浩然有归志。" ⑥ "公孙丑问曰"六句：语出《孟子·公孙丑下》。孟子离开齐国，充虞问他为何似有不悦，孟子答曰："如欲平治天下，当今之世，舍我其谁也？吾何为不豫哉？"苏轼此处误充虞为公孙丑。不豫，不高兴。 ⑦ "夫绛侯"四句：指周勃与灌婴在文帝时的重要地位。绛侯，即周勃（？—前169），沛县人，早年随高祖刘邦起兵反秦，后封绛侯，官拜太尉。灌婴（？—前176），睢阳人，从高祖定天下，后封颍阴侯。吕后死，吕氏家族夺权，他们两人共谋大计，平定诸吕之乱，立代王刘恒为汉文帝。 ⑧ 优游浸渍：优游，从容淡定，不急不缓。浸渍，浸染，熏陶。 ⑨ 遽（jù）：急，急速，仓促，匆忙。 ⑩ 趯（yuè）然有远举之志：超脱尘世，退隐之意。趯然，高超出俗的样子。远举，即退隐之意。 ⑪ 遗俗之累：遭受一些世俗小人的责难与毁谤。 ⑫ 苻坚得王猛：苻坚（338—385），前秦皇帝，字永固，一名文玉，博学多才艺，有经济大志。王猛，前秦剧人，字景略，少贫贱，博学好兵书，隐居华山。桓温入关，猛被谒诣之，谈当世之务，后事苻坚为丞相，秦日强盛，削平诸国。 ⑬ "彼其匹夫"句：匹夫指苻坚。他之所以能统一北方，是借助了王猛的辅佐。 ⑭ 狷介：正直孤傲，洁身自好，不苟同于人。

【赏析】 唐李商隐《贾生》诗云："宣室求贤访逐臣，贾生才调更无伦。可怜夜半虚前席，不问苍生问鬼神。"贾谊的才学与其抑郁早逝的命运，常为后人叹息。此文为贾谊而作，以"惜"字领起全篇，开头点出了贾谊的人生悲剧是"不自用"，而并非生不逢时、未遇明君，一方面客观地肯定了贾谊之才，另一方面对贾谊身处文帝之治世却不能尽其才颇有微词。苏轼举孔子访六国、孟子去齐的历史典故，旨在说明孔子得君之勤，孟子不忍弃其君，而批评贾生不能忍耐、不爱其身、不善处穷，提出"生不能用汉文也"的结论。接下来，作者铺开对汉文帝时期政局的分析，并为贾谊谋划了一条施政之路：周勃与灌婴等旧臣建有卓著功勋，帮助汉文帝登基，关系非比寻常，不可毫无忌惮；贾谊少年儒生，无尺寸战功，根基不稳，势单力薄，只能与周勃、灌婴等大臣深交，得到他们的信任，逐步争取君臣一心，再图宏愿。这是一个长远的计划，但贾生不能远虑，贬谪之后又郁郁寡欢终致早夭，苏轼深以为憾。

苏辙在《东坡先生墓志铭》中说："（轼）好贾谊、陆贽之书，论古今治乱，不为空言。"苏轼踏上仕途之后，深交韩琦、富弼和欧阳修之流，后来虽被贬仍不自弃，就是吸取贾谊之教训，而践行了本文“深交绛、灌，默默自待”之计。或许正是这样的胸襟与气度，使苏轼在被贬黄州之际，穷困潦倒却不放悲声；远赴惠州、儋州不毛之地时，以乐观旷达泰然处之。

本文提及贾谊借悼念屈原“纡郁愤闷”，之后因自伤哭泣至于早夭，有失偏颇。贾谊《吊屈原赋》确实表达了不为世所容的孤标傲世之感，但其中“凤漂漂其高逝兮，固自引而远去。袭九渊之神龙兮，沕深潜以自珍”之句非但不是自弃之语，反而有珍重自身之意。后贾谊任梁怀王太傅，梁王坠马而死，贾谊抑郁而亡，也并不是忧自身之不见用，而是因自己未尽职责而内疚不已。

晁错论

【题解】 本文选自《苏轼全集》卷四，为嘉祐五年(1060)苏轼应制科试所上进卷。晁错(前200—前154)，颍川人，在汉文帝时担任太子家令，景帝即位后被任命为御史大夫，一心帮助景帝巩固政权，提出削减诸侯之地以尊天子。吴、楚等七国以“清君侧”之名举兵，汉景帝采用袁盎之计腰斩晁错以平乱。

【原文】

天下之患，最不可为者，名为治平无事，而其实有不测之忧。坐观其变，而不为之所，则恐至于不可救。起而强为之，则天下狃[①]于治平之安，而不吾信。唯仁人君子豪杰之士，为能出身为天下犯大难，以求成大功。此固非勉强期月之间，而苟以求名者之所能也。天下治平，无故而发大难之端，吾发之，吾能收之，然后有辞于天下[②]。事至而循循[③]焉欲去之，使他人任其责，则天下之祸，必集于我。

昔者晁错尽忠为汉[④]，谋弱山东之诸侯。山东诸侯并起，以诛错为名。而天子不察，以错为说。天下悲错之以忠而受祸，而不知错之有以取之也。

古之立大事者，不唯有超世之才，亦必有坚忍不拔之志。昔禹之治水，凿龙门[⑤]，决大河而放之海。方其功之未成也，盖亦有溃冒冲突可畏之患，唯能前知其当然，事至不惧，而徐为之所，是以得至于成功。

夫以七国之强而骤削之，其为变岂足怪哉！错不于此时捐其

身[⑥]，为天下当大难之冲，而制吴、楚之命，乃为自全之计，欲使天子自将，而己居守[⑦]。且夫发七国之难者，谁乎？己欲求其名，安所逃其患？以自将之至危，与居守至安，己为难首，择其至安，而遣天子以其至危，此忠臣义士所以愤惋而不平者也。当此之时，虽无袁盎[⑧]，错亦不免于祸。何者？己欲居守，而使人主自将。以情而言，天子固已难之矣。而重违其议，是以袁盎之说，得行于其间。使吴、楚反，错以身任其危，日夜淬砺[⑨]，东向而待之，使不至于累其君，则天子将恃之以为无恐，虽有百袁盎，可得而间哉？

嗟夫！世之君子，欲求非常之功，则无务为自全之计。使错自将而击吴、楚，未必无功，唯其欲自固其身，而天子不悦，奸臣得以乘其隙，错之所以自全者，乃其所以自祸欤！

【注释】 ① 狃：因袭，拘泥。 ② 有辞于天下：对天下有交代，能向天下人解释清楚。 ③ 循循：徘徊不前，犹豫不决的样子。 ④ 昔者晁错尽忠为汉：据《史记·袁盎晁错列传》载，晁错请汉景帝削藩，其父劝他作罢，晁错回答道："不如此，天子不尊，宗庙不安。"晁错之父感叹曰："刘氏安矣，而晁氏危矣！"于是服药自杀，死后十多天，吴、楚等七国举兵，以"诛晁错，清君侧"为名而反。 ⑤ 龙门：河南省洛阳市以南，古称伊阙。《汉书·沟洫志》载，大禹治水时，为了清除路障，"凿龙门，辟伊阙"。 ⑥ 捐其身：舍弃生命，献身。 ⑦"欲使天子"二句：据《史记·袁盎晁错列传》载，汉景帝时，七国以"清君侧"之名发动叛乱。景帝决意出兵对抗，与晁错商议。晁错提议由汉景帝亲自带兵出征，而自己居守后方。 ⑧ 袁盎（前200—前150年）：字丝，汉朝楚人，个性刚直有才干，因数次直谏而触犯皇帝，被调任陇西都尉，后迁徙吴相。吴王优厚相待。他素与晁错不睦，吴、楚举兵反，晁错曾向丞史表示怀疑袁盎是吴王同谋，袁盎于是向汉景帝表明七国之乱矛头只在晁错，并奏请斩晁错以平众怒。 ⑨ 淬砺：比喻激励、磨炼。

【赏析】 本文围绕晁错立论，对晁错保全自身而推卸责任的行为予以抨击，认为晁错之所以被杀，不仅在于他没有料到削藩的全部后果，还因为其不具备真正的坚忍不拔之志。作者似有用晁错之事影射时局之意，隐约以景帝朝喻北宋当时，批评士大夫未能深谋远虑，缺少万全之计又陷君于危险之地的做法。

文章开头就颇具特色，先言景帝治世却有七国之变，提出君子豪杰之士在大难关头绝不推卸责任的观点，再引出晁错之事。吕祖谦以为此文体制好，就在于开头处渐渐引入。接下来，作者用夏禹治水之事，来对比晁错削藩。治水必有决堤之险，但夏禹无所畏惧，敢于担当；晁错骤然削弱诸侯国势力，七国之乱本应在他意料之中，他不但没有谋划周全，而且于危难之中提议景帝御驾亲征，将人君置于危难之间，自己却居守内廷以求平安，最后忠而遭戮，也只能算是“自祸”了。

苏轼的史论文大都与其政治主张相联系，少政客说辞。本文通过晁错之事论述士大夫的谋略与担当，与《思治》、《策略》二文有共通之处。《思治》中提倡士大夫明断是非，提出“士大夫所以信服于朝廷者不笃，而皆好议论以务非其上，使眩于是非，而不知其所从”；《策略》一文则居安思危，认为“天下有治平之名，而无治平之实，有可忧之势，而无可忧之形：此其有未测者也。”本文以晁错为鉴，具体阐释了作者的政治理念。

方山子传

【题解】 本文选自《苏轼文集》卷十三，作于元丰四年（1081），当时苏轼被贬黄州。方山子，即陈慥，陈希亮之子，字季常。少时使酒好剑，曾与苏轼指点江山，论古今成败，自谓一世豪士。后折节读书，不遇。晚年隐于光、黄中，因所著帽方耸而高，被称为方山子。

【原文】

方山子，光、黄[①]间隐人也。少时慕朱家、郭解[②]为人，闾里之侠皆宗之。稍壮，折节读书，欲以此驰骋当世，然终不遇，晚乃遁于光、黄间曰岐亭[③]。庵居蔬食，不与世相闻。弃车马，毁冠服，徒步往来山中，人莫识也。见其所著帽，方屋而高，曰：“此岂古方山冠之遗像乎[④]？”因谓之方山子。

余谪居于黄，过岐亭，适见焉。曰：呜呼，此吾故人陈慥季常也，何为而在此？方山子亦矍然[⑤]问余所以至此者。余告之故，俯而不答，仰而笑，呼余宿其家。环堵萧然[⑥]，而妻子奴婢皆有自得之意。余既耸然[⑦]异之。

独念方山子少时使酒好剑，用财如粪土。前十有九年[⑧]，余在岐下[⑨]，见方山子从两骑，挟二矢，游西山。鹊起于前，使骑逐而射之，不获。方山子怒马独出，一发得之。因与余马上论用兵及古今成败，自谓一世豪士。今几日耳，精悍之色，犹见于眉间，而岂山中之人哉！

然方山子世有勋阀[⑩]，当得官，使从事于其间，今已显闻。而其

家在洛阳，园宅壮丽与公侯等。河北有田，岁得帛千匹，亦足以富乐。皆弃不取，独来穷山中，此岂无得而然哉。

余闻光、黄间多异人，往往阳狂⑪垢污，不可得而见，方山子傥见之欤？

【注释】 ① 光、黄：光州（今河南省潢川县）和黄州（今湖北省黄冈市）。 ② 朱家、郭解：皆是侠士。朱家，鲁人，所藏活豪士以百数，趋人之急，如己之私。尝阴脱季布之厄，及布贵，终身不见。郭解字翁伯，河内轵人，少常以睚眦杀人，或为人报仇，铸钱掘冢，为诸奸犯事不可胜数。及长，折节为俭，以德报怨。《史记·游侠列传》称其"厚施而薄望，然其自喜为侠益甚"。 ③ 岐亭：在今湖北省麻城市西。 ④ "此岂古"句：方山冠，汉时祭祀宗庙时乐人所戴之冠。《后汉书·舆服志下》："方山冠似进贤，以五彩縠为之。祠宗庙，大予、八佾、四时、五行，乐人服之。"遗像，遗制。 ⑤ 矍然：惊惶的样子。 ⑥环堵萧然：形容室中空无所有，极为贫困。语出陶渊明《五柳先生传》："环堵萧然，不蔽风日。" ⑦ 耸然：感到诧异。 ⑧ 前十有九年：苏轼与陈慥初识之年。嘉祐八年（1063），苏轼任职于凤翔，而当时陈慥之父陈希亮为知府。 ⑨ 岐下：即凤翔，苏轼与陈慥初识之地。 ⑩ 勋阀：即勋伐，通常指功绩。 ⑪ 阳狂：即佯狂，假装疯癫。

【赏析】 本文为陈慥作传，着意刻画了陈慥即方山子之"异"。开头就指出，方山子由侠而隐是一异，弃车而徒步、毁冠服而著方山冠又是一异。开头一段对方山子的简要介绍似是道听途说，并非亲眼所见，是一处伏笔，直到岐亭偶遇，作者才发现传闻中的奇人方山子原来就是故人陈慥，至此方成正文。故友相逢，方山子听过苏轼被贬黄州的遭遇后并不做回应，反倒"仰而笑"，是为三异。作者至陈慥家，见其家徒四壁，穷困潦倒，全家人却面无忧色，如此安贫乐道之心更令作者"耸然而异"。至此，方山子"异士"的形象已跃然纸上。

接着，作者由眼前所见发散开来，感慨陈慥今昔之比。他曾经仗剑而行、快意谈论古今成败；也曾折节读书，踌躇满志，想一展才干，但士有不遇，如今成了山中隐士。陈慥眉宇之间仍然有当年的精悍之气，可见其由侠而隐，不算真隐士，陈慥心中或许仍然怀着兼济天下的鸿鹄之志，而其家世显赫，资财充备，却能主动放弃富贵，甘于贫贱，使作者不由得心生崇敬。

苏轼之文以议论见长，本文则主要运用叙述和描写的手法来突出方山子之"异"，既描绘了传闻中的方山子形象，又饱含深情地回忆了当年陈慥英武果敢的侠士风范。全文描绘生动传神，且饱含感情，真诚感人。

潮州韩文公庙碑

【题解】 本文选自《苏轼文集》，卷十七，作于元祐七年（1092）苏轼从颍州赴扬州任途中。潮州，隋开皇十一年（591）置，治所在海阳县，今广东潮州市。韩文公，即韩愈（768—824），唐河南河阳人，字退之。因谏宪宗遣使迎佛骨而被贬潮州。宋王涤任潮州地方官之后，有感韩氏功德，重建韩文公庙，请苏轼作庙碑。韩文公庙即今广东潮州韩文公祠，位于城区东面的韩江东岸、笔架山下。

【原文】

匹夫而为百世师，一言而为天下法[①]。是皆有以参天地之化[②]，关盛衰之运[③]。其生也有自来，其逝也有所为。故申吕自岳降[④]，傅说为列星[⑤]，古今所传，不可诬也。孟子曰："吾善养吾浩然之气。是气也，寓于寻常之中，而塞乎天地之间。"[⑥]卒然遇之，则王公失其贵，晋、楚[⑦]失其富，良、平[⑧]失其智，贲、育[⑨]失其勇，仪、秦[⑩]失其辩，是孰使之然哉？其必有不依形而立，不恃力而行，不待生而存，不随死而亡者矣。故在天为星辰，在地为河岳，幽则为鬼神，而明则复为人。此理之常，无足怪者。

自东汉以来，道丧文弊，异端并起，历唐贞观、开元之盛，辅以房、杜、姚、宋[⑪]而不能救。独韩文公起布衣，谈笑而麾之，天下靡然从公，复归于正，盖三百年[⑫]于此矣。文起八代之衰[⑬]，而道济天下之溺[⑭]，忠犯人主之怒[⑮]，而勇夺三军之帅[⑯]。岂非参天地，关盛衰，浩然而独存者乎！盖尝论天人之辨，以谓人无所不至，惟天不容伪。智可以欺王公，不可以欺豚鱼[⑰]。力可以得天下，不可以得匹夫匹妇之心。故公之精诚，能开衡山之云[⑱]，而不能回宪宗之惑。能驯鳄鱼之暴[⑲]，而不能弭皇甫镈、李逢吉之谤[⑳]。能信于南海之民，庙食百世，而不能使其身一日安于朝廷之上。盖公之所能者，天也。其所不能者，人也。

始，潮人未知学，公命进士赵德[㉑]为之师。自是潮之士，皆笃于文行，延及齐民[㉒]，至于今，号称易治。信乎孔子之言："君子学道则爱人，小人学道则易使也[㉓]。"潮人之事公也，饮食必祭，水旱疾疫，

凡有求必祷焉。而庙在刺史公堂之后，民以出入为艰。前守欲请诸朝作新庙，不果。元祐五年，朝散郎王君涤[24]来守是邦，凡所以养士治民者，一以公为师。民既悦服，则出令曰：“愿新公庙者听。”民讙趋[25]之，卜地于州城之南七里，期年而庙成。

或曰：“公去国万里，而谪于潮，不能一岁而归[26]，没而有知，其不眷恋于潮，审矣。”轼曰：“不然。公之神在天下者，如水之在地中，无所往而不在也。而潮人独信之深，思之至，焄蒿凄怆[27]，若或见之。譬如凿井得泉，而曰水专在是，岂理也哉！”元丰七年，诏封公昌黎伯，故榜曰昌黎伯韩文公之庙。潮人请书其事于石，因作诗以遗之，使歌以祀公。

【注释】 ①“匹夫”二句：匹夫而为百世师，语出《孟子·尽心下》：“圣人，百世之师也。”一言而为天下法，语出《礼记·中庸》：“事故君子动而世为天下道，行而世为天下法，言而世为天下则。”《苏长公合作》卷七引朱熹语：“东坡作《韩文庙碑》，不能得一起头，起行百十遭，忽得‘匹夫’两句，下面只如此扫去也。” ②参天地之化：谓与天地化育万物。《礼记·中庸》：“可以赞天地之化育，则可以与天地参矣。”朱熹注曰：“与天地参，谓与天地并立而为三矣。” ③关盛衰之运：关系到繁盛与衰败的命运。 ④申、吕自岳降：申、吕，即申伯和吕侯，分别为周宣王和周穆王时大臣。传说二人诞生时，嵩山有祥瑞之兆。《诗经·大雅·崧高》：“维岳降神，生甫与申。” ⑤傅说(yuè)为列星：傅说，商代人，武丁时大臣，传说其死后成为天上星宿。 ⑥“孟子曰”五句：语出《孟子·公孙丑上》：(公孙丑问曰)：“敢问夫子恶乎长？”曰：“我知言，我善养吾浩然之气。”“敢问何谓浩然之气？”曰：“难言也。其为气也，至大至刚，以直养而无害，则塞于天地之间。”此处苏轼仿其语气。浩然之气，即正气，刚正至大的气概。 ⑦晋、楚：春秋时的富裕之国。《孟子·公孙丑下》：“曾子曰：‘晋、楚之富，不可及也。’” ⑧良、平：张良和陈平，汉高祖刘邦的谋臣，智慧出众。 ⑨贲、育：孟贲和夏育，古代勇士。 ⑩仪、秦：苏秦和张仪，二人从鬼谷子学权谋纵横之术，善雄辩。 ⑪房、杜、姚、宋：指唐太宗时的名相房玄龄、杜如晦和唐玄宗时的名相姚崇、宋璟。 ⑫三百年：自唐韩愈崇尚古文之时至宋苏轼生活的年代，约三百年。 ⑬文起八代之衰：八代指东汉、魏、晋、宋、齐、梁、陈、隋。这段时期骈文兴盛，文风衰败。而韩愈主张重视文章思想内容，强调文以载道。 ⑭道济天下之溺：韩愈认为东汉以来，佛道兴而儒道溺，故提倡儒家之道，使天下人不受佛教、道教之害。济，拯救。溺，淹没。 ⑮忠犯人主之怒：唐宪宗遣使于凤翔迎佛骨入宫，韩愈上《论佛骨表》力谏，几被处死，后被贬为潮州刺史。韩愈有诗“一封朝奏九重天，夕贬潮州路八千”句。 ⑯勇夺三军之帅：据《新唐书·韩愈传》载，唐穆宗时镇州叛乱，韩愈奉旨前往安抚，最终说服叛乱将士，平息了事端。 ⑰不可以欺豚鱼：《周易·中孚》：“豚、鱼吉，信及豚、鱼也。”此处指对小猪和鱼等小动物都不能不讲信用。 ⑱开衡山之云：衡山又名南岳，我国五岳之一，位于湖南省衡阳市。传说韩愈经过衡山，原本有雾，后云开雾散，他在《谒衡岳庙遂宿岳寺题门楼》诗中写道:“潜心默祷若有应,岂非正直能感通。须臾静扫众峰出,仰见突兀撑青空。” ⑲ 驯鳄鱼之暴:据《新唐书·韩愈传》载,潮州百姓深为鳄鱼所扰,韩愈亲至鳄鱼溪,命人投一羊一豚于水中,作《祭鳄鱼文》,时暴风雷电忽起,几天以后溪水干涸,鳄鱼果然离去。 ⑳ 弭皇甫镈、李逢吉之谤:皇甫镈,唐临泾人,贞元进士,累迁吏部侍郎,唐宪宗时任宰相。韩愈被贬后,唐宪宗曾有复用韩愈之意,与皇甫镈商议,皇甫镈以韩愈狂疏而阻,遂改韩愈袁州刺史。李逢吉(758—835),唐陇西人,字虚舟,性忌刻险谲,穆宗时故意挑起韩愈与李绅之隙,使两人遭贬。 ㉑ 赵德:号天水先生,海阳人。韩愈以为赵德“沉雅专静,颇通经,有文章,能知先王之道,论说且排异端,而宗孔氏,可以为师”(《潮州请奏乡校牒》),命赵德为海阳县尉,掌管军事之外,还请他主持州学,以督学风。㉒ 齐民:平民百姓。齐,等,无分贵贱。 ㉓ “信乎孔子之言”三句:语出《论语·阳货》。㉔ 朝散郎王君涤:朝散郎,文散官名,隋文帝置,唐为文官第二十阶,从七品上,宋同。王涤,宋元祐五年(1090)于潮州担任地方官,其他事迹不详。 ㉕ 讙趋:讙通“欢”,喜悦。趋,小步急走,赶过去。 ㉖ 不能一岁而归:指韩愈被贬潮州之后不满一年又改移袁州。㉗ 焄蒿凄怆:焄(xūn)蒿,祭祀时祭品所发出的气味。后亦用指祭祀。《礼记·祭义》:“焄蒿,悽怆,此百物之精也,神之著也。”郑玄注:“焄谓香臭也,蒿谓气蒸出貌也。” 此处是指潮州百姓感激韩愈所做的贡献,以凄怆之情烧香祭拜韩愈。

【赏析】 苏轼受王涤之托而为韩愈撰写庙碑,盛赞韩愈出将入相之功,字里行间充满了对韩愈的崇敬景仰之情。文章以“匹夫而为百世师,一言而为天下法”领起全篇,这两句话从欧阳修《昼锦堂记》“仕宦而至将相,富贵而归故乡”得到启示,对仗工整。接着以参天地、关盛衰、生有自来、逝有所为来渲染韩愈的重要地位,仿孟子之语,铺陈“浩然之气”,并回顾了自东汉到唐代文道衰微的历程,着力刻画韩愈力挽狂澜的大家风范。“文起”、“道济”、“忠犯”、“勇夺”四句,于散文中寓骈文赋法,气势恢宏。韩愈于乱军阵前全力斡旋,以逆耳忠言上书直谏,赴鳄鱼险潭为民求福……以昌黎之智力忠心,最后被远谪潮州,难逃小人谗言毁谤,无法于君王之侧献计献策。由人及己,作者或将自身遭遇与韩昌黎之事相联系,因此叙述之间隐约含有对自己仕途坎坷的叹息。

文章列举韩昌黎“可以”与“不可以”之事,笔法与《史记·龟策列传》中“神至能见梦于元王,而不能自出渔者之笼。身能十言尽当,不能通使于河,还报于江。贤能令人战胜攻取,不能自解于刀锋,免剥刺之患。圣能先知亟见,而不能令卫平无言”数句相似,得出了“公之所能者,天也。其所不能者,人也”这一结论。最后作者通过记叙韩愈潮州任上大兴文教之事,引出潮州人民爱戴韩愈的原因,从而交代元祐五年王涤为韩愈重修祠庙的缘起。

苏轼敬重韩愈之为人,崇尚韩愈之文,其《谢欧阳内翰书》一文中曾曰:“盖唐之文,自韩愈始。”作者借为韩文公撰写庙碑的机会,不仅表达了对韩愈

其人的敬仰，也践行了韩愈所崇尚的“文道”。

祭欧阳文忠公文

【题解】 本文选自《苏轼文集》卷六十三，熙宁五年（1072）九月作于杭州。欧阳修（1007—1072），吉州庐陵（今属江西省永丰县）人，字永叔，自号醉翁。举进士甲科，庆历初召知谏院，因范仲淹、韩琦、富弼相继罢去而上书进言，被贬滁州，徙扬州、颍州。后在翰林八年，知无不言。嘉祐间任参知政事，与韩琦同心辅政。熙宁初因与王安石政见不合而退。博极群书，以文章冠天下。

【原文】

呜呼哀哉，公之生于世，六十有六年。民有父母，国有蓍龟①，斯文有传，学者有师②，君子有所恃而不恐，小人有所畏而不为。譬如大川乔岳，不见其运动，而功利之及于物者，盖不可以数计而周知。今公之没也，赤子无所仰芘③，朝廷无所稽疑④，斯文化为异端⑤，而学者至于用夷⑥。君子以为无为⑦为善，而小人沛然⑧自以为得时。譬如深渊大泽，龙亡而虎逝，则变怪杂出，舞鳅鳝⑨而号狐狸。昔其未用也，天下以为病；而其既用也，则又以为迟；及其释位而去⑩也，莫不冀其复用；至其请老而归⑪也，莫不惆怅失望，而犹庶几于万一者，幸公之未衰。孰谓公无复有意于斯世也，奄一去而莫予追。岂厌世混浊，洁身而逝乎？将民之无禄⑫，而天莫之遗？昔我先君，怀宝遁世，非公则莫能致⑬。而不肖无状，因缘出入，受教于门下者，十有六年于兹⑭。闻公之丧，义当匍匐⑮往吊，而怀禄不去，愧古人以忸怩⑯。缄词千里，以寓一哀而已矣。盖上以为天下恸，而下以哭其私。呜呼哀哉！

【注释】 ① 蓍龟：蓍草和龟甲。古人以蓍草、龟甲占卜吉凶，并认为占卜能“定天下之凶吉，成天下之亹亹者”（《周易·系辞上》），后用蓍龟比喻德高望重的人。 ② 斯文有传，学者有师：据《宋史·欧阳修传》，欧阳修“始从尹洙游，为古文，议论当世事，迭相师友。与梅尧臣游，为歌诗相倡和，遂以文章名冠天下”。 ③ 仰芘（bì）：仰，依赖；依靠。芘通“庇”，意为庇护。 ④ 稽疑：泛指考察疑事、解决疑难。 ⑤ 斯文化为异端：斯文，原指礼乐教化、典章制度。《论语·子罕》：“天之将丧斯文也，后死者不得与于斯文也。”此处意为文章道德。异端,儒家称其他学说、学派为异端。《论语·为政》:“子曰:‘攻乎异端,斯害也已。’” ⑥学者至于用夷:此处指欧阳修去世后,佛老之学卷土重来,孔孟之道又临困境。佛教由外邦传入,因此称为夷。 ⑦无为:道家崇尚清静无为,顺其自然。《老子》:“道常无为而无不为,侯王若能守之,万物将自化。” ⑧沛然:充沛盛大的样子。《孟子·梁惠王上》:“天油然作云,沛然下雨,则苗浡然兴之矣。” ⑨鳅鳝:指泥鳅和鳝鱼,泛指小鱼鲜。 ⑩释位而去:据韩琦《欧阳文忠公墓志铭》载:“今上(神宗)即位初,御史蒋之奇者乃造无根之言,欲以污公,中丞彭思永乘虚助之。公退伏私居,力请公辨。上照其诬罔,连诏诘问,二人者辞穷,皆坐贬。公遂恳辞柄任,上不得已,除公观文殿学士、刑部尚书、知亳州事。” ⑪请老而归:据《宋史·欧阳修传》:“修以风节自持,既数被污蔑,年六十,即连乞谢事,帝辄优诏弗许。及守青州,又以请止散青苗钱,为安石所诋,故求归愈切。熙宁四年,以太子少师致仕。” ⑫无禄:语出《诗经·小雅·正月》:“忧心惸惸,念我无禄。”此处意为不幸。 ⑬“昔我先君”句:嘉祐元年(1056),苏洵带苏轼、苏辙二子入京,将自己的文章呈给欧阳修,欧阳修以为“虽贾谊、刘向不过也”,士大夫争诵一时,文名因而大盛。 ⑭受教于门下者,十有六年于兹:嘉祐二年(1057),苏轼中进士,当时主考官正是欧阳修,自此拜入欧阳修门下,至欧阳修病逝于熙宁五年(1072),共十六年。 ⑮匍匐:以腹贴地前进,此处指尽力。《诗经·邶风·谷风》:“凡民有丧,匍匐救之。” ⑯忸怩:形容羞愧或不大方的样子。

【赏析】 祭文贵在情深,本文是苏轼为恩师欧阳修所作祭文,对欧阳修一生功绩予以盛赞。首先强调了欧阳修在文坛、朝廷中举足轻重的地位。欧阳公生前,学者有师,文以传道;而逝世之后,作者唯恐儒道又将沦为异端,学者又将热衷于旁门左道了。作者将这两种情况进行对比,流露出深切的忧虑之情,担心此后文道衰落,欧阳公一生努力付诸东流。接下来作者回顾了欧阳修从未用到既用,再到释位,最后告老还乡的整个仕途经历,感慨斯人已逝,充满悲痛之情。欧阳修于苏氏父子三人皆有知遇之恩,而苏轼自己受教于欧阳公门下十六年,师恩厚重难忘,本当灵前一哭,却不能前往,只好将遗憾与哀思发之笔端。

全文多用长句,运用对偶、排比等句式,纷至沓来。文中用“大川乔岳,不见其运动”来比喻欧阳公之功德润物无声;又用“龙亡而虎逝,则变怪杂出,舞鳅鳝而号狐狸”来比喻欧阳公逝世之后文坛、政坛可能出现的乱象,都取自日常生活,通俗易懂,更能引起读者的共鸣。

王安石亦有《祭欧阳文忠公文》,可比照阅读欣赏。

苏　辙

作者简介

苏辙(1039—1112),字子由,眉州眉山(今四川眉山市)人,苏轼之弟。十九岁与兄轼同登进士第,又同策制举,因直言置下等,授商州军事推官。神宗时,因反对王安石变法中的青苗法,出为河南推官。哲宗召为右司谏,累迁御史中丞,拜尚书右丞,进门下侍郎。绍圣初(1094),上疏谏事,落职知汝州,累谪雷州安置,迁循州。徽宗立,徙永州、岳州,后复大中大夫致仕。筑室于许,号颍滨遗老,不复与人相见。卒谥文定。著有《栾城集》五十卷、《栾城后集》二十四卷、《栾城三集》十卷、《应诏集》十二卷等。

上枢密韩太尉书

【题解】　本文选自《栾城集》卷二十二,作于嘉祐二年(1057),当时年仅十九岁的苏辙进士及第,写信想要拜谒枢密使韩琦。韩琦(1008—1075),字稚圭,号赣叟,相州安阳人。天圣五年(1027)进士,初授将作监丞。赵元昊反,进枢密直学士。历官陕西经略安抚招讨使,与范仲淹在兵间久,名重一时,时称“韩范”,人心归之。及元昊称臣,召为枢密副使,嘉祐中拜同中书门下平章事。英宗即位,拜右仆射,封魏国公。神宗立,拜司徒,兼侍中,判相州。卒谥忠献。

【原文】

太尉执事[①]:辙生好为文,思之至深,以为文者气之所形[②]。然文不可以学而能,气可以养而致。孟子曰:“吾善养吾浩然之气[③]。”今观其文章,宽厚宏博,充乎天地之间,称[④]其气之小大。太史公行天下[⑤],周览四海名山大川,与燕赵[⑥]间豪俊交游,故其文疏荡,颇有奇气。此二子者,岂尝执笔学为如此之文哉?其气充乎其中而溢乎其貌,动乎其言而见乎其文,而不自知也。

辙生十有九年矣,其居家所与游者,不过其邻里乡党之人,所见不过数百里之间,无高山大野可登览以自广。百氏之书[7]虽无所不读,然皆古人之陈迹,不足以激发其志气。恐遂汩没[8],故决然舍去,求天下奇闻壮观,以知天地之广大。过秦汉之故都[9],恣观终南、嵩、华之高[10],北顾黄河之奔流,慨然想见古之豪杰。至京师仰观天子宫阙之壮,与仓廪、府库、城池、苑囿[11]之富且大也,而后知天下之巨丽[12]。见翰林欧阳公[13],听其议论之宏辩,观其容貌之秀伟,与其门人贤士大夫游,而后知天下之文章聚乎此也。

太尉以才略冠天下,天下之所恃以无忧[14],四夷之所惮以不敢发,入则周公、召公[15],出则方叔、召虎[16],而辙也未之见焉。且夫人之学也,不志其大,虽多而何为?辙之来也,于山见终南、嵩、华之高,于水见黄河之大且深,于人见欧阳公,而犹以为未见太尉也。故愿得观贤人之光耀,闻一言以自壮,然后可以尽天下之大观而无憾者矣。

辙年少,未能通习吏事[17]。向之来,非有取于斗升之禄,偶然得之,非其所乐。然幸得赐归待选[18],使得优游数年之间,将归益治其文,且学为政。太尉苟以为可教而辱教之,又幸矣。

【注释】 ① 太尉执事:太尉,秦汉时官职,主管军事司法,与丞相、御史大夫合称为"三公"。后代亦多曾沿置,但渐变为加官,无实权。此处指枢密使韩琦。宋代时枢密院主管军事。执事,对对方的敬称,意谓不敢直接送致对方,而通过对方的执事者转致。② 文者气之所形:指文章受作者内在品格气质的影响。 ③ 吾善养吾浩然之气:语出《孟子·公孙丑上》:"吾善养吾浩然之气,其为气也,至大至刚,以直养而无害,则塞于天地之间。"浩然之气,形容一种刚正宏大的精神。 ④ 称:相称,般配。 ⑤ 太史公行天下:太史公即司马迁。《史记·太史公自序》中记其二十岁时遍访江淮,上会稽,探禹穴,窥九嶷,浮江沅,北涉汶泗。 ⑥ 燕赵:古时冀州之地,春秋时燕国、赵国所辖。燕赵之地民风朴实豪放,多侠士。韩愈曾有"燕赵多慷慨悲歌之士"之语。此处泛指北方。 ⑦ 百氏之书:诸子百家的各种著作。 ⑧ 汩没:埋没,未被发现。 ⑨ 秦汉之故都:秦之都城在咸阳,两汉分别建都长安和洛阳。 ⑩ 恣观终南、嵩、华之高:苏辙与其兄从四川赴京应试时曾路过嵩山、华山等地。恣,放纵,酣畅淋漓地,无拘无束地。终南,又名中南山、周南山、秦山、南山,即今陕西秦岭山脉。嵩即嵩山,又名太室山、嵩高山、外方山,古号中岳,又称嵩岳,位于河南登封县。华即华山,即华岳,又名太华山,在陕西省华阴县南。 ⑪ 仓廪、府库、城池、苑囿:藏谷为仓,藏米为廪。仓廪即粮仓。苑囿,古代畜养禽兽供帝王玩乐的园林。 ⑫ 巨丽:华美艳丽、金碧辉煌的样子。 ⑬ 翰林欧阳公:即欧阳修,仁宗至和元年(1054)任翰林学士,因称其为翰林欧阳公。 ⑭ 天下之所恃以无忧:指韩琦出将入相,外

御夷狄,内辅朝政,深为君主所倚重。 ⑮ 周公、召公:周公,名旦;召公,名奭,又称召康公。二人都是周武王的弟弟,武王死而成王立,二人共同辅佐幼主,周公为太师,召公为太保,政绩卓著,以贤德而名。 ⑯ 方叔、召虎:都是周宣王时的大臣。方叔曾带兵南征荆楚,北伐猃狁有功。召虎在周宣王时领兵循江汉平定淮夷。 ⑰ 通习吏事:学习、贯通官场之事。 ⑱ 赐归待选:北宋时,进士及第之后还要经过吏部选拔才能授官,而考试不久苏辙之母程氏去世,父子三人回蜀奔丧,因此当时还未接受官职。

【赏析】 本文为苏辙作为新科进士请求谒见韩琦而作,自云"生好为文,思之至深",大谈行文尚气之道,以"养气"作为一篇之骨。"养气"之说始于孟子,而继以韩愈、柳宗元阐发。作者以孟子之语和司马迁游历四方的历史事实加以佐证,颇见年轻学子的风采,但苏辙此处所谓"气"与孟子提出的"吾善养吾浩然之气"并不完全一样。苏辙立足于文章之道,"养气"的方式主要是饱览山川、交游豪俊。作者写自己读百氏之书,求天下奇观,游历终南、嵩山、华山等名胜,观黄河奔腾,入京城看尽壮美宫阙,是从游历四方这个方面来"养气";而见欧阳修、与其门人贤士大夫游,则是从结交名士这个方面来"养气",双管齐下。最后才言未见韩公之憾,将谒见韩公的愿望带出,含蓄婉曲,既不失苏辙作为后生晚辈的敬仰之情,又契合了全文"养气"的主旨。

本文虽是拜谒之信,但通篇没有求仕之句,旨在养气而作文。请求谒见韩公是养气的一种方式,欲言韩公而先言未见,欲言未见韩公而先言已见欧阳公,欲言已见欧阳公又先言饱览山川景色,层层深入。苏轼曾评苏辙之文曰:"汪洋澹泊,有一唱三叹之声,而其秀杰之气,终不可没。"(《与张文潜书》)此文尤见其纡徐婉曲之特色。

汉 光 武

【题解】 本文选自《栾城后集》卷八,是苏辙《历代论》之一。《历代论》共五卷四十五篇,收入《栾城后集》,是苏辙晚年退居颍川之后所著。汉光武帝刘秀(前5—57),字文叔,蔡阳人,高祖九世孙。王莽末起兵舂陵,破莽兵于昆阳,更始三年(25)即帝位,定都洛阳,是为东汉。平铜马诸贼,降赤眉起义军,讨公孙述、隗嚣等割据势力,天下大定。留心文学,重高节之士,内治亦盛。

【原文】

人主之德在于知人,其病在于多才。知人而善用之,若己有焉,虽至于尧舜,可也。多才而自用,虽有贤者,无所复施,则亦仅自立耳。汉高帝谋事不如张良，用兵不如韩信，治国不如萧何[1]。知此三人而用之不疑，西破强秦，东伏项羽，曾莫与抗者。及天下既平，政事一出于何，法令讲若画一[2]，民安其生，天下遂以无事。又继之以曹参，终之以平、勃，至文景之际，中外晏然[3]。凡此，皆高帝知人之余功也。东汉光武才备文武，破寻邑，取赵魏，鞭笞群盗，算无遗策[4]，计其武功，若优于高帝。然使当高帝之世，与项羽为敌，必有不能办者。及既履大位，惩王莽篡夺之祸，虽置三公而不付以事[5]。专任尚书，以督文书，绳奸诈为贤[6]。政事察察[7]，下不能欺，一时称治。然而异己者斥，非谶者弃[8]，专以一身任天下。其智之所不见，力之所不举者多矣！至于明帝，任察愈甚[9]。故东汉之治，宽厚乐易之风远不及西汉。贤士大夫立于其朝，志不获伸。虽号称治安，皆其父子才志之所止，君子不尚者也[10]。

高帝举天下后世之重属之大臣，大臣亦尽其心力以报之。故吕氏之乱，平、勃得寘力焉[11]。诛产禄，立文帝[12]，若反覆手之易。当是时，大臣权任之盛，风流相接，至申屠嘉犹召辱邓通，议斩晁错，而文景不以为牾[13]。则高帝之用人，其重如此。

景武之后，此风衰矣。大臣用舍，仅如仆隶。武帝之老也，将立少主，知非大臣不可，乃委任霍光[14]。霍光之权在诸臣右，故能翊昭建宣[15]，天下莫敢异议。至于宣帝，虽明察有余，而性本忌克，非张安世之谨畏，陈万年之顺从，鲜有能容者[16]。恶杨恽、盖宽饶，害赵广汉、韩延寿，悍然无恻怛之意[17]。高才之士侧足[18]而履其朝。陵迟至于元成，朝无重臣，养成王氏之祸[19]。故莽以斗筲之才[20]，济之以欺罔，而士无一人敢指其非者。

光武之兴，虽文武之略足以鼓舞一世，而不知用人之长，以济其所不足，幸而子孙皆贤，权在人主，故其害不见。及和帝幼少，窦后擅朝，窦宪兄弟恣横，杀都乡侯畅于朝[21]。事发，请击匈奴以自赎。及其成功，又欲立北单于以树恩固位。袁安、任隗[22]皆以三公守义力争，而不能胜，幸而宪以逆谋败。盖光武不任大臣之积，其弊乃见于此。其后汉日以衰，及其诛阎显，立顺帝，功出于宦官[23]；黜清河王，杀李固，事成于外戚[24]。大臣皆无所与。及其末流，梁冀之害重，天下不能容，复假宦官以去之[25]。宦官之害极，天下不能堪，至召外兵

以除之[26]。外兵既入，而东汉之祚[27]尽矣！盖光武不任大臣之祸害，势极于此。

夫人君不能皆贤，君有不能而属之大臣，朝廷之正也。事出于正，则其成多，其败少。历观古今，大臣任事而祸至于不测者，必有故也。今畏忌大臣而使他人得乘其隙，不在外戚，必在宦官。外戚、宦官更相屠灭，至以外兵继之。呜呼，殆哉！

【注释】 ①“汉高帝谋事不如张良”三句：汉高帝，即汉高祖刘邦（前256—前195），沛县人，秦末于沛县起兵，后攻克咸阳，于楚汉之争中战胜项羽，是汉朝开国皇帝。张良（前250—前186），字子房，颍川城父人。辅佐刘邦灭项羽，定天下，成就帝业，封留侯，谥文成。韩信（？—前196），淮阴人，初投项羽为郎中，不受重用，后投刘邦，经萧何力荐，拜为大将军，建议刘邦东向以图天下。将兵击魏破代，下燕取齐，围歼项羽于垓下。西汉初封楚王，后被吕后所杀。萧何（？—前193），沛县人，初为沛主吏掾，后辅佐刘邦，攻克咸阳后独收秦相府律令、图书藏之，楚汉战争时留守关中供应粮饷。西汉建立后任相国，掌管律令典制，封酂侯，卒谥文终。《史记·高祖本纪》中记载高祖云：“夫运筹策帷帐之中，决胜于千里之外，吾不如子房。镇国家，抚百姓，给馈饟，不绝粮道，吾不如萧何。连百万之军，战必胜，攻必取，吾不如韩信。此三者，皆人杰也，吾能用之，此吾所以取天下也。” ② 讲若画一：意谓协调整齐划一。出处见《汉书·曹参传》：“萧何为法，讲若画一，曹参代之，守而勿失。”讲，和。画一，整齐，统一。 ③“又继之以曹参”四句：曹参（？—前190），字敬伯，沛县人，秦时为狱掾，与萧何一同辅佐刘邦起兵，封平阳侯。初与萧何善，后有隙。萧何将死，推贤惟参。继萧何任相国，继续萧何所定之策，被称为“萧规曹随”。平，即陈平（？—前178），初事项羽为信武君，寻因魏无知归高祖，拜都尉，使参乘，屡出奇策，以功封曲逆侯。勃，即周勃（？—前169），从高祖起兵反秦，高祖以为他厚重少文，可属大事，以军功拜为将军，赐爵武威侯。后受封绛侯，因讨平韩信叛乱有功，升为太尉。吕后死，陈平与周勃连手，杀诸吕，迎文帝。文景，指高祖子文帝刘桓、文帝子景帝刘启。他们在位期间，轻徭薄赋，与民休息，史称“文景之治”。晏然，安宁。 ④“东汉光武才备文武”五句：破寻邑，王寻和王邑分别是王莽的大司徒和大司马，更始元年（23），二人率军据守昆阳，刘秀率敢死队以少胜多，杀王寻，史称昆阳之战。取赵魏，更始二年（24），刘秀北巡蓟地，杀王郎，攻破邯郸。鞭笞群盗，更始三年（25），刘秀即位，定都洛阳，并镇压赤眉起义，一举剿灭了公孙述、隗嚣等割据势力。算无遗策，从来没有失策的时候，形容神机妙算，智谋非常。 ⑤“惩王莽篡夺之祸”二句：王莽（前45—23），字巨君，西汉末济南东平陵人，元帝皇后侄，历成帝、哀帝、平帝，总揽朝政。后毒杀平帝，立两岁孺子婴，以摄政名义居天子位。初始元年（8）接受孺子婴禅让后称帝，改国号为“新”，通过篡位做了皇帝。新莽天凤五年（17），天下大乱，刘秀在宛（今河南省南阳市）起兵，逐步扫平各方势力，最终统一中国。三公，辅佐皇帝的朝廷最重要的官员，东汉初以太尉、司徒、司空为三公。刘秀不设丞相，“虽置三公”但“事归台阁”，削弱三公权力，使三公成为虚位。 ⑥“专任尚书”三句：

刘秀扩大尚书台的职权,使之成为皇帝发号施令的执行机构,所有权力集中于皇帝一身。督,督察。绳,衡量。 ⑦ 察察:明辨、清楚、洁净的样子。 ⑧ 非谶者弃:西汉末年谶纬大兴,刘秀迷信图谶,时而感情用事,处事不公。据《资治通鉴》卷四十四记载:"初,上(即刘秀)以《赤伏符》即帝位,由是信用谶文,多以决定嫌疑。给事中桓谭上疏谏曰……疏奏,帝不悦。会议灵台所处,帝谓谭曰:'吾以谶决之,何如?'谭默然,良久曰:'臣不读谶。'帝问其故,谭复极言谶之非经。帝大怒曰:'桓谭非圣无法,将下,斩之。'谭叩头流血,良久,乃得解。出为六安郡丞,道病卒。"谶,预示吉凶的隐语。 ⑨"至于明帝"二句:明帝,指汉明帝刘庄(28—75),光武帝之第四子,即位后,一切遵奉光武制度。提倡儒学,注重刑名文法,为政苛察,总揽权柄,权不借下。严令后妃之家不得封侯与政,对贵戚功臣也多方防范。任察,指对下属苛刻寡恩。 ⑩"皆其父子才志之所止"二句:才志,才能和志向。所止,所到之地。不尚,不尊崇。 ⑪"故吕氏之乱"二句:吕雉(前241—前180),字娥姁,刘邦之妻,汉惠帝刘盈之母。惠帝死后,临朝称制,排斥刘邦旧臣,立诸吕为王,使掌南北军。吕后死,诸吕欲作乱,齐王刘襄起兵,陈平、周勃响应于内,遂杀诸吕。寘力,尽力,致力。 ⑫ 诛产禄,立文帝:产即吕产(?—前180),西汉单父人,吕后侄。吕后七年封梁王,吕后病危时为相国,居南军。禄即吕禄(?—前180),西汉单父人,吕后侄。吕后七年封赵王,为上将军,居北军。吕后卒,二人欲为乱,为刘章、周勃等所杀。文帝即刘恒(前203—前157),汉高祖第四子,母薄姬,汉惠帝之庶弟。封代王,后为西汉第五位皇帝。⑬"当是时"六句:权任,权力职责。申屠嘉(?—前155),西汉时梁国人。初从刘邦击项羽,任都尉,历淮阳守,文帝时迁御史大夫,拜丞相,封故安侯,为人廉直,不受私谒。召辱邓通,邓通,汉文帝宠臣,官至上大夫,曾为文帝吸吮化脓的痈疮。申屠嘉欲杀之,文帝派人急召邓通,才保全其性命。议斩晁错,申屠嘉针对晁错开凿宗庙墙一事,奏请诛晁错。晁错事先得到消息,禀告了景帝,景帝为晁错开脱。牾,忤逆,违背。 ⑭ 霍光:(?—前68),字子孟,河东平阳人,霍去病异母弟,武帝朝为奉车都尉,后元初为大司马大将军,受遗诏辅幼主,封博陆侯,政事一决于光。昭帝死,立昌邑王贺,昌邑王多淫行,废之而立宣帝。时霍氏族党满朝,权倾朝野。霍光卒后,宣帝亲政,以谋反罪诛霍光全族。 ⑮ 翊昭建宣:指霍光辅佐汉昭帝刘弗陵、后立宣帝刘询之事。翊,辅佐,守护。 ⑯"至于宣帝"六句:汉宣帝刘询(前91—前49),初名病已,后更名询,字次卿,武帝曾孙,戾太子刘据之孙,养于民间,具知闾里奸邪及吏治得失。元平元年(前74)霍光将其迎入宫中,先封为阳武侯,后继位为帝。忌克,亦作"忌剋"、"忌刻",指为人妒忌刻薄。张安世(?—前62),京兆杜陵人,字子孺,张汤之子。武帝擢为尚书令,迁光禄大夫,昭帝时拜右将军,封富平侯。后与大将军霍光谋立宣帝有功,拜为大司马。谨畏,谨小慎微。陈万年(?—前45或前44),字幼公,起郡吏,累官右扶风,迁太仆。性严平,内行修,然善事人,赂遗外戚,宣帝时任御史大夫。容,容纳,宽容。 ⑰"恶杨恽"三句:杨恽(?—前54),字子幼,华阴人,司马迁外孙。宣帝时任左曹,以告发霍氏谋反,封平通侯,迁中郎将。后为人所告免为庶人,作《报孙会宗书》有怨怼之语,被宣帝腰斩。盖宽饶(?—前60),字次公,魏郡人,宣帝时以孝廉为郎,举方正,累擢司隶校尉。刚直奉公,好言事刺讥,正色立朝,故称"虎臣",遭谤下狱,自杀。赵广汉(?—前65),字子都,蠡吾人,宣帝时为京兆尹,名闻匈奴,后得罪魏相和萧望之,被腰斩。韩延寿(?—前57),字长公,京兆杜陵人,宣帝时历任谏大夫、淮阳太

守，徙颍州，又徙东郡，为吏尚礼义，以礼待用，广谋议，纳谏诤，后任左冯翊，被萧望之所劾而死。悍然，蛮横貌。恻怛，哀伤。汉宣帝对下刻薄寡恩，据《汉书·元帝纪》载：宣帝的太子刘奭“柔仁好儒，见宣帝所用多文法吏，以刑名绳下，大臣杨恽、盖宽饶等坐刺讥辞语为罪而诛，尝侍燕从容言：‘陛下持刑太深，宜用儒生。’宣帝作色曰：‘汉家自有制度，本以霸王道杂之，奈何纯任德教，用周政乎。’” ⑱侧足：形容因畏惧而不敢正立。 ⑲“陵迟至于元成”三句：陵迟，衰微之意。元即汉元帝刘奭（前75—前33），汉宣帝长子，少好儒，即位用萧望之、贡禹、薛广德等儒生为丞相，又用外戚许、史及宦者弘恭、石显等，开宦官外戚迭相为政之风。成即汉成帝刘骜（前52—前7），汉元帝长子，字太孙，即位后耽于酒色，宠幸赵飞燕、赵合德姐妹，纵容外戚王氏专权。刘向上书极谏，帝不能用。王氏之祸，汉成帝时任舅舅王凤为大司马，并将四个舅舅一一封侯，造成外戚专权。元帝皇后王政君长期掌控朝政，其侄王莽最后篡位而立新朝。 ⑳斗筲之才：指才识短浅。斗和筲都是很小的容器。 ㉑“及和帝幼少”四句：和帝，汉和帝刘肇（79—105），汉章帝刘炟第四子，十岁即位，窦太后执政，窦氏兄弟皆居亲要之职。后封宦官为侯，以除窦氏。窦宪（？—92），字伯度，扶风平陵人，以妹为章帝皇后，拜侍中、虎贲中郎将。和帝即位，太后临朝，窦宪内主机密，出宣诰命。后以罪自求击匈奴，拜车骑将军，破北单于于稽落山，登燕然山，刻石勒功而还，拜大将军。权震朝廷，骄纵肆虐。汉和帝与中常侍郑众等议，收其大将军印绶，改封为冠军侯，遣就国，被迫自杀。都乡侯畅，即刘畅（？—103），东汉宗室，明帝子，永平十五年（72），封汝南王，建初四年（79）徙封梁王。自少骄贵，不遵法度。信占卜，妄信神言己当为天子，心喜。和帝永元五年（94），豫州刺史梁相举奏畅不道，削成武、单父二县。畅惧，上疏谢，得自全。卒谥节。 ㉒袁安、任隗：袁安（？—92），字邵公，汝阳人。和帝时窦太后临朝，窦宪兄弟专权，袁安不畏权贵，多次上书谏言。任隗（？—92），字仲和，南阳宛人。清静寡欲，东汉章帝、和帝初历官司空，义行内修，不求名誉，敢于直言。 ㉓“及其诛阎显”三句：阎显（？—125），汉安帝皇后阎姬之兄。顺帝，汉顺帝刘保（115—144），汉安帝刘祜之子，永宁元年（120）被立为皇太子，后被废为济阴王。安帝死后阎姬先拥北乡侯刘懿即位，自己以太后身份临朝，以兄阎显为车骑将军。刘懿不久去世，宦官孙程等人拥立刘保为帝，杀阎显，幽禁阎太后。 ㉔“黜清河王”三句：清河王，指刘蒜。汉质帝崩，公卿提议立刘蒜为储君，因刘蒜曾对宦官曹腾未加礼遇，曹腾怀恨，劝梁冀立桓帝。李固（94—147），字子坚，汉中南郑人。汉冲帝时任太尉，与大将军梁冀共参录尚书事，后与杜乔商议立刘蒜为帝失败，被梁冀诬告杀害。 ㉕“梁冀之害重”三句：梁冀（？—159），字伯车，安定人。初为黄门侍郎，顺帝时拜大将军，及冲帝崩，冀立质帝，帝称其为“跋扈将军”。冀乃毒杀质帝，另立桓帝，专擅朝政，结党营私。后桓帝与中常侍单超等诛杀梁氏。 ㉖“宦官之害极”三句：汉灵帝时，政权由张让、赵忠等十二个宦官操纵，何皇后之兄何进欲除十常侍未果，反被其所杀。 ㉗祚：赐福，福祉。此处指皇位。

【赏析】 本文论汉光武帝之不能用人，一开篇便云人主以多才为病，而以知人为德。以汉高祖刘邦为例，作者认为高祖出身草莽，自知无才而能用人，以张良为谋、韩信将兵、萧何治国，终成霸业，立国之后萧规曹随，陈平、周

勃助文帝即位,文景之治世,未尝不是汉高祖刘邦用人之功。汉光武帝刘秀作为东汉的开国之君,文治武功都优于高祖,但正因为其多才,排斥异己,以一身任天下,反而不能用人。作者盛赞高祖之能用人,德遗后世,也能正视西汉武帝之后“大臣用舍,仅如仆隶”的历史事实。武帝委任霍光为托孤大臣,群臣不敢有异议;宣帝时杨恽、盖宽饶、赵广汉、韩延寿皆贤士,而不免于祸;元帝、成帝时更是外戚专权,士无非议者。西汉衰微,祸由不能用人而起。光武帝时虽为盛世,但因其不能用人而埋下了祸根。

苏辙将东汉后期外戚、宦官交替专权的历史事实归于光武帝不能用人,似太苛责。光武帝起于王莽乱世,纵有文才大略,也不能预见后世百年之事。作者盛赞汉高祖刘邦能用人而有文景之治,却忽略了高祖之后吕氏专权之祸。评论历史人物贵在公正客观,汉高祖与光武帝归根到底都不是圣人,但他们顺应历史的潮流,都有一番作为,对他们都应做实事求是的客观评价。若以后世之事强加于前人,也就有失公允了。

冯　　道

【题解】 本文选自《栾城后集》卷十一,是苏辙《历代论》之一,作于晚年退居颍川之时。冯道(882—954),后周景城人,字可道。天祐中事刘守光;守光败而事张承业,荐之李存勖;及后唐庄宗即位,拜为户部侍郎;后唐明宗即位,拜端明殿学士;后晋灭后唐,事后晋,累加司徒,封燕国公;契丹灭后晋,事契丹,以为太傅;后汉高祖立,归后汉而以太师奉朝请;后周灭后汉,又事后周,拜太师兼中书令。历事四姓九君,在相位二十余年,视丧君亡国,未尝有屑意。

【原文】

冯道以宰相事四姓九君[①],议者讥其反君事雠[②],无士君子之操。大义既亏,虽有善不录[③]也。吾览其行事而窃悲之,求之古人,犹有可得言者。齐桓公杀公子纠,召忽死之,管仲不死,又从而相之[④]。子贡以为不仁,问之。孔子曰:“管仲相桓公,霸诸侯,一匡天下,民到于今受其赐。微管仲,吾其被发左衽矣。岂若匹夫匹妇之为谅也,自经于沟渎而莫之知也。”[⑤]管仲之相桓公,孔子既许之矣。道之所以不得附于管子者,无其功耳。

晏婴与崔杼俱事齐庄公[⑥],杼弑公而立景公,晏子立于崔氏之门外,其人曰:“死乎?”曰:“独吾君也乎!吾死也?”曰:“行乎?”曰:

“吾罪也乎！吾亡也？”曰：“归乎？”曰：“君死安归？君民者，岂以陵民？社稷是主。臣君者，岂为其口实？社稷是养。故君为社稷死，则死之；为社稷亡，则亡之。若为己死而为己亡，非其私昵，谁敢任之！且人有君而弑之，吾焉得死之，而焉得亡之？将庸何归？”门启而入，枕尸股而哭。兴，三踊而出。卒事景公。虽无管子之功，而从容风议，有补于齐，君子以名臣许之。使道自附于晏子，庶几无甚愧也。

盖道事唐明宗⑦，始为宰相，其后历事八君。方其废兴之际，或在内，或在外，虽为宰相，而权不在己，祸变之发，皆非其过也。明宗虽出于夷狄，而性本宽厚，道每以恭俭劝之。在位十年，民以少安。契丹灭晋，耶律德光⑧见道，问曰：“天下百姓如何救得？”道顾夷狄不可晓以庄语⑨，乃曰：“今时虽使佛出亦救不得，惟皇帝救得。”德光喜，乃罢杀戮，中国之人赖焉。周太祖⑩以兵犯京师，隐帝⑪已没，太祖谓汉大臣必相推戴，及见道，道待之如平日。太祖常拜道，是日亦拜，道受之不辞。太祖意沮，知汉未可代，乃立湘阴公为汉嗣，而使道逆之于徐。道曰：“是事信否？吾平生不妄语。公毋使我为妄语人。”太祖为誓甚苦。道行未返，而周代汉。篡夺之际，虽贲育⑫无所致其勇，而道以拜跪谈笑却之，非盛德何以致此？而议者黜之，曾不少借⑬。甚矣！士生于五代，立于暴君骄将之间，日与虎兕⑭为伍，弃之而去，食薇蕨、友麋鹿⑮易耳，而与自经于沟渎何异？不幸而仕于朝，如冯道犹无以自免，议者诚少恕哉！

【注释】 ① 四姓九君：冯道于后唐、后晋、后汉、后周四朝任高官，相继事刘守光、张承业等九人，在相位二十余年。 ② 雠：通“仇”，此处指敌人。 ③ 录：采取，任用。 ④“齐桓公杀公子纠”句：齐桓公（？—前643），春秋时齐襄公之弟，名小白。襄公被杀后，还国即位，杀与之争位的公子纠。召忽（？—前685），春秋时齐国人，与大夫管仲一同辅佐公子纠。公子纠失败被杀后，召忽为尽人臣礼节，自杀而亡。管仲（前725—前645），名夷吾，字仲，春秋时齐国人，先事公子纠，公子纠死后，鲍叔牙举荐他相齐桓公，富国强兵，攘夷狄，尊周室，九合诸侯，一匡天下。 ⑤“孔子曰”九句：语出《论语·宪问》，孔子称赞管仲施政成绩优异，使得华夏强大，免于遭受蛮夷的统治。微，非，没有。被发左衽，披散头发，衣服向左开（指夷狄服饰）。自经于沟渎，语出《论语·宪问》：“岂若匹夫匹妇之为谅也，自经于沟渎而莫之知也。”自经，即自杀。 ⑥“晏婴与崔杼”句：事见《左传·襄公二十五年》。晏子（？—前500），春秋时齐国大夫，名婴，字平仲，事灵公、庄公、景公三世。齐庄公因与贵族崔杼之妻棠姜私通而为崔杼所杀，晏婴前去吊唁，伏尸痛哭一场而去。以下一段对话就记录了当时的情景。齐庄公,名光,在位五年。景公,齐庄公之弟,名杵臼,在位五十八年。口实,俸禄。踊,向上跳。 ⑦ 唐明宗:李嗣源(867—933),五代十国时期后唐第二位皇帝,在位八年。沙陀人,名邈佶烈,唐河东节度使李克用的养子。 ⑧ 耶律德光:辽太宗(902—947),太祖次子,字德谨,小字尧骨,即位后助石敬瑭破唐兵,后晋割十六州与之。石敬瑭死后,其子重贵背约,大举南伐,入大梁,遂灭后晋,改国号为辽。 ⑨ 庄语:严正正经之语。语出《庄子·天下》:"以天下为沉浊,不可与庄语。" ⑩ 周太祖:郭威(904—954),五代后周王朝的建立者。尧山人,本常氏子,幼随母适郭氏,仕汉为邺郡留守,杀隐帝,迎立湘阴公刘赟,后又自立为帝,弑赟。 ⑪ 隐帝:后汉高祖刘知远子刘承祐,公元948—950年在位,遇弑而亡。 ⑫ 贲育:指孟贲和夏育,皆为勇士。 ⑬ 借:假托,借口。 ⑭ 虎兕:虎与犀牛,比喻凶恶残暴的人。 ⑮ 食薇蕨、友麋鹿:都指归隐江湖。薇和蕨嫩叶皆可食,据《史记·伯夷列传》载,伯夷、叔齐为孤竹君之子,相互让位,先后离开国家。后劝阻周王伐纣,周朝立国之后,二人以食周粟为耻,于首阳山采薇而食,最后饿死。后以食薇蕨表示崇高的气节。友麋鹿,以麋鹿为友,语出苏轼《赤壁赋》:"侣鱼虾而友麋鹿。"

【赏析】 冯道身处五代之乱世,事四姓九君而受非议,薛居正、范质、富弼、王安石等人都曾对其有所肯定,但欧阳修在《新五代史》中对其大加贬抑,认为其"可谓无廉耻",而苏辙本文为冯道翻案,认为"议者诚少恕哉"。

作者先举春秋时管仲之事,来证明贤臣事二君无关廉耻。管仲先为公子纠设计杀公子小白。小白幸免于难,即位为桓公后重用管仲,管仲助桓公成霸业。孔子更称许管仲"民到于今受其赐"。接着用《左传·晏子不死君难》之事,详细叙述了晏婴事庄公、景公之事,进一步证明,冯道事四姓九君并不是失德之事。

文章主体部分集中笔墨为冯道翻案。五代十国时期社会动荡,政局交替频繁,冯道虽然在多个政权身任要职,但并没有实权,因此作者认为灭国之罪不在冯道。而且,冯道在各个政权任职期间一直劝谏君主罢战伐屠戮,做到恭俭爱民。与那些避世隐居的高人相比,冯道在五代乱世中仍能保全自身,斡旋于暴君悍将之间,以一己之力谋百姓平安,实属不易。所以,作者以宽容之心待之,不忍苛责。

欧阳修贬抑冯道,意在提倡事君之忠,苏辙则还原冯道所处的时代困境,赞其盛德,对其"不幸而仕"充满同情。

六 国 论

【题解】 本文选自《栾城应诏集》卷一,是苏辙嘉祐五年(1060)应制时所进的五十篇策论文之一,也是他进献给当时参知政事曾公亮的十二篇《历

代论》之一。曾公亮(999—1078),宋泉州晋江人,字明仲,曾会子。仁宗天圣二年(1024)进士,历知制诰、翰林学士、判三班院,出知郑州,嘉祐初擢参知政事,除枢密使,后拜同平章事。神宗时加尚书左仆射,暗助王安石变法。

【原文】

愚读六国世家[1],窃怪天下之诸侯,以五倍之地,十倍之众[2],发愤西向,以攻山西[3]千里之秦,而不免于灭亡。常为之深思远虑,以为必有可以自安之计。盖未尝不咎其当时之士虑患之疏,而见利之浅,且不知天下之势也。

夫秦之所以与诸侯争天下者,不在齐、楚、燕、赵也,而在韩魏。秦之有韩魏,譬如人之有腹心之疾也。韩魏塞秦之冲[4],而蔽山东之诸侯,故夫天下之所重者,莫如韩魏也。昔者范雎用于秦而收韩[5],商鞅用于秦而收魏[6];昭王未得韩魏之心,而出兵以攻齐之刚寿,而范雎以为忧[7]。然则秦之所忌者可以见矣。秦之用兵于燕赵,秦之危事也。越韩过魏而攻人之国都,燕赵拒之于前,而韩魏乘之于后,此危道也。而秦之攻燕赵,未尝有韩魏之忧,则韩魏之附秦故也。夫韩魏,诸侯之障,而使秦人得出入于其间,此岂知天下之势邪?委区区之韩魏以当强虎狼之秦,彼安得不折而入于秦[8]哉?韩魏折而入于秦,然后秦人得通其兵于东诸侯,而使天下遍受其祸。

夫韩魏不能独当秦,而天下之诸侯藉之以蔽其西,故莫如厚韩亲魏以摈秦。秦人不敢逾韩魏以窥齐、楚、燕、赵之国,而齐、楚、燕、赵之国因得以自安于其间矣。以四无事之国,佐当寇之韩魏,使韩魏无东顾之忧,而为天下出身以当秦兵。以二国委秦,而四国休息于内,以阴助[9]其急,若此,可以应夫无穷,彼秦者将何为哉?不知出此,而乃贪疆埸[10]尺寸之利,背盟败约,以自相屠灭,秦兵未出,而天下诸侯已自困矣。至使秦人得间其隙,以取其国,可不悲哉!

【注释】 ① 六国世家:指《史记》中关于韩、魏、齐、楚、燕、赵六国的记载。 ②“以五倍之地”二句:指六国与秦国相比,国力、军事等方面都具有明显优势,语出贾谊《过秦论》:“尝以十倍之地,百万之众,叩关而攻秦。” ③ 山西:战国、秦汉时通称崤山或华山以西地区为山西。 ④ 韩魏塞秦之冲:战国时秦据西部,而韩魏两国占据着秦东出之处的关键位置。冲,交通要道。 ⑤ 范雎用于秦而收韩:范雎(?—前225),战国时魏人,字叔,长于辩。因事为魏相魏齐笞辱,佯死入秦,易名张禄,说昭王以远交近攻之策,拜客卿,寻为相,封应侯。他抨击穰侯魏冉越过韩国和魏国而进攻齐国的做法,主张将韩魏作为秦国兼并的主要目标,同时应该与齐国等保持良好关系。 ⑥ 商鞅用于秦而收魏:商鞅(前395—前338),战国时卫国人,被秦孝公任为左庶长,变法废井田,开阡陌,改赋税之法,行十年而道不拾遗。在他的筹划下,秦国多次攻魏,公元前341年,秦孝公派商鞅进攻魏河东,魏派公子卬迎战。商鞅用计战胜魏军,俘虏公子卬。 ⑦ "昭王未得韩魏之心"三句:秦昭王时,穰侯想要越过韩魏两国而远攻齐国,范雎劝阻昭王,使昭王最后取消了这次行动。刚寿,齐国的两个地名。 ⑧ 折而入于秦:掉头折回秦国。 ⑨ 阴助:暗中帮助。 ⑩ 疆埸(yì):边界,疆界。

【赏析】 苏氏父子三人皆作有《六国论》。苏洵以"赂秦"为核心,论六国之弊;苏轼论其士;苏辙则从"天下之势"说起,讨论秦国与韩魏两国的利害关系,从而揭示秦灭六国的原因。苏洵极言六国"弊在赂秦",是借六国之事劝谏宋代统治者不可一味求和于外敌,言辞激烈;而苏辙论天下之势,设身处地为六国谋划,内容笃实,语气平和。

文章开篇即点出六国破灭的原因在于"不知天下之势"。所谓天下之势,也就是韩、魏两国作为秦国东出的屏障,在六国与秦的关系中所起的重要作用。苏辙用范雎、秦昭王的历史事实说明了秦国想要越过韩魏两国而攻四国几乎是不可能的,原本是为六国出谋划策,却从秦国立说,从对立面证明要害。如果四国帮助韩魏抵御秦国,则秦国不敢冒然东进;相反,如果韩魏两国依附秦国,那么山东四国也就岌岌可危了。将天下之势阐述清楚之后,苏辙提出了"以二国委秦,而四国休息于内"的战略部署,遏制秦国东扩,保全六国。然而山东四国对天下大势缺乏清醒的认识,也没能团结韩魏两国合力抗秦,只顾自己的利益,"贪疆埸尺寸之地",明争暗斗不断,最终一一为秦所灭。苏辙此文层次分明,结构严密,对六国之势剖析得明晰精当,与其父兄之《六国论》相比,视角不同,而思维缜密。

苏氏父子三人均撰有《六国论》,可比照阅读欣赏。

黄庭坚

黄庭坚(1045—1105),字鲁直,号山谷道人,晚号涪翁,洪州分宁(今江西修水)人,黄庶之子。治平中举进士,调叶县尉。熙宁初除北京国子监教授,改知吉水太和县,移监德州德平镇。哲宗立,召为校书郎、《神宗实录》检讨官,迁著作佐郎,后擢起居舍人。绍圣中贬涪州别驾,黔州安置,徙戎州。徽宗初,起知太平州,复谪宜州,后徙永州,未闻命而卒。私谥文节先生。庭坚文章天成,与张耒、晁补之、秦观俱游苏轼门,称为"苏门四学士"。尤长于诗,与苏轼并称"苏黄"。又善行草书,楷书自成一家。著有《豫章黄先生文集》三十卷、《外集》十四卷、《别集》二十卷、简尺二卷、词一卷。

伯夷叔齐庙记

【题解】 本文选自《宋黄文节公全集·正集》卷十六。伯夷、叔齐为孤竹君之子,孤竹君有意立少子叔齐,伯夷让位去国,叔齐也不肯即位而逃离国家。后周武王伐纣,二人劝谏不成,以食周粟为耻,采薇于首阳山,最后饿死。伯夷叔齐之庙在首阳山,亦名孤山、凤山,在山东昌乐县东境。

【原文】

伯夷、叔齐墓在河东蒲阪雷首[①]之阳,见于《水经》[②]、地志,可考不妄。其即墓为庙,则不知所始。以二子之贤,意其为唐、晋之典祀[③]也旧矣。元祐六年,予同年进士临淄王辟之[④]为河东县,政成,乃用四年九月大享赦书,以公钱七万,及废彻淫祠[⑤]之屋,作新庙,凡三十有二楹。贵德尚贤,闻者兴起,貌像祠器[⑥],皆中法程。某月某甲子有事于庙,乃相与谋记岁月,乞文于豫章黄庭坚。

谨按:伯夷、叔齐,有国君之二子,逃其国而不有者也。予尝求其说。伯夷之不得立也,其宗与国人必有不说[⑦]者矣;叔齐之立也,其宗与国人必有不说者矣。于是时,纣[⑧]又在上,虐用诸侯,则二子之去,亦以避纣邪?二子虽去其国,其社稷必血食如初也[⑨];虽不经见,以曹子臧、吴季札[⑩]之传考之,意其若是也。故孔子以为“不降其志,不辱其身”,“身中清,废中权”[⑪];“求仁而得仁,又何怨?”[⑫]又曰:“齐景公有马千驷,死之日,民无德而称焉。伯夷、叔齐饿于首阳之下,民到于今称之。”[⑬]孟子以为“非其君不事,非其民不使”,“不立于恶人之朝,不与恶人言”[⑭],“故闻伯夷之风者,贪夫廉,懦夫有立志”。[⑮]此则二子之行也。至于谏武王,不用,去而饿死,则予疑之。阳夏谢景平[⑯]曰:“二子之事,凡孔子、孟子之所不言,可无信也。其初盖出庄周,空无事实。其后司马迁作《史记·列传》,韩愈作《颂》,事传三人,而空言成实。若三家之学,皆有罪于圣人者也。徒以文章擅天下,学者又弗深考,故从而信之。”以予观谢氏之论,可谓笃信好学者矣,然可为智者道也。予观今之为吏,愒日玩岁[⑰],及为政者鲜矣。政且不举,又何暇于教民?今河东为县,吏治肤敏[⑱],政成而举典祀以教民,可谓知本矣。故乐为之书,并书予所闻二子事,以告来者。六月丙申,豫章黄庭坚记。

【注释】 ① 河东蒲阪雷首:唐以后泛指山西全境为河东。古蒲阪即今山西省永济县西南蒲州镇。雷首山,又名薄山、襄山,在今陕西永济县南,当中条山脉西南端。 ②《水经》:《水经》是中国第一部水系专著,记述全国主要河流的水道情况。原文仅万余字,著者和成书年代历来说法不一。 ③ 典祀:官名,周代隶属春官,司掌郊祀之事。此处指按常礼举行的祭祀。 ④ 王辟之(1031—?):字圣涂,山东临淄人。宋英宗治平四年(1067)进士,后仕四方,志尚博雅。宋哲宗元祐年间担任河东县知县,绍圣间退居渑水,日与贤士大夫游,每燕谈间有可取者辄记之,著《渑水燕谈录》。 ⑤ 废彻淫祠:废彻,损毁,废黜。淫祠,滥建的祠庙,不在祀典的祠庙。 ⑥ 祠器:祭器。 ⑦ 说:通“悦”。欣喜之意。 ⑧ 纣:帝乙少子,商朝亡国之君,在位时骄奢淫逸,横征暴敛,严刑峻法,并连年征东夷,杀九侯、比干等,囚禁西伯侯、箕子,后与西南各族会战于牧野,兵败自焚。 ⑨ 血食:谓受享祭品。古代杀牲取血以祭,故称。春秋战国时期,常常以“血食”、“不血食”借以指代国家的延续和破灭。 ⑩ 曹子臧、吴季札:曹子臧,春秋时曹宣公之子。公元前578年,曹宣公参加麻隧之战,死于军中,子臧送葬,公子负刍在国内杀太子,即位为曹成公。子臧安葬其父后,为成全负刍而流亡外国。成公告罪,请子臧回国。季札,春秋时吴国人,吴王寿梦第四子,称公子札,传说其为避王位,“弃其室而耕”,人称“延陵季子”。 ⑪“故孔子”四句:语出《论语·微子》。孔子称赞伯夷、叔齐坚守自己的信念,不辱没身份。中清,符合洁身之道。中权,合乎时宜或情势。 ⑫“求仁而得仁”二句:语出《论语·述而》。孔子认为伯夷和叔齐求仁而得仁,问心无愧,不会怨恨。 ⑬“又曰”六句:语出《论语·季氏》。将齐景公无德与叔齐、伯夷有德相比较。 ⑭“孟子以为”四句:语出《孟子·公孙丑上》。认为伯夷处治世则进,处乱世则隐,决不委曲求全。 ⑮“故闻伯夷之风者”三

句:语出《孟子·万章下》。称赞伯夷之风的影响,使贪婪的人变得清廉,使怯懦的人变得独立不屈。 ⑯ 谢景平:(1032—1064),字师宰,富阳人,谢绛之子。以荫试秘书省校书郎,守将作监主簿,既而中进士第,为佥书崇信军节度判官厅公事,监楚州西河,转般仓,累官至秘书丞。 ⑰ 愒日玩岁:愒,荒废,指贪图安逸,虚度时光。《左传·昭公元年》:"赵孟将死矣,主民。玩岁而愒日,其与几何?" ⑱ 肤敏:优美敏捷。这里指吏治清正。

【赏析】 司马迁在《史记·伯夷叔齐列传》中给予伯夷、叔齐以极高的评价:"可谓善人者非邪?积仁洁行如此而饿死!"韩愈在《伯夷颂》中认为伯夷"穷天地亘万世而不顾"、"通道笃而自知明也"。伯夷让位顺应孝悌之义,谏武王伐纣不失君臣之礼,不失为儒家仁义之典范,与韩愈崇尚的儒家思想不谋而合。黄庭坚此文在前人的基础上敢于提出自己的质疑和批评。

本文围绕伯夷、叔齐二人相互让位、耻食周粟之事而发议论,敢于怀疑先人之言,表达一己观点。作者首先说明伯夷、叔齐之墓可考,详细记叙了伯夷叔齐庙的修建情况,交代了本文写作的缘由。接下来对伯夷、叔齐弃位和耻食周粟两件事分别展开论述。作者没有怀疑伯夷、叔齐二人互相让位、逃离国家之事的真实性,但并不追随世俗的观点对此事大加称赞,而认为二人有避纣王之嫌。纣王宠妲己、杀比干,荒淫无道,而伯夷、叔齐二人相继放弃王位,成全了自己的贤良之名,却继续将百姓置于水火而不顾。而谈及二人劝谏周武王、耻食周粟而至饿死于首阳山下之事,作者以为根本不足信。他用谢景平之言,说明伯夷、叔齐不食周粟之事主要是庄周、司马迁和韩愈宣传的结果,学者缺乏思考才轻易相信。

伯夷叔齐之事在被传诵的过程中,无法避免地会加入一些渲染和夸张的成分,历史事实本身逐渐被丰富的文化意义所遮蔽。读史的意义则在于拨开后人设置的重重迷雾,寻求历史事实的真相。

跋颜鲁公壁间题

【题解】 本文选自《宋黄文节公全集·正集》卷二十六。颜鲁公,即唐颜真卿,字清臣,博学工辞章,事亲孝。开元中进士,又擢制科,累迁侍御史,为杨国忠所恶,出为平原太守。安禄山反,颜真卿招募义士抗之,加河北招讨使,见肃宗,迁御史大夫,出为冯翊太守,因谗言屡遭贬。代宗时再迁至尚书右丞,封鲁郡公。德宗时卢杞恶之,改太子少师。李希烈反,卢杞建议颜真卿劝降,任凭李希烈百般要挟,颜真卿始终不屈,最后被害。颜鲁公所题之壁未见,内容亦无考。据《颜真卿志》记载,贞元元年(785)正月五日,颜真卿被李希烈胁裹移囚到蔡州,关押在龙兴寺中,后尽节于此。

【原文】

余观颜尚书死李希烈[①]时壁间所题字，泫然[②]流涕。鲁公文昭武烈，与日月争光可也。正色奉身[③]，出入四十年，蹈九死而不悔。禄山[④]纵火猎九州，文武成禽。鲁公以平原当天下之半，朝廷势重，赖以复立。书生真能立事，忠孝满四海，不轻用人。国史载之行事如此，足以间执谗慝[⑤]之口矣。汝蔡[⑥]之间，所谓建诸天地而不悖，质诸鬼神而无疑，使万世臣子有所劝勉，观其言，岂全驱保妻子者哉！廉颇、蔺相如死向千载，凛凛常有生气；曹蜍、李志虽无恙，奄奄如九泉下人[⑦]。我思鲁公英气，如对生面，岂直要与曹、李争长邪！

【注释】 ① 李希烈：生年不详，卒于公元786年。唐辽西人，初为李忠臣偏裨。忠臣被逐，代宗使李希烈专留后事。德宗立，拜淮西节度使，进南平郡王。李纳叛，诏李希烈讨伐。李希烈与李纳互为唇齿，与朱滔、田悦等联合，破汴，僭越即皇帝位，以楚为国号。 ② 泫然：水滴落的样子。 ③ 正色奉身：庄重严肃地自我奉献。奉身，献身，守身。 ④ 禄山：即安禄山（？—757），唐营州柳城胡人，善揣测人意，通六蕃语，被张守珪拔为偏将，擢至平卢节度。入朝得玄宗宠幸，请为杨贵妃养子，由是谋逆之心日盛。遂举兵反，陷京城，自称雄武皇帝，国号燕，逾年被其子庆绪所杀。 ⑤ 谗慝：指邪恶奸佞之人。 ⑥ 汝蔡：汝，今河南汝州。蔡，上蔡，今河南上蔡县。 ⑦ "廉颇"四句：语出《世说新语·品藻》："庾道季云：'廉颇、蔺相如虽千载上死人，懔懔恒如有生气；曹蜍、李志虽见在，厌厌如九泉下人。人皆如此，便可结绳而治，但恐狐狸貒貉啖尽。'"廉颇和蔺相如为战国时赵国良将和贤相，虽离世几百年仍然受到后人敬仰。曹蜍即曹茂之，字永世，小字蜍，彭城人。李志，字温祖，东晋江夏钟武人，官至员外常侍、南康相。两人憨厚而缺乏才智，做官而功业不显，后代指不出众的平庸之人，虽当于世却碌碌无为。奄奄，形容精神不振。

【赏析】 本文由颜真卿的书法作品联想到他英勇就义之惨烈场景，继而盛赞颜鲁公安定叛乱、九死一生之功绩。颜鲁公能为国家平乱，自是忠勇可嘉，而其不畏谗言、宁死不屈的高洁秉性，更让作者深感震撼。文章最后以廉颇、蔺相如虽死犹生作衬，化用《世说新语·品藻》中的句子，表达了作者对颜鲁公的钦佩之情。

颜真卿遍临魏晋及唐诸名家书迹，又多次向草圣张旭学习书法，最后自成一体，外紧内松，厚重雄浑，米芾曾评曰："颜真卿如项羽挂甲，樊哙排盾，硬弩欲张，铁柱特立，昂然有不可犯之色。"(《海岳书评》)。字如其人，颜鲁公刚烈正直之个性也与其书法暗合。作者黄庭坚也是擅长书法之人，虽本文未谈及书法，却因字而见人，见人而读史，读史而含情，不失为佳作。

秦 观

作者简介

秦观(1049—1100),字少游,一字太虚,扬州高邮人。少豪隽慷慨,溢于文词。举进士不中,见苏轼于徐,为赋黄楼。轼以为有屈、宋才,又介其诗于王安石,安石亦谓清新似鲍、谢。轼勉以应举,始登第,为临海主簿,蔡州教授。元祐初,轼以贤良方正荐于朝,除太学博士,累迁国史院编修官。寻坐党籍削秩,编管横州。徽宗立,复宣德郎,放还至藤州,卒。著有《淮海居士集》四十卷、《后集》六卷、《长短句》三卷。

朋　党（上）

【题解】 本文选自《淮海集》卷十三,作于元祐二年(1087)之后,系针对当时朋党之争而发感慨。熙宁年间,围绕王安石变法,新党与旧党各成一派,互相排挤。后来旧党当国,大臣以类相从,派系林立,遂有洛党、蜀党、朔党之语。洛党以程颐为首,蜀党以苏轼为首,朔党以刘挚为首,相互阴刺间隙。秦观自己也深受其害。

【原文】

臣闻朋党者,君子小人所不免也[①]。人主御群臣之术,不务嫉朋党,务辨邪正而已。邪正不辨而朋党是嫉,则君子小人必至于两废,或至于两存。君子小人两废两存,则小人卒得志,而君子终受祸矣。何则?君子信道笃,自知明,不肯偷为一切之计,小人投隙抵巇[②],无所不至也。

臣请以易道与夫尧舜汉唐之事明之。《易》以阳为君子,阴为小人[③]。一阳之生即为复,复者,反本也[④]。三阳用事则为泰,泰者,亨通之时也[⑤]。而五阳之极则为夬,夬者,刚决柔也[⑥]。以此见君子之道,必得其类,然后能胜小人也。一阴之生则为姤,姤者,柔遇刚也[⑦]。三阴用事则为否,否者,闭塞之时也[⑧]。而五阴之极则为剥,剥者,穷上反下也[⑨]。以此见小人之道,亦必得其类,然后能胜君子

也。阴阳相与消长，而为惨舒，为生杀。君子小人相与胜负，而为盛衰，为治乱。然皆以其类也。臣故曰：朋党者，君子小人所不免也。

尧之时有八元、八凯[10]十六族者，君子之党也。又有浑沌、穷奇、梼杌、饕餮四凶族[11]者，小人之党也。舜之佐尧有大功二十者，举十六相、去四凶而已。不闻以其朋党而两废之，亦不闻以其朋党而两存之也。臣故曰：人主御群臣之术，不务嫉朋党，务辨邪正而已。

东汉钩党之狱[12]，海内涂炭二十馀年。盖始于周福、房植，谓之甘陵南北部[13]。至于李膺、陈蕃、王畅、张俭之徒，遂有三君、八顾、八俊、八及、八厨之号[14]。人主不复察其邪正，惟知震怒而已。故曹节、侯览、牢修、朱并得以始终表里[15]，成其奸谋。至于刑章讨捕，锢及五族，死、徙、废、禁者六七百人，卒不知修、并者乃节、览之党也。

唐室之季，朋党相轧四十馀年，缙绅之祸不解，盖始于李宗闵、李德裕二人而已[16]。嫌怨既结，各有植立，根本牢甚，互相倾挤。牛僧儒、李逢吉之属，则宗闵之党也。李绅、韦处厚之属，则德裕之党也。而逢吉之党，又有八关十六子之名[17]。人主不复察其邪正，惟曰："去河北贼易，去此朋党难[18]。"而其徒亦曰："左右佩剑，彼此相笑[19]。"盖言未知孰是也。其后李训、郑注用事[20]，欲以权市天下，凡不附已者皆指以为二人之党而逐去之，至于人人骇栗，连月雺晦[21]，卒不知训、注者，实逢吉之党也。

臣故曰：邪正不辨而朋党是嫉，则君子小人必至于两废，或至于两存。君子与小人两废两存，则小人卒得志，君子终受祸矣。

【注释】 ①"臣闻朋党者"二句：欧阳修《朋党论》："臣闻朋党之说自古有之，惟幸人君辨其君子小人而已。大凡君子与君子以同道为朋，小人与小人以同利为朋，此自然之理也。"秦观此文与欧阳公所论相似。 ② 投隙抵巇(xī)：投隙，意为乘机。《列子·说符》："投隙抵时，应事无方。"抵巇，意为钻营，引申为攻讦。韩愈《释言》："奔走乘机抵巇以要权利。" ③"《易》以阳为君子"二句：《易经·系辞下》："阳一君而二民，君子之道也；阴二君而一民，小人之道也。"朱熹注："君，谓阳；民，谓阴。" ④"一阳之生即为复"三句：复卦卦象为一阳之生，是阐释恢复的原则，物极必反，转危为安。《易经·杂卦》："复，反也。"朱熹《周易本义》注曰："阳复生于下也，剥尽则为纯坤十月之卦，而阳气已生于下矣。积之逾月，然后一阳之体始成而来复，故十有一月，其卦为复。" ⑤"三阳用事则为泰"三句：泰卦卦象为天地交而二气通，即三阳，有安定之意。《易经·泰彖辞》："泰，小往大来，吉亨，则是天地交而万物通也。" ⑥"而五阳之极则为夬"三句：夬卦为五阳。《易

经·夬彖辞》："夬，决也，刚决柔也，健而说，决而和。" ⑦"一阴之生则为姤"三句：姤卦卦象为一阴之生。《易经》："姤，遇也，柔遇刚也。"陈梦雷《周易浅述》载，姤卦"风行天下，万物无不经触，乃遇之象。又卦爻五阳而一阴始生于下，阴与阳遇也，故为姤"。 ⑧"三阴用事则为否"三句：否卦卦象为天地不交而万物不通，故为三阴用事。陈梦雷《周易浅述》载，否卦"闭塞也，三阴在内，七月之卦也"。 ⑨"而五阴之极则为剥"三句：剥卦卦象为五阴之极。朱熹注曰："剥，落也，五阴在下而方生，一阳在上而将尽，阴盛长而阳衰落。九月之卦也。" ⑩八元、八凯：语出欧阳修《朋党论》。八元，相传古代高辛氏的八个才子。八凯，相传古代高阳氏的八个才子。 ⑪浑沌、穷奇、梼杌、饕餮四凶族：上古四大凶兽，相传为尧舜时代四个恶名昭彰的部族首领的化身，分别是三苗、驩兜、鲧和共工。 ⑫钩党之狱：东汉桓帝时，宦官得势，士大夫李膺等捕杀宦官党羽，宦官诬陷李膺等结党营私，诽谤朝廷，受牵连的有两百余人，禁锢终身。灵帝时李膺重新被任用，与大将军窦武共谋诛杀宦官。但事情败露，李膺等百余人被杀，牵连六七百人。 ⑬"盖始于周福"二句：周福，字仲进。桓帝曾受学于福，即位后擢福为尚书。房植，字伯武，遵守礼法，时人赞曰："天下规矩房伯武。"时任河南尹，有名当朝。二人同为甘陵人，两家宾客互相讥揣，各树朋徒，渐成尤隙。 ⑭"至于李膺"二句：东汉有"三君"、"八俊"、"八顾"、"八及"、"八厨"之名，如同尧舜时"八元"、"八凯"。《后汉书·党锢传》："窦武、刘淑、陈蕃为'三君'。君者，言一世之所宗也。李膺、荀翌、杜密、王畅、刘祐、魏朗、赵典、朱宇为'八俊'。俊者，言人之英也。郭林宗、宗慈、巴肃、夏馥、范滂、尹勋、蔡衍、羊陟为'八顾'。顾者，言能以德行引人者也。张俭、岑晊、刘表、陈翔、孔昱、苑康、檀敷、翟超为'八及'。及者，言其能导人追宗者也。度尚、张邈、王考、刘儒、胡母班、秦周、蕃向、王章为'八厨'。厨者，言能以财救人者也。" ⑮"故曹节"句：曹节（？—181），字汉丰，东汉新野人。侯览（？—172），东汉山阳防东人。二人皆为桓帝时宦官，收捕李膺、杜密等党百余人下狱处死，牵连甚广。牢修，东汉河内人。朱并，东汉山阳人。二人承曹节、侯览之意，上书诬告李膺、张俭为朋党，危及社稷。 ⑯"盖始于"句：指唐代后期牛李党争。"牛党"是指以牛僧孺、李宗闵为首的官僚集团；"李党"是指以李德裕为首的官僚集团。 ⑰"而逢吉之党"二句：李逢吉（758—835），字虚舟，唐郑州人。宪宗时累官中书门下平章事。敬宗时其党有张又新八人，复有八人相攀附，号为"八关十六子"。 ⑱"去河北贼易"二句：唐文宗之语，感叹朝廷朋党之痼。语出《新唐书·李宗闵传》。 ⑲"左右佩剑"二句：郑覃认为杨嗣复结党营私，杨嗣复出言反驳。《新唐书·杨嗣复传》："嗣复曰：'臣闻左右佩剑，彼此相笑。'未知覃果谓谁为朋党邪？" ⑳李训、郑注用事：李训（？—835），字子垂，唐陇西成纪人。郑注（？—835），本姓鱼，唐绛州翼城人。二人结为党援，合谋并设计消灭宦官集团，事泄被杀，称"甘露之变"。 ㉑雺晦：昏暗不明。

【赏析】 党争之论，由来已久。王禹偁在宋初就撰《朋党论》，阐述君子之党常常败于小人之党的原因；欧阳修在《朋党论》中提出君子也有朋党之说，非但于社稷无害，君子相互扶持更能成就治世。但熙宁间王安石与司马光的党争，牵连甚广，士大夫们各成党派，明争暗斗，造成了朝政的动荡。秦

观作为党争的受害者，以自身经历和感悟写成此文，因此情感更加深沉。

本文开头第一段立论，分为三层，层层递进。首先确定了朋党是君子小人所不免之事的大前提；其次指出最重要的是君王要明辨是非，否则小人得志而君子受祸；最后阐释君子受祸的原因。以下三段也正是从这三个层次展开论述，先分而后合，最后首尾呼应，遂成完璧。论证朋党之事不可避免，作者从卦象阴阳这个角度切入，以“阳为君子，阴为小人”为宗旨，说明小人与君子之势此消彼长，相依相生，共同构成盛衰治乱。对君主不辨邪正的危险性着墨尤多，以此谏言天子要明辨是非，而不可粗暴地铲除朋党。接着用尧舜之事，从正面证明明辨是非的君主能够驾驭朋党，使其无害于社稷。而用东汉钩党之祸和唐代牛李党争二事，从反面来证明君主不明正邪带来的严重后果。两相比较之下，总结小人得志而君子受祸的关键在于君主是否明辨是非。本文采取先总后分的结构，每段论述最后以“故曰”总结，论证缜密，章法谨严。

书《晋贤图》后

【题解】 本文选自《淮海集》卷三十五。文中提到李叔时、张文潜品评《晋贤图》，且与二人交往甚密，则当作于元祐五年(1090)前后。时秦观供职于秘书省，三人俱任馆职。

【原文】

此画旧名《晋贤图》，有古衣冠十人[①]，惟一人举杯欲饮，其馀隐几[②]、杖策[③]、倾听、假寐、读书、属文，了无沾醉[④]之态。龙眠李叔时[⑤]见之曰：“此《醉客图》也。”盖以唐窦蒙[⑥]《画评》有毛惠远[⑦]《醉客图》，故以名之焉。叔时善画，人所取信，未几转相摹写，遍于都下，皆曰此真《醉客图》也，非叔时畴能辨之？独谯郡张文潜[⑧]与余以为不然。此画晋贤宴居之状，非醉客也。叔时易其名，出奇以眩俗耳。

余旧传闻江南有一僧，以赀[⑨]得度，未尝诵经。闻有书生欲苦之，诣僧问曰：“上人亦尝诵经否？”一僧曰：“然。”生曰：“《金刚经》[⑩]几卷？”僧实不知，卒为所困。即诬生曰：“君今日已醉，不复可语，请俟他日。”书生笑而去。至夜，僧从临房问知卷数。诘旦[⑪]生来，僧大声曰：“君今日乃可语耳，岂不知《金刚经》一卷也。”生曰：“然则卷有几分？”僧茫然，瞪目熟视曰：“君又醉耶？”闻者莫不

绝倒。

今图中诸公了无醉态，而横被沉湎[12]之名，然后知昔所传闻为不谬矣。虽然，余惧叔时以余与文潜异论，亦将以醉见名，则余二人者，将何以自解也？叔时好古博雅君子，其言宜不妄。岂评此画时方在酩酊邪？图中诸客洎予二人，孰醉孰不醉，当有能辨之者。

【注释】 ① 有古衣冠十人：衣冠，衣帽。《论语·尧曰》："君子正其衣冠，尊其瞻视。"此处指有十个人穿着古代衣帽。 ② 隐几：靠着几案，伏在几案上。 ③ 杖策：拄着拐杖。 ④ 沾醉：大醉，因酒醉时胸襟沾湿。 ⑤ 李叔时：即李公麟(1049—1106)，字伯时，号龙眠居士，宋舒州人。元祐年间进士，为中书门下省删定官，御史检法，博学好古，长于诗，多识奇字，精鉴别古器物，尤善画山水佛像。晚年归佛受戒，能通禅法，雅好净土。 ⑥ 窦蒙：字子全，唐扶风人，与弟皋并以书法名。官至国子司业，兼太原令。 ⑦ 毛惠远：南齐荥阳阳武人，师顾恺之画马，图绘人物列女，为当时第一。 ⑧ 张文潜：即张耒(1052—1112)，字文潜，祖籍亳州谯县，生于楚州淮阴。弱冠第进士，绍圣初知润州，坐党谪官，徽宗召为太常少卿，出知颍汝二州，复坐党籍落职。有雄才，尤长骚词，诗效长庆体，晚年务平淡，乐府得盛唐之髓。与黄庭坚、秦观、晁补之并称为"苏门四学士"。 ⑨ 赀：通"资"，财货。 ⑩《金刚经》：全称《金刚般若波罗蜜经》，一卷，印度大乘佛教般若系经典，后秦鸠摩罗什译。 ⑪ 诘旦：平明，第二天清晨。 ⑫ 沉湎：指沉溺于酒。

【赏析】 本文因画而起，作者先描写图中所画，已明确交代画中只有一人举杯欲饮，隐含此图并非《醉客图》之意。书画名家李叔时的判断与秦观、张耒以为不然的态度构成了矛盾。世人敬仰李叔时的画名，更愿意相信名家的判断，秦观与张耒却能坚持己见。作者以"叔时易其名，出奇而眩俗"总结，也就否认了画坛权威李叔时的观点。但接下来秦观并未正面驳斥李叔时，而是用书生与僧人之事，以"醉"为核心，顺着《醉客图》之说展开阐释：明明是钝僧不诵经而不知《金刚经》卷数，却反诬书生酒醉。用钝僧的谬误来暗暗影射李叔时，而以无可奈何被诬为醉的书生自比，集中笔墨描写生活中的趣事，却又含有深意。以这样一桩笑谈来迂回比喻李叔时错认了《晋贤图》，嬉笑之间，观点自明，令人捧腹不禁。

魏晋人物，醉时若醒，而醒时亦醉，因此高风洒脱，无拘无束，文中隐隐可见秦观慕魏晋风骨之意。文中书生醒时被诬为醉，作者未正面驳斥李叔时的误判，恐怕也因为怕被认为是醉语，这也就与前文遥相呼应了。究竟是《晋贤图》还是《醉客图》，作者没有下最后的结论，而将这个问题交给了读者——是相信权威，还是坚持自己的判断？不仅品图时需要考虑这个问题，读史时更应三思。

李格非

作者简介

李格非，字文叔，济南人，约宋哲宗元祐中前后在世，年六十一岁，是李清照之父。幼时俊警异常，时方以诗赋取士，格非独留意经学，著《礼记说》数十万言，遂登进士。调冀州司户参军，累官礼部员外郎，后以党籍罢免。工词章，著有文集四十五卷及《洛阳名园记》等，并传于世。

书《洛阳名园记》后

【题解】 本文选自《全宋文》卷二七九二。李格非于宋哲宗绍圣二年(1095)作《洛阳名园记》，记述其亲历的园林十九处。这些园林大都利用唐代废园基址建成。《洛阳名园记》对诸多园林的布局特点、山池花木、建筑景观等方面进行了具体的描写。本文是《洛阳名园记》书后的跋。

【原文】

洛阳处天下之中，挟崤渑①之阻，当秦陇之襟喉②，而赵魏之走集③，盖四方必争之地也。天下常无事则已，有事则洛阳必先受兵④。予故尝曰：洛阳之盛衰也，天下治乱之候⑤也。方唐贞观、开元之间⑥，公卿贵戚开馆列第于东都者⑦，号千有馀邸。及其乱离，继以五季之酷⑧，其池塘竹树，兵车蹂蹴⑨，废而为丘墟；高亭大榭，烟火焚燎，化而为灰烬。与唐共灭而俱亡者，无馀处矣。余故曰：园囿之兴废者，洛阳盛衰之候也。且天下之治乱，候于⑩洛阳之盛衰，而知洛阳之盛衰，候于园囿之兴废而得，则《名园记》之作，余岂徒然哉！呜呼，公卿士大夫方进于朝⑪，放乎一己之私以自为而忘天下之治⑫，忽欲退享⑬，此得乎唐之末路是矣。

【注释】 ① 崤(xiáo)渑：崤即崤山，在今河南洛宁县西北，西接陕县界，东接渑池界，与函谷关并称为“崤函”之塞，是秦国东面的天然屏障，相当于今陕西潼关县以东至河南新安县地。渑，古城名。因南有黾池得名。在今河南渑池县。 ② 秦陇之襟喉：秦陇

即今陕西与甘肃地区，古秦国之地。襟喉，衣襟和咽喉，比喻地势险要。 ③ 赵魏之走集：赵魏指赵国和魏国领土，为今河北、山西、河南地区。走集，边界要塞，来往必经之地。④ 受兵：遭受战乱之苦。 ⑤ 候：预兆、象征。 ⑥ 贞观、开元之间：即唐太宗贞观年间（627—649）和唐玄宗开元年间（713—741），为唐代最兴盛之时。 ⑦ “公卿贵戚”句：开馆列第，指建造馆阁住所。东都即洛阳，唐朝以长安为都，称洛阳为东都。 ⑧ 五季之酷：五代时严酷战火对洛阳名园的摧毁。五季即梁、唐、晋、汉、周五代。《宋史·地理志》：“唐室既衰，五季迭兴，五十馀年，更易八姓。”酷，指战争残酷。 ⑨ 蹂蹴：践踏。 ⑩ 候于：以……为预兆。 ⑪ 进于朝：在朝廷加官进爵。 ⑫ “放乎一己之私”句：纵容自己，为所欲为，而忘却天下兴亡。 ⑬ 退享：隐居而安享清静。

【赏析】 本文将东都洛阳的盛衰放在唐、五代的历史背景之中，审视士大夫建园的私意，关注北宋的现实情况。文章一开头从洛阳的地理位置说起，极言洛阳自古乃“四方必争之地”，每逢战乱，洛阳首当其冲，因此其盛衰瞬息万变，难以捉摸。但盛唐之时仍然有无数王公贵族在此建造亭台楼阁，耽于享乐，丝毫未考虑国家治乱安危，这也就埋下了灾祸的种子。及至安史之乱、五代更迭，洛阳难逃战乱，屋舍台榭尽毁于战火。当年“公卿贵戚开馆列第于东都”的繁华场景，与后来“兵车蹂蹴”、“烟火焚燎”的惨淡凄凉景象，形成了鲜明的对比，显得触目惊心。洛阳为天下治乱之候，而名园又为洛阳盛衰之候，层层深入，由洛阳的盛衰细化到名园的命运，继而点出《洛阳名园记》写作的缘由。最后一段变论史为抒情，抨击了不顾国家安危而图一己之安乐的士大夫，字里行间饱含对国家安危的忧虑。

本文以洛阳名园而见天下盛衰治乱，联系士大夫一己享乐与社稷兴亡的关系，管窥蠡测，足见作者思之至深。金圣叹批点此文曰：“大儒眼中，固无细事；大儒胸中，固无小计；大儒手中，固无琐笔。定当如此。”（《金圣叹批才子古文》）

张　耒

作者简介

张耒（1054—1114），字文潜，号柯山，楚州淮阴（今江苏淮安）人。弱冠第进士，历临淮主簿，累迁著作郎，史馆检讨。绍圣初（1094）知润州，坐党籍谪官。徽宗召为太常少卿，出知颍、汝二州，崇宁初复坐党籍落职。耒有雄才，尤长骚词，诲人作文，以理为主。诗效长庆体，晚年务平淡，而乐府得盛唐之髓。投闲困苦，口不言贫，晚节愈厉。有《宛丘先生文集》七十六卷。

讳　言　说

【题解】 本文选自《张耒集》卷二十六。讳言，即以言为讳。君王若对批评和意见施以极刑，臣子往往会有所忌惮，不敢直言上谏，由此闭塞言路，祸害无穷。

【原文】

高宗自诛长孙无忌、放褚遂良等后[①]，天下以言为讳者二十馀年。其后一御史尝抗论一不急事，时谓凤鸣朝阳。方其以言为讳也，武氏不出房闼而取其国[②]。天子自殿陛[③]之下，门阙之外，颠倒错乱，无由知之，而其左右忠臣良士，岂无良策善计，亦不敢告。故以牝夺雄[④]，坐房奥[⑤]，移庙社[⑥]，犯天下之至顺，为天下之难成而有功。此譬如盗入主人之家，执其主，涂其耳目[⑦]而惟其所为焉，何求而不得哉！张子曰[⑧]：天将乱人之国，则必使讳人之言。人之爱其身，其寝食起居有少异焉，而人告之，则必信之，又从而治之，夫如是，则可以终身而无疾。今其寝食起居类非平人之状，而其亲戚朋友旁视而不敢告，一日疾作而死矣。太宗以兰陵公主园赏言者[⑨]，其直百万，非好名也，事当然也。

【注释】 ①“高宗”二句：长孙无忌、褚遂良同受太宗遗诏辅政。高宗将废后而立武则天，长孙无忌和褚遂良力谏，招致武后仇恨。许敬宗希旨，诬构无忌谋反，高宗削无忌爵，流放黔州，长孙无忌被迫自缢死。褚遂良遭贬潭州都督，转桂州都督，累贬爱州（今越南北境清化）刺史，忧而卒。 ②“武氏”句：意谓武则天虽身处后宫，却能参与朝政，最终自立。房闼，指宫闱、闺房。 ③殿陛：宫殿的台阶。 ④以牝夺雄：牝为雌，指武则天废李氏而代之。 ⑤房奥：房室之深处。 ⑥庙社：宗庙和社稷，比喻国家。 ⑦涂其耳目：此处指遮蔽耳目。 ⑧张子曰：张子为张耒自称，仿司马迁作《史记》，以“太史公曰”之名于文末发议论。 ⑨“太宗”句：据《新唐书·魏徵传》载，魏徵谏太宗曰：“陛下初即位，论元律师死，孙伏伽谏以为法不当死，陛下赐以兰陵公主园，直百万。或曰：‘赏太厚。’答曰：‘朕即位，未有谏者，所以赏之。’此导人使谏也。”兰陵公主（628—658），唐太宗第十九女，名淑，字丽贞。于贞观十年（636）封兰陵郡公主。下嫁兖州都督、太穆窦皇后族侄窦怀悊。

【赏析】 本文主要论述高宗时武则天篡位之祸，抓住高宗杀长孙无忌、放褚遂良之事为突破口，提出阻塞言路的危害。正因为直言上谏的大臣没能善终，才使士大夫顾忌自身安危，不敢发声，而致武氏代唐。其后，作者运用两个比喻来论证讳言的危险后果。盗贼入户，窃去贵重物品已是大祸，更可怕的是盗贼蒙蔽了主人的耳目，凌驾于主人，为所欲为。这个比喻中的耳目也就是指臣民之谏言，如果没有忠心死节之士进言君王，那么君王也就失明失聪，只能任贼人横行了。第二个比喻以人之疾病来比喻朝廷之事，饮食起居有异往往不自知，若有人直言劝诫，就能引起重视，不至于疾发而死。文章最后以太宗重赏言官作结，与高宗时诛长孙无忌、放褚遂良之事遥相呼应，再次强调了讳言的危害。

阻塞言路，向来容易招致灾祸，是为政之大忌。周厉王暴虐，民有怨言，厉王使卫巫监视口出怨言之人，杀之，不听召公“防民之口，甚于防川”的劝谏，使国人敢怒而不敢言，终致国人暴动，流厉王于彘而死。本文通过唐高宗一朝之事谈言路受阻的危害，不仅是观照历史，也表达了作者对北宋朝廷广开言路的期待。

陈师道

作者简介

陈师道（1053—1101），字履常，一字无己，号后山，彭城（今江苏徐州）人。少刻苦学问，年十六以文谒曾巩，一见奇之。熙宁中经学盛行，师道心非其说，遂绝意进取。元祐初，苏轼、傅尧俞辈荐其文行，起为徐州教授，又因梁焘荐，为太学博士，改教授颍州，罢归。久之，召为秘书省正字。师道高介有节，安贫乐道。为文师曾巩，论诗推服黄庭坚，精深雅奥，自成一家。为“苏门六君子”之一，著有《后山居士集》二十卷。

刘道原画像赞

【题解】 本文选自《全宋文》卷二六七〇。刘道原，即刘恕（1032—1078），宋筠州人。少颖悟，未冠举进士，历官秘书丞，笃好史书。司马光编《资治通鉴》时，每遇纷错难治者，辄以委恕，后因与王安石有隙而告老还乡。赞是一种以赞颂人物为主的文体。

【原文】

是非贤否，一世所同，既久则反。岂同时皆愚而后之人皆智？盖利害好恶出焉，则毁誉不得其正。以是而言，则前私而后公也。汉之人谓公孙丞相为贤，汲黯为戆，至于今则公孙谀而汲直也[①]，其相反盖如此。

庐山刘道原，豪杰名节之士，黯之流者。以义正利，以直正曲，危言特行，别析[②]是非白黑，丝发不贷[③]。如权衡量度，如水之鉴，如绳之度[④]，既不可欺以私，又不得逃其目，虽一时贵权气炎势力排山倒海不置也。死生穷达，不到其心，故终其身亦不变。当道原之时，识与不识，相随诋[⑤]之，如复仇施。其逝未几，而念慕叹咏，恨其生之晚也。更千百岁，日远一日，公则宜如何也耶！虽然，武帝奴视卫大将军，傲丞相而敬黯[⑥]，淮南诸子[⑦]其怨汉至不沐浴三十年，独畏黯不敢发，又为之寝谋。其君臣相谓丞相可说，大将军虽不可说盖可

刺也，至黯复不敢刺，则其同时固有知之者矣。其所谓戆，以其不知利尔。利非黯所知也，丞相则知之矣，故可说而下也。道原遭时承平，故其效莫见。虽然，小人之为不善，盖有畏而不发者矣，其补于世岂小哉！

绍圣四年春过巨野，佐有羲仲[⑧]者，其子也。始拜其像而叹曰："晋人有云：'廉、蔺虽千载上死人，懔懔恒如有生气。曹、李虽在，已如九泉下人[⑨]。'"士虽后之，其何恨！

【注释】 ①"汉之人"三句：公孙弘（前200—前121），菑川薛县人，字季，西汉大臣，武帝时曾担任御史大夫，官至丞相，封平津侯。为人意忌，外宽内深，阴报其祸，杀主父偃。汲黯（？—前112），汉濮阳（今濮阳西南）人，字长儒，景帝时为太子洗马，武帝时任中大夫，以数直谏不得久居位，是汉代著名的直谏之臣。戆，愣，鲁莽。谀，谄媚，阿谀奉承。②别析：能清楚地辨别出来。③贷：施与，饶恕，宽免。④"如水之鉴"二句：如水之鉴，水面清澈平整，以水为镜，真实无遗。如绳之度，以绳衡量，可见公允。绳，即木工所用墨线，亦为标准、法则。都为公正之意。⑤诋：说坏话，辱骂，诋毁。⑥"武帝奴视"二句：卫大将军，卫青（？—前106），汉平阳人，字仲卿，本姓郑。同母姐卫子夫得幸于汉武帝，因以青为太中大夫，元光中击匈奴有功，封长平侯，拜大将军，七出匈奴，威震绝域。据《史记·汲郑列传》记载，大将军卫青觐见汉武帝时，武帝"踞厕而视之"；丞相公孙弘见武帝，武帝有时不著冠；但武帝见汲黯，"上不冠不见"，可见其对汲黯之敬意。⑦淮南诸子：淮南王谋反，对汲黯有所忌惮，曾评汲黯与公孙弘曰："（汲黯）好直谏，守节死义，难惑以非。至如说丞相弘，如发蒙振落耳。"（《史记·汲郑列传》）⑧羲仲：刘恕之子，字壮舆，号漫浪翁，长于史学，平居厉节操，以蔡京荐，召为宣教郎编修官，至京师，时宰以下，并不造谒。因忤逆蔡京而不复仕，卒于庐山。⑨"廉、蔺虽千载"四句：语出《世说新语·品藻》。廉颇、蔺相如虽离世几百年，仍然受到后人敬仰，曹蜍、李志虽当于世却碌碌无为。曹蜍即曹茂之，字永世，小字蜍，彭城人。李志，字温祖，东晋江夏钟武人，官至员外常侍、南康相。两人憨厚而缺乏才智，做官而功业不显，后代指不出众的平庸之人。

【赏析】 本文开头一段为总序，提出了评判人物历代有别这一现象，并将其归因于"前私而后公"。有时当局者迷旁观者清，评价同时代人往往容易掺杂一己喜恶，难免有失公允，不若后世之人客观。为了证明这个观点，作者举出西汉武帝时公孙弘与汲黯二人为佐证。武帝时人人以为公孙弘贤汲黯戆，后世却以为公孙弘谀而汲黯直，两种评价完全相左。接下来的文章主体部分赞颂了刘恕之为人，认为他与汲黯是一类人，公正严明，能辨是非，于权贵面前也不愿意放弃自己的操守，无论死生穷达都能坚守原则。但刘恕生前诋毁之声不绝，死后却被追慕赞颂，这也正是刘恕与汲黯的共同之处：在世时遭人非议，而是非功过由后人客观评说。作者认为，汉武帝敬重汲黯、淮南王畏惧汲黯等事实当时皆可考，当时被认为“戆”，正因为其不慕荣利的高洁秉性；而刘恕之德行并不为当世人所知，但他作为正人君子的高洁秉性，使小人不敢轻举妄动。最后，作者简单交代了过巨野、见羲仲、拜画像而作本文的缘由，用《世说新语·品藻》之语作结，认为刘恕德行出众，当与廉颇、蔺相如一样流芳千古。

陈师道作此文，不仅是肯定刘道原之为人，而且表达了自己的人生志向。陈师道生活困苦拮据，却“高介有节，安贫乐道”（《宋史》卷四一四）。因郊祀行礼，天寒地冻，无衣御寒，赵挺之愿借一裘。陈师道素来厌恶赵挺之为人，遂拒绝相助，最后以寒疾死，可见其节。

李 廌

作者简介

李廌(zhì,1059—1109),字方叔,自号太华逸民,华州(今陕西华县)人。六岁而孤,能自奋立。少以文为苏轼所知,为“苏门六君子”之一。中年绝意进取,谓颍州为人物渊薮,始定居长社(今河南长葛东)。喜议论古今治乱,著有《济南集》八卷。

浮 图 论

【题解】 本文选自《全宋文》卷二八五二。浮图,又作浮头、浮屠、佛图,旧译家以为佛陀之转音,是对佛或佛教徒的统呼,也可用来专指和尚,或指佛塔和佛教建筑。

【原文】

论曰:臣尝历观前世之弊,及其甚也,必有有为之主以拯救之。独千世承袭其弊而安[①]受之者,浮图而已。浮图非无可观也,百氏之家,一家之说也;非不可为教也,蛮夷之国,一国之俗也。不幸王者迹熄之后[②],圣人道微之时,乘间窃入中国。当时君臣辨之不早,制之不刚,俾盘根滋蔓[③],为弊于后,东汉明帝之罪也[④]。其间非无英睿刚克之君、忠义正直之臣,欲除其弊,终亦不能者,何哉?盖销之不以道,制之不以渐故也。

盖英睿刚克之君灼见非有益于吾民也,必欲扫除之,正如欲华陀[⑤]之治医也,将剖肤凿骨,煎肠洗胃,以去其疾,岂不雄哉!奈何臣下或献祸福之一言,则惶惧随之,亟且罢不敢复言矣。必曰:姑且听之。惟其姑且听之,此其所以长存也。前日武宗[⑥]是也。毁天下寺宇四千馀区,冠笄僧尼二十馀万[⑦],岂不快欤?东西京、藩府辅郡[⑧],犹量留寺与僧,岂祸福之说已二于胸中耶?何使绝无而仅有邪?宣、懿之世则一切复之[⑨],终令彼胜于此,乃所谓销之不以道,制之不以渐故乃尔也。

忠义正直之臣,极言其有损而无补也,必欲扫除之。正如近时水官之治河也,欲竭太行之土、淇园之竹[10],以塞怒流,不已疏哉!奈何人主疑祸福之多端,则恚恶[11]及之,遂及诛窜者矣。必曰:尔敢非圣人!惟其谓之圣人,此其徒闻而益盛也。前日韩愈是也。宪宗遣使迎佛骨于凤翔,王公大人灼体肤、委珍贝以惑其法。愈极诋其道,且欲以佛骨付之水火[12]。宪宗怒,欲诛愈以谢佛。裴度、崔群力救其死[13],犹贬海南,滨于死所,令彼盛于此。乃所谓销之不以道,制之不以渐故乃尔也。

初欲抑之,乃所以扬之;初欲沮[14]之,乃所以长之。故根日益大,蔓日益滋,以至于今日,国家不惟安受千世之弊而不知捄[15],又从而昌大之,遂使贼人乘时所尚,公肆厥奸,与国争雄。彼华堂大宇,丹楹刻桷[16],敢逾制[17]于王宫;撞钟伐鼓[18],众党数千,敢僭礼于朝位,已为可禁。虽然,彼所以侈其居、盛其徒者,本欲以诱愚夫愚妇而已,奈何王公卿士,竞登其门而师之?朝衣朝冠,或立侍于其座,或跪拜于其庭,咸尊之如天神,钦之如父祖。彼有道之士,以学佛隐者固亦有矣,而奸人假学佛以欺人者常多。固不当事之如此,以亏国体。臣恐孔子复生于今日,则群公卿士忌娼[19]者众矣,不应如是以奉事之也。孟子曰:"用夏变夷,未闻变于夷者也[20]。"又曰:"未闻下乔木而入于幽谷[21]。"今昌大浮图之教,岂欲以堂堂之中夏,以变于夷乎?凡学孔孟之道者,相率而入于幽谷乎?可不谓之大惑欤?臣今不复更以傅奕之辨[22]、韩愈之疏言之,直以文中子[23]之言为信,曰:"佛者,西方之圣人也。"果为圣人,岂不恶其徒凭藉其说,以猖狂妄行于今之世哉!

为今之计,不必推罪于佛,惟治其徒。苟惟治其徒之罪,又何难哉!臣愿陛下盛言其佛之长,极言其徒之短。臣请叙其说曰:盖闻佛者,西方之圣人也。以清净寂灭为心,戒定慈忍为行,色空为道,禅律为法。凡愿学佛者,必当检身周慎[24],持法谨严,枯槁其形骸,斋戒其心志,自治其身,自求其道,不可辄出户庭[25],不可杂交民俗。戒牒[26]之文,其密如缕。苟能此,虽异道不害为君子。乃者学佛之人,类皆游佚[27]之辈,或惰农之鄙夫,或怠绩[28]之愚妇,或好荡之儇子[29],或好倡之冶女[30]。居金碧之室,食稻粱之膳,幸灾乐祸,自为风俗;奸

非不义，自为朋党。讯其何以谓之禅，何以谓之律，则罔闻知者，十常八九。如此，则大设寺宇，乃为尔等作容奸之地；岁度徒众[31]，乃为尔等置畔道[32]之人。既蠹[33]于国，实败汝德。自今以前，吾一洗之勿问；自今以始，吾将使汝不出户庭，专治其佛之说而躬行之。所受戒文，令礼部著以为令，刑部防之以法，期汝必行。如不能然，一听归俗。有愿如旧，真能奉其师之说，听其君之令者也，然后以常住衣食之，可谓待汝之意厚。既仍旧为僧尼，乃敢尚为过恶，许人人得以告捕。是不从君之教，而背其师之说，诛之刑之。斋供祷祠，任民自然，不可以扰亲戚故旧，不可以私其所昵。男虽父兄，不可适尼之居；女虽诸母，不可适僧之舍。人人得以告捕抵法。陛下果以此说下诏，假学佛之衣服以藏奸诈，假学佛之衣服以堕农绩，皆不能自信而愿去，不可胜数。良家子女，观其法之峻严，乌敢逮父母之养[34]，舍室家之伦，避妄逸、从枯槁哉！如此，则良民自愿为其奴婢者自寡矣。虽然，固亦有为之者矣，不加多也。《庄子》言：鲁多儒，国君下令，而敢儒服者一人而已[35]。亦是意欤？此乃销之有道，制之有渐，以岁月之久，俟其自衰而已。譬之以医，则缓药石以治之，俟其自平乃止，不必用华佗之术也。譬之以治水，则固堤防以导之，使复故道乃止，不必横塞其怒流也。

或曰：子痛诋佛而抑其徒，则吾徒独不然乎，一皆如孔子耶？臣曰：稂莠与五谷并生于田，为之农者，当锄治其稂莠乎，将锄治其五谷乎？虽未必皆颖栗[36]坚好，要之吾种也。今千万年无佛，何加何损；一日无吾道，则如之何？

或曰：子不畏祸福欤？臣曰：佛既为圣人，则所当论者道也，于其书而考之，固亦粲然[37]矣。至于祸福报应之论，特后之译者妄尔。虽或言之，如庄周之寓言[38]乎，邹衍之谈天[39]乎，公孙龙之诡辞[40]乎，皆可稽考[41]之耶！愿陛下勿惑祸福，而忽[42]臣之说。

【注释】 ① 安：安然，平静地。 ② 王者迹熄之后：语出《孟子·离娄下》："孟子曰：'王者之迹熄而诗亡，诗亡，然后春秋作。'"此处侧重于前半句王道之不存。 ③ 俾盘根滋蔓：指佛教的祸害纠缠错结，滋生肆虐。盘根，根系盘曲纠缠，比喻难办之事。滋蔓，大肆生长蔓延。 ④ "东汉"句：汉明帝刘庄（28—75），光武帝之第四子，善刑理，法令分明，又重儒学，行大射养老礼。据《后汉书·西域传》载，明帝曾梦见金人，顶有光明，于

是遣使往天竺求佛法。 ⑤ 华陀(145—208):字元化,幼名旉,沛国谯县(今安徽亳州市)人,东汉末年的方士、医师,与董奉、张仲景并称"建安三神医"。 ⑥ 武宗:唐武宗(814—846),本名李瀍,后改为炎,唐穆宗第五子,在位六年。 ⑦ "毁天下寺宇"二句:武宗崇信道教,大力废佛,于会昌五年(845)下令拆毁佛寺,还俗僧尼,并派御史分道督察。冠笄,梳起头发,戴上帽子,指僧尼还俗。 ⑧ 东西京、藩府辅郡:东西京指东京汴梁和西京洛阳。藩府借指边防重镇。辅郡即畿辅,指京都附近的地区。 ⑨ "宣、懿之世"句:宣,指唐宣宗李忱(810—859),唐朝第十六位皇帝。传说唐宣宗登基之前,为了逃避侄唐武宗的迫害而出家为僧。懿,指唐懿宗(828—874),名李漼,初名温。宣宗病死后,被宦官迎立为帝。武宗灭佛以后,佛教势力受到沉重打击。宣宗即位后,又陆续恢复了寺院。到懿宗时期,佛教势力又迅速发展起来。 ⑩ 太行之土、淇园之竹:太行,指太行山,绵亘今山西、河南、河北三省界。淇园,西周卫国园林名,在今河南省淇县西北,产竹。《述异记》曰:"卫有淇园,出竹,在淇水之上。" ⑪恚(huì)恶:恚愤,厌恶。 ⑫ "宪宗"五句:元和十四年(819)正月,宪宗令杜英奇等人,赴法门寺迎佛骨舍利入京师,自光顺门入禁中,供奉三日后再送到京城内各大寺院。韩愈上《谏迎佛骨表》予以极力反对,并提出"乞以此骨付之有司,投诸水火,永绝根本,断天下之疑,绝后代之惑"。灼体肤、委珍贝,体肤指身体和皮肤,亦指躯体。珍贝指财物。据《新唐书·韩愈传》记载:"宪宗遣使者往凤翔迎佛骨入禁中,三日,乃送佛祠。王公士人奔走膜拜,至为夷法,灼体肤,委珍贝,腾沓系路。" ⑬ 裴度、崔群力救其死:宪宗因韩愈上《谏迎佛骨表》,大怒,将处以极刑,裴度、崔群力救,乃贬韩愈为潮州刺史。裴度(765—839),河东闻喜人,字中立,德宗贞元五年(789)进士。宪宗时累迁司封员外郎、中书舍人、御史中丞,力主削平藩镇,封晋国公,正色入朝,言无不尽。崔群(772—832),贝州武城人,字敦诗,未冠举进士,累迁中书侍郎同中书门下平章事。皇甫镈欲为丞相,崔群直言不可,被贬为湖南观察使。 ⑭ 沮:阻止,阻挠。 ⑮ 捄:通"救"。 ⑯ 丹楹刻桷:借指华丽之居。丹楹,朱漆的楹柱。刻桷,有绘饰的方椽。 ⑰ 逾制:超过规定,违反制度。 ⑱ 撞钟伐鼓:指寺院的晨钟暮鼓。 ⑲ 忌媢(mào):即忌妒、忌恨之意。⑳ "用夏变夷"二句:语出《孟子·滕文公上》:"吾闻用夏变夷者,未闻变于夷者。"此处指不应该任由外来的佛教颠覆儒家正统思想。 ㉑ "未闻"句:语出《孟子·滕文公上》:"吾闻出于幽谷,迁于乔木者,未闻下乔木而入幽谷者。"比喻弃明从暗,或从良好的处境转入恶劣的处境。 ㉒ 傅奕之辨:傅奕(555—639),相州邺人,唐武德中为太史令,上书极诋佛法,高祖付群官详议。 ㉓ 文中子:王通(584—617),绛州龙门人,字仲淹,隋朝大儒。幼笃学,仁寿间西游长安,上太平十二策,知谋不用,退居河汾教授,受业千数,房玄龄、李靖、魏徵等皆受王佐之道。仿《春秋》而作《元经》,又为《中说》以拟《论语》,不为诸儒称道,故其书不显。门人谥其曰"文中子"。 ㉔ 检身周慎:检身,检点自身。杜甫《毒热寄简崔评事十六弟》:"蕴藉异时辈,检身非苟求。"周慎,周密谨慎。 ㉕ 辄出户庭:辄,总是。户庭,户外的庭院,亦泛指门庭、家门。 ㉖ 戒牒:即度牒,僧尼受大戒的凭证。㉗ 游佚:优游安逸。 ㉘ 怠绩:停止纺织,此处为荒废劳作之意。 ㉙ 儇子:指轻薄刁巧的男子。 ㉚ 冶女:装饰艳丽、容颜妖娆的女子。 ㉛ 岁度徒众:每年为众多僧徒剃度。㉜ 畔道:即叛道,不遵守佛家清规戒律。 ㉝ 蠹:本义指蛀蚀器物的虫子,引申以喻侵蚀和消耗国家财富之祸害。 ㉞ 逮父母之养:谓双亲在世而得以孝养。逮,逮养,孝养。

㉟“《庄子》言”四句:语出《庄子·外篇·田子方》,庄子见鲁哀公,哀公以举国儒服而云鲁国多儒,庄子提议哀公发布命令:“无此道而为此服者,其罪死。”于是鲁国无敢儒服者。独有一丈夫,儒服而立乎公门,庄子说鲁国仅儒者一人耳。 ㊱颖栗:指稻穗繁盛硕大。颖,长出芒的穗。栗,意为果实饱满。语出《诗经·大雅·生民》:“实颖实栗。” ㊲粲然:明白、清晰的样子。《荀子·非相》:“欲观圣王之迹,则于其粲然者矣,后王是也。” ㊳庄周之寓言:语出《庄子·寓言》:“寓言十九,重言十七,卮言日出,和以天倪。”庄子常以有寄托的故事来表达自己的思想。 ㊴邹衍之谈天:邹衍,战国末期齐国人。《史记·孟子荀卿列传》中把他列于稷下诸子之首,称“邹衍之术,迂大而闳辩”。因他“尽言天事”,人们称他“谈天衍”,后以“邹衍谈天”比喻善辩。 ㊵公孙龙之诡辩:公孙龙(前320—前250),战国时赵人,名家的代表人物。能言善辩,曾为平原君门客。他提出“离坚白”、“白马非马”等命题。 ㊶稽考:考核,核查。 ㊷忽:忽略,不重视。

【赏析】 苏门虽多不佞佛,然苏轼本人与许多僧人交往甚密,用佛教思想来排遣自己失意之时的抑郁心情。李廌出自苏门,却主张大力反佛,并在本文中提出了整顿佛教徒的具体措施。

开头处,作者将佛教看作是一家之说、一国之俗,于儒道衰微时趁虚而入,之后“千世承袭其弊而安受”。历史上不乏有为之君、忠义之臣大力抑佛,但收效甚微,作者认为原因在于“销之不以道,制之不以渐”,并举出武宗和韩愈一君一臣作为例子。武宗灭佛,毁佛寺,驱僧侣,迅疾果断,但一听祸福之言则又起姑息之意,因此佛教的祸害不久便又卷土重来;韩愈谏唐宪宗迎佛骨而被贬潮州,忠义正直之臣被疑而不用。这两桩抑佛史实都以失败告终,作者以为是不得要领、一味用强所致。

接下来,为了提出自己的制佛主张,李廌先分析了佛教对于国家的三宗罪:首在破坏礼制,佛寺华堂媲美皇家宫殿,众僧参拜也僭越了国家礼仪制度,使人君威仪受损。次者在于佛教思想腐蚀人心,王公大臣礼佛参拜,为人主尽忠的思想渐渐变得淡薄。再次则是假学佛之祸,别有用心之人借学佛之名欺骗百姓,有亏国体。归根到底,李廌认为,佛教本是夷狄之说,其思想经过佛教徒的歪曲之后才盛行于世,因此作者提出制佛之根本在于“治其徒”。以礼部之令、刑部之法,约束学佛者恪守清规戒律,否则强行还俗。严正的法度能使假学佛之人望而却步,不仅整肃了佛门弟子,还可减少以学佛为借口的“堕农绩”、“藏奸诈”等现象,防止以祸福、迷信的说法蛊惑民众。

“盛言其佛之长,极言其徒之短”是作者所谓“销之以道,制之以渐”的题中之义。李廌提出,制佛不必用华佗刮骨之术,而应用药石缓治以待其效;不必用塞流之法,而应采取疏导之策。将制佛比作疗病、治水,说明佛教不可用急、不可强力抑之。最后,作者肯定了佛教与其徒有莠与谷之分,提出保留有

益成分而缓治有害，还表明自己不以祸福之论为意的态度，体现其制佛的决心。

古代佛教的兴衰，与统治者的利益有很大的联系。统治者崇尚佛教，将佛教当作安定统治的一种工具，使百姓驯服；但当佛教势力渐盛、有可能威胁到统治阶级利益时，统治者往往大力打压，巩固自身地位。李廌所谓“销之以道，制之以渐”实际上也有将佛教思想为我所用之意：盛言佛教之长，并没有从根本上否定佛教，而是对其中有利于统治者的思想加以肯定，进行宣传；而极言其徒之短，意在将其限制在可控范围之内，防止别有用心之人借助佛教生事。

李清照

作者简介

本文选自《李清照集》卷三。李清照(1084—1155?),自号易安居士,济南章丘(今属山东)人,李格非之女。自幼即受完备教育,才气纵横,文词洒落。十八岁嫁诸城太学生赵明诚。建炎三年(1129),明诚病死,她奔走台、温、越、杭间。绍兴四年(1134),避乱西上,依弟而居,遂终老金华。其词以清远俊逸著称,不但善词,诗文四六亦工,又能画。有《漱玉词》。其诗文词合集,今人辑有多种。

《金石录》后序

【题解】 《金石录》为赵明诚所著,后由李清照补充,仿照《集古录》,把目录和题跋合为一书,著录其所见从上古三代至隋唐五代以来,钟鼎彝器的铭文款识和碑铭墓志等石刻文字,是中国最早的金石目录和研究专著之一。全书三十卷,前十卷是目录,所收所题跋的大部分原石及拓本都已不传。本文是李清照于绍兴二年(1132)在杭州为其夫赵明诚所著作的后序,《金石录》另有赵明诚所撰后序介绍成书情况。

【原文】

右《金石录》三十卷者何?赵侯德甫[①]所著书也。取上自三代,下迄五季[②],钟、鼎、甗、鬲、盘、彝、尊、敦之款识[③],丰碑、大碣[④],显人、晦士[⑤]之事迹,凡见于金石刻者二千卷[⑥],皆是正讹谬,去取褒贬[⑦],上足以合圣人之道,下足以订史氏之失者[⑧],皆载之,可谓多矣。呜呼,自王涯、元载之祸,书画与胡椒无异[⑨];长舆、元凯之病,钱癖与传癖何殊[⑩]。名虽不同,其惑一也。

余建中辛巳,始归赵氏[⑪]。时先君作礼部员外郎[⑫],丞相作吏部侍郎[⑬],侯年二十一,在太学作学生。赵、李族寒,素贫俭,每朔望谒告[⑭]出,质衣,取半千钱,步入相国寺,市碑文果实。归,相对展玩咀嚼,自谓葛天氏之民[⑮]也。后二年,出仕宦,便有饭蔬衣练[⑯],穷遐方

绝域[17],尽天下古文奇字之志。日就月将[18],渐益堆积。丞相居政府,亲旧或在馆阁[19],多有亡诗、逸史,鲁壁、汲冢[20]所未见之书,遂力传写,浸觉有味,不能自已。后或见古今名人书画,一代奇器,亦复脱衣市易。尝记崇宁间,有人持徐熙[21]《牡丹图》求钱二十万。当时虽贵家子弟,求二十万钱,岂易得耶?留信宿[22],计无所出而还之。夫妇相向惋怅者数日。

后屏居乡里十年[23],仰取俯拾,衣食有馀。连守两郡[24],竭其俸入,以事铅椠[25]。每获一书,即同共勘校,整集签题。得书、画、彝、鼎,亦摩玩舒卷,指摘疵病,夜尽一烛为率。故能纸札精致,字画完整,冠诸收书家。余性偶强记,每饭罢,坐归来堂,烹茶,指堆积书史,言某事在某书、某卷、第几页、第几行,以中否角胜负,为饮茶先后。中即举杯大笑,至茶倾覆怀中,反不得饮而起。甘心老是乡矣。故虽处忧患困穷,而志不屈。

收书既成,归来堂起书库,大橱簿甲乙[26],置书册。如要讲读,即请钥上簿,关出卷帙。或少损污,必惩责揩完涂改,不复向时之坦夷也。是欲求适意,而反取憀栗[27]。余性不耐,始谋食去重肉,衣去重采[28],首无明珠、翠羽之饰,室无涂金、刺绣之具,遇书史百家,字不刓阙[29]、本不讹谬者,辄市之,储作副本。自来家传周易、左氏传,故两家者流,文字最备。于是几案罗列,枕席枕藉,意会心谋,目往神授,乐在声色狗马之上。

至靖康丙午岁,侯守淄川[30]。闻金寇犯京师。四顾茫然,盈箱溢箧,且恋恋,且怅怅,知其必不为己物矣。建炎丁未春三月,奔太夫人丧南来[31]。既长物不能尽载,乃先去书之重大印本者,又去画之多幅者,又去古器之无款识者,后又去书之监本[32]者,画之平常者,器之重大者。凡屡减去,尚载书十五车。至东海,连舻渡淮,又渡江,至建康。青州故第,尚锁书册什物,用屋十馀间,期明年春再具舟载之。十二月,金人陷青州,凡所谓十馀屋者,已皆为煨烬矣。

建炎戊申秋九月,侯起复知建康府[33]。己酉春三月罢,具舟上芜湖,入姑孰,将卜居赣水上。夏五月,至池阳,被旨知湖州,过阙上殿[34]。遂驻家池阳,独赴召。六月十三日,始负担,舍舟坐岸上,葛衣岸巾[35],精神如虎,目光烂烂[36]射人,望舟中告别。余意甚恶,呼曰:

“如传闻城中缓急[37]奈何?”戟手[38]遥应曰:“从众。必不得已,先弃辎重,次衣被,次书册卷轴,次古器。独所谓宗器者,可自负抱,与身俱存亡,勿忘之!”遂驰马去。途中奔驰,冒大暑,感疾。至行在,病痁[39]。七月末,书报卧病。余惊怛,念侯性素急,奈何。病痁或热,必服寒药,疾可忧。遂解舟下,一日夜行三百里。比至,果大服柴胡、黄芩药,疟且痢,病危在膏肓。余悲泣,仓皇不忍问后事。八月十八日,遂不起,取笔作诗,绝笔而终,殊无分香卖履之意[40]。

葬毕,余无所之。朝廷已分遣六宫[41],又传江当禁渡。时犹有书二万卷,金石刻二千卷,器皿、茵褥,可待百客,他长物称是[42]。余又大病,仅存喘息,事势日迫,念侯有妹婿,任兵部侍郎,从卫在洪州,遂遣二故吏,先部送行李往投之。冬十二月,金人陷洪州,遂尽委弃。所谓连舻渡江之书,又散为云烟矣。独馀少轻小卷轴书帖,写本李、杜、韩、柳集,世说、盐铁论,汉唐石刻副本数十轴,三代鼎鼐十数事,南唐写本书数箧,偶病中把玩,搬在卧内者,岿然独存。

上江既不可往,又虏势叵测。有弟迒任敕局删定官[43],遂往依之。到台[44],守已遁。之剡[45]出陆,又弃衣被走黄岩,雇舟入海,奔行朝。时驻跸章安[46],从御舟海道之温,又之越[47]。庚戌十二月,放散百官,遂之衢[48]。绍兴辛亥[49]春三月,复赴越。壬子,又赴杭。先侯疾亟时,有张飞卿[50]学士,携玉壶过,视侯,便携去,其实珉[51]也。不知何人传道,遂妄言有颁金之语[52],或传亦有密论列[53]者。余大惶怖,不敢言,遂尽将家中所有铜器等物,欲走外庭投进。到越,已移幸四明。不敢留家中,并写本书寄剡。后官军收叛卒取去,闻尽入故李将军家。所谓岿然独存者,无虑[54]十去五六矣。惟有书画砚墨,可五七簏[55],更不忍置他所。常在卧榻下,手自开阖。在会稽,卜居土民钟氏舍,忽一夕,穴壁[56]负五簏去。余悲恸不已,重立赏收赎。后二日,邻人钟复皓出十八轴求赏,故知其盗不远矣。万计求之,其馀遂不可出。今知尽为吴说[57]运使贱价得之。所谓岿然独存者,乃十去其七八。所有一二残零不成部帙书册三数种,平平书帙,犹复爱惜如护头目,何愚也邪。

今日忽阅此书,如见故人。因忆侯在东莱静治堂,装卷初就,芸签缥带[58],束十卷作一帙。每日晚吏散,辄校勘二卷,跋题一卷。此二千卷,有题跋者五百二卷耳。今手泽[59]如新,而墓木已拱[60],悲夫。

昔萧绎江陵陷没,不惜国亡,而毁裂书画[61]。杨广江都倾覆,不悲身死,而复取图书[62]。岂人性之所著,死生不能忘之欤。或者天意以余菲薄[63],不足以享此尤物[64]耶。抑亦死者有知,犹斤斤爱惜,不肯留在人间耶。何得之艰而失之易也。呜呼,余自少陆机作赋之二年[65],至过蘧瑗知非之两岁[66],三十四年之间,忧患得失,何其多也。然有有必有无,有聚必有散,乃理之常。人亡弓,人得之[67],又胡足道。所以区区[68]记其终始者,亦欲为后世好古博雅者之戒云。

【注释】 ① 赵侯德甫:即赵明诚(1081—1129),字德甫,密州诸城人,赵挺之第三子。尚在太学读书时,娶李清照。崇宁四年(1105)除鸿胪少卿,赵挺之去世后遭蔡京诬陷,明诚于青州故地隐居多年,宣和中起知莱州,调淄州,知江宁府,后移知湖州,未赴而病逝。 ② "上自三代"二句:三代,指夏、商、周,《金石录》中记载的器物铭最早即这一时期。五季,指后梁、后唐、后晋、后汉、后周五代,《金石录》中碑铭记载最近的时代。③ "钟、鼎"句:钟,古代乐器。鼎,古代炊器。甗(yǎn),古代的蒸食用具。鬲(lì),类似于鼎状的炊具。盘,古代盥器。彝,古代祭祀用的礼器。尊,古代酒器。敦,盛食物用的器皿。以上都是商周时期的青铜器。款识,钟、鼎等器物上所刻的文字。 ④ 丰碑、大碣:指大的刻有纪念文字的石碑。碣,碑之圆形者。 ⑤ 显人、晦士:显人,声名显赫的人。晦士,不为人所知的人。 ⑥ 二千卷:二千件。 ⑦ 是正讹谬,去取褒贬:是正,审查而校正之。讹谬,错误。去取褒贬,加以选择评论。 ⑧ "上足以"二句:上可以和圣人讲的道理相合,下可以订正史官记载的错误。 ⑨ "自王涯"二句:王涯(?—835),字广津,太原人。唐文宗时为相,不预李训、郑注等诛杀宦官事,被仇士良等冤杀。喜欢以重金购买书籍、字画。元载(?—777),字公辅,凤翔岐山人,玄宗时即入高第,肃宗时累迁户部侍郎,代宗时累官中书侍郎,判天下元帅行军司马,后因贪贿专权被赐死。传说抄没其家时有胡椒八百石。这两句意为无论收藏什么都能招祸。 ⑩ "长舆、元凯之病"二句:和峤(?—292),字长舆,晋西平人。武帝时为黄门侍郎,迁中书令,帝深器遇之。家富性吝,杜预谓其有钱癖。元凯,即杜预(224—284),晋杜陵人。武帝时为河南尹,迁度支尚书。他耽思经籍,尝对晋武帝言曰:"臣有《左传》癖。"这两句意谓无论嗜好什么都是一种病。⑪ "余建中辛巳"二句:建中辛巳,宋徽宗建中靖国元年(1101)。归,嫁。 ⑫ 时先君作礼部员外郎:先君,死去的父亲,指李格非。礼部员外郎,原指正额以外的郎官,为各司之次官。 ⑬ 丞相作吏部侍郎:指赵明诚之父赵挺之(1040—1107),字正夫,密州诸城人,熙宁间进士。徽宗即位,为礼部侍郎、吏部侍郎,累官尚书右仆射兼中书侍郎,为右相。吏部侍郎,尚书省吏部副长官。 ⑭ 谒告:即请假。 ⑮ 葛天氏之民:葛天氏是传说中远古有德的帝王。陶渊明《五柳先生传》中有云"无怀氏之民欤,葛天氏之民欤",极言隐居生活如上古之民那般自由快乐。 ⑯ 饭蔬衣綀(liàn):饭蔬,语出《论语·述而》:"饭蔬食饮水,曲肱而枕之,乐亦在其中矣。"饭蔬即素食。綀,即练,练过的布帛,这里指粗布。此处

极言生活简朴。 ⑰ 遐方绝域:指边远偏僻的地区。 ⑱ 日将月就:语出《诗经·周颂·敬之》:“日就月将,学有缉熙于光明。”此处是逐渐、日积月累之意。 ⑲ 馆阁:宋代修史、藏书、校雠之处统称为馆阁,有昭文馆、史馆、集贤院三馆和秘阁。 ⑳ 鲁壁、汲冢:秦始皇焚书时,孔子九代孙孔鲋将儒家经书藏于孔子故宅墙壁中,西汉景帝时鲁恭王刘馀好治宫室,破坏孔子旧宅,发现了墙壁中的古文书籍,是为鲁壁。汲冢,西晋武帝时在汲郡的一座战国古墓中发现并出土的一批竹简古书。此处都是指罕见的古书。 ㉑ 徐熙(886—975):南唐江宁人,世为江南士族,识度闲放,以高雅自任。善画花竹树木草虫之类,花果尤佳,得自然之妙。 ㉒ 信宿:连住两夜。 ㉓ 屏居乡里十年:赵挺之罢相逝世后,因受蔡京陷害,赵明诚也被免职,夫妇二人居青州十三年。屏居,隐居。 ㉔ 连守两郡:指赵明诚宣和八年(1121)守莱州,靖康元年(1126)守淄州。 ㉕ 铅椠:铅指铅条,椠指木版,古人书写文字的工具。此处意为校勘、书写。语出《西京杂记》:“扬子云好事,常怀铅提椠,从诸计吏,访殊方绝域四方之语。” ㉖ 簿甲乙:编制编号,进行排序。簿,登记。 ㉗ 憀栗:本为悲怆、寒冷凛冽之意,此处意为拘束。 ㉘ 食去重肉,衣去重采:食去重肉,指不吃两道荤菜。衣去重采,指没有两件绣衣。意为生活简朴,不注重衣食而将钱财都放在金石之上。 ㉙ 刓(wán)阙:磨损残缺。 ㉚“至靖康丙午岁”二句:靖康丙午,即靖康元年(1126),当时赵明诚在淄州任上。正月,金人犯京师,李纲率众守城。 ㉛“建炎丁未”二句:建炎丁未,即建炎元年(1127),五月宋高宗赵构改年号建炎。太夫人,指赵明诚母亲。 ㉜ 监本:宋代国子监所刻之书,被称为监本,公开出售,比较容易买到。 ㉝“建炎戊申”二句:建炎戊申,即宋高宗建炎二年(1128)。起复,又被任用。 ㉞ 过阙上殿:指入京拜见皇帝。当时皇帝在建康府。 ㉟ 岸巾:故人巾帻都覆盖住额头,没有覆盖住额头的称岸巾,表示无拘无束的样子。 ㊱ 烂烂:形容眼睛炯炯有神。《世说新语·容止》:“裴令公目王安丰目烂烂如岩下电。” ㊲ 缓急:指情况紧急之时。 ㊳ 戟手:徒手屈肘如戟形,为情绪激昂时的动作。《左传·二十五年》:“诸师出,公戟其手,曰‘必断而足!’” ㊴ 至行在,病痁:皇帝所在之处为行在,此时宋高宗在建康。病痁(shān),患疟疾。 ㊵ 殊无分香卖履之意:指赵明诚去世时未留下遗嘱。分香卖履,比喻人临死念念不忘妻妾。曹操《遗令》:“余香可分与诸夫人,不命祭。诸舍中无所为,可学作履组卖也。” ㊶ 分遣六宫:宋高宗建炎三年(1129)隆祐太后率领后宫妃嫔逃往洪州(今江西南昌)。 ㊷ 他长物称是:其他能够用的东西,规模数量也大致相同。 ㊸“有弟迒(háng)”句:迒,李清照之弟。敕局删定官是掌管诏旨、图书编纂分类的官员。 ㊹ 台:台州,今浙江临海。 ㊺ 剡:今浙江嵊县。 ㊻ 驻跸章安:驻跸,帝王出行开路清道,此处指当时宋高宗暂驻章安镇。 ㊼ 从御舟海道之温,又之越:温即温州。越即越州(今浙江绍兴)。 ㊽“庚戌十二月”三句:庚戌,建炎四年(1130)。放散百官,《三朝北盟会编》卷一百四三:宋高宗建炎四年十一月,“金人已陷楚州,游骑至江上,行在惊恐,乃放散百司,从便”。衢,即衢州。 ㊾ 绍兴辛亥:指宋高宗绍兴元年(1131)。 ㊿ 张飞卿:疑指张汝舟,字飞卿,崇宁五年进士。高宗喜好古玩,汝舟以进奉得官。有说靖康之后李清照曾改嫁张汝舟,因汝舟觊觎其金石,不堪虐待而揭发其早年罪行。 51 珉:意指像玉的石头,一种美玉。 52 颁金:颁,即分赐,一般将皇帝的赏赐称为颁。此处应指李清照曾被迫将古玩献给宋高宗,而得到皇帝的奖赏。另有说颁金指赏赐给金人。为防止自家收藏悉数充公,李清照不得不急着转移古

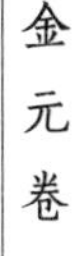

玩。 ㊼ 论列:弹劾,告发。 ㊾ 无虑:大概。 ㊿ 簏:竹箱。 ⑯ 穴壁:指窃贼掘壁以盗窃。 ⑰ 吴说:字傅朋,号练塘,居钱塘之紫溪,人称吴紫溪。书法一笔一行,游丝连绵,自成一体,名为“游丝书”,在当时颇负盛名。曾任福建路转运判官,故称其为运使。 ⑱ 芸签缥带:芸签,即书签,古人藏书多用芸草驱虫,因此与书有关之物多带“芸”字。缥带即束书的带子。 ⑲ 手泽:当年赵明诚手迹。《礼记·玉藻》:“父没而不能读父之书,手泽存焉尔。” ⑳ 墓木已拱:坟上所栽之树已有两手相围的一拱之粗,形容人去世已经很久。 ⑥1 “昔萧绎”三句:梁元帝萧绎(508—554),字世诚,小字七符,梁武帝萧衍第七子。西魏遣于谨等伐梁,萧绎焚古今图书十四万卷,叹曰:“读书万卷,犹有今日。”寻为魏人所杀。 ⑥2 “杨广”三句:隋炀帝杨广(569—618),文帝次子,在位期间滥用民力,大兴土木、征讨,最终造成隋朝灭亡,自己也被宇文化及杀于江都。《太平广记》中载,隋炀帝死后,有新书八千卷将载还京,上官魏得隋炀帝托梦要取书,后逢河上遇雨,船倾覆而书无遗,当时人传为隋炀帝得之。 ⑥3 菲薄:此处意为命薄。 ⑥4 尤物:珍奇异物。《左传·昭公二十八年》:“夫有尤物,足以移人。” ⑥5 “余自少”句:陆机(261—303),吴郡吴县人,字士衡,少有异材,文章冠世,太康末与弟陆云俱入洛阳,累迁太子洗马、著作郎。杜甫《醉歌行》称陆机二十作《文赋》,此处易安指自己不到二十岁而嫁赵明诚。 ⑥6 “至过”句:蘧瑗知非,语出《淮南子·原道训》:“故蘧伯玉年五十而有四十九年之非。”蘧伯玉,即春秋时卫大夫蘧瑗,孔子的弟子。此处易安指自己年已过五十岁。 ⑥7 人亡弓,人得之:楚国人丢失弓,拾到的仍是楚国人。比喻自己的东西虽然丢了,拾到它的人并不是外人。根据《孔子家语》记载,楚王出猎而丢失了弓,左右请求寻找,楚王阻止道:“楚人失弓,楚人得之,又何求之?” ⑥8 区区:深爱难舍的样子。

【赏析】 本文开篇即指出《金石录》一书价值之所在,指出其“合圣人之道”、“订史氏之失”的重要作用,并由王涯、元载、长舆、元凯的历史典故明确地提出李清照夫妇对金石古玩的钟情,从而引出易安对人生经历的回顾和欷歔。

以下三段易安以温情脉脉的笔触记叙身世,回忆与丈夫收集古玩金石的无限乐趣,生动地还原了一对年轻夫妇搜罗、传写古文奇字的生活场景,由此可见二人惜书、爱书、护书、嗜书如命的性情。有欣然忘食的痴迷,亦有囊中羞涩的遗憾,那些共同校勘的夜晚,摩玩舒卷、自足于心的时刻,虽身处穷困却猜书自娱的日子,越是美好难忘,越是将后文中人亡物散的颓唐老境衬托得凄惨悲怆。

言至靖康丙午,笔势陡转,由温情变得仓促慌乱。金兵入侵,战火蔓延,易安平淡安稳的日子遂急转直下。国破家亡之际,又遇丈夫病故,使易安的后半生更加凄凉。明诚知湖州,舟中送别犹精神如虎,因暑气染疾,他竟一病不起,溘然长逝,其间不过两月,死生之无常更显残酷。而赵明诚身前已将平生所藏尽数托付给了易安,易安以一己之身,当国难之乱世,全身尚难,如何

能保全这些金石古玩？青州故居被焚，投洪州古玩陷入敌手，劫余文物被官兵收去，随身携带之珍宝又遭窃贼盗走……祸不单行，易安又为之奈何？

易安作本文时已五十二岁，丈夫赵明诚去世也已六年，最后所剩残卷，更让易安睹物思人，怀念起死去的丈夫，回忆起当年同甘共苦走过的日子，丈夫的手迹仍在眼前，人却已与她阴阳两隔。人已亡，物已失，易安平生所爱之人、所惜之物都已不在。五十二岁的易安，回忆起自己一生的悲喜，得出了“有有必有无，有聚必有散”这看似豁达的人生感悟，实际上充满了无奈与悲戚之情。这是一无所有的易安在人生迟暮之年的叹息。

靖康年间的战乱不仅改变了易安的命运，也改变了整个宋代的历史，给广大百姓带来了深重的灾难，在靖康之难的战火中，骨肉分离的悲剧每天都在上演。由本文易安的遭遇，足可管窥两宋之交社会动荡的真实情况。

李　纲

作者简介

李纲(1083—1140),字伯纪,邵武(今属福建)人。政和二年(1112)登进士第。积官至监察御史,以言事忤权贵,改比部员外郎。靖康初(1126)为兵部侍郎,金人来侵,力主迎战被谪。高宗即位,首召为相。修内治,整边防,讲军政,力图恢复。黄潜善等人沮之,七十馀日而罢。卒谥忠定。所为诗文雄深雅健。著有《梁溪先生文集》一百八十卷。

靖康传信录

【题解】 《靖康传信录》系李纲于靖康二年(1127)所作,共三卷,前有自序,记录了靖康年间金人南下侵略之事。靖康是北宋最后一个年号,从1126年至1127年,时宋钦宗在位。传信,把确信的事实传告于人。此文节选自《靖康传信录》卷一。

【原文】

宣和七年[1]冬,金人败盟,分兵两道入寇;其一以戎子斡离不[2]为帅,寇燕山[3],郭药师[4]叛,燕山诸郡皆陷,遂犯河北;其一以国相粘罕[5]为帅,寇河东[6],李嗣本[7]叛,忻、代[8]失守,遂围太原。边报猝至,朝廷震惧,不复议战守,惟日谋避狄之计。然其事尚秘,外廷[9]未闻也。至十二月中旬,闻贼马逼近,始遣李邺借给事中[10]奉使讲和,降诏罪己[11],召天下勤王之师,且命皇太子为开封牧。宰执[12]日聚都堂,茫然无策,津遣[13]家属,散之四方,易置东南[14];守臣具舟楫,运宝货,为东下计。于是,避狄之谋,外廷始闻。余时为太常寺少卿[15],素与给事中吴敏[16]厚善。夜过其家,谓敏曰:“事急矣,建牧之议,岂非欲委以留守之任乎?东宫恭俭之德,闻于天下,以守宗社[17]是也,而建以为牧非也。巨盗猖獗如此,宗社不守,中原且无人种,自非传以位号,使招徕天下豪杰,与之共守,何以克济!公从官以献纳论思为职,曷不非时请对,为上极言之,使言不合意,不过一死。死有轻于

鸿毛者，此其时也。”敏曰：“监国[18]可乎？”余曰：“不可。唐肃宗灵武之事，当时不建号，不足以复邦，而建号之议，不出于明皇，后世惜之[19]。上聪明仁慈，倘感公言，万有一能行此，金人且将悔祸退师，宗社底宁，岂徒都城之人获安，天下之人皆将受赐，非发勇猛广大慈悲之心、忘身殉国者，孰能任此？”

敏翌日求对，具道所以，且曰：“陛下果能用臣言，则宗社灵长，圣寿无疆。”上曰：“何以言之？”敏曰：“神霄万寿宫所谓长生大帝君陛下也，必有青华帝君以助之，其兆已见于此[20]。”上感悟叹息。因言“李纲之论，盖与臣同”。有旨召余赴都堂禀议讫[21]，随宰执至文字库祗候引对[22]，实二十三日也。其日，余怀所论著札子，待对文字库。上御玉华阁，先召宰执吴敏等对，至日晡[23]，时内禅之议已决。催吴敏与门下侍郎草禅位诏，召百官班垂拱殿下，宣示诏旨，余不复得对。是夕，命皇太子入居禁中[24]，覆以御袍。皇太子俯伏感涕力辞，因得疾，召东宫官耿南仲[25]视医药，至夜半少苏；翌日又固辞不从，乃即大位，御垂拱殿见宰执百官。时日有五色晕，挟珥赤黄色，有重日相摩荡[26]，久之乃隐。尊道君皇帝曰“道君太上皇帝”，尊道君皇后为“道君太上皇后”，道君太上皇帝居龙德宫，道君太上皇后居撷景园。以李邦彦[27]为龙德宫使，蔡攸[28]、吴敏副之，皆奉道君太上皇帝旨也。大赦天下。翰林学士王孝迪[29]实草赦书，而不著上自东宫传位之意，致四方疑，士论非之。诏有司讨论所以崇奉道君太上皇帝者，余时犹在太常，条具以闻。诏遣节度使梁方平将骑七千守濬州[30]，步军都指挥使何灌将兵二万扼河津[31]，探报虏骑渐迫[32]故也。

二十八日，有旨召对延和殿，上迎谓曰：“卿顷论水章疏，朕在东宫见之，至今犹能忆诵。尝为赋诗，有‘秋来一凤向南飞’之句。”余叙谢讫，因奏曰：“陛下养德东宫，十有余年，恭俭日闻，海内属望。道君太上皇帝观天意、顺人心，为宗社计，传位陛下。受禅之际，灿然[33]明白，下视有唐[34]，为不足道也。愿致天下之养，极所以崇奉者，以昭圣孝。今金寇先声虽若可畏，然闻有内禅之事，势必消缩[35]请和，厚有所邀求于朝廷。臣窃料之，大概有五：欲称尊号，一也；欲得归朝人，二也；欲增岁币[36]，三也；欲求犒师之物，四也；欲割疆土，五也。欲称尊号，如契丹故事，当法以大事小之义，不足惜；欲得归朝人，当尽以与之，以示大信，不足惜；欲增岁币，当告以旧约，以燕山、云中归中国[37]，故岁币增于大辽者两倍，今既背约自取之，则岁币当减，国家敦示和好，不校[38]财货，姑如元[39]数可也；欲求犒师之物，当量力以之；至于疆土，则祖宗之地，子孙当以死守，不可以尺寸与人。愿陛下留神于此数者，执之坚，无为浮议[40]所摇，可无后艰。"并陈所以御敌固守之策，上皆嘉纳。翌日有旨除兵部侍郎，日下供职。

【注释】 ① 宣和七年:公元1125年，时宋徽宗在位，十二月钦宗即位。 ② 斡离不:完颜宗望(？—1127)，金太祖第二子，本名斡鲁补。与宗翰率兵攻宋，攻陷汴京，俘徽、钦二帝，立张邦昌为帝。 ③ 燕山:在河北省兴隆县北部，多隘口(古北口、喜峰口、冷口等)，为战略要地和南北交通孔道。 ④ 郭药师:渤海铁州人。辽金交替时的燕京将领，辽国被灭时降宋，后再降金国，并协助金国南侵。因尽知宋之虚实，从完颜宗望伐宋，得全胜。 ⑤ 粘罕:即完颜宗翰(1079—1136)，本名粘没喝，汉语讹为粘罕。金太宗时为左副元帅攻宋，克汴京。 ⑥ 河东:唐以后泛指山西全境为河东。 ⑦ 李嗣本:代州守将。《续资治通鉴长编》卷九十五:"(宣和七年)金人南侵朔、武之境，宣抚使谭稹遣李嗣本御之。"因汉儿开门献金，朔、武失守，金兵至代州，"守将李嗣本率兵拒守，汉儿又擒嗣本以降，遂破代州"。 ⑧ 忻、代:忻，忻州，隋开皇十八年(598)置，治所在秀容县，今山西忻州市。代，代州，隋开皇五年(585)以肆县改名，治所在山西广武县。 ⑨ 外廷:与皇宫内廷相对而言，指外朝，群臣等待上朝和办公议事的地方。 ⑩ 李邺借给事中:李邺，累官给事中，尝充通问金国使，见金势日盛，心怀叛意，形于言表，建炎三年(1129)四月除知绍兴府，十二月即降金。给事中，宋官职，神宗元丰改制后复为职事官，正四品，分治门下省日常公务，审读内外出纳文书，驳正政令、授官之失当者，日录奏章以进，纠治其违失。 ⑪ 降诏罪己:1125年岁末，宋徽宗正式向国民颁布罪己诏，对言路闭塞、奸邪掌权、重赋侈靡等方面做了忏悔。 ⑫ 宰执:掌政的大官。 ⑬ 津遣:由水路送行。 ⑭ 易置东南:改换到东南地区，指做好南渡的准备。 ⑮ 太常寺少卿:宋前期阶官名，无职事，元丰改制易阶官为朝议大夫，太常少卿为职事官，本寺副长官，佐正卿领太常寺事。 ⑯ 吴敏:宋真州人，字元中，徽宗大观二年(1108)辟雍私试首选，擢为浙东学士司干官。钦宗时累迁少宰，以主和议与太宰徐处仁议不合，罢为观文殿大学士、醴泉观使，再贬崇信军节度副使。绍兴初为广西、湖南宣抚使，卒于官。 ⑰ 宗社:宗庙和社稷的合称。泛指国家。 ⑱ 监国:中国古代的一种政治制度，通常是指皇帝外出时，由一重要人物如太子留守宫廷，处理国事。 ⑲ "唐肃宗灵武之事"六句:唐代安史之乱时，玄宗奔蜀，至马嵬坡，马嵬民众拦阻玄宗请留，玄宗不从。太子李亨留下，后在朔方节度使所在地灵武自行登基，称肃宗，尊玄宗为太上皇。建号，建立名号，指自立或受封为王。 ⑳ "神霄万寿宫"三句:据《宋史·方技传下·林灵素》载，宋徽宗宠方士林灵素，赐号通真达灵先生，加号元妙先生、金门羽客。林灵素曾进言:"天有九霄，而神霄为最高……神霄玉清王者，上帝之长子，主南

方,号长生大帝君,陛下是也。既下降于世,其弟号青华帝君者,主东方,摄领之。” ㉑ 都堂禀议讫:与尚书省官员的讨论结束之后。都堂,尚书省办公之所,唐、宋、金称尚书省长官处理全省政务厅堂为都堂。禀议,下属就上官提出的议案发表意见或建议。讫,结束。㉒ 祗候引对:指接受皇帝的召见。祗候,官职名,宋代祗候分置于东、西上阁门,与阁门宣赞舍人并称阁职,祗候分佐舍人。引对,指皇帝召见臣僚询问对答。 ㉓ 日晡:即日铺,日交申时而食。申时,下午3时至5时。 ㉔ 禁中:指帝王所居宫内,也作“禁内”。 ㉕ 耿南仲(?—1129):字晞道,宋开封人,徽宗政和二年(1112)为太子右庶子,迁太子詹事、宝文阁直学士。 ㉖ “时日有五色晕”三句:日有五色晕,指太阳周围形成的五色光圈。珥,太阳两旁的光晕。重日,两个太阳。摩荡,互相摩擦、推移。 ㉗ 李邦彦:宋怀州(今河南沁阳)人,字士美,北宋末年“靖康之难”投降派奸臣之首,直接造成北宋灭亡。大观间及第,仕符宝郎,外表俊爽,美风姿,为文敏而工,应对便捷,善讴谑,能蹴鞠,经常以街市俚语为词曲,自号李浪子。宣和间拜少宰,被称为浪子宰相。 ㉘ 蔡攸(1077—1126):兴化军仙游人,字居安,蔡京之子,徽宗崇宁三年(1104)赐进士出身,以市井秽语、道家邪说逢迎徽宗,封英国公,领枢密院,后促成徽宗禅位。钦宗靖康元年(1126),从徽宗南逃。同年,被谴永州安置,诛死。 ㉙ 王孝迪:寿州下蔡人,宣和七年(1119)知庐州,靖康元年正月自翰林学士承旨除中书侍郎,二月罢。 ㉚ “诏遣节度使”句:梁方平,北宋末将领。《宋史·钦宗本纪》:“靖康元年(1126)金人破浚州,威武军节度使梁方平师溃,河北、河东路制置副使何灌退保滑州。”濬州即浚州,北宋政和五年(1115)置,治所在今河南浚县东。㉛ “步军都指挥使”句:步军都指挥使,军职名,全称为侍卫亲军步军司都指挥使,正五品。何灌(1065—1126),开封祥符人,字仲源。武选登第,善射,名震辽、夏。靖康初金师寇京城,何灌入援,令控守西隅,背城拒战。凡三日,被创数处,没于阵。河津,北宋宣和二年(1120)以龙门县改名,治所在今山西河津县东南。 ㉜ 渐迫:逐渐逼近。 ㉝ 灿然:清楚、显豁的样子。 ㉞ 有唐:自唐建立以来。 ㉟ 消缩:减少,衰退,消减。 ㊱ 岁币:指朝廷每年向金国输纳的钱物。 ㊲ 当告以旧约,以燕山、云中归中国:宣和四年(1122)宋金盟约,约定灭辽后宋得燕山府路和云中府路,但后来并未兑诺。 ㊳ 校:斤斤计较之意。㊴ 元:即“原”,本来。 ㊵ 浮议:没有根据的议论。

【赏析】 本文节选内容集中记叙了徽宗让位钦宗一事的始末,展现了北宋末金人入侵的背景下,北宋朝廷的混乱局面。

前线战场面临两路金兵,郭药师、李嗣本等将领临阵叛逃,使北宋防线不堪一击,京城告急。消息传来,君臣上下并未同心协力商量御敌之策,而是乱作一团,唯求自保。一方面,宋徽宗下罪己诏,全力准备求和免战;另一方面,大臣们茫然无策,争相遣送家属与资财往南方,准备弃都逃亡。

生死存亡之际,李纲与吴敏等大臣说服宋徽宗退位让贤,太子即位,为宋钦宗。钦宗重新调配了前线军队部署,以应对越来越紧迫的战事。此时,朝野上下都盼望着新帝即位能尽快平息金人入侵一事,李纲更期待着钦宗召见,力陈御敌之策。文章最后一个部分记叙了李纲上钦宗之言,根据当时的战局，李纲料定金国必定求和，并且已经预见金人所求有五：尊号、得归朝人、增岁币、求犒师之物、割疆土。针对这五点要求，李纲思虑周全，恪守原则，认为尊号与归朝人尽可满足金人的要求；岁币之事必须晓之以理，金人不守旧约而南下，本已无理，而朝廷仍依旧约给岁币，足以彰显朝廷以德报怨之心；犒师之物应量力而为；至于割疆土，则是原则性问题，绝对不能应允，不存在让步妥协的空间。

李纲答宋钦宗之辞，进退有节，深谋远虑，也提出了固守之策，但如徐梦莘《三朝北盟汇编》中所言："文吏武将，望风降走，比比皆是。"整个北宋朝廷都陷入了对金人深深的恐惧之中，以李纲一人之力，已经无力扭转乾坤了。

孟元老

作者简介

孟元老，号幽兰居士，生卒年不详，仅知他为北宋末人，南宋初年尚在。年少时曾追随先人宦游，崇宁年间定居开封，南渡后追忆汴京盛况，著《东京梦华录》十卷。

《东京梦华录》序

【题解】 本文选自《东京梦华录》卷首，是作者于绍兴十七年(1147)为《东京梦华录》所作之序。《东京梦华录》一书共十卷，以一个北宋遗民的视角，回顾北宋都城汴京昔日的繁华和富庶，还原北宋的太平盛世。靖康之难，北民南迁，故乡不再，回首时恍然一梦，因此书中充满了伤感的故国之思和幻灭之感。

【原文】

仆从先人宦游南北，崇宁癸未[1]到京师，卜居于州西金梁桥西夹道之南[2]。渐次长立，正当辇毂之下[3]，太平日久，人物繁阜。垂髫之童，但习鼓舞；斑白之老，不识干戈。时节相次，各有观赏。灯宵月夕，雪际花时，乞巧登高[4]，教池游苑[5]，举目则青楼画阁[6]，绣户珠帘[7]。雕车竞驻于天街，宝马争驰于御路[8]，金翠耀目，罗绮飘香。新声巧笑于柳陌花衢，按管调弦于茶坊酒肆[9]。八荒争凑，万国咸通。集四海之珍奇，皆归市易；会寰区之异味，悉在庖厨[10]。花光满路，何限春游；箫鼓喧空，几家夜宴。伎巧则惊人耳目，侈奢则长人精神。瞻天表则元夕教池，拜郊孟享[11]，频观公主下降[12]，皇子纳妃。修造则创建明堂[13]，冶铸则立成鼎鼐[14]。观妓籍则府曹衙罢[15]，内省宴回[16]；看变化则举子唱名[17]，武人换授[18]。仆数十年烂赏叠游，莫知厌足[19]。

一旦兵火，靖康丙午之明年[20]，出京南来，避地江左[21]，情绪牢落，渐入桑榆[22]。暗想当年，节物风流，人情和美，但成怅恨。近与亲戚会面,谈及曩昔[23],后生往往妄生不然。仆恐浸久,论其风俗者,失于事实,诚为可惜。谨省记编次成集,庶几开卷得睹当时之盛。古人有梦游华胥之国[24],其乐无涯者。仆今追念,回首怅然,岂非华胥之梦觉哉!目之曰《梦华录》。然以京师之浩穰,及有未尝经从处,得之于人,不无遗阙。倘遇乡党宿德[25],补缀周备,不胜幸甚。此录语言鄙俚,不以文饰者,盖欲上下通晓尔,观者幸详焉。绍兴丁卯岁[26]除日,幽兰居士孟元老序。

【注释】 ① 崇宁癸未:即崇宁二年(1103)。 ②“卜居”句:卜居,即择居,古人选择住宅要先占卜风水,因此称“卜居”。金梁桥,汴河流经汴京城内,河上有桥十三座,从西水门向东数第三座桥叫金梁桥。 ③ 辇毂之下:指京城天子脚下。辇,帝王所用的车乘。毂,车轴。 ④ 乞巧登高:每年七月初七乞巧节,有“儿童裁诗、女郎呈巧、焚香列拜”等活动。九月初九重阳节,有登高宴饮的活动。 ⑤ 教池游苑:池指汴京城金明池,苑指琼林苑。据《东京梦华录》载,三月初开金明池琼林苑,进行水上操练,有各种游乐活动,直到三月二十日宋徽宗到琼林苑游幸才结束。 ⑥ 青楼画阁:指装饰精美的亭台楼阁。 ⑦ 绣户珠帘:绣户,锦绣装饰的门户。珠帘,缀上珍珠的帘子。极言其奢华。 ⑧“雕车”二句:雕车,雕镂精美的车子。宝马,用珍宝装饰的马。御路,御街中心有专门给皇帝通行的道路。 ⑨“新声巧笑”二句:新声,新谱的曲子。柳陌花衢,即花街柳巷。按管调弦,指吹奏管乐,弹弦歌唱。 ⑩“会寰区之异味”二句:寰区,形容区域广大。异味,特别的美味。庖厨,本意是厨房,此处指饮食商店。 ⑪“瞻天表”二句:瞻天表,瞻仰皇帝的容颜。宋徽宗三月二十到金明池、琼林苑游玩,允许普通人观看。拜郊,到郊外祭祀。孟享,即孟飨,帝王宗庙祭礼。因于每年的四孟(孟春、孟夏、孟秋、孟冬)举行,故称。 ⑫ 公主下降:指公主出嫁。 ⑬ 明堂:古代帝王宣明政教的地方。凡朝会、祭祀、庆赏、选士、养老、教学等大典,都在此举行。《孟子·梁惠王下》:“夫明堂者,王者之堂也。” ⑭ 鼎鼐:比喻朝政。鼎是古代烹煮用的器物,一般为三足两耳,被视为立国的重器,是政权的象征。鼐是大鼎。 ⑮ 府曹衙罢:各个官府办公事毕。 ⑯ 内省宴回:内宴和省筵都结束的时候。 ⑰ 举子唱名:学子中进士之后,皇帝逐一点名召见,即为唱名。 ⑱ 武人换授:改换官职,地位提升。 ⑲ 厌足:满足。 ⑳ 靖康丙午之明年:指靖康二年(1127),金兵攻破汴京,掳走徽、钦二帝及后宫、宗室,北宋灭亡。 ㉑ 出京南来,避地江左:指离开汴京,南下避祸。 ㉒ 情绪牢落,渐入桑榆:牢落,孤寂冷落,百无聊赖。桑榆,夕阳的余晖照在桑榆树梢上,借指落日余光处,比喻晚年。 ㉓ 曩(nǎng)昔:往昔,当年。 ㉔ 梦游华胥之国:语出《列子·黄帝》:“昼寝而梦,游于华胥氏之国。”指人们渴望得到的理想境界。 ㉕ 乡党宿德:乡党,古代五百家为党,一万二千五百家为乡,合而称乡党,也指乡亲、同乡。宿德,德高望重的长者。 ㉖ 绍兴丁卯岁:即绍兴十七年(1147)。

【赏析】 本文为《东京梦华录》之序。作者为北宋遗民,用饱含情感的

笔触，从节日风俗、建筑装饰、娱乐生活、对外贸易、皇室活动、祭祀宴饮等各个方面，极言当年汴京之繁华，令人眼花缭乱。天子脚下，男女老少都自得其乐，百姓不识干戈，一派安宁祥和之景。每逢佳节，则有各种活动，歌舞升平，满眼是香车宝马、绫罗锦绣，让人如登极乐，如临仙境，乐不思蜀。与外国通商来往，珍奇玩物、美味佳肴都汇聚于此。天子也能与民同乐，皇室嫁娶之事平民也能一饱眼福。

但“一旦兵火”一句凌空而来，鲜花着锦之盛不再，金兵破汴京，北宋灭亡，皇室被掳，百姓罹祸。本文虽然没有用大量笔墨描写北宋灭亡的全景，但通过“出京南来，避地江左”的经历，可想见当时平民百姓流亡之苦。

本文未涉时事，重在怀旧。作者将昔日北宋汴京之景一一描绘下来，以旧梦的温存来抵御现实的创痛，意在抒发浓重的“情绪牢落”之感。作为北宋遗民，作者抚今思昔，如同旧梦一场，更觉怅然悲痛。

郑　樵

作者简介

郑樵(1104—1162),字渔仲,兴化军莆田(今福建莆田)人,好著书,无意科举。居夹漈山,谢绝人事,刻苦力学三十载。广涉礼乐、文字、天文、地理、虫鱼、草木、方书之学。高宗绍兴中,因荐召对,授右迪功郎,礼、兵部架阁,后改监南岳庙,著《通志》。书成,入为枢密院编修官。学者称为夹漈先生,自号溪西逸民。著述颇丰,有《夹漈遗稿》三卷、《通志》二百卷及《尔雅注》等并行于世。

《通志》总序

【题解】《通志》共二百卷,是一部记录上起三皇、下迄隋唐各代典章制度的政书,成书于宋绍兴三十一年(1161)。体例仿《史记》,改《史记》中的"表"为"谱",改"书"为"略"。有本纪、年谱、略、世家、列传、载记六大类目。本纪、列传记事自三皇至隋,依照旧史取舍删削,创新点较少。《二十略》中氏族略、六书略、七音略、都邑略、谥略、校雠略、图谱略、金石略、昆虫草木略为作者首创。《通志》与《通典》、《文献通考》并称"三通"。本文为《通志》全书总序之节选,见《通志》卷首。

【原文】

百川异趋[①],必会于海,然后九州无浸淫之患[②];万国殊途,必通诸夏[③],然后八荒无壅滞之忧[④]:会通[⑤]之义大矣哉!

自书契[⑥]以来,立言者虽多,惟仲尼以天纵之圣[⑦],故总《诗》、《书》、《礼》、《乐》而会于一手,然后能同天下之文;贯二帝三王[⑧]而通为一家,然后能极古今之变。是以其道光明,百世之上、百世之下不能及。

仲尼既没,百家诸子兴焉,各效《论语》以空言著书。至于历代实迹,无所纪系[⑨]。迨汉建元、元封之后[⑩],司马氏父子[⑪]出焉。司马氏世司典籍,工于制作[⑫]。故能上稽仲尼之意,会《诗》、《书》、《左

传》、《国语》、《世本》[13]、《战国策》、《楚汉春秋》[14]之言，通黄帝、尧、舜至于秦汉之世，勒[15]为一书，分为五体："本纪"纪年，"世家"传代，"表"以正历，"书"以类事，"传"以著人，使百代而下，史官不能易其法，学者不能舍其书。六经[16]之后，惟有此作！故谓周公五百岁而有孔子，孔子五百岁而在斯乎[17]！是其所以自待者已不浅。

然大著述者，必深于博雅，而尽见天下之书，然后无遗恨。当迁之时，挟书之律初除[18]，得书之路未广，亘[19]三千年之史籍，而局蹐[20]于七八种书，所可为迁恨者，博不足也。凡著书者，虽采前人之书，必自成一家言。左氏，楚人也[21]，所见多矣，而其书尽楚人之辞；公羊，齐人也[22]，所闻多矣，而其书皆齐人之语。今迁书全用旧文，间以俚语。良由采摭未备[23]，笔削不遑[24]，故曰："予不敢堕先人之言，乃述故事，整齐其传，非所谓作也[25]。"刘知几亦讥其多聚旧记，时插杂言[26]。所可为迁恨者，雅不足也。

大抵开基之人，不免草创，全属继志之士为之弥缝[27]。晋之《乘》、楚之《梼杌》、鲁之《春秋》，其实一也[28]。《乘》、《梼杌》无善后之人[29]，故其书不行。《春秋》得仲尼挽之于前，左氏推之于后，故其书与日月并传。不然，则一卷事目[30]，安能行于世！自《春秋》之后，惟《史记》擅制作之规模；不幸班固[31]非其人，遂失会通之旨，司马氏之门户自此衰矣！

班固者，浮华之士也，全无学术，专事剽窃。肃宗问以制礼作乐之事，固对以在京诸儒必能知之[32]。傥臣邻[33]皆如此，则顾问何取焉！及诸儒各有所陈，固惟窃叔孙通[34]十二篇之仪，以塞白[35]而已。傥臣邻皆如此，则奏议何取焉！肃宗知其浅陋，故语窦宪[36]曰："公爱班固而忽崔骃，此叶公之好龙也[37]。"固于当时，已有定价；如此人材，将何著述！

《史记》一书，功在十《表》，犹衣裳之有冠冕，木水之有本原；班固不通旁行邪上[38]，以古今人物强立差等。且谓汉绍尧运[39]，自当继尧，非迁作《史记》厕于秦、项[40]。此则无稽之谈也。由其断汉为书，是致周、秦不相因，古今成间隔。自高祖至武帝，凡六世之前，尽窃迁书，不以为惭；自昭帝至平帝，凡六世，资于贾逵、刘歆，复不以为耻[41]。况又有曹大家[42]终篇，则固之自为书也几希。往往出固之胸中者,《古今人表》耳,他人无此谬也。后世众手修书,道傍筑室[43];掠人之文,窃钟掩耳[44]:皆固之作俑[45]也。固之事业如此,后来史家奔走班固之不暇,何能测其浅深!迁之于固,如龙之于猪,奈何诸史弃迁而用固,刘知几之徒尊班而抑马[46]!

且善学司马迁者,莫如班彪[47]。彪续迁书,自孝武至于后汉,欲令后人之续己,如己之续迁,既无衍文,又无绝绪[48],世世相承,如出一手,善乎其继志也!其书不可得而见;所可见者,元、成二帝赞耳[49]。皆于本纪之外,别记所闻,可谓深入太史公之阃奥[50]矣!凡左氏之有"君子曰"者,皆经之新意。《史记》之有"太史公曰"者,皆史之外事,不为褒贬也;间有及褒贬者,褚先生之徒杂之耳[51]。且纪传之中,既载善恶,足为鉴戒,何必于纪传之后更加褒贬!此乃诸生决科之文[52],安可施于著述,殆非迁、彪之意。况谓为赞,岂有贬辞。后之史家,或谓之"论",或谓之"序",或谓之"铨",或谓之"评",皆效班固,臣不得不剧论固也。[53]司马谈有其书,而司马迁能成其父志。班彪有其业,而班固不能读父之书。固为彪之子,既不能保其身,又不能传其业,又不能教其子,为人如此,安在乎言天下法![54]范晔、陈寿之徒继踵,率皆轻薄无行,以速罪辜,安在乎笔削而为信史也![55]

孔子曰:"殷因于夏礼,所损益可知也;周因于殷礼,所损益可知也。"此言相因也。[56]自班固断代为史,无复相因之义;虽有仲尼之圣,亦莫知其损益。会通之道,自此失矣!语其同也,则纪而复纪,一帝而有数纪。传而复传,一人而有数传。天文者,千古不易之象,而世世作《天文志》[57];《洪范五行》[58]者,一家之书,而世世序《五行传》。如此之类,岂胜繁文!语其异也,则前王不列于后王,后事不接于前事;郡县各为区域,而昧迁革之源;礼乐自为更张,遂成殊俗之政。如此之类,岂胜断绠[59]!

曹魏指吴蜀为寇,北朝指东晋为僭;南谓北为索虏,北谓南为岛夷[60]。《齐史》称梁军为义军[61],谋人之国,可以为义乎!《隋书》称唐兵为义兵[62],伐人之君,可以为义乎!房玄龄董史册,故房彦谦擅美名[63];虞世南预修书,故虞荔、虞寄有嘉传[64]。甚者,桀犬吠尧,吠非其主[65]。《晋史》党晋而不有魏,凡忠于魏者,目为叛臣,王凌、诸葛诞、毌丘俭之徒抱屈黄壤[66];《齐史》党齐而不有宋,凡忠于宋者,目

为逆党，袁粲、刘秉、沈攸之之徒含冤九原[67]。噫！天日在上，安可如斯！似此之类，历世有之，伤风败义，莫大乎此！

迁法既失，固弊日深，自东都至江左[68]，无一人能觉其非。惟梁武帝为此慨然，乃命吴均作《通史》，上自太初，下终齐室，书未成而均卒[69]。隋杨素又奏令陆从典续《史记》，讫于隋，书未成而免官[70]。岂天之靳斯文而不传与[71]？抑非其人而不佑之与？自唐之后，又莫觉其非，凡秉史笔者，皆准《春秋》，专事褒贬。夫《春秋》以约文见义[72]，若无传释，则善恶难明；史册以详文该事，善恶已彰，无待美刺。读萧、曹之行事，岂不知其忠良[73]？见莽、卓之所为，岂不知其凶逆[74]？夫史者，国之大典也。而当职之人，不知留意于宪章[75]，徒相尚于言语，正犹当家之妇，不事饔飧[76]，专鼓唇舌，纵然得胜，岂能肥家！此臣之所深耻也！

江淹有言："修史之难，无出于志。"[77]诚以志者，宪章之所系，非老于典故者，不能为也。不比纪传，纪则以年包事，传则以事系人，儒学之士皆能为之。惟有志难，其次如表。所以范晔、陈寿之徒能为纪传而不敢作表、志。志之大原起于《尔雅》，司马迁曰"书"，班固曰"志"，蔡邕曰"意"，华峤曰"典"，张勃曰"录"，何法盛曰"说"，余史并承班固谓之"志"[78]。皆详于浮言[79]，略于事实，不足以尽《尔雅》之义。臣今总天下之大学术而条其纲目，名之曰"略"，凡二十略。百代之宪章、学者之能事尽于此矣。其五略[80]，汉、唐诸儒所得而闻；其十五略[81]，汉、唐诸儒所不得而闻也。

【注释】 ① 异趋：不同的志趣。《淮南子·泰族训》："箕子、比干异趋而皆贤。"此处指方向不同。 ② 九州无浸淫之患：九州，古代分中国为九州，泛指天下。浸淫，水流溢、泛滥、淹没。 ③ 诸夏：本指周代分封的各个诸侯国，代指中国。 ④ 八荒无壅滞之忧：八荒，又称八方，极其荒芜偏远的地方。壅滞，阻隔，堵塞。 ⑤ 会通：会合变通。 ⑥ 书契：指文字。《易经·系辞下》："上古结绳而治，后世圣人易之以书契。" ⑦ 天纵之圣：上天赋予的圣人之才。《论语·子罕》："子贡曰：'固天纵之将圣，又多能也。'" ⑧ 二帝三王：二帝指唐尧和虞舜，三王指夏禹、商汤、周文王和周武王，分别是夏、商、周的开国者。 ⑨ 纪系：记载联属。 ⑩ 迨汉建元、元封之后：迨，等到。建元（前140—前135）、元封（前110—前105），都是汉武帝年号。 ⑪ 司马氏父子：指司马谈和司马迁。司马谈（？—前110），西汉夏阳人，武帝建元、元封间任太史令，生前拟撰史书，未成。司马迁（前145或前135—前87?），字子长，司马谈之子，继父任太史令，成《太史公书》（即《史记》）。

⑫ 工于制作:擅长写作。制作,著述,创作。 ⑬《世本》:作者不详,一般认为由先秦时史官所修,主要记载上古帝王、诸侯和卿大夫家族世系传承,已散佚。《汉书·艺文志》:"《世本》十五篇,古史官记黄帝以来讫春秋时诸侯大夫。"西汉司马迁作《史记》时曾采用、删定《世本》。 ⑭《楚汉春秋》:九卷,西汉陆贾撰,记录刘邦、项羽起事至汉文帝初期的一部杂史,司马迁撰《史记》时曾参考此书。 ⑮ 勒:雕刻,刻写。此处有编撰之意。⑯ 六经:儒家的六部经典著作《诗》、《书》、《礼》、《乐》、《易》和《春秋》。 ⑰"故谓周公"二句:语出《史记·太史公自序》:"先人有言:'自周公卒五百岁而有孔子。孔子卒后至于今五百岁,有能绍明世,正《易传》,继《春秋》,本《诗》、《书》、《礼》、《乐》之际?'意在斯乎!意在斯乎!"是司马谈对司马迁修史提出的期望。 ⑱ 挟书之律初除:秦代律法规定,除官府有关部门可以藏书外,民间和个人一律不得藏书。西汉初期沿袭秦制,到惠帝四年(前191),这一规定被废除。 ⑲ 亘:贯穿,横亘。 ⑳ 局蹐:狭隘,狭窄。此处意为局限。 ㉑ 左氏,楚人也:郑樵认为《左传》作者系楚左史倚相的后人,而非左丘明。见《通志·氏族略》。 ㉒ 公羊,齐人也:公羊,为公羊高,齐人,著《春秋传》,即《春秋公羊传》。据唐徐彦疏引后汉戴宏序,称《春秋公羊传》由公羊高玄孙公羊寿写录。郑樵此处用前说。 ㉓ 采摭未备:采集摘录得不全面。 ㉔ 笔削不遑:来不及仔细修改。 ㉕"予不敢堕"四句:语出《史记·太史公自序》:"且余尝掌其官,废明圣盛德不载,灭功臣世家贤大夫之业不述,堕先人所言,罪莫大焉。余所谓述故事,整齐其世传,非所谓作也,而君比之于《春秋》,谬矣。"堕,毁坏。 ㉖"刘知几"二句:刘知几在《史通·六家》中评论《史记》:"兼其所载,多聚旧记,时采杂言,故使览之者事罕异闻,而语饶重出。" ㉗"全属"句:全都要靠继承这种志向的有志之士来为它弥补、缝合。属,通"嘱",托付。 ㉘"晋之《乘》"二句:语出《孟子·离娄下》:"孟子曰:'王者之迹熄而诗亡,诗亡然后春秋作。晋之乘,楚之杌,鲁之春秋,一也。其事则齐桓、晋文,其文则史。'"《乘》、《梼杌》和《春秋》分别是春秋时晋国、楚国和鲁国的的史书,内容和体例上有相似之处。 ㉙ 善后之人:继承者。㉚ 事目:摘要,概况。 ㉛ 班固:(32—92),东汉扶风安陵人,字孟坚,班彪之子,续父所著《史记后传》,修成《汉书》。 ㉜"肃宗问"二句:肃宗,即汉章帝刘炟(56—88)。肃宗问以制礼作乐之事,见《后汉书·张曹郑列传第二十五》:"(肃宗)诏召玄武司马班固,问改定礼制之宜。固曰:'京师诸儒,多能说礼。宜广招集,共议得失。'" ㉝ 臣邻:本意为君臣应相亲近,后泛指皇帝身边的大臣。 ㉞ 叔孙通:西汉初期儒家学者,曾协助汉高祖制订汉朝的宫廷礼仪,先后出任太常及太子太傅。 ㉟ 塞白:拼凑文字以搪塞、应付。㊱ 窦宪:东汉扶风平陵人,字伯度,以妹为章帝皇后,拜侍中、虎贲中郎将,和帝时太后临朝,窦宪专权一时,后以罪自求出击匈奴,大破北单于,拜大将军。后迫令自杀。 ㊲"公爱班固"二句:语出《后汉书·崔骃列传》。崔骃(?—92),东汉涿郡安平人,字亭伯,博学通经,善为文,与班固、傅毅齐名。叶公好龙,典出刘向《新序·杂事五》,比喻自称爱好某事物,实际上并不真爱好,含贬义。 ㊳ 旁行邪上:横行斜线,指以表格形式排列的系表、谱牒等。此处郑樵认为《汉书·古今人表》不如《史记》之《表》。 ㊴ 汉绍尧运:意为汉代国运承袭自唐尧。语出《后汉书·班固传》:"固以为汉绍尧运,以建帝业。"以刘汉承继唐尧,始见于《左传·昭公二十九年》:"有陶唐氏既衰,其后有刘累。" ㊵"非迁"句:非议司马迁在《史记》中将《高祖本纪》置于《秦始皇本纪》与《项羽本纪》之间的做法。非,非议。

厕,参与、混杂在里面。秦、项,指《秦始皇本纪》和《项羽本纪》。 ㊶“自昭帝至平帝”四句:意谓从汉昭帝到汉平帝六朝的历史,《汉书》都是依赖贾逵、刘歆的著作,又不认为是耻辱。昭帝至平帝,公元前86年至公元5年,共91年。贾逵(30—101),东汉扶风平陵人,字景伯,明帝时献言《左传》与谶纬相合,可立博士,后又与金文经学家李育论辩,和帝时任左中郎将、侍中,通天文,著有《春秋左氏传解诂》、《国语解诂》。但并未著史,此处郑樵以为《汉书》“资于贾逵”查无确证。刘歆(?—23),西汉末沛人,字之骏,后改名秀,字颖叔,刘向之子。成帝时为黄门郎,与其父总校群书,哀帝时累迁奉车光禄大夫,后谋诛王莽,事败自杀。撰有《七略》。 ㊷ 曹大家:即班昭(约49—约120),班彪女,班固妹,以其夫姓曹,被尊称为“曹大家”。班固著《汉书》,八表及《天文志》遗稿散乱,未竟而卒,和帝诏班昭续成。 ㊸ 道傍筑室:语出《诗经·小雅·小旻》:“如彼筑室于道谋,是用不溃于成。”后比喻杂采各家之说,但意见较难统一。 ㊹ 窃钟掩耳:把耳朵捂住去偷钟,比喻欺骗不了别人,只能自欺欺人。 ㊺ 作俑:意为首开恶例。语出《孟子·梁惠王上》:“始作俑者,其无后乎?” ㊻“刘知几”句:刘知几主张撰写断代史,不推崇司马迁所著通史。他在《史通·六家》中云:“寻《史记》疆宇辽阔,年月遐长,而分以纪传,散以书表。每论国家一政,而胡、越相悬;叙君臣一时,而参、商是隔。此其为体之失者也……如《汉书》者,究西都之首末,穷刘氏之废兴,包举一代,撰成一书。言皆精炼,事甚该密,故学者寻讨,易为其功。自古迄今,无改斯道。” ㊼ 班彪:东汉扶风安陵人,字叔皮,作《史记后传》,未成。其子班固续之而成《汉书》。 ㊽ 既无衍文,又无绝绪:意谓既没有多余的字句,又没有思维的中断。衍文,因缮写、刻版、排版等错误而多出来的字或句子。绝绪,指史事头绪中断,无人继续撰述。 ㊾ 元、成二帝赞耳:《汉书》中《元帝本纪·赞》和《成帝本纪·赞》中有“臣外祖兄弟”、“臣之姑”等语,经东汉应劭考证,“臣”即班彪自称,故此二赞或出于班彪之手。 ㊿ 阃奥:本意是深邃的内室,后比喻学问或事理的精微深奥所在。 (51)“褚先生”句:褚先生,即褚少孙,西汉颍川人,元、成间博士,寓居沛。《史记》自司马迁殁有十篇散失,褚少孙补之。 (52) 诸生决科之文:学生参加科举考试时所作的文章。 (53)“或谓之‘论’”六句:意谓后代作史的人,有的叫作论,有的叫作序,有的叫作诠,有的叫作评,都效仿班固,我就不能不狠狠地批评班固了。如荀悦《汉纪》谓之“论”,刘珍等《东观汉记》谓之“序”,谢承《谢氏后汉书补逸》谓之“铨”,陈寿《三国志》谓之“评”。剧论,深刻论议,激切论辩。 (54)“固为彪之子”六句:《后汉书·班固传》“及窦宪败,固先坐免官”,是为不能保其身;续其父《史记后传》却断代为史,违背了其父初衷,是为不能传其业;《后汉书·班固传》“固不教学诸子,诸子多不遵法度,吏人苦之”,是为不能教其子。 (55)“范晔”四句:意谓范晔、陈寿等人继承《汉书》断代史体例,大多是些轻狂鄙薄之人,因此很快招致罪过。范晔(398—445),南朝宋顺阳人,字蔚宗,作《后汉书》,刘宋元嘉二十二年(445)末因涉及谋反事,被杀。陈寿(233—297),西晋巴安人,字承祚,撰《三国志》,遭父丧有疾,使婢和药,触犯礼法;后又不从母嘱归葬洛阳,遭人诟病。继踵,接踵,前后相接,形容人多。罪辜,罪咎,罪过。 (56)“孔子曰”六句:语出《论语·为政》。意谓夏、商、西周的主要制度是相沿袭的。因,沿袭,继承。损益,增加和减少。 (57)《天文志》:专门记载朝代之天文异象之书,《汉书》始有《天文志》这一专有名词,历代皆沿用,如《宋书》、《隋书》、《晋书》皆有《天文志》。 (58)《洪范五行》:即刘向所撰《洪范五行传》,十一卷,原书已佚。《汉书·

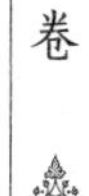

五行志》记载了自《春秋》记事起至西汉末年间的自然灾异现象和其间历代学者的相关解释，由于其中充斥着大量“推阴阳、言灾异”的内容，为后代史作者沿袭，许多正史都有“五行志”。 ㊾ 断绠：断了的汲水绳。比喻前后不连贯。 ㊿“曹魏”四句：北齐魏收作《魏书》称东晋为僭晋，称桓玄、刘裕、萧道成、萧衍等为岛夷；梁沈约作《宋书》立《索虏传》，称北魏为索虏。各以正统自居，互相诋毁。岛夷，古指我国东部近海一带及海岛上的居民。语出《尚书·禹贡》：“大陆既作，岛夷皮服。”索虏，南北朝时南朝对北朝的蔑称。索指发辫，古代北方民族多有发辫，故称。 61“《齐史》”句：《南齐书·东昏侯》：“（永元二年）十二月，雍州刺史梁王起义兵于襄阳。”梁王即梁武帝萧衍（464—549），字叔达，初仕齐，起兵入京，趁乱夺取帝位。 62“《隋书》”句：《隋书·炀帝本纪》：“（大业十三年）甲子，唐公起义师于太原。”唐公即唐高祖李渊，时任太原留守，后攻取长安，灭隋立唐。 63“房玄龄董史册”二句：房玄龄（579—648），字乔，唐齐州临淄人，房彦谦之子。唐兵入关后归李世民，任秦王府记事，后与长孙无忌策划玄武门之变助太宗即位，居相位十五年，与杜如晦共掌朝政，监修国史。房彦谦隋时任司隶刺史，有清名，《隋书》有传。 64“虞世南预修书”二句：虞世南（558—638），唐越州余姚人，字伯施，虞荔之子，后过继其叔虞寄。仕隋为起居舍人，太宗时为弘文馆学士兼著作郎，官至秘书监。善文词、善书法。但并未参与唐修《五代史志》。虞荔、虞寄都以文史知名于梁、陈间。 65 桀犬吠尧，吠非其主：夏桀的狗冲唐尧狂叫，因为尧不是它的主人。此处指修史者不分善恶。 66“《晋史》”四句：嘉平年间，司马懿父子专权，预夺曹氏位，王凌、诸葛诞、毌（guàn）丘俭先后起兵反对司马氏，兵败被杀，被《晋史》诬为叛臣。党，袒护，偏袒。有，通“友”，与之亲近、友善。王凌（172—251），字彦云，太原祁县人，王允从子，曹操辟为丞相掾属，累迁扬州、豫州刺史，正始初，吴将全琮以众数万攻芍陂，王凌力战退敌。司马氏掌管魏国大权后，他发动叛乱，后被迫自杀。诸葛诞（？—258），三国魏琅邪阳都人，字公休，魏明帝时累迁御史中丞尚书，官至征东大将军。后于寿春发动叛乱，兵败被杀。毌丘俭（？—255），三国魏河东闻喜人，字仲恭，魏明帝时为尚书郎，迁羽林监，以功进封安邑侯。后发动反司马政权叛乱，兵败被杀。毌丘，复姓。 67“《齐史》”四句：宋顺帝升明元年（477），萧道成使人杀宋帝，谋夺刘宋帝位，宋臣司徒袁粲和尚书令刘秉相结，响应荆州刺史沈攸之举兵反萧道成，三人均兵败而死。《南齐书》称他们为叛逆。袁粲（？—477），南朝宋陈郡阳夏人，字景倩。刘秉（433—477），南朝宋彭城人，字彦节。沈攸之（？—478），南朝宋吴兴武康人，字仲达。 68 自东都至江左：东都指洛阳，此处代指东汉。江左指长江下游以东的江南地区，此处代指建都于南京的东晋和南朝政权。 69“惟梁武帝”五句：梁武帝萧衍命吴均撰《通史》，列传未竟而卒。吴均（469—520），南朝梁吴兴人，字叔庠，官吴兴主簿。他奉诏修《通史》，上起三皇五帝，下讫南朝齐。普通元年（520），书未成而卒。太初，指太古时期。 70“隋杨素”三句：隋炀帝时杨素奏命续《史记》，书未成，陆从典被免官。杨素（544—606），隋弘农华阴人，字处道。初仕北周，平北齐有功，累官车骑大将军，加上开府，从杨坚定天下。谗废太子勇，助隋炀帝即位，拜太子太师，封楚国公。陆从典（561—617），隋吴郡人，字由仪，陈后主时迁司徒左掾，兼东宫学士，入隋为给事中、著作佐郎。 71“岂天之”句：难道是上天吝惜这些史文而不让它们传世吗？靳，吝惜，不肯给予。 72 以约文见义：以简略的文字来表达思想和观点。约文，简练的文字。 73“读萧、曹”二句：读萧何、曹参的史

实，哪能不知道他们忠贞善良？萧何（前257—前193），西汉初相国，掌管律令典制，后曹参（？—前190）继任，继续萧何所定之策。 ⑭“见莽、卓”二句：看到王莽、董卓的暴行，哪能不知道他们凶恶悖逆？王莽（前45—23），西汉末济南东平陵人，字巨君，元帝皇后侄，毒杀平帝，后以摄政名义居天子位，初始元年（8）称帝，改国号为新。董卓（？—192），东汉陇西临洮人，字仲颖，灵帝中平初拜东中郎将，后拜并州牧。少帝昭宁元年（189）将兵入洛阳，废少帝，立献帝，后袁绍起兵讨卓，董卓焚洛阳宫庙官府及周边百里民居，挟献帝西入长安，自为太师专政。 ⑮宪章：典章制度。 ⑯饔飧：早饭和晚饭，泛指饭食。⑰“江淹有言”三句：刘知几《通史·古今正史》：“齐史江淹始受诏著述，以史之所难，无出于志，故先著十志，以见其才。”江淹（444—505），南朝梁济阳考城人，字文通。历事宋、齐、梁三朝，官终金紫光禄大夫。撰有《齐史》十志，已佚。 ⑱“志大原”八句：《尔雅》，中国古代最早解释词义的专著，由秦汉间学者缀辑诸书旧文、递相增益而成，为考证词义和古代名物的重要资料。郑樵认为志体起源于《尔雅》，因此《通志》二十略中有六书、七音、昆虫草木等。书志名称，司马迁称为“书”，班固称为“志”，蔡邕称为“意”，华峤称为“典”，张勃称为“录”，何法盛称为“说”。其他各史一律承袭班固，叫作“志”。蔡邕有《灵帝纪》及《十意》，华峤作《后汉书》有《十典》十卷，晋张勃作《吴录》三十卷，刘宋何法盛作《晋中兴书》，后改“志”为“说”。 ⑲浮言，浮华不实的言论。 ⑳五略：指礼、职官、选举、刑法、食货，皆为前人所创。 ㉑十五略：指氏族、六书、七音、天文、地理、都邑、谥、器服、乐、艺文、校雠、图谱、金石、灾祥、草木等十五略。《总序》后文对十五略的写作目的均有说明。

【赏析】 在本文中，郑樵陈述了其编撰《通志》的指导思想，提出了“会通之义大矣哉”的核心观点，阐发了通史著述的重要性，继承和发展了司马迁“通古今之变”的主张。

作者充分肯定了孔子作《春秋》“贯二帝三王而通为一家”的功绩，并特别推崇司马迁所作《史记》，认为其“通黄帝、尧、舜至于秦汉之世”。同时，郑樵也客观地批评了《史记》在“博雅”方面存在的不足之处：失之于博，是受秦汉时得书不广的客观条件限制；失之于雅，表现为《史记》“全用旧文，间以俚俗”。这是郑樵与司马迁在著史风格上的分歧。

《史记》之后，班固作《汉书》，郑樵在本文中集中笔墨对其予以激烈的批判。首先否定班固其人。作者认为班固才学浅陋，且善剽窃，不堪著史之任。《汉书》武帝之前部分全袭《史记》，昭帝至平帝一段又资贾逵、刘歆，最后还由班昭补续，班固独立完成部分较少，其中“汉绍尧运”的观点和《古今人表》等内容也为郑樵所诟病。其次，否定断代史。作者举出了断代史叙事上重复繁冗、缺少内在联系、著史者囿于一朝之见缺乏是非标准的弊端，进而强调“会通”的重要性。第三，作者还强调史官著史必须充分尊重历史，主张深入历史事实，将其原貌呈现，使读者通过史实形成自己的观点，反对浮议，耻于随意褒贬。在以上观点的基础上，郑樵提出了自己所著《通志》的价值所在：“总天

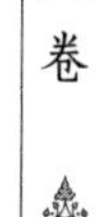

下学术而条其纲目，名之曰'略'。凡二十略，百代之宪章，学者之能事，尽于此矣！"

实际上，《通志》大多数内容汇集前代史学之精华，在内容上有所精简，除《二十略》之外，创新点并不多。郑樵对于《汉书》等断代史采取全盘否定的态度，也确实有失公允。但郑樵"会通"的史学观点对后世有深远的影响。清代章学诚《文史通义·释通篇》说："通史之修，其便有六：一曰免重复，二曰均类例，三曰便诠配，四曰平是非，五曰去牴牾，六曰详邻事。其长有二：一曰具剪裁，二曰立家法。"这一观点就源自郑樵，至今依然发人深省。

李　焘

作者简介

李焘(1115—1184),字仁甫,一字子真,号巽岩,眉州丹棱(今四川省眉山市丹棱县)人。绍兴八年(1138)擢进士第,调华阳簿,再调雅州推官。时王氏学盛行,焘独博极古籍,慨然以史自任。于本朝典故,尤悉力研究,仿司马光《资治通鉴》,作《续资治通鉴长编》。累官礼部侍郎,进敷文阁学士兼侍读,同修国史。卒后谥文简。李焘著述颇多,有文集一百二十卷,又有《易学》五卷、《春秋学》十四卷、《四朝史稿》五十卷、《通论》十卷、《南北攻守录》三十卷等二十余种并行于世。

进《续资治通鉴长编》表

【题解】 本文选自《续资治通鉴长编》卷首,作于乾道四年(1168),是李焘完成《续资治通鉴长编》(建隆元年至治平四年闰三月五朝事迹)共一百八卷,上表进献皇帝时所作。淳熙十年(1183年),重编定为九百八十卷,并上《举要》六十八卷、《修换事总目》十卷、《总目》五卷,总计一千零六十三卷。《长编》是李焘仿司马光著《资治通鉴》体例而作的北宋断代史,起自宋太祖赵匡胤建隆元年(960),迄于宋钦宗赵桓靖康二年(1127),记北宋九朝一百六十八年事。

【原文】

臣焘言:臣先于去年八月准尚书省札子[1],三省[2]同奉圣旨,依敷文阁直学士汪应辰[3]奏,取臣所著《续资治通鉴》,自建隆迄元符[4],令有司缮写校勘,藏之秘阁[5]。臣寻于十四日蒙恩赐对[6],面奉圣旨,令臣早投进[7]。遂除官郎省,兼职史局[8]。续又准尚书省札子,奉圣旨令临安府给札。臣今先次写到建隆元年至治平四年闰三月[9]五朝事迹共一百八年,计一百八卷。内建隆元年至太平兴国元年[10]太祖一朝事迹,虽曾于隆兴元年臣知荣州日具表投进,已蒙降付史馆,后来稍有增益,谨重别钞录投进外,馀治平以后,文字增多,兼

见修《四朝正史》[11]未毕，欲望圣慈特赐宽假，容臣更加整齐，节次修写投进。疏远微贱，僭为此书，罪当诛绝，圣主不即麾斥[12]，乃过听而兼收之，臣死且不朽矣。臣诚惶诚恐，稽首顿首[13]。

臣窃闻司马光之作《资治通鉴》也，先使僚属采摭[14]异闻，以年月日为丛目[15]，丛目既成，乃修长编[16]。唐三百年，范祖禹[17]实掌之。光谓祖禹："长编宁失于繁，无失于略[18]。"当时祖禹所修长编，盖六百余卷，光细删之，止八十卷。今《资治通鉴·唐纪》，自一百八十五卷至二百六十五卷是也。故神宗皇帝序其书，以为博而得其要，简而周于事。臣诚不自揆度[19]，妄意纂集，虽义例[20]悉用光所创立，错综铨次[21]皆有依凭，其间牴牾[22]，要亦不敢自保。区区小忠，前表盖尝具之。仰惟祖宗之丰功盛德，当与唐虞三代[23]比隆。乾坤之容，日月之光，绘画臻极讫弗能近，矧令拙工强施丹垩[24]，臣诚愚暗，岂不知罪？然而统会众说，掊击[25]伪辨，使奸欺讹讪[26]不能乘隙乱真，祖宗之丰功盛德益以昭明，譬诸海岳，或取涓埃[27]之助。顾臣此书，讵可[28]便谓《续资治通鉴》？姑谓《续资治通鉴长编》，庶几[29]可也。其篇帙或相倍蓰[30]，则长编之体当然[31]宁失于繁，犹光志云尔。伏惟皇帝陛下，焕[32]乎文章，固已经纬两仪，黼黻万化[33]。如臣薄技，又安足陈？陛下徒以祖宗之孙谋彝宪[34]，往往在是，遂委曲加惠[35]，导之使前。承命距跃[36]，干冒来献[37]，夤缘[38]幸会，得御燕闲[39]，千百有一。傥符神指[40]，更择耆儒[41]正直若光者，属以删削之任，遂勒成我宋大典，垂亿万年，如神宗皇帝所谓"博而得其要，简而周于事"者，则将与六经俱传。是固非臣所能，而臣之区区小忠，因是亦获自尽，诚死且不朽矣！所有《续资治通鉴长编》一百八卷，今写成一百七十五册，并目录一册，谨随表上进。干渎宸严[42]，下情无任战汗屏营[43]之至。臣焘诚惶诚恐，稽首顿首谨言。乾道四年四月日，左朝散郎、尚书礼部员外郎、兼国史院编修官臣李焘上。

【注释】 ① 准尚书省札子：依据尚书省札子的旨意。准，依据。札子，官府中用来上奏或启事的一种文书。 ② 三省：即中书省、门下省和尚书省。隋唐时三省同为最高政务机构，一般为中书决策，门下审议，尚书执行，三省长官共同负责中枢政务。 ③ 依敷文阁直学士汪应辰：敷文阁，绍兴十年(1140)建，以藏徽宗作品，置学士、直学士、待制等官。汪应辰(1118—1176)，初名洋，字圣锡，信州玉山人。绍兴五年(1135)进士，累官至敷

文阁学士、四川制置使等。 ④ 自建隆迄元符：建隆是宋太祖赵匡胤的第一个年号(960—962)，元符是宋哲宗赵煦的第三个年号(1098—1100)。 ⑤ 秘阁：宋太宗端拱元年(988)，在崇文院中堂建阁，称秘阁，收藏三馆书籍真本及宫廷古画墨迹等，有直秘阁、秘阁校理等官。元丰改制，归入秘书省。 ⑥ 赐对：帝王召见臣子对答问题。 ⑦ 投进：投送进呈。 ⑧ 史局：即史馆。此处指兼任国史院编修。 ⑨ 建隆元年至治平四年闰三月：指宋太祖建隆元年(960)到宋英宗治平四年(1067)。 ⑩ 建隆元年至太平兴国元年：指宋太祖建隆元年(960)到宋太宗太平兴国元年(976)。 ⑪《四朝正史》：亦称《四朝国史》，记录北宋神宗、哲宗、徽宗、钦宗四朝的历史，编修始于李焘，后成于洪迈。一共三百五十卷，其中帝纪三十五卷，志一百八十卷，列传一百三十卷。原书已佚。 ⑫ 麾斥：挥手呵退、斥骂。 ⑬ 稽首顿首：稽首，古代跪拜礼，跪下并拱手至地，头也至地。顿首，本指磕头，常用于书简表奏结尾，表示致敬。 ⑭ 采摭：选取，掇拾，采集，摘录。 ⑮ 丛目：相当于资料汇编，将有关史实仔细搜集摘录下来，按年、月、日的顺序进行编排。 ⑯ 长编：撰史前，在丛目的基础上校订史实，增删材料，整理成文，也就是成书的草稿本。 ⑰ 范祖禹：字淳甫，一字梦得，仁宗嘉祐年间进士，从司马光修《资治通鉴》，书成除秘书省正字。长于史学，著有《唐鉴》十二卷，深明唐三百年治乱，被称为“唐鉴公”。 ⑱“长编”二句：语出司马光《传家集·答范梦得书》。《长编》作为资料整理，以详尽完备为特点。 ⑲ 揆度：揣度，估量。 ⑳ 义例：著书的主旨和体例。 ㉑ 铨次：指编排次序。 ㉒ 牴牾：抵触，矛盾。 ㉓ 唐虞三代：唐虞，唐尧与虞舜的并称，指尧、舜的时代，古人心目中的太平盛世。《论语·泰伯》：“唐虞之际，于斯为盛。”三代，夏、商、周的合称。 ㉔ 矧令拙工强施丹垩：形容水平有限。矧，况且。丹垩，粉饰，装饰。丹，朱漆。垩，一种白色土。 ㉕ 掊击：打击，抨击。 ㉖ 诋讪：欺骗、诽谤的意思。 ㉗ 涓埃：细流与微尘。比喻极其微小。㉘ 讵可：怎么可以。 ㉙ 庶几：差不多。 ㉚ 蓰：即五倍。此处意为好几倍。 ㉛ 当然：应当如此。 ㉜ 焕：光鲜亮丽。 ㉝ 黼(fǔ)黻(fú)万化：黼黻，本指礼服上所绣的华美花纹，此处意为文采斐然。万化，千变万化。 ㉞ 孙谋彝宪：孙谋，顺应天下人心的谋略。孙，通“逊”。语出《诗经·大雅·文王有声》：“诒厥孙谋，以燕翼子。”彝宪，常法。彝，古代盛酒的器具，亦泛指古代宗庙常用的祭器。宪，法令，宪章。 ㉟ 委曲加惠：指承受皇帝的恩惠。加惠，施予恩惠。 ㊱ 承命距跃：努力地完成使命。承命，接受使命。距跃，欢欣之极，语出《左传·僖公二十八年》：“距跃三百，曲踊三百。” ㊲ 干冒来献：冒昧地献给朝廷。 ㊳ 夤(yín)缘：本指攀附上升，这里指有幸遇到。 ㊴ 燕闲：指帝王清闲之时。燕，通“宴”。 ㊵ 傥符神指：希望符合皇帝的要求。傥，如果，倘若。神指，皇帝的旨意。㊶ 耆儒：年老而博学的儒者。 ㊷ 干渎宸严：冒犯皇帝的威严。干，意为抵触、烦扰。宸严，指帝王的威严。 ㊸ 无任战汗屏营：无任，很，非常。战汗，恐惧出汗。屏营，惶恐的样子。

【赏析】 本文作为进献《续资治通鉴长编》的上表，开头详细记叙了《长编》完成的情况，表明作者继续修改完善本书的决心。接下来论述司马光编《资治通鉴》的三个主要步骤：先定丛目，再修长编，最后细细删改。丛目是大纲结构，长编则材料丰富，最后精简浓缩，遂成精品。李焘依旧采用司马光的方法和义例，本着“宁失于繁，无失于略”的思想，广泛搜集资料，本拟定书名为《续资治通鉴》，但李焘认为自己所著不足以与司马光《资治通鉴》相提并论，故以《长编》为名，以如《资治通鉴》一样“博而得其要，简而周于事”作为自己的目标。

《资治通鉴》止于五代末年，而《长编》从宋太祖赵匡胤一朝写起，正好完成了时间上的衔接。宋神宗认为《资治通鉴》一书“鉴于往事，有资于治道”，可见当时历史为政治服务之意，司马光、李焘等治史也有意偏重于裨益朝政这一方面。这种史学思想与之前的司马迁有一定的差异。司马迁作《史记》，旨在“究天人之际，通古今之变，成一家之言”（《报任安书》），最初是为了完成父亲临终之托，也因身为史官之责任感，后来更添了发愤著书的执着，唯独少有为后世君王提供政治借鉴之意。从这个方面来看，《史记》与《资治通鉴》遂虽为史家双璧，却是两条不同的著史之道。

洪　迈

作者简介

洪迈(1123—1202),字景卢,别号野处,鄱阳(今江西波阳)人,洪皓子,洪适、洪遵之弟。从二兄试博学宏词科,迈独被黜。绍兴十五年(1145)始中第。授两浙转运使干办公事,累迁左司员外郎。使金被辱,卒遣还,后除知赣州,徙知婺州,特迁敷文阁待制,以端明殿学士致仕。卒谥文敏。洪迈考阅典故,渔猎经史,文备众体,著作颇富。有《野处类稿》一百四卷、《琼野录》三卷、《容斋随笔》五集七十四卷等,并行于世。

北狄俘虏之苦

【题解】 本文选自《容斋随笔·三笔》卷三。《容斋随笔》内容无所不包,经史百家、诗词文翰以及历代典章制度、医卜、星历等,都有论说,而且对历代史实进行了重评、辨伪与订误,有一定的史学价值,《四库全书总目提要》推其为"南宋笔记小说之冠"。北狄的称谓起于周,是对北方少数民族的统称,此处指女真族建立的金国。

【原文】

元魏破江陵[1],尽以所俘士民为奴,无问贵贱,盖北方夷俗皆然也。自靖康之后[2],陷于金虏者,帝子王孙,宦门仕族之家,尽没为奴婢,使供作务[3]。每人一月支稗子[4]五斗,令自舂[5]为米,得一斗八升,用为糇粮[6]。岁支麻五把,令缉为裘[7]。此外更无一钱一帛之入。男子不能缉者,则终岁裸体。虏或哀之,则使执火。虽时负火得暖气,然才出外取柴,归再坐火边,皮肉即脱落,不日辄死。惟喜有手艺,如医人、绣工之类,寻常只团坐[8]地上,以败席或芦藉衬之。遇客至开筵,引能乐者使奏技。酒阑[9]客散,各复其初,依旧环坐刺绣。任其生死,视如草芥。先公在英州[10],为摄守蔡寯言之,蔡书于《甲戌日记》,后其子大器录以相示。此《松漠纪闻》[11]所遗也。

【注释】 ① 元魏破江陵：西魏恭帝元廓元年(554)十月，西魏攻打南朝梁国，破梁国首都江陵，俘虏数万人为奴婢。元魏，即北魏。北魏孝文帝改革，推动汉化，将其本来姓氏拓跋改为元。 ② 靖康之后：靖康元年(1126)冬，金兵南侵，次年破东京，北宋灭亡，宋高宗于临安建立南宋。宋高宗建炎年间，金人不断南下骚扰。 ③ 作务：做事，务工。 ④ 稗子：即稗草，与稻杂生，是稻田杂草，所结颗粒小，一般用来做饲料，是一种低劣粗糙的粮食。 ⑤ 舂：用杵臼捣碎谷物的外壳，得到米粒。 ⑥ 糇粮：干粮。 ⑦ 裘：用麻制成的粗糙衣物。 ⑧ 团坐：围成圆圈而坐。 ⑨ 酒阑：酒席结束。 ⑩ 先公在英州：先公指洪迈之父洪皓(1088—1155)，字光弼，饶州鄱阳人。宋高宗时曾出使金国，被金人扣留，流放冷山。他拒绝金人的威逼利诱，在金十五年，受尽折磨，仍不断向南宋朝廷通报金国消息，后遇赦回国。因反对秦桧求和苟安政策而被远谪英州。 ⑪《松漠纪闻》：洪皓所作笔记。洪皓扣留在金国时曾作随手札记，回国时焚毁，后回忆而成《松漠纪闻》。因扣留地冷山原属唐代松漠都督府所在而得名。

【赏析】 本文以简短的篇幅展现了靖康之难后金国统治下北地居民的艰苦生活，身处地狱般的种种惨状令人深感悲愤。开头由北魏虐待梁国俘虏引入，描述了女真作为游牧民族所具有的野蛮嗜杀的习性，杀俘、虐俘、把俘虏当作低贱奴隶等在北狄看来都不足为奇。靖康之难后，广大的北方地区落入金人之手，北方人民无论贵贱都沦为奴隶，他们忍受着极其恶劣的生存条件，任人驱使，苦不堪言。特别是写到衣不蔽体的男子，冬天在野外拣拾柴火，再到室内烤火，皮肉脱落而死，以血肉之躯受严寒和烈火炙烤，其惨状令人骇然。而作者所谓处境稍好的一部分手艺人，如医者、绣工之类，却也只能团坐地上，以破席芦苇草草铺垫，命如草芥，无人照拂，生不得人尊重，死不见人垂怜，可见其惨状。

本文所记本是作者先父出使金国被扣押时亲眼所见，正因为亲身经历才更能感受到骨肉同胞受难的切肤之痛。作者用冷静而简练的语言记录下来，并未掺杂自己的主观情感，却更显得客观真实。作者通过记叙金国凶残严酷的统治，描绘北方居民流离失所、沦为贱隶的悲惨生活场景，旨在激励南宋君民，唤起他们的悲愤之情，从而重提北伐收复之事。

陆　游

作者简介

陆游(1125—1210),字务观,越州山阴(今浙江绍兴)人。年二十能诗文。荫补登仕郎,试礼部前列,为秦桧所嫉。桧死后始为宁德主簿。孝宗称其力学有闻,言论剀切,除枢密院编修,后知夔、严二州。与范成大为文字交,成大尝荐他为参议官,后以宝章阁待制致仕。平日行动不拘礼法,人或讥其颓放,因自号放翁。尝爱蜀道风土,题其平生所为诗曰《剑南诗稿》,以志仰慕。诗词皆工,尤以诗著名,与范成大、杨万里、尤袤并称"四大家"。所著《剑南诗稿》八十五卷、《渭南文集》五十卷、《逸稿》二卷等,并传于世。

姚平仲小传

【题解】 本文选自《渭南文集》卷二十三。姚平仲(约1099—?),字希晏,姚古之子,世为边陲大将。十八岁而战于西夏,颇有功。从童贯镇压方腊,为贯所抑。累迁武安军承宣使。钦宗靖康元年(1126)入援京师,夜袭金营。功不成,乘青骡亡命,至青城山,复入大面山,得石穴以居。朝廷召求弗得,孝宗乾道、淳熙间始出至丈人观道院。

【原文】

姚平仲,字希晏,世为西陲[①]大将。幼孤,从父古[②]养为子。年十八,与夏人战臧底河[③],斩获甚众,贼莫能枝梧[④]。宣抚使童贯[⑤]召与语,平仲负气不少屈,贯不悦,抑其赏[⑥],然关中豪杰皆推之,号"小太尉"。睦州盗起[⑦],徽宗遣贯讨贼,贯虽恶平仲,心服其沉勇,复取以行。及贼平,平仲功冠军[⑧],乃见贯曰:"平仲不愿得赏,愿一见上耳。"贯愈忌之。他将王渊、刘光世[⑨]皆得召见,平仲独不与。钦宗在东宫[⑩],知其名。及即位,金人入寇,都城受围。平仲适在京师,得召对福宁殿,厚赐金帛,许以殊赏。于是平仲请出死士斫营[⑪],擒虏帅以献。及出,连破两寨,而虏以夜徙去。平仲功不成,遂乘青骡亡命，一昼夜驰七百五十里，抵邓州[12]，始得食。

入武关[13]，至长安，欲隐华山，顾以为浅[14]，奔蜀，至青城山上清宫[15]，人莫识也。留一日，复入大面山[16]，行二百七十馀里，度[17]采药者莫能至，乃解纵所乘骡，得石穴以居。朝廷数下诏物色求之[18]，弗得也。于乾道、淳熙[19]之间，始出，至丈人观道院[20]，自言如此。时年八十余，紫髯郁然[21]，长数尺，面奕奕有光[22]；行不择崖堑[23]、荆棘，其速若奔马；亦时为人作草书，颇奇伟，然秘不言得道之由云。

【注释】 ① 西陲：西面边疆。 ② 从父古：从父，伯父或叔父。姚古，以边功官熙河经略。靖康元年（1126），金兵围京城，姚古勒兵勤王，封河东制置使。 ③ 与夏人战臧底河：夏人，西夏党项族人，在今宁夏、陕西北部、甘肃西北部、青海东北部和内蒙古西部建立政权，公元1227年为元所灭。此处指西夏军队。臧底河，陕西宝安县附近。《宋史·地理志》："国初尝置城，至道后废，崇宁三年进筑，赐名威德军。五年复为石堡砦，在保安军北，两界上有洑流，名臧底河。" ④ 枝梧：斜而相抵的支柱，有抵触、抗拒之意。 ⑤ 童贯（1054—1126）：宋开封人，字道辅，一作道通。少出李宪门。性巧媚，给事宫掖，善策人主微指，徽宗时以供奉官主明金局。蔡京进用，以平方腊功进太师，封广阳郡王。握兵二十年，权倾一时。 ⑥ 抑其赏：压低给他的赏赐。 ⑦ 睦州盗起：睦州，隋仁寿三年（603）置，治所在今浙江淳安县西，后移至今浙江建德县。盗，指方腊之事。方腊利用明教于宣和二年（1120）起义，聚众百万，攻占六州五十二县，自称"圣公"，年号"永乐"，设置官吏将帅，自立政权。宋徽宗派童贯统西北精兵南下镇压起义，方腊战败被俘，后赐死。 ⑧ 功冠军：功劳居全军之首。 ⑨ 王渊、刘光世：王渊（1077—1129），熙州人，字几道，善骑射，应募击夏国屡有功，后从刘延庆镇压方腊起义。刘光世（1089—1142），字平叔，保安军人，刘延庆之子。徽宗宣和间曾随父征方腊。 ⑩ 钦宗在东宫：钦宗当时未即位，为太子，居东宫。 ⑪ 出死士斫营：派出敢死队袭击金营。死士，敢死之士。斫营，砍杀攻击敌人的营垒。 ⑫ 邓州：即今河南邓州。 ⑬ 武关：战国秦置，在今陕西商洛县西南丹江北岸，唐移今陕西丹凤县东南武关，与函谷关、萧关、大散关为"秦之四塞"。 ⑭ 浅：不够幽深，不够与世隔绝。 ⑮ 青城山上清宫：青城山，位于四川都江堰市西南。上清宫，在青城山巅高台山之南。 ⑯ 大面山：位于四川万源市东南部水田乡。 ⑰ 度：揣测，估计。 ⑱ 物色求之：以容貌特征来寻求。 ⑲ 乾道、淳熙：乾道（1165—1173）、淳熙（1174—1189），都是宋孝宗年号。 ⑳ 丈人观道院：青城山丈人峰下，传说是五岳丈人宁封子修道之处。《青城山记》："昔宁封先生栖于此岩之上，黄帝筑坛，拜为五岳丈人。晋置观焉。" ㉑ 郁然：繁盛的样子。 ㉒ 奕奕有光：神采飞扬的样子。 ㉓ 崖堑：陡崖深壑。

【赏析】 本文为北宋猛将姚平仲作传，记述其战西夏兵于臧底河、征讨方腊、勇劫金寨的事迹，称赞其临危救国的忠心，突出了姚平仲不屈于童贯之威的正直秉性。同时也提及平仲遭童贯忌恨，不得面圣的不平之事。靖康间

金人南下攻宋，姚平仲谋划劫寨，未果，无法复命，只好逃入青城山隐居，朝廷求访而不得。他在多年后出现，已经俨然得道。全文前半部分以纪实为主，后半部分则多依传闻，虚实结合，既有史传的真实性，又不乏神秘色彩。陆游除了为其作传之外，还写有一诗纪念姚平仲，诗中称“造物困豪杰”，对姚平仲未能于靖康间力挽狂澜、救国于水火之事颇感遗憾。

北宋末年姚平仲劫寨一事，在李纲《靖康传信录》中被认为是姚平仲一意孤行的邀功冒险之举，李焘《续资治通鉴长编》则综合多方面说法，认为李纲是这次活动的主谋，并且宋钦宗是最高决策者。劫寨日期乃术士楚天觉选定，汴京人几乎悉数知晓，金人也听到了风声，有所防备。此战名为突袭，实际上败局早定，而姚平仲担负所有罪责，无法回朝复命，只好亡命青城山，颇有英雄失路之悲。

头陀寺碑文

【题解】 本文选自《入蜀记》卷四。乾道五年(1169)陆游出任夔州通制，因病未行。次年闰五月十八日从山阴启程入蜀，《入蜀记》记录了路上一百六十天的行程，共六卷。头陀寺位于鄂州清远门外黄鹄山上，王象之《舆地纪胜》载：“宋大明五年建，自南齐王中作寺碑，为古今名刹。”

【原文】

二十六日。与统、纾同游头陀寺，寺在州城之东隅石城山[①]。山缭绕[②]如伏蛇，自西亘东，因其上为城，缺坏仅存。州治及漕司[③]，皆依此山。寺毁于兵火，汴僧舜广，住持三十年，兴葺略备。自方丈西北蹑支径，至绝顶，旧有奇章亭，今已废。四顾江山井邑，靡有遗者。李太白《江夏赠韦南陵》诗云：“头陀云外多僧气。”正谓此寺也。黄鲁直亦云：“头陀全盛时，宫殿梯空级。”[④]藏殿后有南齐王简栖碑[⑤]，唐开元六年建，苏州刺史张庭珪温玉[⑥]书。韩熙载[⑦]撰碑阴，徐锴[⑧]题额。最后云：“唐岁在己巳[⑨]，武昌军节度观察留后知军州事杨守忠[⑩]重立，前鄂州唐年县主簿秘书省正字韩夔书。”碑阴云：“乃命犹子夔，正其旧本，而刊写之。”以是知夔为熙载兄弟之子也。碑字前后一手，又作“温”字不全，盖南唐尊徐温[⑪]为义祖，而避其名，则此碑盖夔重书也。碑阴又云：“皇上鼎新文物，教被华夷，如来妙旨，悉已遍穷，百代文章，罔不备举，故是寺之碑，不言而兴。”按此碑立于

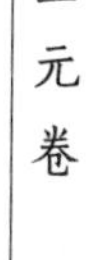

己巳岁，当皇朝之开宝二年，南唐危蹙日甚，距其亡六年矣[12]。熙载大臣，不以覆亡为惧，方且言其主鼎新文物，教被华夷，固已可怪。又以穷佛旨，举遗文，及兴是碑为盛，夸诞妄谬，真可为后世发笑。然熙载死，李主犹恨不及相之。君臣之惑如此，虽欲久存，得乎？唐制，节度使不在镇，而以副大使或留后居任，则云知节度事，此云知军州事，盖渐变也。唐年县[13]，本故唐时名，梁改曰临夏，后唐复，晋又改临江，然历五代，鄂州未尝属中原，皆遥改耳。故此碑开宝中建，而犹曰唐年也。至江南平，始改崇阳云。简栖为此碑，骈俪卑弱[14]，初无过人，世徒以载于《文选》，故贵之耳。自汉魏之间，骎骎[15]为此体。极于齐梁，而唐尤贵之，天下一律。至韩吏部、柳柳州，大变文格，学者翕然慕从[16]。然骈俪之作，终亦不衰。故熙载、锴号江左辞宗，而拳拳[17]于简栖之碑如此。本朝杨、刘之文擅天下[18]，传夷狄，亦骈俪也。及欧阳公[19]起，然后扫荡无余。后进之士，虽有工拙，要皆近古。如此碑者，今人读不能终篇，已坐睡矣，而况效之乎？则欧阳氏之功，可谓大矣。若鲁直云："惟有简栖碑，文章岿然立。"[20]盖戏也。

【注释】 ①"与统、纾"二句：统、纾，陆游之子。头陀寺，王象之《舆地纪胜》："鄂州：头陀寺，在清远门外黄鹄山上。宋大明五年建。"石城山位于武昌长江南岸边。又称蛇山、黄鹄山，绵亘蜿蜒，形如伏蛇，头临大江，尾插闹市。与汉阳龟山隔江相望。②缭绕：一圈一圈向上飘起。③州治及漕司：州治，一州最高行政长官的官署。漕司，又称转运使，此处指转运司衙门。④"头陀全盛时"二句：语出黄庭坚《鄂州节推陈荣绪惠示沿檄崇阳道中六诗，老懒不能追韵，辄自取韵奉和之头陀寺》一诗。⑤王简栖碑：王简栖，琅邪临沂人，作《头陀寺碑文》。古时，人们把立于宫、庙、殿、堂门前用以识日影及拴马匹的石柱称为碑。此文为建筑碑文，主要用来记载该建筑兴建的缘由、经过、规模、主其事者等情况。⑥张庭珪（？—734）：字温玉，唐河南济源人。登进士第。累迁监察御史。武则天时曾上疏谏营造佛像事。玄宗开元初关中久旱民饥，亦应诏上疏。官至少府监，卒谥贞穆。⑦韩熙载：南唐北海人，字叔言，后唐同光中举进士，因父被李嗣源所杀而奔吴。南唐李昪时，任秘书郎，辅太子于东宫。李璟时，迁吏部员外郎，史馆修撰，兼太常博士，拜中书舍人。善为文，工书画。⑧徐锴：字楚金，南唐徐铉之弟。李璟见其文，以为秘书省正字，历虞部员外郎、屯田郎，知制诰，累迁内史舍人，卒谥文。⑨己巳：即开宝二年（969）。⑩杨守忠：唐人，宦官杨复恭假子。僖宗文德中，以为武定军节度。自擅贡赋，上书讪薄朝政。昭宗大顺二年（891），诏讨复恭。守忠奔阆州。⑪徐温：五代时海州朐山人，字敦美，从杨行密仕吴，以功迁右牙指挥使。杨行密卒，子渥嗣，徐温与张

颢弑之，立其弟隆演，后温弑颢而专权，累拜大丞相，封东海郡王。 ⑫ 距其亡六年矣：开宝二年即公元969年，距离公元975年南唐灭亡仅六年时间。 ⑬ 唐年县：唐天宝二年置，治所在今湖北崇阳县南。 ⑭ 骈俪卑弱：指骈体文多用偶句，讲求对仗，格调纤弱、柔软。 ⑮ 骎骎：马速行貌。《诗经·小雅·四牡》："载骤骎骎。" ⑯ "至韩吏部"三句：指韩愈和柳宗元倡导古文运动，主张文以载道。文格，文章的风格、格调。翕然，一致貌。 ⑰ 拳拳：诚恳、深切的样子。 ⑱ 杨、刘之文擅天下：宋初西昆体盛极一时，以杨亿、刘筠为代表，宗法李商隐，提倡华丽骈文。 ⑲ 欧阳公：指欧阳修。 ⑳ "惟有简栖碑"二句：出处同④。

【赏析】 本文开头先就头陀寺的总体情况进行了介绍，石城山山势起伏，寺庙依山而建，后毁于战火，虽经过多年修葺，但当年胜景不再。由观赏寺庙发现藏殿后有碑，从碑文可知立于开宝二年(969)，此时距离南唐灭国只有六年，而当时君臣丝毫没有前瞻性的战略守备，一味追索文物珍宝，大力礼佛，以兴碑为盛，浑然不知祸之将至。这一笔论史，使原本轻松的游记散文充满了国家兴亡的厚重感。

文章没有止步于讨论南唐君臣之荒诞，而是从碑文风格这一方面继续深入，当时王简栖撰骈文，骈文于汉魏六朝盛行，齐梁时更是风靡一时。韩愈、柳宗元高举古文运动的大旗，提倡文以载道，才使文风有所改变，但二人依然无法从根本上撼动骈体文在文坛的重要地位。宋初仍然有杨亿、刘筠师法李商隐，以华丽辞藻而赋骈文，令天下侧目。欧阳修扭转乾坤，终结了骈文的时代。本文结尾落笔于欧阳公文章之道上的功绩，又是游记之外一笔。作者能将史论与文论融入游记的随意性文字之中，足见其功力。

徐梦莘

作者简介

徐梦莘(1126—1207),字商老,宋临江军清江(今江西省樟树市)人。绍兴二十四年(1154)进士,授洪州新建尉,历江陵府司户、南安军教授,改知湘阴县,知宾州,以议盐法不合,罢归。开禧初卒。嗜学博闻,有感于靖康之乱,欲究其始末,乃网罗旧文,荟萃异同,引用官私著作二百余种,撰《三朝北盟会编》二百五十卷。

《三朝北盟会编》序

【题解】 本文选自《全宋文》卷四九八九,作于绍熙五年(1194)十二月。《三朝北盟会编》以编年体例记载了宋徽宗赵佶、宋钦宗赵桓、宋高宗赵构三朝共计四十六年的史实。将三朝有关宋金和战的多方面史料,按年月日标出事目,加以编排,对记述有异同、存疑者,不加论断,以备史家去取。

【原文】

呜呼!靖康之祸,古未有也。夷狄为中国患久矣!昔在虞周,犹不免有苗、猃狁之征[①]。汉、唐以来,如冒顿之围平城[②],佛狸之临瓜步[③],颉利之盟渭上[④],此其盛者。又其盛则屠各陷洛,耶律入汴[⑤]而已。是皆乘草昧凌迟[⑥]之时,未闻以全治盛际,遭此其易且酷也。揆厥造端[⑦],误国首恶,罪有在矣。迨[⑧]至临难,无不恨焉。当其两河长驱而来,使有以死捍敌;青城变议之日[⑨],使有以死拒命,尚可挫其凶焰而折其奸锋。惜乎仗节死义之士仅有一二,而偷生嗜利之徒,虽近臣名士,俯首承顺,惟恐其后,文吏武将,望风降走,比比皆是。使彼公肆凌籍,知无人焉故也,尚忍言之哉!缙绅草茅[⑩],伤时感事,忠愤所激,据所闻见,笔而为记录者,无虑数百家。然各有所同异,事有疑信,深惧日月浸[⑪]久,是非混淆,臣子大节,邪正莫辨,一介忠款,湮没不传。

于是取诸家所说,及诏敕[⑫]、制诰[⑬]、书疏、奏议、记传、行实[⑭]、碑

志、文集、杂著,事涉北盟者,悉取铨次[15]。起政和七年登州航海通虏之初[16],终绍兴三十二年逆亮犯淮败盟之日[17],系以日月,以政、宣为上帙,靖康为中帙,建炎、绍兴为下帙[18],总名曰《三朝北盟会编》。尽四十有六年,分二百五十卷。其辞则因元本之旧,其事则集诸家之说,不敢私为去取,不敢妄立褒贬。参考折衷,其实自见,使忠臣义士、乱臣贼子善恶之迹,万世之下不得而掩没也。自成一家之书,以补史官之阙,此《会编》之本志也。若夫事不主此,皆在所略。嗣[19]有所得,续系于后。如洪内翰迈《国史》[20]、李侍郎焘《长编》并四《系录》[21],已上太史氏[22],兹不重录云。阏逢摄提格绍熙五年十二月嘉平日[23],朝散大夫、充荆湖北路安抚司参议官、赐绯鱼袋[24]臣徐梦莘谨序。

【注释】 ① 有苗、猃(xiǎo)狁(yǔn)之征:有苗,传说中黄帝至尧舜禹时代的部族,主要分布在洞庭湖和鄱阳湖流域,舜曾派禹征讨三苗,将有苗驱赶到丹江与汉水流域。猃狁,北方游牧民族,殷周之际游牧于今陕西、甘肃北境及宁夏、内蒙西部,西周初其势渐强,成为一大威胁,周宣王多次出兵抵御,并在朔方建筑御敌工事。 ② 冒(mò)顿(dú)之围平城:西汉初年,匈奴单于冒顿举兵南下,占领马邑。公元前200年冬,汉高祖刘邦亲征,于平城遇伏,退至白登,冒顿单于以四十万精兵围困刘邦于白登山,后陈平遣人贿赂匈奴阏氏,遂解围。 ③ 佛狸之临瓜步:拓跋焘(408—452),小字佛狸,北魏太武帝。陆游《入蜀记》:"太祖以宋文帝元嘉二十七年南侵,至瓜步,建康戒严,太武凿瓜步山为蟠道,于其上设毡庐,大会群臣。"瓜步亦名桃叶山,在江苏六合东南,南北朝时曾为军事争夺要地。 ④ 颉利之盟渭上:武德九年(626),东突厥颉利可汗南下,直逼长安城。此时,长安兵力不过数万,唐太宗设疑兵之计,率高士廉、房玄龄等六骑至渭水边,隔渭水与颉利对话。八月三十日,太宗与颉利可汗在长安城西郊的渭水桥上斩白马而立盟。 ⑤ 屠各陷洛,耶律入汴:屠各是东汉至晋时匈奴部族之一。晋永嘉五年(311),匈奴攻陷洛阳,掳走怀帝。耶律入汴,指辽太宗耶律德光会同十年(947)入后晋都城开封,在崇元殿接受百官朝贺,并下诏将国号"大契丹国"改为"大辽"。 ⑥ 草昧凌迟:草昧,犹创始,草创。凌迟,为衰退、衰败之意。 ⑦ 揆厥造端:揆,揣测,揣度。造端,开始,开端。 ⑧ 迨:等到。 ⑨ 青城变议之日:靖康二年(1127)初,金兵围汴京,统帅屯兵青城。正月二十二日,北宋统治者与金国女真人达成投降协议。 ⑩ 缙绅草茅:指达官贵人和平民百姓。缙绅,原意是插笏板、垂衣带之人,即官宦、士大夫之流。缙,也作"搢",意为插。绅,即衣带。草茅,草野,民间,也指在野未出仕的人,平民。 ⑪ 浸:逐渐。 ⑫ 诏敕:君王的诏书、命令。 ⑬ 制诰:帝王任命、封赠的文书。 ⑭ 行实:记述一个人生平事迹的文字。 ⑮ 铨次:编排次序。⑯"起政和七年"句:政和七年(1117)七月,宋徽宗命王师中选派将校七人,携带市马诏书,从登州浮海去辽东,与金共谋抗击辽国。 ⑰"终绍兴三十二年"句:绍兴三十二年

(1162),金主完颜亮背弃盟约挥师南下。 ⑱“以政、宣为上帙”句:政、宣,指北宋徽宗年号政和(1111—1118)、宣和(1119—1125)。建炎、绍兴都是南宋高宗赵构的年号,建炎(1127—1130),绍兴(1131—1162)。 ⑲ 嗣:接续。 ⑳ 洪内翰迈《国史》:即乾道三年(1167)洪迈奉命修纂的《钦宗实录》。 ㉑ 李侍郎焘《长编》并四《系录》:即李焘作《资治通鉴长编》和四《系录》。四《系录》,记女真、契丹起灭事。 ㉒ 太史氏:太史局的官员。㉓“阏逢摄提格”句:阏逢,十干中“甲”的别称,用以纪年。《尔雅·释天》:“太岁在甲曰阏逢。”摄提格,古代岁星纪年法中的十二辰之一,相当于干支纪年法中的寅年。《尔雅·释天》:“太阴在寅曰摄提格。”绍熙五年(1194),正值甲寅年。嘉平,为腊月的别称。㉔ 绯鱼袋:指绯衣与鱼符袋,朝官的服饰,以表明身份。宋代官吏行文自称时先言官号,再称职位,最后云赐鱼袋。

【赏析】 《三朝北盟会编》一书重点记录了北宋末年金人入侵的全过程,在这篇序言中,作者通过列举中国古代历史上汉民族与少数民族的冲突情况,引出了靖康之难的话题。舜征有苗、周伐猃狁、汉高祖被围于平城、北魏太武帝止步于瓜步、唐太宗缔渭上之盟、两晋都为外族所灭,这些都是与少数民族政权交锋的史实,而靖康之难,徽宗、钦宗被掳,高宗被迫南迁,百姓颠沛流离,其惨痛情况前世未有。作者言语之间有痛心疾首之意,追溯其源,徐梦莘认为当时朝廷仗义死节之人屈指可数,而贪生怕死之辈比比皆是,这才导致败局不可挽回,由此可见作者主张团结抗金的坚定立场。作者以深重的使命感和责任感,杂取百家史料,试图还原靖康之难前后的真实场景,使当时忠义有大节之臣的事迹能够彰于后世,这也是作者编著《三朝北盟会编》的初衷。最后作者自云此书集诸家说法,未私加取舍,也不敢妄论是非,展现了作者谨慎的著史态度。

《三朝北盟会编》一书成稿于绍熙五年(1194)前后,时韩侂胄专权,不许士大夫妄论当世之事,因此作者只辑旧闻,不涉时事。

朱　熹

作者简介

朱熹(1130—1200),字元晦,一字仲晦,徽州婺源(今江西婺源)人。绍兴十八年(1148)进士,历事高宗、孝宗、光宗、宁宗四朝,累官知南康军、江西提刑、江东转运副使,焕章阁待制兼侍讲。庆元中致仕,旋卒,谥文。受业于李侗,得程颢、程颐之传,兼采周敦颐、张载等人学说,集北宋以来理学之大成。有《晦庵先生朱文公文集》一百卷、《续集》十一卷、《别集》十卷等。

《大学章句》序

【题解】 本文选自《四书章句集注》,作于宋孝宗淳熙十六年(1189),正是宋孝宗让位、光宗即位之时,当时朱熹担任秘阁修撰,闲居在外。《大学》是《礼记》第四十二篇,儒家的经典之作,宋代程颢、程颐特别重视《大学》,将它从《礼记》中抽出来加以改编,使之独立成篇。朱熹在二程改编的基础上继续加工、编排,作成章句,通过注释阐发己意,与《论语》、《孟子》、《中庸》合编为《四书》。

【原文】

《大学》之书[①],古之大学[②]所以教人之法也。盖自天降生民,则既莫不与之以仁义礼智之性矣。然其气质之禀,或不能齐,是以不能皆有以知其性之所有而全之也。一有聪明睿智能尽其性者出于其间,则天必命之以为亿兆之君师,使之治而教之,以复其性。此伏羲、神农、黄帝、尧、舜[③]所以继天立极[④],而司徒[⑤]之职、典乐[⑥]之官所由设也。

三代之隆,其法浸[⑦]备,然后王宫、国都以及闾巷莫不有学。人生八岁,则自王公以下,至于庶人之子弟,皆入小学,而教之以洒扫、应对、进退之节[⑧],礼乐、射御、书数[⑨]之文。及其十有五年,则自天子之元子、众子,以至公、卿、大夫、元士之适子[⑩],与凡民之俊秀,皆

入大学，而教之以穷理正心、修己治人之道。此又学校之教、大小之节所以分也。

夫以学校之设，其广如此，教之之术，其次第节目之详又如此，而其所以为教，则又皆本之人君躬行心得之余，不待求之民生日用彝伦[11]之外，是以当世之人无不学。其学焉者，无不有以知其性分之所固有、职分之所当为，而各俯[12]焉以尽其力。此古昔盛时所以治隆于上，俗美于下，而非后世之所能及也。

及周之衰，贤圣之君不作，学校之政不修，教化陵夷，风俗颓败，时则有若孔子之圣，而不得君师之位以行其政教，于是独取先王之法，诵而传之，以诏后世。若《曲礼》、《少仪》、《内则》、《弟子职》诸篇[13]，固小学之支流馀裔；而此篇者，则因小学之成功，以著大学之明法，外有以极其规模之大，而内有以尽其节目之详者也。三千之徒[14]，盖莫不闻其说，而曾氏[15]之传独得其宗，于是作为传义，以发其意。及孟子[16]没而其传泯焉，则其书虽存，而知者鲜矣。

自是以来，俗儒记诵词章之习，其功倍于小学而无用；异端虚无寂灭之教[17]，其高过于大学而无实；其他权谋术数[18]，一切以就功名之说，与夫百家众技之流，所以惑世诬民、充塞仁义[19]者，又纷然杂出乎其间。使其君子不幸而不得闻大道之要，其小人不幸而不得蒙至治之泽，晦盲否塞[20]，反复沉痼，以及五季[21]之衰，而坏乱极矣。

天运循环，无往不复；宋德隆盛，治教休明。于是河南程氏两夫子[22]出，而有以接乎孟氏之传。实始尊信此篇而表章之，既又为之次其简编，发其归趣，然后古者大学教人之法、圣经贤传之指，粲然[23]复明于世。虽以熹之不敏，亦幸私淑[24]而与有闻焉。顾其为书，犹颇放失，是以忘其固陋，采而辑之，间亦窃附己意，补其阙略，以俟后之君子。极知僭逾[25]，无所逃罪。然于国家化民成俗之意，学者修己治人之方，则未必无小补云。

【注释】 ①《大学》之书：《程氏遗书 · 二先生语》称《大学》“乃孔子遗书”，《朱子语类》谓其“为学纲目”。 ② 大学：即太学，是古代贵族子弟读书的场所。 ③ 伏羲、神农、黄帝、尧、舜：都是上古贤君，制定官职、制度，行教化，与民有德。 ④ 继天立极：继承天命，即位称帝。极，有顶点之意，登极也指即帝位。 ⑤ 司徒：官职名，相传少昊始置，唐虞因袭,周时为六卿之一,曰地官大司徒。掌管国家的土地和人民的教化。 ⑥ 典乐:掌管朝廷音乐事务的官职名。 ⑦ 浸:浸润,逐渐。 ⑧ 洒扫、应对、进退之节:洒扫,洒水扫地,泛指家务事。进退,迎送客人之类的礼节。旧指青年人居家在尊长、客人面前应做的起码的事。语出《论语·子张》:"子游曰:'子夏之门人小子,当扫洒应对进退则可矣。'" ⑨ 礼乐、射御、书数:古代儒家要求学生掌握的六种基本才能:礼仪、音乐、射箭、驾车、书法和算术,即"六艺"。 ⑩ "则自天子"二句:元子,天子和诸侯的嫡长子。众子,指嫡长子以外的诸子。元士,周代称天子之士为元士。适子,即嫡子。 ⑪ 彝伦:常理,伦常。 ⑫ 俛:勤劳,尽力。 ⑬ "若《曲礼》"句:《曲礼》是《礼记》中的一篇,阐述吉、凶、宾、军、嘉五种礼节。《少仪》也是《礼记》中的一篇,记相见及荐羞之少威仪。少犹"小"。《内则》也是《礼记》中的一篇,记载男女居室、事父母舅姑之法。《弟子职》是《管子》中的一篇,记载学生对先生的礼仪。 ⑭ 三千之徒:传说孔子有弟子三千。《史记·孔子世家》:"以诗书礼乐教,弟子盖三千矣。" ⑮ 曾氏:曾子,名参,字子舆,曾点之子,事亲至孝。十六岁拜孔子为师,述大学,作《孝经》,以其学传子思,子思再传孟子。 ⑯ 孟子:名轲,字子舆,一字子车,鲁公族孟孙之后,受业子思之门人,道既通,游齐梁之间,述唐虞三代之德,而与世不合。 ⑰ 虚无寂灭之教:指黄老道学与佛教思想。 ⑱ 权谋术数:权术和计谋。语出《汉书·艺文志》:"兵权谋十三家"、"数术百九十家"。 ⑲ 充塞仁义:形容歪门邪道祸害百姓,阻塞仁义大道。充塞,堵塞。语出《孟子·滕文公下》:"是邪说诬民,充塞仁义也。" ⑳ 晦盲否塞:指国政混乱,下情不能上达。否,即阻塞、不通畅之意。㉑ 五季:即五代。《宋史·地理志》:"唐室既衰,五季迭兴,五十余年,更易八姓。" ㉒ 程氏两夫子:即程颢、程颐两兄弟。程颢(1032—1085),字伯淳,以正心求贤为言,以诚意感悟主上,谥纯公,学者称明道先生。程颐(1033—1107),字正叔,程颢之弟。二人同受学于周敦颐,是北宋理学奠基人。 ㉓ 粲然:明白,了然。 ㉔ 私淑:并没有亲身受教,却敬仰其人。语出《孟子·离娄上》:"予未得为孔子徒也,予私淑诸人也。" ㉕ 僭逾:僭越。

【赏析】 《大学章句》是朱熹毕生心血所在,本文追溯《大学》的源头,开头便指出《大学》是"古之大学所以教人之法也",阐述了远古时期教育的源流之深,伏羲、神农等贤君无不世代设有司、典乐之官大兴教化。到三代之时,教育更趋向平民化和广泛化,从王公贵族到闾巷平民,都有机会得到教育。此时开始有了小学与大学的分野:庶人子弟入小学,学习基本的六艺;而王公贵戚之子、凡人中的俊秀入大学,学习《大学》中的格物、致知、诚意、正心、修身、齐家、治国、平天下的大道。作者对三代之学予以高度的评价,以为后世不能及。而周朝衰微之后,只有孔子一人独挑大梁,虽然无法运用《大学》施政,却开馆授学,使先王之法得以通过曾子传孟子,一脉相承。而孟子之后,《大学》之道经历了很长的蛰伏期,佛老之学高而无实,权谋之术乃功名之说,仁人志士不能再学习到《大学》思想的精髓。作者满含遗憾与愤懑地回顾这段历史,以"天运循环,无往不复"过渡,引出宋代《大学》的复兴。宋代程颢、程颐兄弟远承孟子衣钵，而朱熹作为二程的四传弟子，更是将两宋儒学推向了一个新的高峰。

本文正本溯源，理清了《大学》发展的基本脉络，介绍了其盛衰变化的曲折历程。朱熹之文受曾巩影响颇深，曾自云“爱其词严而理正”（《跋曾南丰帖》），不故作艰深，而以峻洁流畅之语明白论史，以明理见长。

辛弃疾

作者简介

辛弃疾(1140—1207),字幼安,号稼轩居士,济南历城(今山东济南)人。少与党怀英同学,人称“辛党”。耿京聚兵山东,他为掌书记,劝京奉表归宋。会张安国杀京降金,他急趋金营,捉缚以归,奉于行在,授承务郎。孝宗时,以大理少卿出为湖南安抚使,治军有声,雄镇一方。仕至龙图阁待制,进枢密都承旨,未受命,卒,谥忠敏。辛弃疾生性豪爽,尚气节。工于词,才气纵横,与苏轼齐名,世号“苏辛”。所作有《稼轩长短句》十二卷,又有《南渡录》二卷、《窃愤录》一卷、《美芹十论》一卷,并传于世。

《美芹十论》总序

【题解】 本文选自《全宋文》卷六二一四。《美芹十论》作于于乾道元年(1165),时任广德军通判的辛弃疾通过此文向孝宗皇帝详细阐述了抗击金国、收复故土的军事策略,分为审势、察情、观衅等十部分,节选部分为其总序。美芹即芹菜,此处以“献芹”谦称所献之物微不足道,仅示诚意而已。

【原文】

臣闻事未至而预图[①],则处之常有馀;事既至而后计,则应之常不足。虏人凭陵中夏,臣子思酬国耻,普天率土,此心未尝一日忘。臣之家世,受廛[②]济南,代膺阃寄[③],荷国厚恩。大父臣赞[④],以族众,拙于脱身,被污虏官,留京师,历宿、亳,涉沂、海[⑤],非其志也。每退食[⑥],辄引臣辈登高望远,指画山河,思投衅[⑦]而起,以纾[⑧]君父所不共戴天之愤。常令臣两随计吏抵燕山[⑨],谛观[⑩]形势,谋未及遂,大父臣赞下世。粤辛巳岁[⑪],逆亮南寇,中原之民屯聚蜂起,臣常鸠众二千,隶耿京为掌书记,与图恢复,共籍兵二十五万,纳款于朝[⑫]。不幸变生肘腋[⑬],事乃大谬。负抱愚忠,填郁肠肺。官闲心定,窃伏思念:今日之事,朝廷一于持重以为成谋,虏人利于尝试以为得计,故和战之权常出于敌,而我特从而应之。是以燕山之和未几而京城之围急，城下之盟方成而两宫之狩远[14]。秦桧之和，反以滋逆亮之狂。彼利则战，倦则和，诡谲狙诈[15]，我实何有？惟是张浚符离之师觕有生气[16]，虽胜不虑败，事非十全，然计其所丧，方诸既和之后，投闲蹂躏，由未若是之酷。而不识兵者，徒见胜不可保之为害，而不悟夫和而不可恃为膏肓之大病[17]，亟遂齰舌[18]，以为深戒。臣窃谓恢复自有定谋，非符离小胜负之可惩，而朝廷公卿过虑、不言兵之可惜也。古人言“不以小挫而沮吾大计”，正以此耳。

恭惟皇帝陛下聪明神武，灼见事几，虽光武明谟[19]，宪宗果断[20]，所难比拟。一介丑虏，尚劳宵旰[21]，此正天下之士献谋效命之秋。臣虽至愚至陋，何能有知，徒以忠愤所激，不能自已，以为今日虏人实有弊之可乘，而朝廷上策惟预备乃无患。故罄竭精恳，不自忖量，撰成御戎十论，名曰《美芹》。其三言虏人之弊，其七言朝廷之所当行。先审其势，次察其情，复观其衅，则敌人之虚实吾既详之矣；然后以其七说次第而用之，虏故在吾目中。惟陛下留乙夜之神[22]，沉先物之几，志在必行，无惑群议，庶乎“雪耻酬百王，除凶报千古[23]”之烈无逊于唐太宗。典冠举衣以复韩侯[24]，虽越职之罪难逃；野人美芹而献于君[25]，亦爱主之诚可取。惟陛下赦其狂僭而怜其愚忠，斧锧[26]馀生，实不胜万幸万幸之至。

【注释】 ① 预图：提前谋划。 ② 受廛：谓接受居地而为民。廛，一个男劳力所居住的屋舍。《孟子·滕文公上》：“远方之人，闻君行仁政，愿受一廛而为氓。” ③ 代膺阃寄：膺，接受，承担。阃寄，谓寄以阃外之事，代指委以军事重任。阃，指城郭的门槛。④ 大父臣赞：大父即祖父。赞，辛赞，辛启泰《辛稼轩年谱·世系》：“祖赞，朝散大夫，陇西郡开国男，亳州谯县令，知开封府，赠朝请大夫。” ⑤“历宿、亳”二句：宿即宿州，今安徽宿县。亳即亳州，今安徽亳州市。沂即沂州，今山东临沂市。海即海州，今江苏连云港市一带。⑥ 退食：退朝就食于家或公余休息。 ⑦ 投衅：指起义、起兵反金之意。衅，古代用牲畜的血涂器物的缝隙来祭祀。 ⑧ 纾：缓和，解除。 ⑨ 两随计吏抵燕山：多次跟随考察的官员赴燕山。计吏，指考察官吏。燕山，在今河北北部、北京市北境燕山山脉。 ⑩ 谛观：审视，仔细看。 ⑪ 辛巳岁：即绍兴三十二年(1161)，时金主完颜亮背弃盟约，挥师南下。 ⑫ 纳款于朝：指耿京派辛弃疾为使联络投奔南宋朝廷事。纳款，归顺，降服。 ⑬ 变生肘腋：肘腋，本指胳膊肘与胳肢窝，引申为亲信、助手。此处指耿京军中生变，张安国叛而投金，杀耿京而自代。 ⑭“是以燕山之和”二句：意谓在燕山本来已经求和纳贡，奈何没几时，汴京就被包围，求和未成，徽、钦二宗被俘。宣和二年(1120)宋金签订“海上之盟”，合力抗辽。宣和七年(1125)十二月金兵从燕、云两路南侵，靖康元年(1126)正月围攻汴京，要挟宋廷割地赔

款,宋割太原、中山、河间三镇。同年八月金人又分道南侵,第二年四月,掳徽、钦二帝北去。⑮ 诡谲狙诈:狡黠奸诈。 ⑯“惟是张浚”句:隆兴元年(1163),宋孝宗用张浚议,出兵北伐,陈兵十三万,恢复灵壁、虹县,攻符离时遇金兵反击,因南宋将领李显忠与邵宏渊不睦,宋军大败溃逃,被迫与金议和。觕(cū)有,即大有、颇有之意。觕,同“粗”。 ⑰ 膏肓之大病:膏指心下部分,肓指心脏和横隔膜之间。旧说膏与肓是药力达不到的地方。此处代指严重的疾病。 ⑱ 龉舌:咬啮舌头。表示不说话,或不敢说话。 ⑲ 光武明谟:汉光武帝刘秀(前6—57)诛王莽,平铜马诸贼,降赤眉,讨公孙述、隗嚣等,智谋过人。谟,计谋,策略。⑳ 宪宗果断:宪宗,唐顺宗长子李纯(778—820),刚明果断,志平僭叛,能用李绛、裴度等,卒擒吴元济,平淮西,唐之威令,几于复振。 ㉑ 宵旰:宵,指夜,旰指天色晚,有旰食宵衣的说法,指天晚才吃饭,天未亮就穿衣起床,多称赞帝王勤政。后以宵旰借喻帝王。 ㉒ 乙夜:二更时候,约为夜间十时。 ㉓“雪耻酬百王”二句:贞观二十年(646)秋,唐太宗在灵州。当时,兵破薛廷陁,回纥诸部遣使入贡,乞置官司。太宗为诗曰:“雪耻酬百王,除凶报千古。”㉔“典冠举衣”句:韩昭侯(?—前333),名武,韩国君主。韩昭侯酒醉,典冠向典衣求衣,为昭侯盖上。昭侯睡醒,因典冠越职和擅离职守而罚之,因典衣失职外借衣物而罚之。意谓官员们应该各司其职,既不能失职渎职,又不能超越自己的职权范围行事。 ㉕“野人美芹”句:本指乡里农夫以野芹为美味,欲献于他人,后比喻以微薄之物献人。三国时嵇康《与山巨源绝交书》:“野人有快炙背而美芹子者,欲献之至尊,虽有区区之意,亦已疏矣。” ㉖ 斧锧:斧子与铁锧,古代刑具。行刑时置人于锧上,以斧砍之。

【赏析】 稼轩作《美芹十论》,为皇帝展开了抗击金国、收复失地的战略蓝图。本文作为总序,先交代了稼轩自己的家世与经历,饱含情感,真挚感人。提及祖父根植下的抗金思想令作者寝食难忘,备感责任重大;而随耿京起义,任掌书记,万里归宋,不料耿京为张安国所杀,义军溃散,稼轩便率五十多人夜袭敌营,擒张安国,其忠勇震动朝野。

接下来稼轩分析南宋时局,认为在战与和的决策权上,南宋始终处于被动局面,这是因为一贯以来坚持防守持重的战略方针,缺乏主动攻击的行动。同时,南宋朝廷始终对议和抱有希望,稼轩举出金人背弃盟约、秦桧主和更助长了完颜亮南侵等史实来说明金人不可轻信。作者认为张浚符离之役虽然最后落败,但事出有因,不应轻易否定此战的意义,要继续高举抗金大旗,提出更完备的战略计划。

这份战略计划分为十个部分,前三部分揭露金国的弱点。作者在金国统治下的北方长大,自然对北方地区的情况有更全面的了解。后七个部分从审势、察情、观衅等方面讨论如何加强南宋自身的实力,从而做到知己知彼,克敌制胜,显示出稼轩卓越的军事才能和比较完备的作战部署。遗憾的是,南宋朝廷并没有采纳辛弃疾的战略规划,基本放弃了对金作战的筹备,偏安一隅,这也使辛弃疾所献《美芹十论》成了一纸空言。

陈　亮

作者简介

陈亮（1143—1194），字同父，号龙川，婺州永康（今浙江永康）人，喜谈兵，议论风生，下笔数千言立就。隆兴初（1163）上《中兴五论》，不报。自修于家，益力学著书。淳熙中更名同，诣阙上书，极言时事。光宗亲策进士，擢为第一，授签书建康军判官厅公事，未赴而卒，端平初谥文毅。著有《龙川先生文集》三十卷。

戊申再上孝宗皇帝书

【题解】 本文选自《陈亮集》卷一。孝宗皇帝赵昚（1127—1194），宋太祖七世孙，字元永。高宗无子，立为皇太子，受内禅。即位后锐意恢复，以符离之败复和议，金世宗称其为贤主。本文为淳熙十五年（1188）陈亮上孝宗之疏，建议孝宗以太子为监军，驻守建康，以图恢复。此时孝宗正决定内禅，此书未予上报，却因其内容指陈时弊，触怒了许多官员，众以为狂怪，几惹来杀身之祸。

【原文】

臣闻有非常之人，然后可以建非常之功①。求非常之功而用常才、出常计、举常事以应之者，不待智者而后知其不济也②。前史有言："非常之原，黎民惧焉③。"古之英豪岂乐于惊世骇俗哉！盖不有以新天下之耳目，易斯民之志虑，则吾之所求亦泛泛焉而已耳④。

皇天全付予有家，而半没于夷狄，此君天下者之所当耻也⑤。春秋许九世复仇，而再世则不问，此为人后嗣者之所当愤也⑥。中国圣贤之所建置，而悉沦于左衽，此英雄豪杰之所当同以为病也⑦。秦桧以和误国，二十馀年，而天下之气索然而无馀矣⑧。陛下慨然有削平宇内之志，又二十馀年⑨，而天下之士始知所向。其有功德于宗庙社稷者，非臣区区之所能诵说其万一⑩也。高宗皇帝春秋既高，陛下不欲大举以惊动慈颜，抑心俯首以致色养⑪，圣孝之盛，书册之所未有

也。今者高宗皇帝既已祔庙[12]，天下之英雄豪杰皆仰首以观陛下之举动，陛下其忍使二十年间所以作天下之气者，一旦而复索然乎！

天下不可以坐取也，兵不可以常胜也，驱驰运动又非年高德尊者之所宜也[13]。东宫居曰监国，行曰抚军[14]。陛下近者以宅忧[15]之故，特命东宫以监国。天下之论，皆以为事有是非可否，而父子之际至难言也[16]。东宫聪明睿知，而四十之年，不必试以事也。故东宫不敢安，而陛下亦知其难矣[17]。陛下何不于此时命东宫为抚军大将军，岁巡建业，使之兼统诸司，尽护诸将，置长史司马以专其劳[18]。而陛下于宅忧之馀，通用人才，均调天下，以应无穷之变。此肃宗所以命广平王之故事也[19]。兵虽未出，而圣意振动[20]，天下之英雄豪杰，靡然知所向矣。天下知所向，则吾之驰驱运动亦有所凭藉矣。臣请为陛下论天下之形势，而后知江南之不必忧，和议之不必守，虏人之不足畏，而书生之论不足凭也。

臣闻吴会[21]者，晋人以为不可都，而钱镠[22]据之以抗四邻。盖自毗陵[23]而外，不能有也。其地南有浙江，西有崇山峻岭，东北则有重湖沮洳[24]，而松江、震泽横亘其前[25]。虽有戎马百万，何所用之！此钱镠所恃以为安，而国家六十年都之而无外忧者也。独海道可以径达吴会；而海道之险，吴儿习舟楫者之所畏，虏人能以轻师而径至[26]乎！破人家国而止可用其轻师乎！书生以为江南不易保者，是真儿女子之论也。

臣尝疑书册不足凭，故尝一到京口[27]、建业，登高四望，深识天地设险之意，而古今之论为未尽也。京口连冈三面，而大江横陈，江傍极目千里，其势大略如虎之出穴，而非若穴之藏虎也[28]。昔人以为京口酒可饮，兵可用，而北府之兵为天下雄[29]。盖其地势当然，而人善用之耳。臣虽不到采石[30]，其地与京口股肱建业[31]，必有据险临前之势，而非止于靳靳自守[32]者也。天岂使南方自限于一江之表[33]，而不使与中国而为一哉！江傍极目千里，固将使谋夫勇士得以展布四体，以与中国争衡者也。韩世忠顿兵八万于山阳，如老罴之当道，而淮东赖以安寝[34]，此守淮东之要法也。天下有变，则长驱而用之耳。若一一欲堑[35]而守之，分兵而据之，出奇设险，如兔之护窟，势分力弱，反以成戎马长驱之势耳。是以二十年间，纷纷献策以劳圣虑，而

卒无一成,虽成亦不足恃者,不知所以用淮东之势者也。而书生便以为长淮不易守者,是亦问道于盲[36]之类耳。

自晋之永嘉,以迄于隋之开皇,其在南则定建业为都,更六姓,而天下分裂者三百馀年[37]。南师之谋北者不知其几,北师之谋南者盖亦甚有数,而南北通和之时则绝无而仅有[38]。未闻有如今日之岌岌然以北方为可畏,以南方为可忧,一日不和则君臣上下朝不能以谋夕也[39]。罪在于书生之不识形势,并与夫逆顺曲直而忘之耳。

高宗皇帝于虏有父兄之仇,生不能以报之,则死必有望于子孙,何忍以升遐之哀告之仇哉[40]!遗留报谢,三使继遣,金帛宝货,千两连发[41]。而虏人仅以一使,如临小邦。闻诸道路,哀祭之辞,寂寥简慢。义士仁人,痛切心骨,岂以陛下之圣明智勇而能忍之乎!意者执事之臣忧畏万端,有以误陛下也。南方之红女积尺寸之功于机杼[42],岁以输虏人,固已不胜其痛矣。金宝之出于山泽者有限,而输诸虏人者无穷,十数年后,岂不遂就尽哉!陛下何不翻然思首足之倒置[43],寻即位之初心,大泄而一用之,以与天下更始乎!未闻以数千里之地而畏人者也。刘渊、石勒、石虎、苻坚,皆夷虏之雄,曾不能以终其世[44]。而阿骨打[45]之兴,于今仅八十年,中原涂炭又六十年矣。父子相夷之祸[46],具在眼中。而方畏其为南方之患,岂不误哉!

陛下倘以大义为当正,抚军之言为可行,则当先经理建业,而后使临之[47]。今之建业,非昔之建业也。臣尝登石头、钟阜而望,今也直在沙嘴之傍耳[48]。钟阜之支陇隐隐而下,今行宫据其平处以临城市,城之前则逼山而斗绝焉[49]。此必后世之读《山经》而相宅者之所定[50],江南李氏之所为[51],非有据高临下以乘王气而用之之意也。本朝以至仁平天下,不恃险以为固,而与天下共守之,故因而不废耳。

【注释】 ①“臣闻有非常之人”二句:语出《史记·司马相如列传》:“盖世必有非常之人,然后有非常之事;有非常之事,然后有非常之功。”非常之人,具备非凡心志与才能的人。 ②“求非常之功而用常才”二句:常才,平凡的人才。举常事,采取平凡的行动。不济,不成功。 ③“非常之原”二句:语出《史记·司马相如列传》,意在指出施行某项政策若有一个不寻常的开端,便会使百姓感到恐惧,而格外小心。原,指事初,事情开端。 ④“盖不有”三句:意谓不令天下人耳目一新,不改变人们的精神和思想,则我所争取的也不过是平平常常的东西而已。志虑,指精神和思想。泛泛,寻常,不深入的样子。⑤“皇天全付予有家”三句:意谓上天本赐予大宋广阔的疆土,如今却有一半陷入敌手,这

是统治天下的君主所应当感到耻辱的。全付予有家,语出韩愈《平淮西碑》:"天既全付予有家,今传次在予。予不能事事,其何以见于郊庙?" ⑥"春秋许九世复仇"三句:指春秋时齐襄公为了报九世祖齐哀公被烹杀之仇而灭纪国之事。《春秋公羊传·庄公四年》:"九世犹可以复仇乎?虽百世可也。"九世之仇,多用以指久远的深仇。再世则不问,影射宋孝宗推议和路线,未念及报徽、钦二帝之仇。再世,第二世。 ⑦"中国圣贤"三句:中国,古代华夏族建国于黄河流域一带,以为居天下之中,故称中国。后成为国家的专称。建置,建立,设置。左衽,即前襟向左,不同于中原汉民族的右衽,是少数民族的服装,此处借指金人。衽,衣襟。病,病患。 ⑧"秦桧以和误国"三句:秦桧(1090—1155),字会之,江宁人,力主和议,阻止恢复,杀岳飞,窜赵鼎、张浚,一时忠臣良将诛除略尽,和议遂成。气,指精神、斗志。索然,萧索,冷落。 ⑨"陛下慨然"二句:慨然,有气概的样子,慷慨激愤的样子。又二十余年,宋孝宗从即位到陈亮上本书,已历时二十余年。 ⑩诵说其万一:诵说,述说,复述。万一,万分之一。 ⑪"高宗皇帝"三句:这句话是给孝宗二十余年来未能进取中原之事寻找理由。高宗赵构(1107—1187),宋徽宗第九子,字德基,始封康王,徽、钦二宗为金人所捕,乃即位于建康,后南迁避敌,定都临安,相秦桧,杀岳飞,乞和于金,偏安一隅。抑心俯首以致色养,恭顺服从地奉养高宗皇帝。色养,语出《论语·为政》,指恭敬、顺从地赡养父母。 ⑫祔(fù)庙:意为归奉祖庙,是皇帝去世的尊语。祔,归祔,意为合葬。 ⑬"驱驰运动"句:驱驰运动,策马奔腾、奔走效劳之意,此处指征战之事。年高德尊者,指孝宗皇帝。 ⑭东宫居曰监国,行曰抚军:东宫即太子居住的宫室,代指太子。居,居守宫中时。监国,皇帝外出或有其他急事不能料理朝政时,太子可以代理监管朝政。行,随君王出行时。抚军,谓太子从君出征。《左传·闵公二年》:太子"君行则守,有守则从,从曰抚军,守曰监国,古之制也"。 ⑮宅忧:处在父母丧事期间。 ⑯"天下之论"三句:意谓天下人都认为,事情都有"是"或"不是"及"可"与"不可",而父子之间的事就实在难以评说是非了。 ⑰"故东宫不敢安"二句:不敢安,指不敢仅安于"监国"之职。亦知其难,当然也知道他的为难之处。 ⑱"陛下何不于此时"五句:抚军大将军,为三国时期曹魏所设立,司马懿、司马师父子皆曾任之。岁巡建业,每年巡视建业。建业,东汉建安十七年(212)孙权以秣陵县改名,即今江苏南京。兼统诸司,再统领各个官署部门。尽护诸将,全部监管各军部将。置,设置。长史,大将军下专管行政事务的文官。司马,替大将军协管军务并参与军机谋断的武官。以专其劳,以保证他运作的独立性。劳,指劳作、运作。 ⑲"此肃宗"句:唐安史之乱时,唐玄宗逃往西蜀,太子李亨北上,在灵武即位称帝,不久任命广平王李豫为天下兵马大元帅平乱。 ⑳圣意振动:指皇帝的意志会给人以振动。 ㉑吴会:本为东汉吴、会稽两郡的合称,包括二郡所领太湖流域和钱塘江以东至福建地区。此处指吴越国都城杭州。 ㉒钱镠:字具美,杭州临安人。据《新五代史·吴越世家》载,钱镠曾于唐僖宗时率乡兵破黄巢之乱,后率八都兵破越州,伐刘汉宏,归董昌为裨将,封开国公。董昌反,镠执之,被唐昭宗封为越王,后又封吴王,自称吴越国王,在位四十一年,谥号武肃王。 ㉓毗陵:晋武帝太康二年置,治所在丹徒县,永嘉五年改名为晋陵郡,在今江苏常州、镇江一带。 ㉔重湖沮(jù)洳(rù):湖泊广布的低湿之地。 ㉕松江、震泽横亘其前:松江,吴淞江的古称,唐陆广微《吴地记》:"松江,一名松陵,又名笠泽。"震泽,一名具区,即今太湖。《尚书·禹贡》:"三江既入,震泽底定。"横亘,横贯。

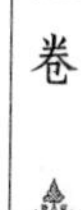

㉖ 以轻师而径至：轻师，轻装简行的军队。径至，直接攻打。 ㉗ 京口：今江苏镇江市。公元209年，孙权把首府自吴迁此，称为京城。公元211年迁治建业后，改称京口。历来为长江下游军事重镇。 ㉘“其势大略”二句：指京口可为出兵之关，而南宋朝廷只知一味防守。 ㉙“昔人以为”三句：语出《晋书·郗超传》。东晋大将桓温曾以此评京口之地势险要。东晋时曾在京口设府，因京口处于国都金陵以北，故称京口为北府。 ㉚ 采石：采石山，又名牛渚山，位于今安徽省马鞍山市西南长江边，为历代江防要地。 ㉛“其地”句：股肱，大腿和胳膊，都是身体的重要部分。引申为左右辅助得力的人，此处指采石与京口在地理上辅助建业，共成险势。 ㉜ 靳靳：固执，坚持。 ㉝ 一江之表：即长江以南地区。从中原看，长江以南地处于长江外缘，故又称“江表”。 ㉞“韩世忠”三句：韩世忠(1089—1151)，延安人，字良臣，宣和中以偏将从王渊讨方腊，高宗即位后授平寇左将军，平刘正彦之乱，守镇江，以八千兵对抗兀术兵十万，相持黄天荡四十八日，兀术遁去。后授京东淮东路宣抚处置使，屯兵驻守山阳，屡挫汉奸刘豫军队的进犯，使淮东地区安然无事。顿，屯驻。山阳，治所在今江苏淮安县。罴(pí)，熊。淮东，隋唐之前称今安徽淮河南岸一带为淮东，或兼指包括长江下游一带。淮东路是宋代地方行政区域名，治所在今江苏扬州市。 ㉟ 堑：隔断交通的沟渠、壕堑。此处指修筑壕堑。 ㊱ 问道于盲：语出韩愈《答陈生书》：“乃以访愈，是所谓借听于聋，求道于盲。”比喻向什么也不懂的人请教，不能解决问题。 ㊲“自晋之永嘉”五句：两晋南北朝，先后有六个朝代以建业为都，都是南北分裂状态。永嘉，西晋司马炽年号(307—313)。开皇，隋文帝杨坚年号(581—600)。更六姓，更换了六个帝王名姓，此指更换了六个朝代，即今天所谓的“六朝”。 ㊳ 绝无而仅有：绝无仅有，只有一个，再没有别的。形容非常少有，极为稀有。 ㊴“未闻有如今日”三句：此句意谓君臣上下只知忧虑金人哪一天会突然打过来，因而成天惶惶不可终日的样子。岌岌然，十分危险、快要倾覆灭亡的样子。朝不能以谋夕，即朝不谋夕，意谓早晨不能想到晚上会怎么样。 ㊵“高宗皇帝”四句：父兄之仇，指金人掳走徽宗、钦宗之事。升遐之哀，帝王去世的委婉说法。 ㊶“遗留报谢”四句：遗留报谢，指宋高宗死后，宋孝宗派人向金国敬献高宗生前留下的珍宝。三使继遣，指金国随后低规格地遣使前来吊唁宋高宗后，南宋又遣使带着珠宝前去答谢。加上上年派人给金国的金世宗生辰祝寿，前后接连三次遣使金国，输送金帛宝货。千辆连发，指载有金银珠宝的车辆数量之多，接连发送。两，通“辆”。 ㊷“南方之红女”句：红女，纺织、刺绣的女子。功，指劳作的成果。机杼，机梭，代称纺织机。 ㊸“陛下何不”句：翻然，反过来，此处为反思之意。首足之倒置，即本末倒置。 ㊹“刘渊”二句：刘渊、石勒、石虎、苻坚都是少数民族政权的建立者。刘渊(约251—310)，字元海，新兴人。匈奴冒顿之后，“八王之乱”时诸王互相攻伐，刘渊乘朝廷内乱而在并州自立，称汉王，建立汉国(后改为前赵)，在位六年。石勒(274—333)，羯人，居上党武乡，字世龙，年十四行贩洛阳，王衍见而异之，谓将为天下患。长为群盗，归刘渊。晋大兴中背前赵称王，旋杀刘曜称帝，建都于襄国(今邢台市西南)，史称后赵，在位十五年。石虎(295—349)，后赵石勒从子，字季龙，矫捷凶暴，所向无敌。石勒死后，虎废其子弘，自立为大赵天王，改元建武，自襄国改都邺，荒游废政，多所营缮，军旅不息，百姓骚然。苻坚(338—385)，字永固，一名文玉，氐族人，苻雄之子，灭前燕，取仇池、成都，克前凉，定代地，以王猛辅政，国政修明，于五胡中最强盛。王猛死后，苻坚大举寇晋，与谢玄等战于

淝水，大败而回。寻为姚苌所执，缢于新平佛寺。 ㊺ 阿骨打：即金太宗完颜阿骨打(1068—1123)，女真族，金开国皇帝。天庆四年(1114)起兵反辽，1115年正月建国号金，建都会宁府。同年十二月加号大圣皇帝。 ㊻“父子”句：相夷，相互残杀。金国多次出现皇室内乱，金熙宗完颜亶晚年酗酒乱杀，1149年完颜亮乘机夺位，大肆屠杀宗族，后于1161年被完颜雍所杀。 ㊼“陛下”四句：大义，指收复中原、重振家国的意志。当正，该当树立。抚军之言，指前面所讲的关于让太子“抚军”的话。经理，着手经营治理。使临之，使太子亲临此地。 ㊽“臣尝登石头”二句：作者亲自赴建业考察。石头指石头城，在今江苏南京市西清凉山，本楚威王所置金陵邑，东汉建安十七年孙权重筑改名。钟阜即钟山，一作钟陵，即今南京市中山门外紫金山。沙嘴是指从陆地突入水中的前端尖的沙滩。 ㊾“钟阜之支陇”三句：形容此地地理位置优越。意谓钟山的支脉连绵隐隐向下延伸，眼下的行宫倚据平处俯瞰着城市，城的前面则靠近陡峭的钟山。逼，迫近，靠近。斗绝，陡峭。斗，通“陡”。 ㊿“此必后世”句：《山经》，专论山经地脉的书。相宅者，会看风水的先生。所定，指行宫地点的勘定。 (51) 江南李氏之所为：五代时南方十国之一南唐李氏建都于金陵，曾建行宫于钟山。

【赏析】 陈亮曾多次上书给孝宗皇帝，论述北伐收复、中兴图强的策略，但都没有引起皇帝的重视。淳熙十五年(1188)陈亮再次上书，提出以建业为中心，建立进可攻、退可守的江南根据地，以表明恢复之意。

本文节选部分一开头就指出用“非常之人”，建“非常之功”，期待着孝宗皇帝新天下之耳目，做出一番惊天动地的大事。接着，陈亮详细分析了当时的形势：靖康之仇未报，失地尚在敌手，北上抗金不失为当下头等大事。而南渡以来主和之声甚嚣尘上，多年不曾出师复仇，莫不使亲者痛仇者快。陈亮指出，孝宗在位之初犹有恢复之志，只因符离之战折损兵马以失败告终，便再无出师之心。作者希望孝宗能够重拾当年之英气，力主北伐之事。

在战略部署方面，陈亮也已经有了初步的想法。他提出以治理建业为北伐第一步，请太子为监国岁巡建业，仿效唐肃宗使其子广平王讨贼，向天下表示出锐意北伐的诚意，从而激励广大仁人志士投奔朝廷而来。作者还详细陈述其天下大势与战略主张，以说服孝宗下定兴兵之决心。

为了说服孝宗在建业建立军事中心，陈亮大力批驳了“江南不易保”的观点，并举出历史上五代十国时钱镠之事为例。钱镠就曾以江南为据点建立吴越国，凭借西面群山、南临浙江、东北环湖的地理优势，练水军为守备，历五王三世。作者还结合自己亲赴长江沿岸对京口、建业一带考察的情况，认为建业、京口与采石互成犄角，可攻可守，以此北望而成统一大业指日可待。诸葛亮以出祁山为天下计，陈亮以为经营建业也可以作为南宋北上的突破口，主张利用淮东之势，出建业而图中国。

陈亮乃非常之人，他不能忍受南宋和议之痛，认为放弃战备而兴和议是

本末倒置之举，不仅折损大宋颜面，纵容金国在外交上对南宋的骄横无礼，更尽输金银丝帛，使南宋国力更加衰弱。同时，陈亮也清醒地看到了金国建国以来内乱不断的事实，认为其内部统治并不稳固，不是不可战胜的对手。这一分析是想在思想上为南宋君臣扫清北伐的障碍。

陈亮此次上书，内容上仍坚持陈述恢复之大义，以激起孝宗的复仇之心，实施北伐抗金之策。此文作于金陵钟山，同时期陈亮还填有《念奴娇·登多景楼》一词自抒胸臆，词中对“天限南疆北界”的说法不以为意，眼中看到的是“一水横陈，连冈三面，做出争雄势”的景象，一心只愿“正好长驱，不须反顾，寻取中流誓”，要以此作为北伐中原、恢复失地的战略平台，长驱直入，收复失地。只可惜，南宋君臣偏安一隅，再也无心北上，空负了陈亮的英雄之志。

李心传

作者简介

李心传(1166—1243),字微之,隆州井研(今四川乐山)人。庆元元年(1195)乡试下第,遂绝意应举,闭户著书。晚年,魏了翁等荐为史馆校勘,赐进士出身,修《中兴四朝帝纪》,又重修《十三朝会要》。端平间,书成,擢工部侍郎,以言罢。著有诗文集一百卷、《建炎以来系年要录》二百卷、《建炎以来朝野杂记》四十卷等。

《建炎以来朝野杂记》序

【题解】 《建炎以来朝野杂记》分甲集、乙集,各二十卷。宋宁宗嘉泰二年(1202),作者写成《建炎以来朝野杂记》甲集,记叙了从建炎元年(1127)至嘉泰二年(1202)的史事;嘉定九年(1216),又完成了《建炎以来朝野杂记》乙集,仍按甲集的体例分门别类,续记朝野诸事。该书虽以杂记为名,但其体例实同"会要",因而与作者的另一部编年体的著作《建炎以来系年要录》可互为补充。本文选自《建炎以来朝野杂记》卷首。

【原文】

心传年十四五时,侍先君子官行都,颇得窃窥玉牒[①]所藏金匮石室[②]之副。退而过庭,则获剽闻[③]名卿才大夫之议论。每念渡江以来[④],纪载未备,使明君良臣名儒猛将之行事,犹郁而未彰。至于七十年间,兵戎财赋之源流,礼乐制度之因革[⑤],有司[⑥]之传,往往失坠[⑦],甚可惜也。乃缉建炎至今朝野所闻之事,凡有涉一时之利害与诸人之得失者,分门著录,起丁未迄壬戌[⑧],以类相从,凡六百有五事,勒为二十卷。

或谓心传曰:"子之是书,固学者之所宜究心也,况言人之善而不及其恶,记人之功而不录其过,是书之行于世也则宜。虽然,子以论著之余,而记见闻之故,凡有所取则未及乎取者,必以为见遗,凡有所扬则不足乎扬者,必疑其见抑。吾惧夫两端之怨詈[⑨],将不得

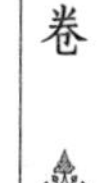

免，子安用此？其以贾祸[10]也，可不虑哉！”心传谢曰：“下国山野之人，上而名卿才大夫，下而岩穴幽栖[11]之士，其未之识者众矣。远而朝廷四方，久而二万七千八百四十有八旬之事[12]，其未闻与未知者亦不少矣。事苟有[13]所略，人苟有所遗，盖孤陋寡闻之罪，非敢去取乎其间也。嗣[14]有所得，屡书不一书而后已，可乎哉？既以告人，遂笔其辞于编首。

嘉泰二年[15]冬十月晦，秀岩野人李心传伯微甫序。

【注释】 ① 玉牒：历代皇族族谱，唐代已有，宋代每十年一修，沿及明清。此处泛指典册、史籍。 ② 金匮石室：古时保存书契文献之处。《汉书·高帝纪下》：“又与功臣剖符作誓，丹书铁契，金匮石室，藏之宗庙。” ③ 剽闻：传闻。引申作谦辞，犹言窃闻。 ④ 渡江以来：指南宋建立以来。 ⑤ 因革：因袭沿革。 ⑥ 有司：指官吏。古代设官分职，各有专司，故称有司。 ⑦ 失坠：未加记载。 ⑧ 起丁未迄壬戌：丁未指建炎元年(1127)，壬戌指嘉泰二年(1202)。 ⑨ 怨詈：怨恨咒骂。语出《尚书·无逸》：“小人怨汝詈汝，则皇自敬德。” ⑩ 贾祸：自己招徕祸患。 ⑪ 幽栖：幽僻的栖息之处。 ⑫ “久而”句：《建炎以来朝野杂记》记载了从丁未到壬戌(1127—1202)间约七十六年之事，旬或为日之误。 ⑬ 苟有：如果，假使。 ⑭ 嗣：后来，接续。 ⑮ 嘉泰二年：公元1202年。嘉泰为宋宁宗年号(1201—1204)。

【赏析】 本文作为《建炎以来朝野杂记》一书的序文，着重阐述了该书的创作缘由和基本情况。作者先交代了自己少年时的所见所闻，深感南宋以来史料芜杂不彰，所以将建炎元年(1127年)到嘉泰二年(1202年)的史事分门著录，共六百有五事，二十卷。后一段作者提出了自己著史不求全的观点，以为凭自身才学与身份，不可能没有缺陷，未闻、未知之事不可避免。有人质疑其记功不记过、言善不言恶等问题，作者坦然接受，明白答复，显示出了史家严谨求实的态度。

李心传著史，不求全而注重“通”，着眼于研究礼乐制度的因革，记叙明君、贤臣、名士、武将的功绩，注重历史与现状的结合，努力地找出其中的经验和规律，以期对政治有所裨益，从而改善现状。同时，李心传崇尚道学，《建炎以来朝野杂记》一书在分析事件、评定人物时也带有一定的道学色彩，把皇帝封为真命天子，认为皇帝受命于天。纪事中也有部分怪诞的传说。

真德秀

作者简介

真德秀(1178—1235),本姓慎,避孝宗讳而改为真,字景元,号西山,浦城(今属福建)人。庆元五年(1199)第进士,授南剑州判官,继中博学宏词科,召为太学正,迁博士。理宗时历知泉州、福州,入为翰林学士,拜参知政事。卒谥文忠。学者称其为西山先生。立朝正直,不满十年,奏疏有数十万言,皆切当世要务。宦游所至,惠政深洽。其学以朱熹为宗,自韩侂胄立伪学之名后,正学得以复明,全赖真德秀之力。有《西山先生真文忠公文集》五十五卷。

跋东坡书《归去来辞》

【题解】 苏轼有《书〈归去来辞〉赠契顺》一文,对苏州定慧寺僧契顺千里相访一事深表感激,手书陶渊明《归去来兮辞》相赠。《归去来兮辞》是陶渊明挂印还乡时所写的抒情辞赋,表达其挣脱官场、归隐田园的喜悦之情。本文选自《全宋文》卷七一七二。

【原文】

东坡谪海南[1],故旧少通问者,在蜀惟巢元修[2],在吴则僧契顺[3],皆徒步万里,访之于荒陬绝徼[4]之外。元修以是登名青史,号称卓行[5],契顺亦托此以传,真可敬哉。契顺之言曰:"惟无所求,故来惠州[6]。"盖有求则有欲,有欲则失其本心,是非颠倒,有不自知者。世之小人疾视君子,至欲挤之死者,岂皆其本心?正坐[7]有欲故尔。赵公[8]珍藏此帖,间出以示人,所补多矣。己卯岁除前十日,书于南昌郡斋。

近岁有尝登大儒先生之门者,既而党论起,其人畏祸匿迹,過门不敢见,则以书谢曰:"非不愿见也,惧为先生累耳。"先生答曰:"予比得一疾奇甚,相见则能染人,不来甚善。"闻者代为汗下。吁,之人也,盖以通经学古自名,而其行义顾出一浮屠下,昌黎墨名儒行之说[9]，渠[10]不信然？因戏书于后，以发千古一笑。

【注释】 ① 东坡谪海南：北宋绍圣四年（1097），苏轼被贬海南。 ② 巢元修：巢谷（1027—1099），字元修，眉山人。幼与苏轼游。绍圣初，二苏谪岭海，谷徒步往访，见辙，又欲往海南访苏轼，至新州病死。 ③ 僧契顺：苏州定慧寺僧徒。 ④ 荒陬绝徼：荒陬，荒远的角落。绝徼，极远的边塞之地。 ⑤ 卓行：高尚的品行。 ⑥"惟无所求"二句：语出苏轼《书〈归去来辞〉赠契顺》："契顺惟无所求而后来惠州，若有所求，当走都下矣。" ⑦ 坐：因为。 ⑧ 赵公：未详其人。 ⑨"昌黎"句：语出韩愈《送浮屠文畅师序》："如有墨名而儒行者，问之名则非，校其行而是，可以与之游乎？" ⑩ 渠（jù）：通"讵"，意为哪里、怎么。

【赏析】 本文主体部分紧扣苏轼为僧契顺手书《归去来兮辞》一事发论，契顺不远万里看望被贬海南的苏轼，作者对这一义举表达出了充分的肯定和极高的赞誉，并抓住契顺"惟无所求"这一点，强调有欲望就会蒙蔽本心、颠倒是非的道学观点，崇尚无欲无求的正心之说。接下来作者从历史回归现实，缀上近岁的故事一则，以发千古一笑。近世之人惧怕党祸牵连自身，过门而不入，是心中有欲望以致心术不正的缘故。这则趣事既从侧面反映出当时道学受禁的情况，又抨击了那些隐匿踪迹以逃避祸患的小人。他们与契顺不畏艰辛、不避政治迫害的形象形成了鲜明的对比，也进一步说明了"无欲"的重要性。全文虽为书帖跋文，似为戏语，但作者站在道学的立场上，以卫道者自居，对避祸者极尽讽刺之词。

元好问

元好问(1190—1257),字裕之,号遗山,太原秀容(今山西忻州)人,元德明之子。七岁能诗,从陵川郝天挺学,六年而业成。下太行,渡大河,为《箕山》、《琴台》等诗,赵秉文以为近代无此作,由是名震京师。金兴定五年(1221)登进士第,仕至左司都事、员外郎。金亡不仕,筑亭于家,著述其上。又就顺天张万户家,取金源历代实录,晨夕抄集,欲成一代信史,至百余万言,未成而卒。好问生长北方,多豪侠之气,又怀亡国隐痛,故歌诗多慷慨悲凉。有《遗山先生文集》四十卷、《遗山乐府》三卷,编有《中州集》。

希颜墓铭

【题解】 本文选自《全远文》卷三十二,是元好问为雷渊所作墓志铭。雷渊(1186—1231),字希颜,一字季默,应州浑源(今山西浑源)人。幼孤,入太学,读书昼夜不倦。至宁元年(1213)进士,为东平录事。河朔重兵所在,骄兵悍卒,倚外敌为重,渊出入军中不为屈。兴定末拜监察御史,弹劾不避权贵,出巡郡邑,所至有威誉,后官翰林修纂卒。学问广博,文章师法韩愈,作诗受苏轼、黄庭坚影响。

【原文】

南渡以来[①],天下称宏杰之士三人,曰高廷玉献臣[②]、李纯甫之纯[③]、雷渊希颜。献臣雅以奇节自负,名士喜从之游,有衣冠龙门[④]之目。卫绍王[⑤]时,公卿大臣多言献臣可任大事者。绍王方重吏员,轻进士,至谓“高廷玉人材非不佳,恨其出身不正耳”。大安末,自左右司郎官出为河南府治中,卒以高材为尹所忌,瘐死雒阳狱中[⑥]。之纯以蓟州军事判官上书论天下事,道陵[⑦]奇之,诏参淮上军,仍驿遣之。泰和中,朝廷无事,士大夫以宴饮为常,之纯于朋会中,或坚坐[⑧]深念,咄咄嗟唶[⑨],若有旦夕忧者。或问之故,之纯曰:“中原以一部族待朔方兵,然竟不知其牙帐[⑩]所在。吾见华人为所鱼肉去矣!”闻

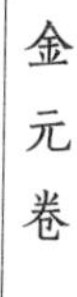

者讪笑之曰:“四方承平馀五六十年,百岁无狗吠之警。渠不以时自娱乐,乃妖言耶?”未几,北方兵动。之纯从军还,知大事已去,无复仕进意,荡然一放于酒。未尝一日不饮,亦未尝一饮不醉。谈笑此世,若不足玩者。贞祐末,尝召为右司都事,已而摈不用。希颜正大初拜监察御史。时主上新即大位,宵衣旰食[11],思所以弘济艰难者为甚力。希颜以为天子富于春秋,有能致之资,乃拜章言五事,大略谓精神为可养,初心[12]为可保,人君以进贤、退不肖为职,不宜妄费日力,以亲有司之事。上嘉纳焉。庚寅之冬,朔方兵突入倒回谷,势甚张[13]。平章芮公逆击之,突骑退走,填压溪谷间,不可胜算,乘势席卷,则当有谢玄淝水之胜[14]。诸将相异同,欲释勿追。奏至,廷议亦以为勿追便。希颜上书,以破朝臣孤注之论,谓机不可失,小胜不足保,天所与不得不取。引援深切,灼然易见[15]。而主兵者沮之,策为不行。后京兆、凤翔报北兵狼狈而西,马多不暇入衔。数日后,知无追兵,乃聚而攻凤翔。朝廷始悔之,至今以一日纵敌,为当国者之恨。凡此三人者,行辈相及,交甚欢,气质亦略相同。而希颜以名义自检,强行而必致之,则与二子为绝异也。盖自近朝,士大夫始知有经济之学[16]。一时有重名者非不多,而独以献臣为称首。献臣之后,士论在之纯,之纯之后在希颜,希颜死,遂有人物渺然之叹。三人者皆无所遇合,独于希颜尤嗟惜之云。

希颜别字季默,浑源人。考讳思,大定末,仕为同知北京路转运使事。希颜,其暮子也。崇庆二年,中黄裳榜进士乙科[17],释褐泾州录事[18]。不赴,换东平府录事。以劳绩,遥领东阿县令[19]。调徐州观察判官。召为荆王府文学,兼记室参军,转应奉翰林文字、同知制诰、兼国史院编修官。考满,再任。俄拜监察御史,以公事免。用宰相侯莘卿[20]荐,除太学博士,还应奉,终于翰林修撰,累官太中大夫。娶侯氏。子男二人:公孙,八岁;宜翁,四岁。女二人:长嫁进士陈某,其幼在室。初,希颜在东平。东平,河朔重兵处也。骄将、悍卒倚外寇为重,自行台以下,皆务为摩拊之[21]。希颜莅官,所以自律者甚严。出入军中,偃然[22]不为屈,故颇有喧哗者。不数月,闾巷间家有希颜画像。虽大将,亦不敢以新进书生遇之。尝为户部高尚书唐卿所辟,权遂平县事。时年少气锐,击豪右,发奸伏,一县畏之,称为

神明。及以御史巡行河南，得赃吏尤不法者，榜掠之，有至四五百者。道出遂平，百姓相传“雷御史至”，豪猾[23]望风遁去。蔡下一兵与权贵有连，脱役遁田间，时以药毒杀民家马牛，而以小直协取之。希颜捕得，数以前后罪，立杖杀之。老幼聚观，万口称快，马为不得行。然亦坐是失官。希颜三岁丧父，七岁养于诸兄。年十四五，贫无以为资，乃以胄子[24]入国学，便能自树立如成人。不二十游公卿间，太学诸人莫敢与之齿[25]。渡河后，学益博，文益奇，名益重。为人躯干雄伟，髯张口哆[26]，颜渥丹[27]，眼如望羊[28]。遇不平，则疾恶之气见于颜间，或嚼齿大骂不休。虽痛自摧折，猝亦不能变也。食兼三四人，饮至数斗不乱。杯酒淋漓，谈谑间作。辞气纵横，如战国游士；歌谣慷慨，如关中豪杰；料事成败，如宿将；能得小人根株窟穴[29]，如古能吏；其操心危，虑患深，则又似夫所谓孤臣孽子[30]者。平生慕孔融、田畴、陈元龙之为人[31]，而人亦以古人期之。故虽其文章号“一代不数人”，而在希颜，仍为馀事耳。希颜年四十六，以八年辛卯八月二十有三日暴卒，后二日，葬戴楼门外三王寺之西若干步。

【注释】 ① 南渡以来：指金宣宗贞祐二年(1214)迁都南京(开封)之事。② 高廷玉献臣：高廷玉，字献臣，恩州人。大定末进士，章宗、卫绍王时颇有名。当时蒙古兵围金，金国缺少良将，廷玉慨然有赴援之意，多次出言激主帅福兴，被诬入狱而死。③ 李纯甫之纯：李纯甫(1177—1223)，字之纯，号屏山居士，弘州襄阴(今河北阳原)人，擢承安二年(1197)经义进士，入翰林，连知贡举，喜谈兵，慨然有经世志。尝三入翰林，深得皇帝赏识。工于散文，为金末文坛领袖。 ④ 衣冠龙门：比喻有声望的士大夫。 ⑤ 卫绍王：即完颜允济(？—1213)，小字兴胜，金章宗时避章宗父完颜允恭讳改为完颜永济。金朝第七位皇帝，在位五年。 ⑥ 瘐死雒阳狱中：暴毙于雒阳监狱里。瘐死，囚犯在监狱中因受刑或饥饿、疾病而暴毙。雒阳即洛阳。 ⑦ 道陵：金章宗的陵墓，位于北京南郊房山，此处指章宗。章宗时代，金国文化发展至最高峰，但与此同时，军事能力却日益低下，国力开始衰退。 ⑧ 坚坐：久坐。韩愈《赠侯喜》：“晡时坚坐到黄昏，手倦目劳方一起。” ⑨ 嗟唶：表示悲叹。 ⑩ 牙帐：将帅所居的营帐。前建牙旗，故名。 ⑪ 宵衣旰食：天不亮就起来穿衣，天黑了才吃饭。多用来称颂君王励精图治，勤勉执政。 ⑫ 初心：此处指力图征服中原的雄心壮志。 ⑬“庚寅之冬”三句：正大七年(1230)十一月，蒙古兵攻潼关、蓝关，未克而退。倒回谷，即蓝田谷。正大八年(1231)正月，蒙古速不台军攻破小关，攻掠卢氏、朱阳。潼关总帅纳合买住领兵拒战，求援于行省。陈和尚率忠孝军一千、都尉夹谷泽军一万前往援助，以少胜多。因此战，金朝产生了欲孤注一掷的想法。 ⑭“平章芮公逆击之”六句：平章芮公，完颜合达(？—1232)，名瞻，字景山，金朝大将。正大四年

(1227),进平章政事,封芮国公。淝水之胜,指东晋大将谢玄渡过淝水,以少胜多打破前秦苻坚军队的战役。 ⑮ 引援深切,灼然易见:引证论述切合事实,有见地。 ⑯ 经济之学:经世济民、治国的才干。 ⑰ 中黄裳榜进士乙科:黄裳榜即经义进士。《金史·雷渊传》载雷渊登至宁元年(1213)词赋进士甲等。进士乙科即进士第二等。 ⑱ 释褐泾州录事:入仕为官,成为泾州录事。释褐意为脱去布衣,即从平民而入仕途为官。泾州,北魏神䴥三年(430),于安定郡城(今甘肃泾川北)置州,治安定县,州因泾水得名。 ⑲ 摇领东阿县令:遥领,指仅仅挂职,并不亲自前往赴任。东阿,地处鲁西平原,东依泰山,南临黄河,即今山东聊城。 ⑳ 侯莘卿:侯挚(?—1233),字莘卿,今东阿人,金末大臣。 ㉑"自行台以下"二句:行台以下都以安抚为策。行台是中央的军政机构。摩拊,安抚。 ㉒ 偃然:骄傲自得的样子。 ㉓ 豪猾:强横狡猾、不守法纪之徒。 ㉔ 胄子:古代称帝王或贵族的长子。 ㉕ 齿:并列。 ㉖ 口哆:张开嘴。韩愈《病中赠张十八》诗:"夜阑纵捭阖,哆口疏眉厖。" ㉗ 渥丹:颜色艳丽的朱砂,此处指面色红润。 ㉘ 眼如望羊:形容目光高远。望羊,仰视、远视貌。 ㉙ 根株窟穴:根株,根除。窟穴,坏人、匪类盘踞的地方。 ㉚ 孤臣孽子者:语出《孟子·尽心上》:"独孤臣孽子,其操心也危,其虑患也深。"形容像孤立无援的臣子和侧室所生的庶子那样担惊受怕的人。 ㉛"平生慕孔融"句:孔融(153—208),汉末鲁国人,孔子之后,字文举,少有俊才,献帝时为北海相,立学校,表儒术,寻拜太中大夫。值汉室治乱,志在靖难,后为曹操所忌,被诛。田畴,三国魏无终人,字子泰,好读书、击剑。董卓之乱时率宗族及附从者数百人入徐无山中,躬耕亲养,百姓归之,数年间至五千余家。陈元龙即陈登,三国时魏国人,汉建安中任广陵太守,有威名,剿吕布有功,加伏波将军卒。

【赏析】 本文从当时的三位宏杰写起:高献臣以出身不正而未受重用,遭奸人忌恨而身死,作者深以为憾,是为伏笔之一;李纯甫能居安思危,料兵如神,却困于时局,被迫退隐,沉沦于酒中不复问世事,也是一憾,是为伏笔之二;而独有希颜,得遇明主,进以良策被采纳,还得到了君主的嘉奖。这气质相似的三个人,却有着不同的命运,元好问以为雷希颜"名义自检"、"强行必致",于此三人中尤胜一筹。至此,雷希颜作为名士之首的地位和名望方成正文。高献臣、李纯甫的宏才大略、不见用的遗憾,都从侧面衬托出了雷希颜之不凡。可叹这样杰出的人物如今陨殁,作者由此产生人物渺然之叹,情之所至,哀思真切。

作者在极言雷希颜之贤的基础上,用平实简约之笔,介绍了希颜生平家世情况,赞颂其在东平、河南等地自律服众、受百姓爱戴的事迹,展示了希颜维护正义、不徇私情的正直秉性。这是官场仕途中的希颜,形象伟岸。而其三岁丧父、家贫苦读、大骂不平、能食善饮等生活细节,还原了希颜的本色,疏宕而有豪气,如战国豪士善辩,又如关中豪杰慷慨,希颜的形象便更加生动而立体。

郝　经

作者简介

郝经(1223—1275),字伯常,泽州陵川(今山西晋城)人。他是元好问之师郝天挺之孙。金亡后徙顺天。家贫,昼则负薪米为养,夜则读书。为守帅贾辅、张柔所知,延为上客,得于二家博览群籍。蒙古世祖在潜邸,召问经国安民之道,条上数十事。世祖大悦,遂留王府。世祖即位,为翰林侍读学士,充国信使使宋,被留不屈,居十六年而归。卒谥文忠。郝经为文丰蔚豪宏,善议论,诗多奇崛,有《陵川集》三十九卷。

内　游

【题解】 本文选自《全元文》卷一百三十六。内游,注重"游心",达到一种天人合一、物我两忘的自由境界,与外游相对。苏辙在《上枢密韩太尉书》中提出"太史公行天下,周览四海名山大川,与燕赵间豪俊交游,故其文疏荡,颇有奇气",阐述自己过秦汉之都,观终南、嵩华,顾黄河之奔流的"外游"的观点。

【原文】

昔人谓汉太史迁[①]之文,所以奇,所以深,所以雄雅健绝、超丽疏越者,非区区于文字之间而已也。迁生龙门,耕牧河、山之阳,南浮江、淮,上会稽,探禹穴,窥九嶷,浮于沅、湘,北涉汶、泗,讲业齐、鲁之都,过梁、楚,西使巴、蜀,略邛笮、昆明,还于河、洛,能尽天下之大观,以助其气,然后吐而为辞,笔而为书[②]。故尔欲学迁之文,先学其游可也。余谓不然。果如是,则迁之为迁亦下矣。勤于足迹之馀,会于观览之末,激其志而益其气,仅发于文辞,而不能成事业,则其游也外,而所得者小也。其游也外,故其得也小;其得也小,故其失也大。是以《史记》一书,甚多疏略,或有抵捂[③],论大道则先黄、老而后《六经》,序《游侠》则退处士而进奸雄,述《货殖》则崇势利而羞贱贫[④]。其于书法也,则《记》繁而《志》寡。项籍一夫也,而述《本纪》与尧舜并;陈涉役徒也,作《世家》与孔子同[5]。其失岂浅浅哉。

故欲学迁之游,而求助于外者,曷亦内游乎?身不离于衽席之上,而游于六合之外[6],生乎千古之下,而游于千古之上,岂区区于足迹之馀、观览之末者所能也。持心御气,明正精一[7],游于内而不滞于内,应于外而不逐于外。常止而行,常动而静,常诚而不妄,常和而不悖。如止水,众止不能易;如明镜,众形不能逃;如平衡之权[8],轻重在我。无偏无倚,无污无滞,无摇无荡,每寓于物而游焉。于经也,则《河图》、《洛书》,刳划太古,挈天地之几,发天地之蕴,尽天地之变,见鬼神之迹[9]。太极出形,面目于世,万化万象,张皇其中,而渊茫洞豁[10],崎岖充溢。因吾之心,见天地鬼神之心;因吾之游,见天地鬼神之游。

周《诰》商《盘》、《禹谟》、《舜典》,谆訏忠致,贯日月,开金石,都俞吁咈,咢咢灏灏,唐、虞、三代之治,僾然而见[11]。风雅变正,讽赞刺美,洋洋乎中声,鼓动至化。元经笔削,蹂邪值正[12]。齐桓、晋文,霸心方侈,而束之以道,缚之以义[13]。乱臣贼子,禁其欲而不敢肆。藩垣屏翰[14],既周游而历览之,乃升正大之堂,入高明之域。尧、舜、禹、汤、文、武、周、孔,拱宓牺而坐,皋、夔、伊、吕,亚风牧而侍[15],孟轲氏辨乎其间,而颜、曾导焉,荀、扬奉焉[16]。熙熙乎育物之仁,翕翕乎制物之义[17]。位尊卑,辨上下,洽神人之礼,和而不流之乐。别嫌疑,明是非,照耀昭晰[18]之智,闲而存之之敬,实而守之之信,化而极之之圣。死生之说,神应之妙,大发其间,而诡言诐行,放辟斥除。圣路廓清,而天宇泰定。

至矣哉!君君臣臣,父父子子,夫夫妇妇,兄兄弟弟,何盛尔也[19]。而后易志颐精[20],而游乎史。废兴之迹,邪正之由,大君大臣之所以盛,小惠小道之所以蔽,礼乐之所以兴,政刑之所以紊,国势之所以张,国本之所以强,奸佞惊孽之所以逞,祸乱崩析之所以致,纪纲之所以明,风俗之所以怀,教化之所以行。见其记注繁而正义鲜也,思得仲尼者而笔削之;见其典故废而法制剥也,思得周公者而振起之[21]。既游矣,既得矣,而后洗心斋戒,退藏于密[22],视当其可者,时时而出之。可以动则动,可以止则止,可以久则久,可以速则速。蕴而为德行,行而为事业,固不以文辞而已也。

如是，则吾之卓尔之道㉓，浩然之气，巍乎㉔与天地一，固不待于山川之助也。彼隋山乔岳㉕，高则高矣，于吾道何有？长江、大河，盛则盛矣，于吾气何有？故曰："欲游乎外者，必游乎内。"噫！以史迁之才，果未游于内邪？盖亦称之者过矣。

【注释】 ① 太史迁：司马迁（前145—约前87），西汉太史令司马谈之子，字子长，左冯翊夏阳（今陕西韩城）人，仕为郎中，奉使巴蜀，还为太史令。公元前99年，李陵降匈奴，武帝怒甚，司马迁却为李陵辩护，被处以腐刑。出狱后，司马迁改任中书令，发愤撰写史书，完成了中国第一部纪传体通史《史记》。 ②"迁生龙门"十七句：指司马迁年青时，从长安出发，足迹遍及江淮流域和中原地区，并对所到之处的风俗进行考察，采集传说。《史记·太史公自序》："迁生龙门，耕牧河山之阳。年十岁则诵古文。二十而南游江、淮，上会稽，探禹穴，阚九疑，浮于沅、湘；北涉汶、泗……奉使西征巴、蜀以南，南略邛、笮、昆明，还报命。"邛笮（qióng zé），亦作"邛筰"，汉时西南夷邛都、笮都两名的并称。后泛指西南边远地区或少数民族。 ③"甚多疏略"二句：有很多疏忽、自相矛盾的地方。④"论大道"三句：语出班固《汉书·司马迁列传》："其是非颇缪于圣人，论大道而先黄、老而后六经，序游侠则退处士而进奸雄，述货殖则崇势利而羞贱贫，此其所蔽也。"司马迁写作《史记》的指导思想是黄老思想，故《史记》在内容安排上将道家思想置于儒家经典之前，又专门为游侠、商贾作传，褒扬奸雄，崇尚追名逐利，受到了班固等人的非议。⑤"项籍一夫也"四句：项籍即项羽，在前207年钜鹿之战中统率楚军大破秦军，秦亡后自封"西楚霸王"，统治黄河及长江下游的梁楚九郡，楚汉战争时于垓下之战为刘邦所败，最后突围至长江北岸乌江边自刎而死。《史记》中的本纪本为帝王作传，司马迁却将项羽也归在本纪之列。陈涉是秦末农民起义的领袖，而世家本为王侯作传，但司马迁将陈涉也归入世家。 ⑥"身不离"二句：意谓身体不离开住所，心却可以自由遨游于天地之间。衽席，亦作"袵席"，本指床褥与草簟，泛指卧席和寝处。六合，指上下和四方，泛指天地或宇宙。 ⑦"持心御气"二句：保持内心平正，控制意气，达到纯粹无杂念的境界。精一，意为精纯，语出《尚书·大禹谟》："人心惟危，道心惟微，惟精惟一，允执厥中。" ⑧ 权：衡器秤砣，称重的器物。 ⑨"于经也"七句：意谓从《河图》、《洛书》等古籍中汲取内游的动力，远溯上古，从天地本源从容游之。儒家认为《周易》所演八卦卦形来源于《河图》，传说中伏羲通过龙马身上的图案结合自己的观察而画八卦。龙马身上的图案即河图。《洛书》古称龟书，传说有神龟出于洛水，驮洛书献大禹，禹遂治水成功，定天下九州。《易经·系辞上》曰："河出图，洛出书，圣人则之。"钊，统领。掔，拉拽。 ⑩ 溷茫洞豁：迷茫、深广、旷达之意。 ⑪"周《诰》商《盘》"八句：意谓《尚书》中《诰》、《盘》、《禹谟》、《舜典》等篇，充满智慧和忠诚之意，读之可见尧舜之治世。訏（zhǔ），意为智慧、知识。都俞吁咈，都是古汉语中的叹词。噩噩，高耸的样子，灏灏，广大无际的样子。唐、虞、三代之治，指尧、舜和夏、商、周三代之贤君，皆传说中政治清明之治世。僾然，仿佛、好像之意。 ⑫"元经笔削"二句：意谓《诗经》经过孔子的删改订正之后，保留了醇正的部分，去除了其中的邪念。 ⑬"齐桓、晋文"四句：齐桓公小白和晋文公重耳，春秋时先后称霸，为诸侯盟主。

他们的做法不值得效仿,施行王道和仁政,才是大道。 ⑭ 藩垣屏翰:语出《诗经·大雅·板》:"价人维藩,大师维垣。大邦维屏,大宗维翰。"本意是屏风和藩篱,后比喻防御设施或国之重臣。 ⑮"尧、舜、禹、汤"四句:"尧"等指唐尧、虞舜、夏禹、商汤、周文王、周武王、周公、孔子,都是古代贤人。宓牺,即伏羲氏,传说中的上古帝王。宓,通"伏"。"夔"等指夔、皋陶、商伊、吕尚,都是古代的辅弼大臣。亚,次也,即位列于旁。风牧,即风后、力牧,黄帝的大臣。 ⑯"孟轲氏辨乎其间"三句:指儒家思想经过孟轲、颜渊、曾参、荀况和扬雄得以传承。 ⑰"熙熙乎育物之仁"二句:指儒家思想以仁义育万物。熙熙,温和欢乐的样子。翕翕,和睦和谐的样子。 ⑱ 昭晰:亦作"昭哲",有清楚、明显之意。 ⑲"君君臣臣"五句:指封建社会君臣、父子、夫妇、兄弟间上下有别的规则和秩序。语出《易经·家人卦》:"家人有严君焉,父母之谓也。父父子子,兄兄弟弟,夫夫妇妇,而家道正,正家而天下定矣。" ⑳ 颐精:保养精神。 ㉑"见其记"四句:意谓典籍注释繁多,正确的含义却不得彰显,就想请孔子删改订正;国家制度被废黜,就想请周公主持政局,恢复清明之治。 ㉒"而后"二句:去除杂念,藏于隐秘之处,体会内游之精髓。 ㉓ 卓尔之道:高高直立的样子,形容个人的道德学问及成就非比寻常。 ㉔ 嶡(guì)乎:崛起。 ㉕ 嶞山乔岳:指峰峦山川。语出《诗经·周颂·般》:"于皇时周!陟其高山,嶞山乔岳,允犹翕河。"嶞,狭长的山。

【赏析】 本文从司马迁发论,以为其年轻时游历四方的经历仅发于文辞,而不足以成其事业,并赞同班固在《汉书·司马迁传》中对《史记》的非议,认为《史记》一书错漏百出:在内容安排上主次颠倒,将道家思想置于儒道之前,为游侠作传,褒扬奸雄,贬低处士,特列《货殖列传》鼓吹逐利之道;在历史人物评价上尊卑混乱,项羽暴徒而跻身尧舜之列,陈涉草寇却与孔子同列世家。作者将历史上对《史记》的非议归根于司马迁的"外游",得山川之助为养气之小者,而提出"内游"的说法,不止步于现实生活中身体力行的游历,而注重内心的主观感受和体验活动。

这种"内游"超越了时空的界限。外游受制于客观条件,但内游却可以达到有限与无限、瞬间与永恒的完美统一。作者认为,真正实现"内游",身不离席,心却可以自由翱翔。同时,这种"内游"以最终达到"持心御气,明正精一"的境界为最终目标。在这个过程中,体验者能够达到一种物我两忘的直觉状态,这实际上与庄子所谓"心斋"、"坐忘"的虚静之心有异曲同工之妙。但作者所谓的"内游"又是完全依赖于儒家经史的,作者主张体验周《诰》商《盘》、《禹谟》、《舜典》中"贯日月,开金石"的气势,感受风雅古乐"洋洋乎中声"的效果。游于经,识君臣父子夫妇兄弟之义;游于史,识国家废兴之迹、邪正消长之理。如此,方能"蕴而为德行,行而为事业,固不以文辞而已也"。

胡三省

作者简介

胡三省(1230—1302),字身之,又字元鲁,号梅涧,宁波宁海(今浙江宁海)人。博学能文,尤笃于史学。宋理宗宝祐四年(1256)进士。历任县令、府学教授等职。以贾似道辟,从军芜湖,仕至朝奉郎。宋亡,隐居不仕。所撰《资治通鉴音注》原名《资治通鉴广注》,稿件在南宋亡国时佚失。后发愤重撰,于至元二十二年(1285)完成,内容多寓兴亡之感。另有《通鉴释文辩误》。

《新注资治通鉴》序

【题解】 胡三省撰《资治通鉴音注》,不仅对《资治通鉴》中的文字读音、历史典故、地理沿革、官职体制等各方面进行解释,还以注释交代历史事件缘起时间、梗概,以便前后文得以照应,同时还纠正《资治通鉴》的舛误,提出自己对史书的考订和辨正。胡注是史学界公认的读《资治通鉴》最重要的注本,近人陈垣《通鉴胡注表微》是研究胡注的权威性参考资料。本文选自《新注资治通鉴》卷首。

【原文】

先君[①]笃史学,淳祐癸卯始患鼻衄[②],读史不暂置,洒血渍书,遗迹故在。每谓三省曰:"《史》《汉》自服虔、应劭至三刘[③],注解多矣。章怀注范史[④],裴松之注陈寿史[⑤],虽间有音释,其实广异闻,补未备,以示博洽[⑥]。《晋书》之杨正衡[⑦],《唐书》之窦苹、董冲[⑧],吾无取焉。徐无党注《五代史》[⑨],粗言欧公书法义例[⑩],他未之及也。《通鉴》先有刘安世《音义》十卷,而世不传。《释文》本出于蜀史炤,冯时行为之序,今海陵板本又有温公之子康《释文》,与炤本大同而小异[⑪]。公休于书局为检阅官,是其得温公辟咡[⑫]之教诏,刘、范诸公[⑬]群居之讲明,不应乖剌[⑭]乃尔,意海陵《释文》非公休为之。若能刊正乎?"三省捧手对曰:"愿学焉[⑮]。"

乙巳[16],先君卒,尽瘁家蛊[17],又从事科举业,史学不敢废也。宝祐丙辰[18],出身进士科,始得大肆其力于是书。游宦远外,率携以自随;有异书异人,必就而正焉。依陆德明《经典释文》[19],厘[20]为《广注》九十七卷;著《论》十篇,自周讫五代,略叙兴亡大致。咸淳庚午,从淮壖归杭都[21],延平廖公见而韪之,礼致诸家[22],俾雠校[23]《通鉴》以授其子弟,为著《雠校通鉴凡例》。廖转荐之贾相国[24],德祐乙亥,从军江上,言辄不用,既而军溃,间道归乡里[25]。丙子[26],浙东始骚,辟地越之新昌[27];师[28]从之,以孥免[29],失其书。乱定反室,复购得他本为之注,始以《考异》[30]及所注者散入《通鉴》各文之下;历法、天文则随《目录》所书而附注焉。讫乙酉冬,乃克彻编[31]。凡纪事之本末,地名之同异,州县之建置离合[32],制度之沿革损益[33],悉疏其所以然。若《释文》之舛谬[34],悉改而正之,著《辩误》十二卷。

呜呼!注班书[35]者多矣:晋灼集服、应之义[36]而辨其当否;臣瓒[37]总诸家之说,而驳以己见。至小颜[38]新注,则又讥服、应之疏紊尚多,苏、晋之剖断盖尠[39],訾臣瓒以差爽[40],诋蔡谟以抵牾[41],自谓穷波讨源,构会甄释[42],无复遗恨;而刘氏兄弟[43]之所以议颜者,犹颜之议前人也。人苦不自觉:前注之失,吾知之;吾注之失,吾不能知也。又,古人注书,文约而义见;今吾所注,博则博矣,反之于约,有未能焉。世运推迁[44],文公儒师从而凋谢,吾无从而取正。或勉以北学于中国,嘻,有志焉,然吾衰矣!

旃蒙作噩[45],冬,十有一月,乙酉,日长至,天台胡三省身之父书于梅涧蠖居[46]。

【注释】 ① 先君:故去的父亲。其父生平不详。 ② 淳祐癸卯始患鼻衄(nǜ):淳祐癸卯,即宋理宗淳祐三年(1243)。鼻衄,鼻出血。 ③ 服虔、应劭至三刘:服虔,东汉河南荥阳人,初名重,又名祇,字自慎。以经学著,作《春秋左氏传解》。应劭,东汉汝南南顿人,字仲远。缀集所闻,著《汉官仪》、《汉书集解》等。三刘,宋刘邠,其兄刘敞,敞子刘奉世,都精于《汉书》,三人所释合著为《三刘汉书》。 ④ 章怀注范史:章怀太子李贤(654—684),唐高宗第六子,字明允,曾招诸儒注范晔所著《后汉书》。 ⑤ 裴松之注陈寿史:裴松之(372—451),南朝宋河东闻喜人,字世朝。宋文帝使注陈寿《三国志》,裴松之博采群书,广增异闻,开史书作注新例。 ⑥ 博洽:学识广博。 ⑦《晋书》之杨正衡:唐修《晋书》,一百三十卷,房玄龄等人撰。唐何超撰《晋书音义》,其内兄杨齐宣字正衡为之序。

⑧《唐书》之窦苹、董冲:《唐书》有刘昫等撰《旧唐书》和欧阳修、宋祁等人所撰《新唐书》,

窦苹作《新唐书音训》四卷,董冲作《唐书释音》二十五卷。 ⑨ 徐无党注《五代史》:《五代史》有薛居正所撰《旧五代史》和欧阳修所撰《五代史记》(《新五代史》)。徐无党,婺州永康人,少从欧阳修学古文辞,颇受称勉,尝注欧阳修《新五代史》。 ⑩ 书法义例:古代史官修史时对材料处理、史事评论、人物褒贬的原则和著书的主旨及体例。 ⑪“《通鉴》先有”六句:《资治通鉴》在当时有三个注本,仍不完备。刘安世(1048—1125),宋大名人,字器之,号元城,从学于司马光。史炤,宋眉州眉山人,字见可,有《资治通鉴释文》。冯时行,字当可,号缙云。司马康(1050—1090),宋陕州夏县人,字公休,司马光之子,为《资治通鉴》检阅文字,累官校书郎,任修《神宗实录》检讨官。《资治通鉴释文》有南宋蜀人史炤本,另有海陵司马康本,皆浅陋特甚。胡三省作《资治通鉴释文辨误》十二卷,刊正二书之误。海陵,即今江苏泰州。 ⑫ 辟咡:交谈时侧着头以示尊敬。《礼记·少仪》:“有问焉,则辟咡而对。”孔颖达疏:“尊者有事问己,己则辟口而对,不使口气及尊者。” ⑬ 刘、范诸公:指刘邠、刘恕、范祖禹。刘邠(1023—1089),北宋史学家,著有《东汉刊误》等,参与司马光《资治通鉴》编纂。刘恕(1032—1078),宋筠州人,司马光编《资治通鉴》时,每遇纷错难治者,尽委以考证,尤以魏晋史最精熟。范祖禹(1041—1098),字淳夫,一字梦得,第进士,随司马光编《资治通鉴》,书成任秘书省正字,长于史学,著有《唐鉴》十二卷,深明唐三百年治乱,被称为“唐鉴公”。 ⑭ 乖剌:悖谬失当。 ⑮ 愿学焉:语出《论语·先进》:“非曰能之,愿学焉。”表示愿意承担的谦辞。 ⑯ 乙巳:南宋理宗淳祐五年(1245)。 ⑰ 尽瘁家蛊:为处理家事殚精竭虑。蛊,毒害。 ⑱ 宝祐丙辰:南宋理宗宝祐四年(1256)。 ⑲ 陆德明《经典释文》:《经典释文》共三十卷,唐陆德明著,以考证古音为主,兼辨字义。陆德明(约 550—630),苏州吴县人,名元朗,字德明,以字显。 ⑳ 厘:治理,整理。 ㉑ 咸淳庚午,从淮壖归杭都:宋度宗淳咸六年(1270),作者从两淮回到临安(今浙江杭州)。壖,城下宫庙外及水边等处的空地或田地。 ㉒“延平廖公”二句:廖延平以先生之礼请胡三省为座上宾。廖延平,即廖莹中(?—1275),宋邵武人,字群玉,号药洲。初为贾似道幕客,度宗时贾似道专政,大小政事皆决于廖。韪,以为是,此处有尊敬之意。礼致诸家,以礼相待,并请胡三省到自己家里。 ㉓ 雠校:校勘。 ㉔ 贾相国:贾似道(1213—1275),字师宪,号悦生、秋壑,南宋理宗、度宗时权臣。 ㉕“德祐乙亥”五句:宋恭宗德祐元年(1275),元兵迫建康,贾似道率兵迎敌,时胡三省在军中,后溃败。间,从小路逃跑。 ㉖ 丙子:德祐二年(1276)。 ㉗ 辟地越之新昌:到新昌避祸。辟,通“避”。新昌,今浙江新昌县。 ㉘ 师:指元兵。 ㉙ 以孥免:带着家属幸免于难。孥,指妻子、儿女。 ㉚《考异》:即《资治通鉴考异》,三十卷,收录了司马光在撰写《资治通鉴》过程中对重大历史事件、地点、时间所做的考证。 ㉛“讫乙酉冬”二句:临近至元二十二年(1285),完成全书的编撰。讫,接近。 ㉜ 州县之建置离合:州县设置、区域划分的变化。 ㉝ 制度之沿革损益:如官职撤换、新增情况。 ㉞ 舛谬:差错,错误。 ㉟ 班书:班固所著《汉书》。 ㊱ 晋灼集服、应之义:晋灼,西晋河南人,为尚书郎,集《汉书》诸家注为一部,以意增益,辩其当否,成《汉书集注》。服、应,指服虔、应劭。服虔,字子慎,初名重,改名虔。荥阳人。其经学尤为当世推重,著《春秋左氏传行谊》三十一卷。应劭,字仲瑗,东汉人,生卒年不详,《后汉书·应劭传》称劭“集解《汉书》”。 ㊲ 臣瓒:西晋人,史失其姓,总集《汉书》诸家音义,加以己见,成《汉书集解音义》二十四卷。 ㊳ 小颜:颜师古(581—645),唐

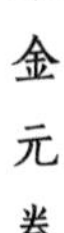

京兆万年人。祖籍琅邪临沂，名籀，以字显，颜之推孙。尝受诏于秘书省考定《五经》文字，多所厘正。后专典刊正所有奇书难字，随疑剖析，曲尽其源。有《汉书注》、《急就章注》等。 ㊴ 苏、晋之剖断盖尠：苏即苏林，三国魏陈留人，字孝友。长于古今文字，能解释书传间疑难。晋即晋灼。二人曾为《汉书》作注。尠，同“鲜”，稀有的，罕见的。 ㊵ 訾臣瓒以差爽：訾，毁谤，非议。差爽，失误，差错。 ㊶ 诋蔡谟以抵牾：指责蔡谟的注解中有前后矛盾的地方。蔡谟（281—356），字道明，陈留考城人，东晋重臣。抵牾，抵触，矛盾。 ㊷ 穷波讨源，构会甄释：出自颜师古《汉书·叙例》，指深入研究，辨明历史演变，总合各家说法，选择善者而从之。 ㊸ 刘氏兄弟：指刘敞、刘攽兄弟。 ㊹ 推迁：推移，变迁。 ㊺ 旃蒙作噩：乙酉年，即元世祖至元二十二年（1285），胡三省入元后不仕，不写元的年号。旃蒙，十干中“乙”的别称。作噩，十二支中“酉”的别称。 ㊻ 身之父书于梅涧蠖居：身之，胡三省字。父，即“甫”，犹氏也。梅涧，胡住处的地名。蠖居，简陋的书斋。

【赏析】 本文是胡三省《资治通鉴音注》序文的节选，作者从先父对史注的观点起笔，引出自己立志为《资治通鉴》作注的原因。作者的父亲曾有感于《史记》、《汉书》、《后汉书》等重要史书都有注本，但史炤《资治通鉴释文》浅陋，不合心意，因此嘱咐作者刊正。作者秉承家学，在应对琐事、科举应试之余，仍念念不忘己志，注重平时的积累，先作《广注》九十七卷、《论》十篇；后受廖莹中赏识，撰《雠校通鉴凡例》；又从贾似道于军中，溃败逃难，辗转还乡，专心著书。他将司马光所撰《资治通鉴考异》及注释内容散入正文中，更正史炤《释文》中的错误，著《资治通鉴辨误》十二卷，将《资治通鉴》中纪事本末、地名异名、州县变更、制度沿革等方方面面进行了详细的解释。

作者以注《汉书》者为例，提出后世注者批评非议前世注者的现象，表达自谦之意。作者对自己所注内容有清醒的认识，虽然已尽力避免前注之不足，但不能保证没有错误，只能留待后人补充勘误了。古人注书都惜字如金，阐释精确到位，作者自叹注文广博而失于简约，可见其著书态度之严谨扎实。

周　密

作者简介

周密(1232—1298),字公瑾,号草窗,本济南人,流寓吴兴(今浙江湖州)。幼随父宦游闽、衢等处。景定初为浙西帅司幕官。咸淳中监杭丰储仓,德祐间为义乌令。宋亡,家于杭,以歌咏著述自娱,与宋遗民唐珏等相唱和。尝居弁山,自号弁阳啸翁、四水潜夫。工于词,有《蘋洲渔笛谱》二卷,亦名《草窗词》。亦能诗。另有《齐东野语》、《癸辛杂志》等书。

道　学

【题解】 本文选自南宋末周密所著史料笔记《癸辛杂识》续集下。周密入元后不仕,寓杭州癸辛街,以南宋遗老自居,著书以寄愤,本书因而得名。分前集一卷、后集一卷、续集二卷、别集二卷,共四集六卷,凡四百八十一条,主要记载宋元之际的琐事杂言、遗闻轶事、典章制度,并记及都城胜迹杂录,特别是通过描写为国牺牲的将士、坚持气节的士大夫,寄亡国之恨于其中。道学,又称理学,是宋代儒家的哲学思想,源于北宋,南宋被改称理学。《宋史》专门立有《道学传》。

【原文】

尝闻吴兴老儒沈仲固先生云:"道学之名,起于元祐,盛于淳熙[①]。其徒有假其名以欺世者,真可以嘘枯吹生[②]。凡治财赋者,则目为聚敛;开阃扞边者[③],则目为麄材[④];读书作文者,则目为玩物丧志;留心政事者,则目为俗吏。其所读者,止四书、《近思录》、《通书》、《太极图》、《东西铭》、语录之类[⑤],自诡其学为正心、修身、齐家、治国、平天下[⑥]。故为之说曰:'为生民立极,为天地立心,为万世开太平,为前圣继绝学。'[⑦]其为太守,为监司[⑧],必须建立书院,立诸贤之祠,或刊注[⑨]四书,衍辑[⑩]语录。然后号为贤者,则可以钓声名,致朊仕[⑪],而士子场屋之文,必须引用以为文,则可以擢巍科[⑫],为名士。否则立身如温国,文章气节如坡仙,亦非本色也[⑬]。于是天

下竞趋之⑭,稍有议及,其党必挤之为小人,虽时君亦不得而辨之矣。其气焰可畏如此。然夷考其所行,则言行了不相顾,卒皆不近人情之事。异时必将为国家莫大之祸,恐不在典午清谈之下也⑮。"

余时年甚少,闻其说如此,颇有嘻其甚矣之叹。其后至淳祐间,每见所谓达官朝士者,必愦愦冬烘⑯,弊衣菲食⑰,高巾破履,人望之知为道学君子也。清班要路⑱,莫不如此,然密而察之,则殊有大不然者,然后信仲固之言不为过。盖师宪当国⑲,独握大柄,惟恐有分其势者,故专用此一等人,列之要路,名为尊崇道学,其实幸其不才愦愦,不致掣其肘耳⑳。以致万事不理,丧身亡国,仲固之言,不幸而中。呜呼,尚忍言之哉!

【注释】 ①"起于元祐"二句:元祐是宋哲宗年号(1086—1094),淳熙是宋孝宗年号(1174—1189)。宋哲宗时程颢、程颐二兄弟与宋孝宗时朱熹都是宋代道学的代表人物。 ②嘘枯吹生:语出《后汉书·郑太传》:"孔公绪清谈高论,嘘枯吹生。"吹口气使枯萎的东西重新焕发生机,也可以使有生命力的东西迅速枯萎。此处形容假道学者随口褒贬以欺世盗名。 ③开阃扞边者:阃,即国门,此处指指挥军事的机构。扞边,驻守边疆。 ④麄(cū)材:即粗人。 ⑤"止四书"句:均为道学经典作品。四书指《论语》、《孟子》、《大学》、《中庸》四部阐述儒家思想的著作。《近思录》为宋代朱熹与吕祖谦同著,道学的重要典籍。《通书》为宋代周敦颐作,为理学建立了道德本体论,奠定了以易学为依据的理论基础。《太极图》,此处指《太极图说》,是周敦颐为其《太极图》写的说明,特别突出圣人的价值和作用。东西铭即《东铭》和《西铭》,《西铭》原名《订顽》,为《正蒙·乾称篇》中的一部分,作者张载曾将其录于学堂双牖的右侧,题为《订顽》,将篇中的另一部分录于左侧,题为《砭愚》。后程颐将《订顽》改称为《西铭》,《砭愚》改称为《东铭》。至朱熹又将《西铭》从《正蒙·乾称篇》中分出,加以注解,成为独立的篇章,向来被视为张载的代表著作。语录即《朱子语类》,朱熹讲学时的语录汇编。 ⑥"自诡其学"句:语出《礼记·大学》,是儒家的基本政治理论。正心,就是要除去各种不安的情绪,不为物欲所蔽,保持心灵的安静。修身,就是要不断提高自己的品德修养。齐家,就是教育好自己的家庭成员。治国,就是要为政以德,实行德治。平天下,就是要布仁政于天下,使天下太平。 ⑦"为生民立极"四句:语出张载《横渠语录》:"为天地立心,为生民立道,为往圣继绝学,为万世开太平。"意谓为天地树立包孕万物之心,为百姓树立原则,继承前代圣人的衣钵,为万世开太平。 ⑧"其为太守"二句:太守,知府的别称。监司,有监察州县之权的地方长官。宋代设置各路转运使兼带按察,即监司。 ⑨刊注:刻版印刷,注释。 ⑩衍辑:犹广辑,广泛搜罗、编辑。 ⑪朊(wǔ)仕:朊,丰盛、厚之意,朊仕即高官厚禄。 ⑫巍科:即中高第,古代称科举考试名次在前者为巍科。 ⑬"否则立身"三句:温国即司马光,宋追赠其为温国公。坡仙指苏轼,苏轼自号东坡,其仰慕者称之为"坡仙"。本色,本来面貌。此处指按照道学家的标准为人作文的荒诞性。 ⑭竞趋之:争相模仿追随,步其后尘。 ⑮"异

时”二句:指道学之祸不亚于西晋时文人清谈之害。异时,即他日、有朝一日。典午是司马的隐晦说法,典即掌管之意,与司相同,午在十二生肖中指马。此处隐晦地指西晋司马氏即位之后压制士人,知识分子以玄言、清谈度日,不问政事。 ⑯ 愦愦冬烘:愦愦,昏愦、糊涂的样子。冬烘,迂腐拘谨,不通时务。 ⑰ 菲食:微薄的食物。 ⑱ 清班要路:官职显赫,身份地位无比尊贵。 ⑲ 师宪当国:指贾似道当政。贾似道(1213—1275),字师宪,号悦生、秋壑,宋理宗时权臣。宋理宗以“师臣”相称,其权势重于一时。 ⑳ 掣其肘耳:拉住胳膊,比喻阻挠别人做事。

【赏析】 宋代统治者一度将道学作为统治思想的工具。到宋代后期,道学先生们满口仁义道德,实际上却猥琐卑鄙。他们以道学为幌子,大肆沽名钓誉。本文即针对这种假道学的丑恶嘴脸发论,先用了较大篇幅引述吴兴老儒沈仲固的言论:他首先回顾了道学发展的大致脉络——起源于宋哲宗元祐年间,在宋孝宗淳熙年间因朱熹的出现盛极一时。继而提出道学“欺世盗名”的本质,描绘了道学家读书之单一、为人之虚伪、处事之迂腐等各个方面,指出他们之中所谓的贤者也是为了沽名钓誉,面目不堪。紧跟着指出道学的危害:言行不一,不近人情。最后下结论,认为道学对国家的危害不亚于晋朝士人清谈玄言、不问世事之误国。

吴兴老儒沈仲固之言已经道出了本文的关键,但作者并未轻易赞同,而用曲笔,欲扬而先抑,说当年自己年轻不经事,不能得此言要旨,以为沈仲固言过其实。而后描述了淳祐年间达官朝士的丑恶姿态,又用贾似道之事加以佐证。贾似道利用道学先生的伪善和迂腐,维护自己专权之利,而终至亡国,从而力证道学“以致万事不理,丧身亡国”的重大危害。作者利用史实进行论证,使沈仲固之言言之有出,说理完备而有说服力,对道学予以猛烈的抨击。文中“愦愦冬烘,弊衣菲食,高巾破履”,寥寥数语便将道学先生虚伪、迂腐的嘴脸刻画得惟妙惟肖,用笔辛辣而有力度。

文天祥

作者简介

文天祥(1236—1282),字宋端,又字履善,号文山,吉州庐陵(今江西吉安)人。年二十,举进士第一。迁湖南提刑,改知赣州。德祐初(1275)元兵入寇,天祥应诏勤王,拜右丞相。使往元军请和,被拘至镇江,夜亡入真州。泛海入温州,闻益王未立,上表劝进,召至福州,进左丞相。以都督出江西,与元兵战于空坑,大溃。收残兵奔循州,驻南岭。卫王立,加少保,封信国公,进屯潮阳。后被执,元世祖知其不肯屈节,遂杀之。有《文文山先生全集》二十卷等。

《指南录》后序

【题解】《指南录》是文天祥被元扣押和逃归途中所写诗作的结集,取其《渡扬子江》中"臣心一片磁针石,不指南方不肯休"一句为题,诗集记载了作者出使、被扣和逃往永嘉的经历。原集已有《自序》,本篇为后序,选自《文文山先生全集》卷十三。

【原文】

德祐二年二月十九日,予除右丞相兼枢密使,都督诸路军马[1]。时北兵已迫修门外[2],战、守、迁皆不及施[3]。缙绅、大夫、士萃于左丞相府[4],莫知计所出。会使辙交驰[5],北邀当国者相见,众谓予一行为可以纾[6]祸。国事至此,予不得爱身,意北亦尚可以口舌动[7]也。初,奉使往来,无留北者。予更欲一觇[8]北,归而求救国之策;于是辞相印不拜,翌日,以资政殿学士行。

初至北营,抗辞慷慨,上下颇惊动,北亦未敢遽[9]轻吾国。不幸吕师孟构恶于前,贾余庆献谄于后[10],予羁縻[11]不得还,国事遂不可收拾。予自度不得脱,则直前诟虏帅[12]失信,数吕师孟叔侄为逆,但欲求死,不复顾利害。北虽貌敬,实则愤怒。二贵酋名曰"馆伴"[13],夜则以兵围所寓舍,而予不得归矣。

未几，贾余庆等以祈请使诣北[14]。北驱予并往，而不在使者之目。予分当引决[15]，然而隐忍以行。昔人云："将以有为也[16]。"

至京口，得间奔真州[17]，即具以北虚实告东西二阃[18]，约以连兵大举。中兴机会，庶几[19]在此。留二日，维扬帅下逐客之令[20]。不得已，变姓名，诡[21]踪迹，草行[22]露宿，日与北骑相出没于长淮间，穷饿无聊[23]，追购[24]又急，天高地迥，号呼靡及。已而得舟，避渚洲，出北海[25]，然后渡扬子江，入苏州洋[26]，展转四明、天台，以至于永嘉[27]。

呜呼！予之及于死者，不知其几矣[28]！诋大酋[29]当死；骂逆贼当死；与贵酋处二十日，争曲直，屡当死；去京口，挟匕首以备不测，几自刭死[30]。经北舰十余里，为巡船所物色[31]，几从鱼腹死[32]；真州逐之城门外，几彷徨死。如扬州，过瓜洲扬子桥[33]，竟使遇哨，无不死；扬州城下，进退不由，殆例[34]送死；坐桂公塘土围中[35]，骑数千过其门，几落贼手死；贾家庄几为巡徼所陵迫死[36]；夜趋高邮，迷失道，几陷死；质明，避哨竹林中，逻者数十骑，几无所逃死；至高邮，制府檄下[37]，几以捕系[38]死；行城子河[39]，出入乱尸中，舟与哨相后先，几邂逅死；至海陵，如高沙[40]，常恐无辜死；道海安、如皋，凡三百里，北与寇[41]往来其间，无日而非可死；至通州[42]，几以不纳死；以小舟涉鲸波[43]出，无可奈何，而死固付之度外矣。呜呼！死生，昼夜事也。死而死矣，而境界危恶，层见错出，非人世所堪。痛定思痛，痛何如哉！

予在患难中，间以诗记所遭，今存其本不忍废。道中手自抄录。使北营，留北关外[44]，为一卷；发北关外，历吴门、毗陵[45]，渡瓜洲，复还京口，为一卷；脱京口，趋真州、扬州、高邮、泰州、通州，为一卷；自海道至永嘉、来三山，为一卷。将藏之于家，使来者读之，悲予志焉。

呜呼！予之生也幸，而幸生也何为？所求乎为臣，主辱，臣死有余僇[46]；所求乎为子，以父母之遗体行殆[47]，而死有余责。将请罪于君，君不许；请罪于母，母不许。请罪于先人之墓，生无以救国难，死犹为厉鬼以击贼，义也；赖天之灵，宗庙之福，修我戈矛，从王于师[48]，以为前驱，雪九庙[49]之耻，复高祖[50]之业，所谓誓不与贼俱生，所谓鞠躬尽力，死而后已[51]，亦义也。嗟夫！若予者，将无往而不得死所矣。向也使予委骨于草莽，予虽浩然无所愧怍[52]，然微以自文[53]于君亲，君亲其谓予何！诚不自意返吾衣冠[54]，重见日月，使旦夕得正丘

首[55],复何憾哉!复何憾哉!

是年夏五,改元景炎[56],庐陵文天祥自序其诗,名曰《指南录》。

【注释】 ①“德祐二年”三句:德祐二年(1276),时南宋恭帝赵㬎在位。右丞相,南宋孝宗乾道八年(1182)改尚书右仆射、同中书门下平章事为右丞相。枢密使,为枢密院长官,佐皇帝执兵权,凡有边防军务与中书分班禀奏。都督,统帅。路,宋、金、元时行政区域名,类似今天的“省”。 ②“时北兵”句:元兵已经逼近城门。修门,语出《楚辞·招魂》:“魂兮归来!入修门些。”本是楚国郢都的城门,此处指南宋都城临安的城门。③ 战、守、迁皆不及施:交战、防守、转移都来不及做了。 ④ 缙绅、大夫、士萃于左丞相府:缙绅,原意是插笏(古代朝会时官宦所执的手板,有事就写在上面,以备遗忘)于带,旧时官宦的装束,转用为官宦的代称。萃,聚集。左丞相府,当时吴坚为左丞相。 ⑤ 会使辙交驰:辙,车轮压出的痕迹,此处指使臣来往的车子。交驰,来往甚密、奔忙的样子。⑥ 纾祸:延缓、解除灾祸。 ⑦ 以口舌动:用言语打动。 ⑧ 觇:窥视,窥探,侦察。⑨ 遽:立刻,马上。 ⑩“吕师孟”二句:吕师孟早就与之结怨,贾余庆又紧跟着媚敌献计。吕师孟,安丰人,襄阳守将吕文焕之侄。吕文焕降元后引元军南下,文天祥曾上表请杀焕,而与吕师孟有隙。德祐元年(1275年)十二月,吕师孟使元投降。贾余庆,曾任同签书枢密院事,知临安府,后官至右丞相,与文天祥一同使元,但暗中商议降元,唆使元军扣押文天祥。 ⑪ 羁縻:被扣押、软禁。 ⑫ 诟虏帅:辱骂元军统帅。 ⑬“二贵酋”句:贵酋,少数民族的头领。馆伴,使臣往来,进入对方辖区时,对方派人相接或相伴,称馆伴使。⑭ 诣北:前往元大都。 ⑮ 分当引决:分内应当自杀,不辱使命。引决,自裁、自杀之意。⑯ 将以有为也:用唐人南霁云之事。韩愈《张中丞传后叙》中载,安史之乱中,南霁云与张巡共守睢阳,城破被俘,劝降而不答,张巡呼云曰:“南八,男儿死耳,不可为不义屈!”云笑曰:“欲将以有为也。”遂慷慨赴死。 ⑰“至京口”二句:京口,今江苏镇江,为军事重镇。得间,得到一个空子。真州,北宋大中祥符六年(1013)升建安军置,治所在今江苏仪征。⑱ 东西二阃:指淮东制置使李庭芝和淮西制置使夏贵。阃,借指领兵在外的将帅或外任的大臣。 ⑲ 庶几:几乎,差不多。 ⑳“维扬帅”句:李庭芝驻维扬(即今江苏扬州),故称维扬帅。文天祥逃至真州时,有传其已降元,来此目的在于劝降,李庭芝信以为真,命苗再成杀之。文天祥听闻制置司正下令追捕他,只得变名而逃。 ㉑ 诡:隐蔽,遮掩。 ㉒ 草行:在荒野草莽中行进。 ㉓ 无聊:无依无靠。 ㉔ 追购:追捕。购,悬赏重金捉拿。㉕ 避渚洲,出北海:避开长江中的沙洲(因沙洲被敌人所据),逃出江口以北的海面。北海,指长江口以北的海面。 ㉖ 渡扬子江,入苏州洋:渡过扬子江口,自北而南,进入苏州洋。扬子江,本指江苏扬州市附近长江,后通称长江为扬子江。苏州洋,指今长江口南部海域。 ㉗“展转四明”二句:四明,即今浙江宁波。天台,即今浙江天台县。永嘉,即今浙江温州。 ㉘“予之”二句:到达死亡的境地不知有多少次了。几,几回。 ㉙ 诋大酋:辱骂元首领。诋,辱骂、诋毁之意。 ㉚ 自刭死:自刎而死。 ㉛ 物色:盘查。 ㉜ 从鱼腹死:投水自杀。 ㉝ 瓜洲扬子桥:瓜洲,即瓜步洲,又名瓜州、瓜渚,在今扬州市南四十里。扬子桥,即扬子津,在扬州市南十五里。 ㉞ 殆例:差不多,等于。 ㉟“坐桂公塘”

句:困于扬州城外小丘围墙边。土围,房屋无屋顶只剩下土造的围墙。 ㊱“贾家庄”句:贾家庄,在扬州附近。巡徼,军中担任巡查的人。陵迫死,欺凌而死。 ㊲制府檄下:指李庭芝追捕的通缉公文发下。 ㊳捕系:捕捉,逮捕。 ㊴城子河:在今江苏高邮东南。㊵至海陵,如高沙:海陵,即今江苏泰州。高沙,在今江苏高邮西南。 ㊶北与寇:元兵与当地的土匪、贼寇。 ㊷通州:今江苏南通。 ㊸鲸波:巨浪。 ㊹北关外:指杭州临安北门外。 ㊺历吴门、毗陵:过苏州、常州。 ㊻僇:罪过。 ㊼殆:危机,险境。㊽“修我戈矛”二句:语出《诗经·秦风·无衣》:“从王于师,修我戈矛,与子同仇。”形容同仇敌忾,共御外敌。 ㊾九庙:指帝王宗庙。古时帝王立庙祭祀祖先,此处指社稷。㊿高祖:指宋太祖赵匡胤。 (51)“鞠躬尽力”二句:语出诸葛亮《后出师表》:“臣鞠躬尽瘁,死而后已。”指全心全意地贡献全部精力,至死方休。 (52)愧怍:惭愧。 (53)微以自文:没有文饰。 (54)返吾衣冠:重新穿上汉人的服装,指逃回宋朝之地。 (55)丘首:传说狐将死时,必先摆正头的方向,使头朝着其穴所在的故丘,以表示不忘根本。 (56)“是年夏五”二句:宋端宗赵昰于1276年夏五月即位,改年号为景炎。

【赏析】 本文为诗集后序,作者简要交代了《指南录》的创作和分卷情况,主要叙述了德祐二年(1276)奉命使北、被扣押、逃遁后辗转江南的经历,多次与死亡擦肩而过,令人惊心动魄。文天祥不是贪生怕死之徒,只因为国恨家仇都在肩头,不敢匆匆赴死,其高义令人钦佩。

元兵攻宋的紧要关头,文天祥承担起使元的重任,勉力与元斡旋,不辱使命。当时,吕师孟谗言污蔑,贾余庆谄媚投元,使文天祥随时都面临生命威胁。此时,文天祥仍能大骂元人失信,将生死置之度外,可见其节。他乘隙逃出元人的控制,心系宋君,至京口,逃真州,准备起兵反抗。其间险象环生,文天祥却毫无畏惧。维扬令不辨真相,下通缉令,使他不得不继续逃遁,在元兵追捕、宋朝通缉,“天高地迥,号呼靡及”的处境之中,文天祥几乎走到了山穷水尽的地步。后渡江往南,辗转于江浙地区,也没有停止保卫宋室、抗击元兵的努力。

作者在文中提到“几死”十八次,自叹“死生,昼夜事也”,赴死易,求生难。文天祥一心护国救主,想方设法保全宋室,因此珍重自身,不轻易就死,而宁愿继续出入于生死之间,不畏艰辛,不计得失。文末连呼“复何憾哉”,直抒胸臆,是真实的情感流露,令人动容。

文天祥年轻时不乏纨绔子弟之气,后当国难,输尽家财而举义兵,抗击元军,留下了“人生自古谁无死,留取丹心照汗青”这样荡气回肠的诗句。当时,内忧外患,元兵的铁骑近在咫尺,南宋朝廷内部还不乏吕师孟、贾余庆之徒,文天祥空有报国之志,终究无力回天。

郑思肖

作者简介

郑思肖(1241—1318),字忆翁,号所南,寓故国之思,福州连江(今属福建)人。初以太学上舍应博学宏词科,会元兵南下,叩阙上书,不报。宋亡,侍父隐居吴下,自称三外野人。坐必南向,岁时伏腊必向南野哭,闻北语必掩耳而走。工画梅兰,易代后即绝笔。终身不娶,浪游无定踪。有诗集《心史》凡七卷。

一是居士传

【题解】 本文选自《全宋文》卷八三三九。一是居士,作者自称,以“一是”来表达自己忠于大宋的决心。作者思肖之名,取思念“趙”氏故国之意。居士,古代称有德才而隐居不仕或未仕的人。

【原文】

一是居士,大宋人也。生于宋,长于宋,死于宋。今天下人悉以为非赵氏天下,愚哉!尝贯古今六合①观之,肇②乎无天地之始,亘③乎有天地之终,普天率土,一草一木,吾见其皆大宋天下,不复知有皇帝、王霸、盗贼、夷狄介于其间。大宋,粹然④一天也,不以有疆土而存,不以无疆土而亡。行造化⑤,迈历数⑥,母万物,而未始有极焉。譬如孝子于其父,前乎无前,后乎无后,满眼唯父,与天同大,宁以生为在、死为不在耶?又宁见有二父耶?此“一是”之所在也。未死书死,誓其终⑦也。故曰:“死于宋。”

“一是”者何?万古不易之理也。由之行,则我为主,天地鬼神咸听其命;不然,天地鬼神反诛⑧之。断古今,定纲常,配至道,立众事,自天子至于庶人,一皆不越于斯。苟能深造“一是”之域,与天理周流⑨,明而不惑,杀之亦不变,安能以伪富伪贵刍豢⑩之?

居士生而弗灵,几沦于朽弃;长而明,始感父母恩,异于他人父母恩,非数可算。性爱竹,嗜餐梅花,又喜观雪,遇之过于贫人获至

宝为悦。不饮酒，嗜食菜，荐[11]饭得菜，欣然饭速尽。有招之者，拒而不从，决不妄以足迹及人门。癖于诗，不肯与人唱和。懒则数岁不作，一兴动达旦不寐。作讽咏[12]，声辞多激烈意。诗成章，数高歌，辄泪下，若不能以一朝自居。每弃忘生事，尽日遂幽闲之适，遇痴浊者则急去之。多游僧舍，兴尽即飘然[13]，惬怀[14]终暮坐不去。寡与人合，间数月竟无至门者。独往独来，独处独坐，独行独吟，独笑独哭。抱贫愁居，与时为仇雠[15]，或痴如哆口不语[16]，瞠目高视[17]而僵立，众环指笑，良不顾。常独游山水间，登绝顶，狂歌浩笑，气润霄碧，举手掀舞[18]，欲空其形而去。或告人以道，俗不耳其说，反嫌迂谬[19]，率耻与之偕。破衣垢貌，昼行呓语，皇皇[20]然若有求而弗获。坐成废物，尚确持"一是"之理，欲衡[21]古今天下事，咸归于正，愚又甚众人。

宜乎举世之人不识之，有识者非真识之，识其人不识其心，非识也。能识"一是"之理，则真识一是居士矣。奚以识其精神笑貌，然后谓识一是居士也与？故作《一是居士传》。

【注释】 ① 六合：上下、四方，泛指天地或宇宙，此处指天下。 ② 肇：开始，发生。 ③ 亘：连绵不断，伸展开去。 ④ 粹然：纯正、精纯的样子。 ⑤ 造化：指自然界自身发展的规律。 ⑥ 迈历数：迈，越。历数，岁时节候的次序。《庄子·寓言》："天有历数，地有人据。" ⑦ 誓其终：发誓与宋相始终。 ⑧ 诛：惩罚。 ⑨ 天理周流：天理即天道，儒家把天理看作本然之性，亦指自然的法则。周流，就是环绕着流，四周绕一圈流。《易经》的卦气论中有"周流六虚"的说法。 ⑩ 刍豢：原指牛羊猪狗等牲畜，此处意为如同牲口一样被豢养。《孟子·告子上》："故理义之悦我心，犹刍豢之悦我口。" ⑪ 荐：本意是野草，《尔雅》中称荐即黍蓬，或以为野茭。此处指以野菜为食。 ⑫ 讽咏：讽诵吟咏。 ⑬ 飘然：高远、超脱的样子。此处指飘然离开。 ⑭ 惬怀：称心如意，心满意足的样子。 ⑮ 仇雠：仇人，冤家对头。 ⑯ 哆(chǐ)口不语：张口却不说话。 ⑰ 瞠目高视：睁大眼睛向高处看。 ⑱ 掀舞：翻腾，飞舞。 ⑲ 迂谬：迂腐，荒谬。 ⑳ 皇皇：也作"惶惶"，恐惧不安的样子。 ㉑ 衡：本意是秤杆，称重量的器具。此处是衡量、判断之意。

【赏析】 文章开头以"大宋，粹然一天也"为中心，阐述了自己唯知有宋的不二气节。在南宋覆灭之后，作者以遗民姿态自居，始终坚持认为天地之中一草一木无不属于大宋。君子以国为家，作者以国为父，将大宋比作父亲，在孝子心中，无论死生，唯知有父，在作者心中，唯知一国。这里"大宋"的概念不再是狭义上的一朝一国，而成为遗民心目中的信仰，大宋的疆土可以被夷狄占领，国君可以被驱逐，但在遗民心中，大宋的影响力不可改变。这也就是"一是"的题中之义。一是居士在元朝的统治下,仍然以宋为一,这种看似不知变通的坚守,恰恰是易代之际最珍贵的大节高义。

接下来,作者介绍了一是居士孤愤佯狂的姿态。正是这种怪诞的表现,流露出一是居士心中不与世相容的苦闷。居士酷爱竹、梅花,喜观雪,所见尽是高洁之物;不贪图饮酒之乐,以粗茶淡饭自足于心;为人有节,不汲汲于富贵,随意招之者绝不轻易从之;癖好作诗,但不与人和,随兴讽咏,高歌泪下;趁兴而游,尽兴而归,善于独处。其狂放不羁的姿态颇有魏晋之风骨。阮籍长醉不醒,弹琴长啸,作青白眼,所言多玄妙,口不臧否人物,实际上是被世无可为的窘境所逼迫。一是居士的不与人同,也是保持独善其身的态度,抨击了当时积极效忠于新政权的变节之人。

末尾写世人不知"一是"之理,或不能参透其中亡国之痛,是识其人而不识其心,只有心怀"大宋"这个唯一的信念,才能理解作者字字泣血之苦心。

戴表元

作者简介

戴表元(1244—1310),字帅初,一字曾伯,庆元奉化(今属浙江)人。七岁学古诗文,多奇语。咸淳中入太学,试礼部第十人,登进士乙科。教授建康府。后迁临安教授,不就。元初,寓居于鄞,授徒卖文自给。大德八年(1304),荐起信州教授。调婺州,以疾辞。后以修撰博士荐,老疾不起,终于家。表元学博而肆,为文深清雅洁,以文章大家名重一时。有《剡源集》三十卷。

送张叔夏西游序

【题解】 本文选自《全元文》卷四一四。张叔夏,即张炎(1248—1320),号玉田,又号乐笑翁,家居临安。南宋灭亡后,潜迹不仕,纵游浙东西,落拓以终。工长短句,以春水词得名,因号"张春水"。张炎祖父张濡因擅杀元使被磔杀,全家资财被查抄,从此家道中落。

【原文】

玉田张叔夏与余初相逢钱塘西湖上,翩翩然飘阿锡之衣[①],乘纤离之马[②],于是风神散朗[③],自以为承平故家贵游少年不翅也[④]。垂及强仕[⑤],丧其行资[⑥]。则既牢落偃蹇[⑦]。尝以艺北游[⑧],不遇,失意。亟亟[⑨]南归,愈不遇。犹家钱塘十年。久之,又去,东游山阴、四明、天台[⑩]间,若少遇者。既又弃之西归。

于是余周流[⑪]授徒,适与相值,问叔夏何以去来道途若是不惮烦耶? 叔夏曰:"不然,吾之来,本投所贤,贤者贫;依所知,知者死;虽少有遇而无以宁[⑫]吾居,吾不得已违[⑬]之,吾岂乐为此哉?"语竟,意色不能无沮然[⑭]。少焉饮酣气张,取平生所自为乐府词,自歌之,噫呜[⑮]宛抑,流丽清畅,不惟高情旷度,不可亵企[⑯],而一时听之,亦能令人忘去穷达得丧所在。

盖钱塘故多大人长者,叔夏之先世高曾祖父[⑰],皆钟鸣鼎食[⑱]。

江湖高才词客姜夔尧章[19]、孙季蕃花翁[20]之徒，往往出入馆谷[21]其门，千金之装，列驷之聘[22]，谈笑得之，不以为异。迨其途穷境变，则亦以望于他人，而不知正复尧章、花翁尚存。今谁知之，而谁暇能念之者！

嗟乎！士固复有家世材华如叔夏而穷甚于此者乎！六月初吉[23]，轻行[24]过门，云将改游吴公子季札春申君之乡[25]，而求其人焉。余曰：唯唯。因次第其辞[26]以为别。

【注释】 ① 阿锡之衣：阿锡又作阿緆，锡与緆古字通。司马相如《子虚赋》："被阿緆。"李善注引张揖曰："阿，细缯也；緆，细布也。" ② 纤离之马：纤离，古骏马名。《荀子·性恶》："骅骝、騹骥、纤离、绿耳，此皆古之良马也。"《史记·李斯列传》："服太阿之剑，乘纤离之马。"裴骃集解引徐广曰："纤离、蒲梢，皆骏马名。" ③ 风神散朗：风神，风采，神态。散朗，潇洒爽朗。 ④ "自以为"句：意谓无异于太平盛世时达官贵人家的公子。不翅，即不啻。翅，通"啻"，不仅，不止，无异于。 ⑤ 强仕：四十岁的代称。《礼记·曲礼》："四十曰强而仕。" ⑥ 行资：路费。此处意为家财。 ⑦ 牢落偃蹇：孤寂无聊又困顿、窘迫的样子。 ⑧ 以艺北游：忽必烈曾下诏以金为泥，缮写《大藏经》。至元二十七年（1290），张炎北游参加写经，次年南回。 ⑨ 亟亟：急迫，匆忙。 ⑩ 东游山阴、四明、天台：山阴，即今浙江绍兴市，得名于南部的会稽山。四明，即今浙江宁波，以境内有四明山得名。天台，即今浙江天台县。 ⑪ 周流：四处游历。 ⑫ 宁：安顿，稳定。 ⑬ 违：离开。 ⑭ 沮然：沮丧的样子。 ⑮ 噫呜：感慨悲叹的样子。《后汉书·袁安传》："未尝不噫呜流涕。" ⑯ 亵企：亵，轻慢，亵渎。企，开启。 ⑰ "叔夏"句：张炎六世祖为张俊，字伯英，成纪人，与金人战，屡立奇功，拜枢密使，后官至太傅，封清河郡王。张炎之曾祖父张镃（1153—？），成纪人，字功甫，号约斋。官至奉议郎、直秘阁。宁宗开禧初谋诛韩侂胄，未成遭贬。 ⑱ 钟鸣鼎食：古代富贵人家击钟奏乐，列鼎而食，形容生活奢侈豪华。唐王勃《滕王阁序》中有"闾阎扑地，钟鸣鼎食之家"句。 ⑲ 姜夔尧章：姜夔（1155—1209），宋鄱阳人，字尧章，寓居武康，以白石洞天为邻，因号白石道人。工诗词，其诗风格高秀，词尤精深华妙，冠绝一时。 ⑳ 孙季蕃花翁：孙惟信（1179—1243），宋开封人，字季蕃，号花翁，居婺州，光宗时弃官隐于西湖，善雅谈，长短句尤工，气度疏旷，见者疑为侠客异人。 ㉑ 馆谷：泛指食宿款待。 ㉒ 列驷之聘：用众多车马载着礼物。 ㉓ 初吉：朔日，即农历初一日。语出《诗经·小雅·小明》："二月初吉，载离寒暑。" ㉔ 轻行：轻装简行。 ㉕ 吴公子季札春申君之乡：即今江苏苏州。季札，姬姓，名札，又称公子札、延陵季子，吴王寿梦最小的儿子。春申君，黄歇（？—前238），楚国江夏人，战国时期楚国公室大臣，"战国四公子"之一。楚考烈王元年（前262）为相，后封为春申君于吴。 ㉖ 次第其辞：排列词句以成文。

【赏析】 这篇赠序没有提及离别之情，也没有劝勉祝福之辞，却通过记叙作者与张叔夏初逢、再遇和告别三个场景，历数张叔夏周游不遇的遭际，在感慨其家道中落的同时，也蕴含着国家覆灭的黍离之悲。

作者先记叙自己与张叔夏初逢于西湖之上。当时，张叔夏作为贵胄公子，风度翩翩。南宋灭亡后，张叔夏祖父为元人所杀，张氏家族没落，家财散尽，张叔夏本人潦倒落拓，与当年初遇时意气风发的少年判若两人。张叔夏北游东行，终是不遇，身世多舛，命运坎坷，令作者扼腕不已。

作者再遇张叔夏时，叔夏阐述其投靠贤者、依附知音的高洁志向，终不与世苟合。当年张氏家族显赫，姜夔、孙惟信等人都与张氏先人同游唱和，而后盛景不再，物亡人非，徒留伤感而已，还有谁来欣赏同样擅长填词的张叔夏呢？作者回忆起张氏一族旧事，更添伤感。而张叔夏饮酒作词，聊以自娱，作者以为其词能令人忘却死生穷达，一生的是非得失都不再萦绕于怀，何其洒脱自由！而实际上，张叔夏何曾忘怀得失？只是宋元易代，国破家亡，一己之力已经无法挽回颓势，只好归隐山林，对酒当歌，聊以解忧而已。

最后一段交代作者与即将西游的张叔夏的告别情状，悲叔夏之家世才华，感叹其无奈而窘迫的生活。张叔夏曾有《琐窗寒》词描述自己后期生活之凄苦，词中“想如今，醉魂未醒，夜台梦语秋声碎”之句，可见其午夜梦回，追忆往事之愁肠百结之情。

刘 因

作者简介

刘因(1249—1293),初名骃,字梦骥,后改今名,字梦吉,号静修,保定容城人。天资绝人,才器超迈。早丧父,事继母孝。至元十九年不忽木以学行荐于朝,征授承德郎右赞善大夫,以母疾辞归。至元二十八年,召为集贤学士、嘉议大夫,固辞不起。卒,谥文靖。有《静修集》三十卷。

辋川图记

【题解】 辋川山庄是唐朝诗人、画家王维的别墅,王维晚年在蓝田辋口得宋之问蓝田别墅,改筑别业,有水环绕其间,王维与友人裴迪浮舟酬唱,流连其间,作《辋川集》诗咏其景,又画《辋川图》摹其山川胜景。本文选自《全元文》卷四六五,是作者在看《辋川图》后所作的一篇跋。

【原文】

是图,唐、宋、金源诸画谱皆有评,识者谓惟李伯时《山庄》[①]可以比之,盖维平生得意画也。癸酉[②]之春,予得观之。唐史暨维集[③]之所谓竹馆、柳浪等皆可考,其一人与之对谈,或泛舟者,疑裴迪[④]也。江山雄胜,草木润秀,使人徘徊,抚卷而忘掩,浩然有结庐终焉之想,而不知秦之非吾土也[⑤]。物之移人观者如是,而彼方以是自嬉者,固宜疲精极思而不知其劳也。

呜呼!古人之于艺也,适意玩情而已矣。若画,则非如书计乐舞之可为修己治人之资[⑥],则又所不暇而不屑为者。魏晋以来,虽或为之,然而如阎立本者,已知所以自耻矣[⑦]。维以清才位通显,而天下复以高人目之[⑧],彼方偃然[⑨]以前身画师自居,其人品已不足道。然使其移绘一水一石一草一木之精致,而思所以文其身[⑩],则亦不至于陷贼而不死,苟免而不耻[⑪],其紊乱错逆如是之甚也。岂其自负者固止于此,而不知世有大节,将处己于名臣乎?斯亦不足议者。

予特以当时朝廷之所以享盛名,而豪贵之所以虚左而迎,亲王

之所以师友而待者，则能诗能画、背主事贼之维辈也。如颜太师之守孤城，倡大义，忠诚盖一世，遗烈振万古，则不知其作何状[12]？其时事可知矣。后世论者，喜言文章以气为主[13]，又喜言境因人胜[14]。故朱子谓维诗虽清雅，亦萎弱少气骨[15]。程子谓绿野堂宜为后人所存，若王维庄，虽取而有之，可也[16]。呜呼！人之大节一亏，百事涂地[17]，凡可以为百世之甘棠者，而人皆得以刍狗之[18]。彼将以文艺高逸自名者，亦当以此自反[19]也。

予以他日之经行[20]，或有可以按之以考。夫俯仰间，已有古今之异者，欲如韩文公《画记》[21]以谱其次第之大概而未暇。姑书此于后，庶几士大夫不以此自负，而亦不复重此，而向之所谓豪贵王公，或亦有所感而知所趋向焉。

三月望日[22]记。

【注释】 ① 李伯时《山庄》：李伯时即李公麟（1049—1106），字伯时，号龙眠山人，宋舒州人。元祐年间进士，为后省删定官、御史检法，博学好古，长于诗，多识奇字，尤善画山水佛像。《山庄》，亦称《龙眠山庄图》，是李公麟的白描山水画。龙眠山庄为画家晚年归隐龙眠所建，位于安徽桐城县西北的西龙眠山。该画收山中诸景，描绘了由建德馆至垂云片的山庄图景。 ② 癸酉：即元世祖至元九年（1273）。 ③ 唐史暨维集：《新唐书·王维传》载，王维所筑辋川别墅有华子冈、欹湖、竹里馆、柳浪、辛夷坞等，王维与裴迪游赏赋诗，自得其乐。王维著有《王右丞集》，其中有《辋川集》二十首绝句。 ④ 裴迪：关中（今属陕西）人，初与王维、崔兴宗居终南山，唱和往来。天宝后，为蜀州刺史，与杜甫、李颀友善。 ⑤“而不知”句：当时元将灭南宋，陕西之地更早已非南宋之疆域。 ⑥ 则非如书计乐舞之可为修己治人之资：不像写字、计算、音乐、舞蹈那些活动，可以提高自己的修养，更好地治理百姓。书计，指写字和计算。《礼记·内则》：“十年，出就外傅，居宿于外，学书计。” ⑦“然而”二句：阎立本（601—673），雍州万年（今陕西临潼）人。父阎毗和兄阎立德都善工艺。立本秉承家学尤善绘画，精于人物、车马、台阁，尤擅长肖像画与历史人物画。以画师之身份自耻。《旧唐书·阎立本传》：“退诫其子曰：‘吾少好读书，幸免面墙，缘情染翰，颇及侪流。唯以丹青见知，躬厮役之务，辱莫大焉！汝宜深诫，勿习此末伎。’” ⑧ 以高人目之：认为王维是高人。语出杜甫《解闷》：“不见高人王右丞。” ⑨ 偃然：俨然，心安理得的样子。 ⑩ 文其身：犹“修其身”。 ⑪“则亦”二句：天宝十五年（756），安禄山攻占长安，王维被安禄山胁迫做了伪官。但他以《凝碧诗》表达心迹。平叛后本以六等定罪，其弟王缙请削已职以赎兄罪，后得到赦免，并不降反擢。《新唐书·王维传》：“维为贼得，以药下利，阳瘖。禄山素知其才，迎置洛阳，迫为给事中……或以诗闻行在，时缙位已显，请削官赎维罪。肃宗亦自怜之，下迁太子中允。”苟免而不耻，苟且免于损害，不以为耻。 ⑫“如颜太师”五句：颜太师即颜真卿（709—785），字清臣，京兆府万

年县(今陕西省西安市)人。安禄山叛乱时,颜真卿为平原郡太守,与从兄颜杲卿起兵御贼,河朔诸郡推其为盟主,后封鲁郡公。唐德宗建中四年(783),淮西李希烈兵叛,颜真卿被派往招抚,后被俘遇害。 ⑬ 文章以气为主:语出曹丕《典论·论文》:"文以气为主,气之清浊有体,不可力强而致。" ⑭ 境因人胜:环境因人而不同。葛洪《游天宫寺》:"境好因人胜,诗看著脚忙。" ⑮"故朱子"二句:朱熹认为王维之诗清新雅致,但缺少气骨。此段评论未见于朱熹文集,见于魏庆之《诗人玉屑》卷十五"晦庵谓诗清而少气骨"条。⑯"程子"四句:程颐以为裴度所建绿野堂有必要保留,王维的辋川别墅则可被取而代之。程子即程颐(1033—1107),字正叔,程颢之弟。哲宗初擢崇政殿说书,每进讲色甚庄,继以讽谏,世称"伊川先生",卒谥正公,与程颢并称"二程"。绿野堂,唐代裴度的别墅,故址在今河南省洛阳市南。裴度为唐宪宗时宰相,平定藩镇叛乱有功,晚年以宦官专权,辞官退居洛阳,与白居易、刘禹锡等作诗酒之会,不问人间事。 ⑰ 涂地:指彻底败坏,不可收拾。⑱"凡可以为"二句:意谓人的名节一坏,即使有值得纪念的东西,也会被人当作刍狗看待。甘棠,棠梨树。《史记·燕召公世家》:"召公巡行乡邑,有棠树,决狱政事其下,自侯伯至庶人各得其所,无失职者。召公卒,而民人思召公之政,怀棠树不敢伐,歌咏之,作甘棠之诗。"后因以"棠树"喻惠政。刍狗,古代祭祀时用草扎成的狗,后用此比喻微贱无用的事物或言论。语出《老子》:"天地不仁,以万物为刍狗;圣人不仁,以百姓为刍狗。" ⑲ 自反:自我反省和检讨。 ⑳ 经行:经术和品行。 ㉑ 韩文公《画记》:韩文公,即韩愈,曾写《画记》一文,详细记叙画中的人物、牛马的数目和状态。 ㉒ 望日:农历每月十五。

【赏析】 本文为《辋川图》一画而作,先描述画中景色,以北宋著名画家李伯时之佳作《山庄》与唐朝诗人王维的得意之作《辋川图》相媲美,这是从艺术角度进行对比,突出《辋川图》艺术价值之高。画中有竹馆、柳浪之胜景,有一人与之对谈泛舟,山水秀美,草木茂盛,令人神往不已。

由画及人,作者对《辋川图》作者王维颇有微词。首先,作者以为绘画仅仅是自娱自乐之技,阎立本尚自耻为画师,而王维以画师自居,人品已无足称道。安史之乱中王维被俘降贼一事,更让刘因认为王维人品不足道。接着,作者将王维与颜真卿进行比较,王维善画,但背主事贼,德行有亏,却为当世称颂;颜真卿忠勇可嘉,却声名寥落。最后,作者用朱熹、程颐对王维的评价来支持自己对王维的批评,并提出了"大节一亏,百事涂地"的观点,认为人品节操是为文作画最高的衡量标准。朱熹以为王维"诗虽清雅,亦萎弱少气骨",在作者看来,其中也暗含了对王维变节事虏的批评。

文如其人,而实际上人品与文貌不相称者又何止一二?但本文中作者以王维之变节一事完全否定了其诗画上的成就,未免有失公正。

谢　翱

作者简介

谢翱(1249—1295),字皋羽,自号晞发子。长溪(今福建霞浦)人,后徙浦城。淳熙中试进士不第。倜傥有大节,入文天祥幕,任谘议参军。宋亡不仕,漫游两浙,卒于杭。有《晞发集》十卷、《晞发遗集》二卷等。

西台恸哭记

【题解】 本文选自《全元文》卷四七一,作于元至元二十八年(1291)十二月,当时南宋灭亡已十二年。文天祥开府延平,谢翱曾任咨议参军,后别去,闻文天祥死,悲不自禁。西台,在今浙江省桐庐县南富春山下,相传是汉代隐士严光垂钓之处。

【原文】

始,故人唐宰相鲁公开府南服,余以布衣从戎[①]。明年,别公漳水湄[②]。后明年,公以事过张睢阳庙及颜杲卿所尝往来处,悲歌慷慨,卒不负其言而从之游[③]。今其诗具在,可考也[④]。

余恨死无以藉手见公[⑤],而独记别时语,每一动念,即于梦中寻之。或山水池榭,云岚草木,与所别之处及其时适相类,则徘徊顾盼,悲不敢泣。又后三年,过姑苏。姑苏,公初开府旧治也[⑥],望夫差之台而始哭公焉[⑦]。又后四年而哭之于越台[⑧],又后五年及今而哭于子陵之台[⑨]。

先是一日,与友人甲、乙若丙约,越宿而集[⑩]。午,雨未止,买榜江涘[⑪]。登岸,谒子陵祠;憩祠傍僧舍,毁垣枯甃[⑫],如入墟墓。还,与榜人治祭具。须臾,雨止,登西台,设主[⑬]于荒亭隅;再拜,跪伏;祝毕,号而恸者三[⑭],复再拜,起。又念余弱冠[⑮]时,往来必谒拜祠下。其始至也,侍先君焉。今余且老,江山人物,睠[⑯]焉若失。复东望,泣拜不已。有云从西南来,渰浥浡郁[⑰],气薄林木,若相助以悲者。乃以竹如意击石[⑱],作楚歌招之[⑲]曰:"魂朝往兮何极?暮归来兮关塞

黑[20]。化为朱鸟兮有咮焉食[21]?”歌阕,竹石俱碎,于是相向感喏[22]。复登东台,抚苍石,还憩于榜中。榜人始惊余哭,云:“适有逻舟[23]之过也,盍移诸?”遂移榜中流,举酒相属,各为诗以寄所思。薄暮,雪作风凛,不可留,登岸宿乙家,夜复赋诗怀古。明日,益风雪,别甲于江,余与丙独归。行三十里,又越宿乃至。其后,甲以书及别诗来,言:“是日风帆怒驶,逾久而后济;既济,疑有神阴相,以著兹游之伟[24]。”余曰:“呜呼!阮步兵死,空山无哭声且千年矣[25]!若神之助固不可知,然兹游亦良伟。其为文词因以达意,亦诚可悲已!”余尝欲仿太史公著《季汉月表》,如《秦楚之际》[26]。今人不有知余心,后之人必有知余者。于此宜得书,故纪之,以附季汉事后。

【注释】 ①“始”三句:故人唐宰相鲁公开府南服,借唐代颜真卿暗指宋宰相文天祥。颜真卿在安史之乱爆发后领兵抗击安禄山,后被封为鲁郡公。文天祥于德祐二年(1276)在南剑州(今福建南平)建立督府,派人赴各地募兵筹饷进行抗元活动。南服,南方。古代王畿以外地区分为五服,故称南方为“南服”。余以布衣从戎,作者自云以平民的身份从军。布衣指没有官职的老百姓。 ② 漳水湄:据《宋史·瀛国公纪》载,文天祥曾于景炎二年(1277)走漳州,取梅州,都在福建漳江一带。湄,水边。 ③“后明年”四句:祥兴元年(1278)十二月,文天祥兵败被俘,次年被转至元大都,路过睢阳(今河南商丘)、常山(今河北正定),追随于张巡、颜杲卿等烈士之后。公以事过,为文天祥被俘北行的隐晦说法。张睢阳庙,即张巡之庙。张巡(709—757),唐邓州南阳人,天宝中安禄山反,巡起兵讨贼,每战辄克,至睢阳,与太守许远合,抗尹子琦十万众,救兵不至,粮绝,固守数月,终寡不敌众,城陷,大骂被害。颜杲卿所尝往来处,指常山。颜杲卿(692—756),字昕,安史之乱中被围于常山,粮矢尽,城陷,为贼所执,缚于天津桥柱,骂不绝口,贼断其舌,含糊而绝。 ④“今其诗”二句:文天祥有《睢阳》、《颜杲卿》之诗,怀念张、颜两人。 ⑤ 余恨死无以藉手见公:文天祥死于1283年1月9日,即至元十九年十二月九日,作者自恨找不到与之相见的机会。藉手,犹“借助”。 ⑥“姑苏”二句:姑苏即今江苏苏州。文天祥曾于德祐元年(1275)以浙西江东制置使在苏州置府衙。 ⑦“望夫差”句:夫差之台,春秋时吴王夫差所筑姑苏台。始哭公,第一次哭文天祥。 ⑧ 越台:又称越王台、越王城,在今浙江绍兴市。 ⑨ 子陵之台:相传是隐士严光垂钓之处,在今浙江省桐庐县南富春山上。严光(前37—后43),字子陵,会稽余姚人,一名遵。少有高名,与汉光武帝同学。及光武即位,变名隐居。光武欲其出仕,严光不就,耕于富春山。 ⑩“先是一日”三句:甲、乙若丙,为了避免元人迫害,不能直书同游者姓名,而只能用甲、乙、丙代指,实指其朋友吴思齐、严侣和冯桂芳。若,与。越宿,过了一夜。 ⑪ 买榜江涘:在江边租船。榜,指船。 ⑫ 毁垣枯甃(zhòu):形容一片废墟的场景。毁垣,被毁坏了的断墙。枯甃,干枯了的井。 ⑬ 设主:供放神主的牌位。 ⑭ 号而恸者三:三次放声大哭。据《礼记·丧大记》载,祭奠时三次痛哭是悼念逝者的全礼。 ⑮ 弱冠:指古时男子二十岁所行的加冠成年之礼。此处指自

已二十岁时。 ⑯ 睠:同“眷”,恋恋不舍的样子。 ⑰ 湆(yǎn)浥浡郁:云气升腾的样子。 ⑱ 以竹如意击石:用竹制的如意击打山石应歌为拍。如意,一种象征祥瑞的器物,用金、玉、竹、骨等制作,头灵芝形或云形,柄微曲,供指划用或玩赏。 ⑲ 作楚歌招之:屈原《楚辞》有《招魂》一篇,为楚王招魂,此处指作者用《楚辞》的歌调为文天祥招魂。⑳ 关塞黑:化用杜甫《梦李白》诗中“魂来枫林青,魂返关塞黑”之句。 ㉑“化为朱鸟”句:指文天祥的灵魂化为天上的朱鸟星宿。朱鸟,南方七个星宿的总称,形状如鸟。因文天祥心系南方少帝,故有此语。有咮焉食,有嘴向哪里去吃呢?意谓宋朝已亡,不能为文天祥立庙祭祀了。咮,鸟嘴。 ㉒ 感喈(jiè):嗟叹,慨叹。 ㉓ 逻舟:元军巡逻的船。㉔“疑有神阴相”二句:指怀疑化险为夷之事有文天祥的灵魂暗中帮助。 ㉕“阮步兵死”二句:指阮籍穷途之哭。阮籍(210—263),字嗣宗,陈留尉氏(今河南开封)人,三国时期魏的诗人,竹林七贤之一。曾任步兵校尉,人称阮步兵。在司马氏执政下不问世事,以酣饮为常。《晋书·阮籍传》:“时率意独驾,不由径路,车迹所穷,辄恸哭而返。” ㉖“余尝欲仿太史公”二句:太史公即司马迁。《季汉月表》,实为《季宋月表》。季为一个朝代的末期。《秦楚之际》即《史记·秦楚之际月表》,秦汉易代时没有正式的帝王,只纪月,没有纪年。作者不愿承认蒙古人的统治,因此坚持宋亡之后没有正统,不纪年而只纪月。

【赏析】 本文是一篇在特殊环境下写成的隐晦含蓄的纪实之文,虽然作者故意隐去了文章所哭之人与参与者,但读者依然可以从字里行间看出其中为忠臣招魂、为亡国恸哭的赤子之心。

本文一开头便借唐代名臣颜真卿来比喻文天祥,肯定了文天祥在宋末的重要地位和高尚气节。作者以饱含情感的笔触,回忆了文天祥开幕府、练乡兵、临危不降、以死殉国的经历,失友之悲与亡国之痛交织缠绕,更显得沉郁而动人心魄。时局所迫,作者先是“悲不敢泣”;后到姑苏,见到吴王夫差之台,忆及文天祥当年起事而“始哭”;四年之后在越台为第二次哭;最后才着意于眼前,登严子陵归隐垂钓之台,是为第三哭。作者以《楚辞·招魂》而歌,为文天祥招魂,也是祭奠已经灭亡了十二年的大宋王朝,家仇国恨一一涌上心头,情深意切。

祭祀之后,遇元巡逻舟,又恰逢大雪封路,一波三折,却终得平安,仿佛是文天祥之魂暗中相助,也是从侧面凸显作者等人祭奠之意诚。本文借用历史人物以隐去写作的真实意图,但所选人物如张巡、颜杲卿、颜真卿等忠臣良将,都影射文天祥受后世敬仰。最后借用阮籍佯狂和司马迁《季汉月表》而收束全篇,结构完整,用笔隐晦而婉转,曲折而有深意,长歌当哭,具有极强的艺术感染力。

本文环境描写尤其出色,用“山水池榭,云岚草木”、“有云从南来,湆浥浡郁,气薄林木”来烘托一种萧瑟惨淡的氛围,草木含悲情,有效衬托了作者登台恸哭的情感基调。

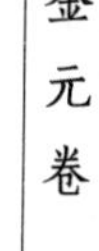

马端临

作者简介

马端临（约1254—1323），字贵与，号竹洲，宋饶州乐平（今属江西）人。马廷鸾子。咸淳九年（1273）漕试第一，以荫补承事郎。宋亡，历任慈湖、柯山书院山长、台州儒学教授。博览群书，著述甚丰。积二十余年，纂成史学巨著《文献通考》。

《文献通考》序

【题解】 《文献通考》，元代马端临撰，约成书于元成宗大德十一年（1307），记述自上古至南宋宁宗时期，全书共三百四十八卷。以杜佑《通典》为蓝本，会通历代典章制度，于宋制尤为详备。与唐杜佑《通典》、宋郑樵《通志》合称"三通"。《四库全书总目提要》评曰："条分缕析，使稽古者可以案类而考。又其所载宋制最详，多《宋史》各志所未备，案语亦多能贯穿古今，折衷至当。虽稍逊《通典》之简严，而详赡实为过之，非郑樵《通志》所及也。"本文选自《文献通考》卷首。

【原文】

愚自蚤岁[①]，盖尝有志于缀缉[②]。顾百忧熏心[③]，三馀少暇[④]，吹竽已滥[⑤]，汲绠不修[⑥]，岂复敢以斯文自诡[⑦]？昔夫子言夏殷之礼，而深慨文献之不足征[⑧]，释之者曰："文，典籍也。献，贤者也。"[⑨]生乎千百载之后而欲尚论千百载之前，非史传之实录具存，何以稽考[⑩]？儒先之绪言[⑪]未远，足资讨论，虽圣人亦不能臆[⑫]为之说也。窃伏自念，业绍箕裘[⑬]，家藏坟索[⑭]，插架[⑮]之收储，趋庭之问答[⑯]，其于文献盖庶几焉。尝恐一旦散轶失坠，无以属来哲，是以忘其固陋，辄加考评，旁搜远绍，门分汇别，曰田赋，曰钱币，曰户口，曰职役[⑰]，曰征榷[⑱]，曰市籴[⑲]，曰土贡[⑳]，曰国用，曰选举，曰学校，曰职官，曰郊社[㉑]，曰宗庙，曰王礼，曰乐，曰兵，曰刑，曰舆地[㉒]，曰四裔[㉓]，俱效《通典》[㉔]之成规。自天宝[㉕]以前，则增益其事迹之所未备，离析其门类之所未

详;自天宝以后至宋嘉定[26]之末,则续而成之。曰经籍,曰帝系,曰封建,曰象纬[27],曰物异,则《通典》元未有论述,而采摭[28]诸书以成之者也。凡叙事则本之经史,而参之以历代会要以及百家传记之书,信而有证者从之,乖异[29]传疑者不录,所谓"文"也。凡论事则先取当时臣僚之奏疏,次及近代诸儒之评论,以至名流之燕谈[30],稗官[31]之纪录,凡一话一言,可以订典故之得失,证史传之是非者,则采而录之,所谓"献"也。其载诸史传之纪录而可疑,稽诸先儒之论辨而未当者,研精覃思[32],悠然有得,则窃著己意,附其后焉。命其书曰《文献通考》。为门二十有四,卷三百四十有八,而其每门著述之成规,考订之新意,各以小序详之。

昔江淹有言:"修史之难,无出于志。"诚以志者,宪章之所系,非老于典故者不能为也[33]。陈寿号善叙述[34],李延寿亦称究悉旧事[35],然所著二史[36],俱有纪、传而独不克[37]作志,重其事也。况上下数千年,贯串二十五代[38],而欲以末学陋识,操觚窜定[39]其间,虽复穷老尽气,刿目鉥心[40],亦何所发明?聊辑见闻,以备遗忘耳。后之君子,傥能芟削[41]繁芜,增广阙略,矜其仰屋之勤,而俾免于覆车之愧,庶有志于经邦稽古者或可考焉[42]。

【注释】 ① 蚤岁:指年少时候。蚤通"早"。 ② 缀缉:编辑。缉,通"辑"。③ 百忧熏心:各种烦恼扰乱内心。 ④ 三馀少暇:指没有闲暇时间读书。三馀,语出陈寿《三国志·魏书·董遇传》:"人有从学者,遇不肯教,而云:'必当先读百遍。'言:'读书百遍,而义自见。'从学者云:'苦渴无日。'遇言:'当以三馀。'或问'三馀'之意,遇言:'冬者岁之馀,夜者日之馀,阴雨者时之馀也。'由是诸生少从遇学。" ⑤ 吹竽已滥:没有真才实学,只好充数。滥,泛泛,不精。《韩非子·内储说上》:"齐宣王使人吹竽,必三百人。南郭处士请为王吹竽,宣王说之,廪食以数百人。宣王死,湣王立,好一一听之,处士逃。" ⑥ 汲绠不修:比喻学识浅薄,不能领悟深刻的道理。汲绠,汲水用的绳子。修,长。《庄子·外篇·至乐》:"绠短者不可以汲深。" ⑦ 自诡:自欺。 ⑧ "昔夫子"二句:语出《论语·八佾》:"子曰:'夏礼吾能言之,杞不足征也;殷礼吾能言之,宋不足征也。文献不足故也。足,则吾能征之矣。'"由于文献资料和熟悉夏礼、殷礼的人不足,孔子所知的夏礼、周礼都无法得到证实。征,证明、证实之意。 ⑨ "释之者曰"五句:语出朱熹《论语集注》。文,文字资料。献,熟知典籍的贤人。 ⑩ 稽考:观察,核查。 ⑪ 儒先之绪言:前代学者的著作。绪言,已发而未尽的言论。《庄子·渔父》:"曩者先生有绪言而去。" ⑫ 臆:推测,揣度。 ⑬ 业绍箕裘:指继承先祖的事业。绍,继承。箕裘,畚箕和皮袄。语出《礼记·学记》:"良冶之子,必学为裘;良弓之子,必学为箕。"良匠之子必能补裘,良工之子必善制畚,形容耳濡目染,子承父业。 ⑭ 家藏坟索:坟索,三坟八索的并称,指古代典籍。孔安国序《尚书》:“伏羲、神农、黄帝之书,谓之三坟,言大道也……八卦之说,谓之八索,求其义也。” ⑮ 插架:本指书架,此处指藏书。 ⑯ 趋庭之问答:指承受父教。《论语·季氏》:“(孔子)尝独立,鲤趋而过庭。曰:‘学诗乎?’对曰:‘未也。’‘不学诗,无以言。’鲤退而学诗。他日又独立,鲤趋而过庭。曰:‘学礼乎?’对曰:‘未也。’‘不学礼,无以立。’鲤退而学礼。”孔鲤,孔子之子,字伯鱼。 ⑰ 职役:古代官府分派民户充当官差并供应财物的徭役。 ⑱ 征榷:国家对盐、铁等专卖品的收税和专卖。 ⑲ 市籴:官方收购粮食。⑳ 土贡:地方或藩属向君主进献土产。 ㉑ 郊社:祭祀天地等仪式。《礼记·中庸》:“郊社之礼,所以事上帝也。”朱熹注:“郊,祭天;社,祭地。” ㉒ 舆地:大地,地理。语出《易经·说卦》:“坤为地……为大舆。” ㉓ 四裔:本指幽州、崇山、三危、羽山四个边远地区,后指四方边远之地。《尚书·舜典》:“流共工于幽州,放驩兜于崇山,窜三苗于三危,殛鲧于羽山。” ㉔《通典》:唐杜佑撰,成书于贞元十七年(801),是中国历史上第一部体例完备的政书,通记历代典章制度建置沿革,共二百卷,内分食货、选举、职官等九典。 ㉕ 天宝:唐玄宗李隆基年号(742—755)。 ㉖ 嘉定:南宋宁宗赵扩年号(1208—1224)。㉗ 象纬:象数谶纬。 ㉘ 采摭:选取,掇拾。 ㉙ 乖异:不一致,背离。 ㉚ 燕谈:闲谈。㉛ 稗官:小官,后指野史小说。《汉书·艺文志》:“小说家者流,盖出于稗官。街谈巷语,道听涂(途)说者之所造也。” ㉜ 研精覃思:专心研究,深入思考。孔颖达《〈尚书〉序》:“承诏为五十九篇作传,于是遂研精覃思,博考经籍,采摭群言,以立训传。” ㉝“昔江淹有言”六句:语出南宋郑樵《通志·总序》,意为修史者必须熟知典故,且有志于此。宪章,指典章制度。江淹(444—505),字文通,南朝梁济阳考城(今兰考县)人,曾修《齐史·十志》(已佚)。 ㉞ 陈寿号善叙述:陈寿(233—297),字承祚,本仕蜀,为观阁令史,以不附宦官黄皓被黜。蜀亡入晋,举孝廉,除佐著作郎,出补阳平令,官终御史治书。撰《三国志》,另有《古国志》、《益都耆旧传》等。《晋书·陈寿传》:“时人称其善叙事,有良史之才。” ㉟ 李延寿亦称究悉旧事:李延寿,唐相州(今安阳)人。累补太子典膳丞、崇文馆学士,寻转御史台主簿,兼直国史。他继承其父李大师的学问,尝受诏与人同修《五代史志》,预撰《晋书》,并撰《太宗政典》,又曾修改补充刘宋、南齐、南梁、南陈及北魏、北齐、北周、隋朝八代的历史,称之为《南史》、《北史》。《新唐书·李延寿传》称李大师“多识前世旧事”。 ㊱ 二史:《南史》、《北史》之合称。 ㊲ 不克:不能做到。 ㊳ 二十五代:唐、虞、夏、商、周、秦、西汉、东汉、魏、晋、宋、齐、梁、陈、后魏、北齐、北周、隋、唐、后梁、后唐、后晋、后汉、后周、宋。 ㊴ 操觚(gū)窜定:执笔写作和修改。操觚,写作。窜定,删改订正。㊵ 刿(guì)目鉥(shù)心:眼力、心力都耗尽,比喻呕心沥血。刿目,触目,刺眼。鉥,长针。唐韩愈《贞曜先生墓志铭》:“及其为诗,刿目鉥心。” ㊶ 芟削:删除。芟,本意为割草,引申为除去。 ㊷“矜其仰屋之勤”三句:表达对后世史家增补修订典籍的期待。矜,怜悯。仰屋之勤,指一心著书,《梁书·南平元襄王伟传》:“下官历观世人,多有不好欢乐,乃仰眠床上,看屋梁而著书。千秋万岁,谁传此者。”覆车,本意指翻车,此处指失误。《周礼·考工记·辀人》:“既克其登,其覆车也必易。”经邦,治理国家。

【赏析】 本文是《文献通考》序文的节选，在节选部分之前，作者追溯了《诗》、《书》、《春秋》、《史记》等史著的渊源，以为《资治通鉴》着重叙述治乱兴衰，而略于典章制度。作者认为兴衰之理历朝历代各有不同，唯有典章的因袭继承有规律可循。唐杜佑撰《通典》专述典章制度，内容丰富而详略亦有不足之处。在节选部分中，作者结合自身经历，说明自己撰写《文献通考》一书的必要性。

作者提出，商周之事多有不详，是资料不传、文献缺失的缘故，因此欲使后人知今日事，就应著史，整理和保存实录资料，以待后之贤者查考。也正是基于这一考虑，他广泛地搜集资料，仿《通典》体例，分门别类，增补唐天宝之前的内容，续写天宝到宋末典籍制度的情况，并在《通典》原有分类的基础上，增添了经籍、帝系、封建、象纬、物异五类，使《文献通考》一书更趋完善。《文献通考》以经史为本，参考历代会要、百家之书，综合典籍之精华，即重“文”；同时又辅以诸儒评论、名流燕谈、稗官纪录中的可取之处，合理运用贤人的力量，是为“献”。

最后一段，作者以陈寿、李延寿这两位史家为例来证明：著史不易，不熟悉典故者不可为。

赵孟頫

作者简介

赵孟頫(1254—1322),字子昂,自号松雪道人,吴兴(今属浙江湖州)人。年十四,以父荫补官。宋亡,家居力学。侍御史程钜夫奉召搜访遗逸,以孟頫入见,神采焕发,如神仙中人。世祖欲大用之,为众议所格。授兵部郎中,历江浙等处儒学提举。延祐中累拜翰林学士承旨。卒后追封魏国公,谥文敏。有《松雪斋集》七卷。

五柳先生传论

【题解】 本文选自赵孟頫《松雪斋集》。《五柳先生传》为东晋陶渊明自传,表达了抱拙守贫、以文章自娱的高洁之志。五柳先生能处穷,虽家徒四壁,仍乐于诗书饮酒,忘怀得失。

【原文】

志功名者,荣禄不足以动其心;重道义者,功名不足以易其虑①。何则?纡青怀金与荷钼畎亩者殊途,抗志青云与徼幸一时者异趣②。此伯夷所以饿于首阳,仲连所以欲蹈东海者也③。矧名教之乐,加乎轩冕④;违己之病⑤,甚于冻馁。此重彼轻,有由然矣。仲尼有言曰:"隐居以求其志,行义以达其道,吾闻其语,未见其人。"⑥嗟乎!如先生近之矣。

【注释】 ①"志功名者"四句:有志于功名的人,金钱利益不足以使其动摇;注重道义的人,功名不足以改变其初衷。 ②"纡青怀金"二句:达官贵人与平民百姓的追求各有不同,有高远志向的人与侥幸成功的人趣向不同。纡青,指佩带青色绶带,意为高官。怀金,意为怀揣金印,指非常显贵。荷钼畎亩,指平民。钼,同"锄"。畎亩,田地。抗志青云,坚持志向,绝不动摇。徼幸,徼,通"侥",希望获得意外成功。 ③"此伯夷"二句:伯夷是商孤竹君之子,据《史记·伯夷列传》载,武王伐纣,伯夷与弟弟叔齐叩马而谏。后武王灭周,耻食周粟,归隐于首阳山,采薇而食,最后饿死。鲁仲连,战国时齐人,闻名于稷下学宫,为人有侠气,为齐解聊城之围。齐王欲封赏,鲁仲连逃而归隐海上。 ④矧名教之

乐,加乎轩冕:名教,以儒家所定的名分和儒家的教训为准则的道德观念。加乎轩冕,意为有过于出仕。轩冕,代指为官。 ⑤ 违己之病:违背自己初衷的痛苦,此处指不得不出仕为官之痛。 ⑥“仲尼有言曰”五句:语出《论语·季氏》。意谓做到归隐田园、保全自己不是一件容易的事。

【赏析】 作者读《五柳先生传》而起隐者之叹,以为功名利禄与道义有悖,对陶渊明“采菊东篱下,悠然见南山”的生活志趣心驰神往,因而作此文以一吐心中所愿。

作者认为伯夷耻食周粟以至饿死于首阳山是发自本心之举,鲁仲连蹈海避世也是遵循了自己灵魂的呼唤,与名利等物质上的世俗之乐比起来,出自本心的生活才更重要。如果不能遵从自己内心所愿,那么即使拜相封侯、名利双收,也还是体会不了生活的真正乐趣。作者用孔子之语收束全篇,感叹真正能够“隐居求志”、“行义达道”之人太少,同时也表达了对这种人的敬仰、羡慕之情。

作者之所以有这番感慨,与其自身经历密切相关。赵孟頫本为南宋宗室,国破家亡之际无意另仕元朝,却被逼失节。想隐而不能,行义又无门,赵孟頫陷入这种进退两难的尴尬局面之中,也只能借《五柳先生传》一文来感慨自己对归隐田园的憧憬之情了。

虞　集

作者简介

虞集(1272—1348),字伯生,号邵庵,世称邵庵先生。祖籍仁寿(今属四川),徙居临川崇仁(今属江西)。早岁从吴澄游。大德初至京师,荐授大都路儒学教授。文宗时累迁奎章阁侍书学士。每承顾问,必委曲尽言,随事讽谏,卒后谥文靖。平生为文多至万篇,有《道园学古录》五十卷、《道园遗稿》六卷。

跋宋高宗亲札赐岳飞

【题解】 本文选自《全元文》卷八三四。宋高宗(1107—1187),宋徽宗第九子,名构,字德基,始封康王,徽、钦二宗为金人所掳,乃即位于建康,李纲为相,宗泽守汴,力谋恢复。为黄潜善等所惑,复南迁避敌,定都临安。相秦桧,杀岳飞,乞和于金,称臣纳贡,偏安一隅。高宗即位初有赐岳飞批札,还亲笔写"精忠报国"四字表彰其功绩。

【原文】

大元故翰林承旨、魏国公、谥文敏赵公孟頫怀古之诗曰:"南渡君臣轻社稷,中原父老望旌旗。"①集承乏②国史,尝读其诗而悲之。以为当时遗臣志士,区区海隅③,犹不忘其君父,何敢有轻之之心也哉?今见思陵④赐岳飞亲札,则其奏功郾城⑤时所被受者。观亲札所谓杨沂中、刘锜⑥立功之事,则绍兴十年七月也。是时,秦桧方定和议,而飞锐然以恢复自任,所向有功⑦。飞之裨将杨再兴,则邦义之子也。单骑入阵,几殪兀术⑧。身被数十创,犹杀数十人而还,一时声势可知矣。是以郾城之役,恢复之业系焉。飞之师乘势薄朱仙⑨,与兀术战,破汴在顷刻。而桧亟罢兵,诏飞赴行在。而沂中、刘光世、锜,皆以其兵南归,自是不复出师⑩。明年十二月桧遂杀飞父子,而兀术无复忧色。洪皓区区,蜡书虽至,而中原无复余望矣⑪。乃知文敏之诗,其为斯时而发也欤?

【注释】 ①“大元故翰林承旨”三句:赵孟頫在元朝官至翰林学士承旨,卒赠魏国公,谥文敏。“南渡君臣轻社稷”诗,语出赵孟頫《岳鄂王墓》。 ② 承乏:暂任某职的谦称。 ③ 海隅:海角,海边。常指僻远的地方。 ④ 思陵:宋高宗永思陵位于绍兴市皋埠镇攒宫山,此处以思陵借指宋高宗。 ⑤ 奏功郾城:绍兴十年(1140),金兀术分兵三路,东起两淮,西至陕西,向南宋发动大规模军事进攻。岳飞率岳家军以少胜多,于郾城大败兀术。此战是宋金之战中最著名的战役。郾城,即今河南郾城县。 ⑥ 杨沂中、刘锜:杨沂中即杨存中,宋杨震之子,字正甫。绍兴十年为淮北宣抚副使,引兵驻扎宿州,以步军退屯于泗。刘锜,宋德顺军人,字信叔。绍兴十年率兵固守顺昌城,破兀术,金人震恐丧魄。⑦“是时”四句:绍兴九年(1139)正月,秦桧积极促成宋金和议。和议规定金以河南之地予宋,宋向金岁贡银绢共五十万匹两。时岳飞在鄂州,坚决反对和议,仍然训兵饬士,以备不虞。 ⑧“飞之裨将”四句:杨再兴,杨邦义之子,岳飞裨将,郾城之战中单枪匹马冲入敌军之中,准备活捉兀术。未果,杀数百人后返。后于小商桥以三百骑遇兀术兵十二万,战死。殪(yì),杀死。兀术,完颜宗弼,金太祖第四子,本名斡啜,善骑射,屡侵宋,江南呼为四太子。 ⑨ 飞之师乘势薄朱仙:岳家军乘胜向朱仙进发。朱仙,在河南开封县西南。⑩“而桧亟罢兵”五句:为达成和议,高宗急召岳飞等班师回朝,解除了韩世忠、张俊、岳飞等人的兵权,将岳飞下狱死。绍兴十一年(1141),南宋向金称臣,以割让唐州、邓州以及商州、秦州的大半为代价,签订了绍兴和议,宋金东以淮河、西以大散关为界。刘充世,疑为刘光世。绍兴七年(1137)被劾,罢军职。绍兴十年(1140)重新起用,为三京招抚处置使以援刘锜,绍兴十一年(1131)六月再次被收兵权,罢为万寿观使,封杨国公。 ⑪“洪皓区区”四句:绍兴十一年(1141),金国派萧毅、邢具瞻为审议使,提出议和条件,并送上宋高宗之母韦氏亲笔书:“洪皓在燕,求得后书,遣李微持归。”蜡书指封在蜡丸中的文书。洪皓(1088—1155),鄱阳人,字光弼,使金被留几死,流放冷山,屡以敌情辗转上达,乞兴师进击,以图恢复。留金十五年始还。区区,情意真挚。

【赏析】 本文主体部分回顾了岳飞与其裨将郾城抵抗金兵之事,由赵孟頫的诗引出。赵氏之诗指出,南渡之后,南宋君臣不思恢复,任凭中原父老望眼欲穿,都没能收复失地。虞集虽为元人,却对南宋遗臣志士给予高度的评价,认为靖康后南宋朝廷虽然偏安一隅,但他们未曾忘怀君臣父子之道。

绍兴九年(1139)正月,宋金双方达成了和议。次年五月,兀术撕毁和约,兵分四路南侵,再次兴兵大举攻宋。根据《宋史·岳飞传》载,岳飞和北方民众抗金义军相互配合,协同作战,派王贵、牛皋、董先、杨再兴、孟邦杰、李宝等,分布于西京及汝、郑、颍昌、陈、曹、光、蔡诸郡抗敌;又命梁兴渡河,纠合忠义社,取河东、北州县,又派兵东援刘锜,西援郭浩,自以其军长驱以阚中原,很快收复了颍昌府、淮宁府,攻克郑州,光复了西京河南府。七月初八,于郾城大败兀术,恢复之业眼看着就要实现。高宗犒赏岳家军之后,连颁金牌,阻止岳飞继续北进,力主和议,使郾城之捷功亏一篑。次年岳飞下狱而死,南宋

再无领兵之将，使金兀术更肆无忌惮。本文表达了对岳飞及其裨将骁勇善战的崇敬之情，也对南宋再也无力收复中原充满惋惜之情。

陈炤小传

【题解】 本文选自《全元文》卷八六六。陈炤（？—1275），南宋常州人，字光伯，少工词赋，咸淳进士，为丹徒县尉，累迁朐山知县，以母忧归。元兵攻常，起炤为常州通判，率兵御之。自夏到冬不能下，城破，巷战死。

【原文】

陈炤，字光伯，毗陵[①]人。少游郡庠[②]有声，三领乡荐[③]，登咸淳乙丑[④]进士第。年已四十六，调丹阳尉。淮东帅印应雷[⑤]，素知其才，辟为寿春[⑥]教，而留之幕府掌笺翰，有《进琼花表》，文甚清丽，人甚称之。

炤以功业自许，乐仕边郡，举者满数改官，知朐山县[⑦]。应雷犹留之幕府，丁母忧，归毗陵。岁甲戌[⑧]，大元大兵渡江，江东西守者皆已降。大兵自沙武口冒徭渡，至马洲，将攻常州[⑨]。明年乙亥，宋命故参知政事蜀人姚希德之子訔[⑩]居常，起知其州，以炤知兵，起复，添差通判常州以佐之。訔、炤心知常无险，去临安近，不可守，而不敢以苟免[⑪]求生，同处治郡事，率羸惫[⑫]就尽之卒，以抗全胜日进之师，厉士气以守。缮城郭，备粮糗[⑬]，治甲兵。炤输私财以给用，不敢以私丧失国事。身当矢石者四十余日，心力罄焉。及兵至城下，拥壕而阵。城上矢尽，不降。城且破，訔死之，炤犹调兵巷战。家人进粥，不复食。从者进马于庭曰："城东北门围缺，可从常熟塘驰赴行在[⑭]。"炤曰："孤城力尽援绝而死，职分也。去此一步，无死所[⑮]矣。"遣子出城求生，曰："存吾宗之血食[⑯]，勿回顾。"驱之号泣以去。兵至，炤遂死之。宋人闻之，炤犹赠朝奉大夫，直宝章阁。与一子恩泽，下有司立庙。炤死时，有仆杨立者守之不去。北兵见而义之，缚之以归。它日将以畀[⑰]人。立曰："吾从子得生，愿终身焉。若以畀人，则死耳。"从之至燕，得不死。往来求常州人，得僧璘者，具以炤死事，告其子孙乃已。既罢兵，丞相军士管为炤孙曰："城破时，兵至天庆观，观主不肯降，曰：'吾为吾主死耳，不知其他。'遂屠其观

云。”一时节义所激如此。

炤平生多文章，兵乱后略无存者。今惟有《进琼花表》、《印应雷圹志》、《应进士》等文百馀篇存焉。徒观其文华者，不知其能节义如此也。子四人，应凤早卒，应龟、应麟皆乡贡进士⑱。某曾孙显曾，今为儒。陵阳牟献之⑲曰：“舍门户而守堂奥⑳，势已甚蹙。而訔、炤死，殆无愧于巡、远㉑。”炤之友邵焕有曰：“宋之亡，守藩方擐甲胄㉒而死国难者，百不一二。儒者知兵，小臣仓卒。任郡寄㉓而死，千百人中一二耳。若炤者，不亦悲夫！”

史官曰：伯颜㉔丞相之取江南，行军功簿，大小具在官府，可以计日而考之也。《国朝经世大典》㉕尝次第而书之，若炤之死事，可以参考其岁月矣。

【注释】 ① 毗陵：即今江苏常州。 ② 郡庠：即府学。 ③ 乡荐：宋应试进士，由州县荐举，称“乡荐”。 ④ 咸淳乙丑：即公元1265年。咸淳，宋度宗赵禥年号（1265—1274）。 ⑤ 印应雷（？—1075）：字德豫，通州人，寓居常熟，南宋嘉熙二年（1238）进士。咸淳六年（1270）官至两淮安抚制置使兼知扬州。 ⑥ 寿春：即今安徽寿县西南。 ⑦ 朐山县：北周建德六年（577）以朐县改名，治所在今江苏连云港市西南海州镇。 ⑧ 甲戌：即咸淳十年（1274）。 ⑨ “大兵”三句：指元兵从沙芜口渡江。沙武口，即沙芜口，在今湖北黄州市西。马洲，江苏靖江的古称，因其曾在三国时期为东吴的牧马场所而得名。⑩ 姚希德之子訔：姚希德（？—1269），《宋史》作姚希得，潼川（今四川三台）人，字逢源，嘉定进士，朝夕讨论六经、诸子百家之言，累官至参知政事，屡次抗疏直言。姚訔（？—1275），南宋末抗元将领，为希得之子。元兵至，与通判陈炤合力固守常州，城破皆亡。⑪ 苟免：苟且免于损害。 ⑫ 羸惫：极其疲惫。 ⑬ 糗：古代指干粮，也指饭或面食成块状或糊状。 ⑭ 行在：皇帝出行时暂住的地方。南宋高宗南渡之后称临安为行在。⑮ 无死所：死无葬身之地。此处意为陈炤誓与常州城共存亡。 ⑯ 血食：杀牲取血，成祭祀礼。此处即“血嗣”，指承祭祖先的后代。 ⑰ 畀：给，予以。 ⑱ 乡贡进士：唐宋取士，出于学馆者自称“生徒”，出于州县者自称“乡贡”。 ⑲ 牟献之：牟巘（1227—1311），字献之，井研（今属四川）人，徙湖州，擢进士第，官至大理少卿，因忤贾似道而去官不出，研习经学，学者称陵阳先生。 ⑳ 堂奥：堂的深处。此处指常州为腹地。 ㉑ 巡、远：张巡和许远。安禄山之乱中，安庆绪将尹子琦率众十万攻睢阳（今河南商丘），张巡与睢阳太守许远固守，数败贼，城中粮绝，最后城陷，二人被杀。 ㉒ 擐甲胄：指披甲戴盔。擐，贯，穿。语出《左传·成公十三年》：“文公躬擐甲胄，跋履山川。” ㉓ 郡寄：谓作郡太守。 ㉔ 伯颜：蒙古八邻部人，元朝大将，至元十一年（1274）率兵攻宋。 ㉕《国朝经世大典》：元仁宗时虞集等人所撰，原书已佚。

【赏析】 本文为宋末死士陈炤作传,重点强调其死节护城、尽忠职守之高义。南宋咸淳十年(1274),陈炤与姚訔守常州,明知常州没有险要关隘可凭借,地势易攻难守,又距离临安不远,不具备死守的客观条件,却不敢有辱使命,不愿苟且偷生,誓与城池共存亡。以卵击石、明知不可为而为之的悲壮之气贯穿全文。

陈炤率领疲惫的将士死守常州,输尽家财以给军用,亲自上阵杀敌,据守四十多天,心力交瘁,弹尽粮绝,城破之后还组织巷战,负隅抵抗,拒绝逃离常州,孤城力尽援绝,坚守岗位直至最后阵亡。据《宋史·忠义传》记载,常州守将张彦攻吕城,兵败降元,尽言常州城中虚实,元丞相伯颜亲自率军攻城。常州之难固然是天下大势所致,陈炤一人也无力回天,但张彦之降也加速了常州的沦陷,这不能不说是人为之祸。

本文除了集中笔力叙述陈炤的英雄事迹之外,也简略交代了同时期死节之士,如陈炤之仆杨立守之不去,天庆观观主坚持"为吾主死耳,不其知他"等事例。最后引用邵焕的话,说明南宋末年贪生怕死之辈甚多,而愿意为国家抛头颅洒热血之人太少,借歌颂节义之士,抨击了贪图一己私利的南宋官员。

常州之战是宋元战争中最悲壮的一役,伯颜攻下常州后下令屠城,全城仅七人幸免,可见其惨烈异常。

揭傒斯

作者简介

揭傒斯(1274—1344),字曼硕,隆兴富州(今江西丰城)人。早有文名,大德间,程钜夫、卢挚荐于朝,三入翰林。天历初(1328)开奎章阁,首擢授经郎。元统初(1333)累迁翰林侍读学士,总修辽金宋三史。卒于官,追封豫章郡公,谥文安。有《文安集》十四卷,其文严整简当,诗尤清婉丽密。

书王鼎翁文集后序

【题解】 本文选自《全元文》卷九二〇。王鼎翁,即王炎午(1252—1324),宋庐陵人,初名应梅,字鼎翁,别号梅边,咸淳间补太学生。临安陷,谒文天祥,毁家以助军饷。天祥留置幕府,后以母病归。未几天祥被执,作生祭文以励其死。杜门却扫,肆力诗文,更其名曰炎午,名其所著曰《吾汶稿》,以示不仕异代之意。

【原文】

余旧闻宋太学生庐陵王鼎翁作《生祭文丞相文》①,每叹曰:士生于世,不幸当国家破亡之时,欲为一死而无可死之地,又作为文章以望其友为万世立纲常,其志亦可悲矣。然当是时,文丞相兴师勤王②,非不知大命已去,天下已不可为,废数十万生灵为无益,诚不忍坐视君父之灭亡而不救,其死国之志固已素定③,必不待王鼎翁之文而后死。使文丞相不死,虽百王鼎翁未如之何,况一王鼎翁耶!且其文见不见未可知,而大丈夫从容就义之念,亦有众人所不能识者。近从其邑人刘省吾④得《王鼎翁集》,始见所谓《生祭文丞相文》。既历陈⑤其可死之义,又反复古今所以死节之道,激昂奋发,累千五百余言,大意在速⑥文丞相死国。使文丞相志不素定,一读其文,稍无苟活之心,不即伏剑⑦,必自经于沟渎⑧。岂能间关颠沛至于见执⑨,

又坐燕狱[⑩]数年,百计屈之而不可然后就刑都市[⑪],使天下之人共睹于青天白日之下,曰杀宋忠臣,文丞相何其从容若此哉！故文丞相必死国必不系王鼎翁之文,其文见不见又不可知,而鼎翁之志则甚可悲矣。即鼎翁居文丞相之地,亦岂肯低首下心[⑫],含垢忍耻,立他人之朝廷乎！鼎翁德之粹[⑬]、学之正、才之雄、诗文之奇古,则刘会孟[⑭]先生言之备矣,兹不复论,独论文丞相之心与鼎翁之志云尔。

【注释】 ①《生祭文丞相文》:文天祥被俘,家乡人恐其变节,有乡党王炎午作《生祭文丞相文》,并在押解文天祥北上的水路一路张贴,鼓励其自杀。此生祭活人之文世所罕见。 ② 勤王:君王有难时,臣子起兵援救君王。 ③ 素定:早先就已经决定。 ④ 邑人刘省吾:同县乡人刘省吾,未详其人。 ⑤ 历陈:一条一条地陈述。 ⑥ 速:加快。 ⑦ 伏剑:以剑自刎。《左传·襄公三年》:“魏绛至,授仆人书,将伏剑。” ⑧ 自经于沟渎:即自杀。自经,自缢,上吊自杀。沟渎(dú),古时,田间水道称沟,邑间水道称渎,这里指小山沟。语出《论语·宪问》:“岂若匹夫匹妇之为谅也,自经于沟渎而莫之知也。” ⑨“岂能”句:指文天祥能忍受旅途中的艰辛,最终被元逮捕。间关,辗转。 ⑩ 燕狱:元大都的监狱。燕,指燕京。 ⑪ 就刑都市:在闹市被处决。至元十九年十二月初九,文天祥在元大都柴市口从容就义。 ⑫ 低首下心:比喻屈服于权威之下,形容顺从而不敢反抗的样子。 ⑬ 粹:纯正,纯一无杂质。 ⑭ 刘会孟:即刘辰翁(1231—1297),庐陵人,举进士。时贾似道当国,方杀直臣以塞言路,刘辰翁因对策极论之,请为濂溪书院山长。江万里荐居史馆,又除太学博士,皆固辞。宋亡,托方外以归。

【赏析】 本文是揭傒斯为《王鼎翁文集》所作的后序,就其中《生祭文丞相文》展开重点论述。王炎午《生祭文丞相文》先自叙鼎翁当年从文天祥举兵之事,悲叹自己“于国恩为已负,于丞相之德则未报”,因此作生祭文,希望文天祥速死保全名节。文中称文天祥“举事率无所成,而大节亦已无愧,所欠一死耳”,并列举“可死”之状七条,坦言以一人之力不能力挽狂澜,充满悲戚绝望之情。

本文先感慨仁人志士生当国破家亡之际,欲为国死忠却没有机会的可悲可叹,继而提出文天祥为国捐躯之意已决,不因王炎午之文而生从容就义的念头,言辞之间充满了对文天祥的崇敬之情。作者亲见《生祭文丞相文》后,以为其中陈述的可死之义、死节之道,足以使人自刎谢国,可见王炎午之秉性。而文天祥能受尽凌辱,最后从容被斩于市,有意警醒世人勿忘南宋,其拳拳之心令人动容。揭傒斯评价历史人物也颇受理学的影响,尊圣贤、褒忠义、重贞节是基本的标准,本文对文天祥和王炎午的称赞也是其注重忠孝节义的表现。